WERONIKA ANNA MARCZAK

Familia Monet

Comoara

Traducere din limba polonă de
ANCA IRINA IONESCU

LITERA
București

Familia Monet. Comoara
Weronika Marczak

LITERA®
Editura Litera
tel.: 0374 82 66 35; 021 319 63 90; 031 425 16 19
e-mail: contact@litera.ro
www.litera.ro

Editor: Vidrașcu și fiii
Redactor: Oana Sănițariu
Corector: Ana Ion
Copertă: Andreea Apostol
Tehnoredactare și prepress: Codruț Radu

Seria de ficțiune a Editurii Litera este coordonată
de Cristina Vidrașcu Sturza.

Descrierea CIP a Bibliotecii Naționale a României
MARCZAK, WERONIKA
Familia Monet. Comoara / Weronika Marczak;
trad. din lb. polonă: Anca Irina Ionescu. –
București: Litera, 2024

ISBN 978-630-342-013-4,
ISBN general: 978-630-342-014-1
I. Ionescu, Anca Irina (trad.)

94

Dragi cititori,

întrucât unele dintre motivele și comportamentele descrise în carte pot jigni sentimentele publicului, vă sfătuim să citiți cu prudență. Toate evenimentele și personajele descrise în roman sunt fictive.

Vă dorim o lectură plăcută,

Autoarea și Editura

Pentru persoanele apropiate mie: Asia K., Dominika M., Sylwia W., Nikola M., Nikola G., Karolina K., Zuzia P., Basia A., pentru că v-am avut alături și pentru că mi-ați urat cu sinceritate succes. Pentru iubiții mei părinți, al căror sprijin este de neînlocuit. Pentru Cititori, cărora le datorez împlinirea unui vis.

1

REȘEDINȚA FAMILIEI MONET

În ziua aceea, ceva mai devreme, bunica mea dragă leșinase. Se prăbușise cu o cană de ceai fierbinte în mâini. S-a produs panică. Mama mi-a strigat să fiu atentă la cioburile ascuțite ale cănii sparte, apoi a îngenuncheat printre ele alături de bunica; ochii larg deschiși și chipul ei înspăimântător de alb m-au bântuit mai târziu în coșmaruri. Doream foarte mult să ajut cu ceva, dar, în cele din urmă, m-am mulțumit să mă dau la o parte din calea mamei care se pregătea grăbită să plece. Îmi amintesc cum acoperea umerii bunicii cu haina ei și cum îi conducea silueta fragilă afară din apartament, spunându-mi peste umăr să nu o aștept și că e mai bine să mă duc la culcare, pentru că era deja târziu și mâine aveam școală. Mi-a spus că totul va fi bine și să încui ușa cu cheia în urma ei.

Câteva ore lungi mai târziu, am deschis-o pentru doi domni polițiști cu chipuri posomorâte. Stăteam în fața lor, îmbrăcată într-un tricou uzat și pantaloni scurți în carouri. Îmi frecam pleoapele grele în timp ce unul dintre ei îmi transmitea cu o voce încordată că mașina mamei mele fusese lovită de un șofer beat, atunci când, după câteva ore lungi petrecute la spital, ea și bunica se întorceau spre acasă.

Nimeni nu supraviețuise.

Inima mi s-a oprit în loc pentru o clipă, apoi a bătut mai tare. Dintr-odată, încercările mele de a mă trezi s-au transformat într-o disperare profundă.

Nici măcar nu mai știu în ce moment au apărut cei de la serviciile sociale. Niște oameni străini mă linișteau cu voci blânde, în timp ce stăteam pe canapea și plângeam. Mă uitam cu privirea pierdută în podea și tresăream de fiecare dată când cineva îmi atingea umărul. Un șiroi nesfârșit de lacrimi îmi curgea pe obraji, udându-mi bluza de pijama. Cineva mi-a întins niște șervețele, dar eu nu prea știam ce să fac cu ele. Durerea pe care o simțeam în acel moment nu ar fi trebuit să fie trăită de nimeni, cu atât mai puțin de o fată de paisprezece ani. Îmi pierdusem mama și bunica, persoanele cele mai apropiate, întreaga familie.

Eram sigură că acum voi începe să rătăcesc prin centre de plasament, ca toți orfanii pe care îi știam din cărți și din filme. Dar, în loc de aceasta, în curând am auzit ceva care mi-a schimbat viața și mai mult.

Vincent Monet urma să fie noul meu tutore legal. Timp de o clipă dureroasă, am crezut că fusese găsit tatăl meu biologic, despre care nu știam nimic. Dar am aflat că Vincent era fratele meu vitreg. Auzind această noutate, am simțit că amețesc. *Frate.* Aveam un frate. Crescusem toată viața mea ca un copil singur la părinți, iar acum aflam că am un frate mai mare, care fusese de acord să mă ia sub acoperișul său.

În curând, mă aflam într-un avion, îndreptându-mă spre o nouă realitate. Între timp, dobândisem informații mai detaliate. Știam că aveam chiar cinci frați, că toți erau mai în vârstă decât mine și că încă mai locuiau împreună în casa părintească din Pennsylvania. Am simțit că mi se face rău, pentru că până atunci nu prea avusesem de-a face în viața mea cu mulți bărbați. Crescută fără tată, cred că nu cunoscusem niciodată nici măcar un unchi. Singurii adulți de sex opus pe care îi cunoșteam și pe care îi vedeam în mod destul de regulat erau câțiva profesori de la școală, medicul meu și un vecin care se prefăcea că nu mă vede când culegeam cireșe din grădina lui.

Călătoria a trecut mai repede decât mi-aș fi dorit. Cele aproape opt ore petrecute peste Atlantic nu au făcut decât să-mi sporească emoțiile. Iar când pilotul a anunțat că în câteva minute vom ateriza, am început să tremur fără să vreau. Femeia care stătea lângă mine a crezut, probabil, că era o reacție la frica de zbor și mi-a zâmbit liniștitor. Ei bine, ce n-aș fi dat ca motivul neliniștii mele să fie atât de banal!

Stăteam la coadă la controlul vamal, strângând cu ambele mâini cureaua de la geanta de sport care îmi atârna pe umăr. Bătăile inimii mele panicate îmi răsunau în urechi și credeam că sunt pe punctul de a face un atac de cord. Din când în când încercam discret să respir adânc ca să mă liniștesc. Dacă cineva din mulțimea de oameni din jurul meu m-ar fi privit cu atenție, cu siguranță ar fi crezut în sinea lui că făceam contrabandă cu ceva ilegal. Și dacă funcționarii nu mă lasă să trec granița pentru că par suspectă?

Mi-am mușcat buza atât de tare, încât m-a durut. M-am strâmbat și mi-am lins rapid buzele crăpate, care în ultima vreme erau mereu într-o stare jalnică. De când viața pe care o știam se terminase, plânsesem adesea și lăsasem nervii să mă devoreze, motiv pentru care obiceiul meu urât de a-mi mușca buzele se accentuase foarte mult.

Strugurelul de buze zăcea undeva într-o trusă de machiaj îndesată în valiza mare în care a trebuit să-mi împachetez aproape toată lumea mea. A fost un sentiment îngrozitor când, după toate acestea, m-am oprit în pragul apartamentului în care locuisem cu mama și cu bunica mea aproape dintotdeauna și mi-am dat seama că îmi pierdusem casa în toate sensurile acestui cuvânt. Proprietarul și-a exprimat cele mai sincere condoleanțe, după care mi-a cerut imediat să părăsesc locuința. Nu-mi intra în cap că era ultima oară când puneam piciorul acolo. Am apreciat foarte mult ajutorul empaticei asistente sociale, care, cu multă răbdare și blândețe, m-a scos din această situație neplăcută, în timp ce eu mă uitam neputincioasă din colț în colț, neștiind pe ce să pun mâna mai întâi.

Am suspinat încet și m-am uitat de jur împrejur. Speram să văd printre cei din jurul meu pe cineva la fel de singuratic ca mine. Am observat câțiva călători neînsoțiți, dar niciunul dintre ei nu părea la fel de pierdut. În afară de aceștia, aici predominau grupurile – cunoștințe, cupluri și familii cu copii, la vederea cărora am simțit o împunsătură în piept.

Mi-am scos telefonul mobil din buzunar și am aruncat o privire pe ecran. Nu erau mesaje sau apeluri noi. Nici măcar nu m-a întrebat nimeni dacă am ajuns. Apoi realitatea crudă mi-a șoptit la ureche motivul acestei tăceri: *Hailie Monet, nu ai lăsat în urma ta pe nimeni căruia să-i pese de tine.*

Când în sfârșit a venit și rândul meu, funcționarul mai în vârstă a aruncat o privire la fotografia mea din pașaport și mi-a pus o întrebare simplă, la care am răspuns cu o voce tremurătoare și răgușită. Din fericire, acesta nu a fost prea suspicios și, cu un zâmbet prietenos, mi-a urat bun-venit în Statele Unite.

Am așteptat la banda de bagaje. Când a sosit valiza mea grea, un bărbat pe care îl cunoșteam din avion m-a ajutat s-o dau jos. În timp ce schimbam amabilități cu el, urechile mele se bucurau auzind accentul său puternic britanic. O clipă mai târziu, omul a dispărut în mulțime, pierdut pentru totdeauna în această țară mare, iar eu am simțit că odată cu plecarea lui s-au rupt și ultimele mele legături simbolice cu Anglia.

Am examinat cu priviri obosite verdele întunecat al valizei cu rotile de lângă mine, pe care bunica o lua mereu cu ea când se ducea la spa. Mi-am acordat o clipă ca să-mi adun gândurile și am apucat-o de mâner. Dacă aș fi putut, m-aș fi întins lângă ea, aș fi privit tavanul și, ignorând oamenii din jurul meu, aș fi încremenit așa pentru totdeauna. Îmi era atât de indiferent tot ce se întâmpla în acel moment... Am început chiar să mă gândesc serios să mă așez pentru o clipă undeva, când deodată mi-a vibrat telefonul.

Cu o mișcare mecanică, am scos telefonul mobil, încercând să ignor spaima care mi se strecura în inimă. La vederea mesajului primit de la un număr lung și necunoscut, mai întâi s-a oprit, iar apoi a început să se învârtă în cerc la nesfârșit. Era fratele meu care îmi scria: „Te aștept în sala de sosiri, lângă farmacie". Doar atât, nimic mai mult. Niciun salut, niciun bun-venit, nicio glumă care să destindă atmosfera, nici măcar un emoticon stupid.

Cu o mână mi-am pus geanta pe umăr, în timp ce degetele celeilalte se strângeau convulsiv pe mânerul valizei. Am pășit încet spre ușa glisantă și tot trupul mi se crispa din ce în ce mai tare cu fiecare pas. Mă simțeam de parcă aș fi intrat în ritm lent în gura unui leu. Citisem prea multe cărți despre mame vitrege rele, despre tați vitregi severi și frați vitregi răutăcioși. Iar oamenii pe care urma să-i întâlnesc erau frații mei vitregi. Nu exista niciun motiv să presupun că vor fi răi cu mine.

Chiar așa, mi-am șoptit în gând, capul sus! Înainte de a traversa culoarul, m-am oprit pentru o clipă să-mi arunc pe spate coada care mă încurca și să mă asigur că mi-am pus telefonul în buzunarul de la geacă, iar apoi am expirat prelung și am mers mai departe.

Sala de sosiri era o încăpere mare, plină de zarva generată de călătorii care se agitau în jur. Mirosurile amestecate care veneau de la numeroasele restaurante și cafenele m-au izbit în nări, oamenii se repezeau unii în brațele altora, râdeau la vederea familiei lor. Iar eu, dacă ar fi fost posibil, cred că m-aș fi dus de aici și m-aș fi urcat din nou într-un avion care să mă ducă înapoi în țara mea natală.

Apoi, lângă vitrina unui lanț de restaurante de fast-food de renume mondial, am observat simbolul distinctiv al unei farmacii și, strângând din pleoape, m-am grăbit în acea direcție. Am trecut cu privirea peste fețele oamenilor care stăteau acolo, dar nu am observat ca ochii cuiva să se fi luminat când m-au văzut. Toate privirile alunecau indiferente peste mine, iar eu nici măcar nu știam pe cine să caut, așa că, în cele din urmă, mi-am lăsat bărbia în jos, măcar să mă concentrez ca să pășesc cu grijă și să nu-mi agăț cumva pantoful de roata valizei și să cad.

— Hailie!

M-am oprit și m-am întors brusc. Primul lucru pe care l-am văzut a fost vârful decolteului puțin adânc al tricoului polo bleumarin al bărbatului care stătea acum chiar în fața mea. Mi-am ridicat capul și am privit în ochii albaștri calzi care mă examinau cu o privire surprinzător de prietenoasă.

Am deschis gura ca să-l salut, dar, înainte de a putea rosti un cuvânt, am închis-o din nou. Nici măcar nu știam numele bărbatului.

— Mă bucur să te văd! m-a salutat el, oferindu-mi imediat o mostră de accent american.

A întins mâinile și m-a îmbrățișat strâns. Gesturile lui erau lente, în mod deliberat, cred, pentru că nu voia să mă sperie, dar în același timp nu lipsite de naturalețe. Ca și cum aș fi fost cu adevărat sora lui. Cea pe care o cunoaște dintotdeauna și pe care o ia de la aeroport după o lungă despărțire.

M-a surprins cu o primire atât de frumoasă și nu pot să spun că nu mi-a plăcut. De la moartea mamei și a bunicii mele, nu mă mai îmbrățișase nimeni. Pe deasupra, mirosea atât de bine și de proaspăt, iar în brațele lui am trăit un sentiment de stabilitate și de forță de care duceam mare lipsă, mai ales acum.

— Eu sunt Will, s-a prezentat el după ce s-a îndepărtat de mine.

Și-a înclinat bărbia în jos, probabil pentru a vedea expresia de pe chipul meu pe care încercam să îl ascund discret de el. Simțeam că privirile lui, pe lângă farmecul lor general, erau înzestrate și cu multă perspicacitate.

Am început să analizez lista noilor mei frați pe care mi-o creasem în minte și în care mă tot pierdeam. Dacă îmi aminteam corect, Will nu era cel mai mare dintre frați.

— Vince este tutorele tău legal, s-a grăbit el să-mi explice, ca și cum mi-ar fi citit gândurile. El ar fi trebuit să te ia, dar a intervenit ceva la lucru. I se întâmplă des, o să te obișnuiești cu asta. Sunt sigur că o să-l cunoști astăzi.

A fluturat din mână, subliniind irelevanța subiectului, iar eu am dat din cap în semn de înțelegere. Sinceră să fiu, în acel moment îmi era indiferent care dintre ei venise după mine. Voiam doar să ies din acest aeroport aglomerat, așa că atunci când Will m-a invitat să mănânc ceva la unul dintre puburi, pentru că drumul până acasă dura două ore bune, am mulțumit și am refuzat politicos, dar ferm.

Will a deschis gura ca să insiste, dar în cele din urmă s-a răzgândit și, spre ușurarea mea, a renunțat. A aruncat o privire la cadranul unui ceas de lux, care strălucea elegant la încheietura mâinii stângi, și apoi a întins aceeași mână spre bagajul meu. Și nu numai că mi-a preluat valiza, dar a insistat să-i dau și geanta de umăr. A rămas surd la protestele mele și, în sfârșit, pentru prima dată după mult timp, am putut respira, după ce am scăpat de tot balastul călătoriei. L-am urmat, observând îndemânarea cu care îmi ducea bagajele.

Când am ieșit afară, am mai tras încă o dată aer în piept, adânc și zgomotos. Am închis pleoapele, simțind adierea ușoară pe față. Pentru prima dată în viața mea mă aflam pe un alt continent și sesizam în aer o diferență greu de descris. America pur și simplu mirosea altfel, distinct.

Will m-a condus la mașina lui, care era neagră, mare și luxoasă. Trebuie să fi fost un fel de jeep, dar am preferat să nu mă hazardez cu denumirea, deoarece cunoștințele mele în materie de automobilism oscilau în jurul valorii de zero. În orice caz, era o mașină cu care în mod sigur nu eram obișnuită să călătoresc. De asemenea, am trăit un moment de confuzie când un bărbat mi-a deschis ușa pe partea dreaptă, ca să mă așez pe scaunul pasagerului. Ce proastă eram, uitasem că în State se circulă pe dreapta. Aceasta a fost prima diferență frapantă pe care am observat-o între Anglia mea natală și această țară nouă pentru mine.

Will nu a comentat confuzia mea, dar a zâmbit pe sub mustață, aparent înțelegător față de orice gafe pe care eram pe cale să le comit. Asta m-a încurajat, pentru că acum, ca niciodată înainte, aveam nevoie de blândețe și de înțelegere. Am fost și mai plăcut surprinsă de gesturile mărunte ale fratelui meu, ca de pildă atunci când s-a asigurat că aerul condiționat nu sufla prea tare peste mine, sau când mi-a întins o sticlă de apă sigilată. Nu mă așteptam deloc la un gest atât de grijuliu și am simțit imediat simpatie pentru acest străin care era ruda mea.

Ieșirea din aeroport însemna navigarea printr-un adevărat labirint de drumuri, ceea ce i-a cerut lui Will o concentrare maximă. Drept urmare, am putut să zăbovesc cu privirea asupra lui de câteva ori fără să mă tem că va face și el la fel. Fratele meu recent descoperit mă uimea fără încetare. Nu știam dinainte la ce să mă aștept, dar niciuna dintre diversele imagini ale noilor mei frați care îmi tot apăreau în minte nu se compara nici pe departe cu originalul. Nu mai era vorba de faptul că Will arăta bine ca bărbat, pentru că, la urma urmei, era fratele meu și nu-mi propusesem să fac o evaluare detaliată a atractivității lui, ci, de exemplu, de faptul că avea un fel de curățenie firească pe care perfecționismul meu înnăscut o aprecia foarte mult.

Părul blond-închis putea să pară ciufulit, dar ceva îmi spunea că proprietarul său și-l aranjase intenționat pentru a-l face să arate așa. De asemenea, aveam prejudecăți împotriva bărbaților cu barbă, pentru că mă nelinișteau, dar recunoșteam că Will avea o barbă frumoasă și perfect îngrijită. Își ascunsese acum ochii albaștri în spatele unor ochelari de soare, deși cerul era mai degrabă acoperit de nori.

Am ieșit curând pe drum drept și atunci am început un fel de conversație cu el. La întrebările lui politicoase și foarte generale am răspuns scurt și calm, descoperind cu regret ce voce răgușită aveam, în timp ce a lui era clară și exprima o infinită încredere în sine.

Am aflat că Will are douăzeci și patru de ani și că, dintre frații săi, doar Vince (abia după un timp mi-am dat seama că era prescurtarea de la Vincent) este mai mare decât el, având douăzeci și opt de ani. Fratele cel mare este, de asemenea, celebru pentru dependența de muncă și programul mereu încărcat. Will, însă, vorbea despre el respectuos, subliniind că Vincent face o treabă excelentă ca administrator-șef al afacerii de familie, pe care fusese nevoit să o preia de la o vârstă fragedă. De asemenea, a confirmat că toți cinci locuiesc în vila familiei, iar băieții mai tineri încă studiază.

Am mers, într-adevăr, mai bine de două ore și în cea mai mare parte a drumului am tăcut pur și simplu. Era vina mea, pentru că nu eram deloc vorbăreață, iar Will nu părea că vrea să insiste, lucru pentru care în adâncul sufletului i-am mulțumit foarte mult. La un moment dat, chiar a dat muzica mai încet, în mod discret. Era o compilație cu cele mai cunoscute hituri ale grupului Depeche Mode și, deși nu le știam prea bine cântecele, în mod ciudat, mi se păreau cel mai potrivit fundal pentru primele mele momente în State. M-am uitat mult pe fereastră, reflectând. Până de curând, să vizitez New Yorkul fusese cel mai mare vis al meu. Acum, în timp ce priveam zgârie-norii din Manhattan care se profilau în depărtare, nu mă simțeam bine. Nu că nu aș fi vrut să fiu aici. Doar că împrejurările nu erau potrivite.

În următoarea etapă a călătoriei, pe ambele părți ale drumului a început să se desfășoare o priveliște frumoasă, deși pe termen lung cam plictisitoare, cu copaci plantați dens, cu coroane aurii, care ascundeau fără îndoială în rândurile lor o multitudine de minuni ale naturii. După cum am constatat, o pădure asemănătoare înconjura și conacul în care urma să locuiesc împreună cu noii mei frați. În curând am ieșit de pe drumul principal și ne-am oprit în fața unei porți uriașe – foarte înaltă și foarte largă. Aceasta s-a deschis automat în fața noastră, după care am mers puțin mai departe până când din spatele copacilor a apărut o clădire.

A răsărit ca din senin și m-a copleșit imediat. Arăta de parcă ar fi fost parte integrantă a pădurii, se încadra perfect. Nici nu puteam să-i apreciez mărimea; tot ce puteam spune era că părea foarte mare. Copacii care creșteau dincolo de ea arătau ca un uriaș val tsunami auriu care plutea în spatele ei dintotdeauna. Nu era o vilă modernă și recent construită, ci ceva mult mai bine încadrat în peisaj. Fațada clădirii era colorată în așa fel încât să semene cu nisipul de pe o plajă din paradis, în timp ce acoperișul înalt era gri și, într-o zi înnorată, aproape că se confunda cu cerul. Curtea era foarte mare, dar, în afară de asta, nu era deosebit de impresionantă, cel puțin nu din față. Doar iarbă frumoasă și tunsă uniform, împodobită pe alocuri cu arbuști sau grămezi de frunze greblate. Trotuarul se unea cu aleea pentru a forma un pătrat mare în fața casei. În stânga se afla garajul, care ieșea ușor în evidență față de casă, făcându-mă să bănuiesc că fusese adăugat ulterior. Avea două perechi de uși largi de culoare maro-deschis și, probabil, mult spațiu în interior, dar nu am putut afla astăzi, deoarece Will se hotărâse să parcheze afară.

Mi-a făcut cu ochiul cu simpatie în timp ce oprea motorul.

— Bine ai venit acasă! a spus el.

I-am răspuns cu un zâmbet rapid și nervos. Will a coborât, iar eu am aruncat o privire fugară la blugii mei negri obișnuiți, dintre aceia care se vând cu grămada și pe care mama mi-i luase de undeva, dintr-un supermarket. La bluza de trening bleumarin, care la rândul ei provenea tot de la reduceri. La părul negru, strâns într-o coadă împletită lejer, lungă și ușor ciufulită după călătorie. Ce să mai lungesc vorba, am simțit că arăt ca o fetiță sărmană și că nu mă potriveam deloc în acest mediu.

Și dacă mai aveam îndoieli în această privință, au fost risipite imediat când am văzut interiorul casei. Fusesem odată într-o excursie cu clasa la un muzeu ale cărui coridoare arătau la fel de elegante și nu mi-ar fi trecut niciodată prin cap că într-o bună zi aș putea locui într-un loc mobilat la fel. Mi-a fost chiar teamă să pășesc pe podeaua de marmură lucioasă, de parcă aș fi putut să o murdăresc sau să o stric. Și cel mai impresionant lucru era probabil scara largă. Treptele arătau ca niște clape de pian, care se împrăștiau ca niște piese de domino, urcând în semicerc.

Am privit un tablou mare atârnat pe unul dintre pereți. Probabil că fusese folosită o întreagă paletă de culori, dar toate erau ciudat de decolorate. Aceasta sporea aerul straniu al portretului unui bărbat al cărui chip frumos se afla în prim-plan. Chiar în spatele lui, însă, se desfășura un coșmar - culori oribile într-un amestec atât de înspăimântător, încât, atunci când Will mi-a atins brațul ca să mă facă să-l urmez, m-am simțit ușurată să mă uit în altă parte.

În dreapta era un pasaj cu o boltă sub formă de arc care ducea la bucătăria strălucind de curățenie și prospețime. Era o primă surpriză deosebit de plăcută, deoarece nu arăta așa cum mă așteptam să fie un loc care adăpostea nu mai puțin de cinci bărbați. Încăperea era mare și decorată în alb. Blaturile de lucru largi păreau presărate cu zăpadă. Chiar în spatele insulei se afla o masă mare cu scaune simple și frumoase. Această parte a bucătăriei era luminată de o fereastră imensă, în spatele căreia culorile toamnei contrastau frumos cu lumina care domnea aici. Atenția mea, însă, a fost imediat atrasă de băiatul care ocupa unul dintre scaunele amintite. A fost de ajuns o privire rapidă și mi-am dat seama că era un alt frate al meu.

— Hailie, el e Dylan. Dylan... ea este sora noastră, Hailie, a făcut Will prezentările și mi-a tras un scaun, pe care m-am așezat din politețe, deși, dacă ar fi fost după mine, aș fi ales alt loc decât vizavi de Dylan, care mi-a aruncat o privire pe deasupra laptopului și m-a cântărit din priviri timp de câteva secunde lungi. Mă aşteptam să ne dăm măcar mâna în semn de salut, dar el nu se grăbea să inițieze astfel de gesturi, iar pe mine mă stingherea deja destul de mult privirea pe care mi-o aruncase ca să întind prima mâna spre el.

Avea ochii negri și mult mai puțin înțelegători decât ai lui Will, deși existau și câteva asemănări între cei doi, cum ar fi pomeții înalți și o tăietură la fel de pronunțată a buzei superioare. Nu cred că mă mai simțisem vreodată în viața mea atât de stingherită ca acum, oglindită în privirea intensă a lui Dylan. Avea ceva în el care mă neliniștea. Poate că mă intimida musculatura lui impresionantă, vizibilă prin tricoul strâmt? Sau poate doar lipsa de cordialitate cu care mă întâmpinase, spre deosebire de Will...

Am început să mă uit de jur împrejurul încăperii, nerăbdătoare să scap de forța privirii lui. Cu această ocazie am luat act de prezența câtorva lucruri, cum ar fi frigiderul imens cu două uși, care în vechiul meu apartament ar fi ocupat o treime din bucătărie. Pe blatul din colț se afla un espresor de cafea modern cu un miliard de butoane și cadrane, și chiar lângă el, un alt aparat sofisticat, care arăta ca un storcător de fructe modificat. Will stătea acum lângă cuptorul cu microunde, care funcționa silențios, și s-a concentrat la telefonul său o clipă, bătând ceva energic pe tastatură.

O clipă mai târziu, când am aruncat din nou o privire precaută spre Dylan, acesta privea din nou ecranul computerului, iar pe buzele lui trecea umbra unui zâmbet răutăcios. Mi-am mutat privirea spre fereastra mare, dincolo de care se vedea o peluză verde, tunsă uniform, pe alocuri acoperită de frunze uscate, iar puțin mai departe în fundal, copacii. Printre ei, se distingeau cei verzi, coniferele, dar și foioasele roșii și aurii sau copacii pleșuvi și bruni. Jucându-mă cu degetele de la mâini, îi priveam fără să mă gândesc la nimic, până când a sunat cuptorul cu microunde.

— Menajera noastră nu lucrează duminica, dar a pregătit asta ieri, special pentru tine. Dacă nu-ți place, te rog să-mi spui.

Putem să comandăm altceva. Orice dorești, a spus Will o clipă mai târziu, când mi-a pus în față o farfurie aburindă cu un fel de mâncare cu aspect savuros de macaroane la cuptor.

De îndată ce am digerat informația despre menajeră, am luat o furculiță.

M-am simțit stresată, mâncând așa, singură, într-un loc străin, supravegheată de străini, așa că mestecam foarte încet. Regretam că esofagul îmi era comprimat de nervi și nu puteam să mă bucur cu adevărat de gustul unei mâncări demențiale. Am reușit doar să-mi ard limba.

Am încercat să fiu politicoasă și bine-crescută, așa cum mă învățase mama. Am mâncat cu cuțitul și furculița, am stat dreaptă, cu omoplații trași în jos și am avut grijă să nu fac murdărie. Am avut grijă chiar să nu-mi sprijin coatele pe masă. Will ne părăsise pentru o vreme când i-a sunat telefonul, iar eu, rămasă singură cu Dylan, m-am simțit și mai stingherită. Regretam acum că nu dădusem curs ofertei de a mânca ceva la aeroport, fără prezența jenantă a acestui băiat. Nu-mi adresase niciun cuvânt, doar ocazional îi simțeam privirea fixată asupra mea. Nu știam dacă trebuia să fiu dezamăgită de răceala lui sau mulțumită că nu se lua de mine. Oricum ar fi, am fost ușurată când Will s-a întors.

— Vrei să-ți arăt camera ta? s-a oferit Will când am pus furculița jos.

În ciuda intențiilor mele sincere, nu am reușit să termin tot ce aveam în farfurie pentru că aveam într-adevăr dificultăți cu înghițitul, iar porția servită era exagerat de mare. Din fericire, Will nu s-a simțit jignit. M-am ridicat în picioare, am luat farfuria, ca să las curat unde am mâncat, dar el mi-a luat-o imediat, spunându-mi să nu-mi bat capul cu asta. Totuși, părea mulțumit de atitudinea mea. Asta e bine, pentru că voiam să fac cea mai bună impresie.

M-am relaxat de îndată ce am ieșit din bucătărie, lăsându-l acolo pe Dylan, care îmi făcuse o impresie neplăcută. Probabil că nu mi-am ascuns suficient de bine aceste sentimente, pentru că Will a comentat imediat în liniște:

— Dylan este dificil, dar să nu-ți faci griji în privința lui. Are nevoie de un timp să se obișnuiască cu situația. Știi, este ceva complet nou și pentru noi.

Am dat din cap, încercând să arăt cantitatea corespunzătoare de empatie. Probabil că Will a apreciat asta, căci colțurile gurii i s-au ridicat ceva mai sus, după care a arătat cu degetul în spatele meu.

— Acolo, imediat în dreapta, se află camera de zi. Ne petrecem mult timp acolo. Și dacă mergi drept, vei găsi baia și biblioteca. Îți place să citești?

— Chiar foarte mult.

Pentru prima dată în acea zi am reușit să vorbesc tare și cu încredere. Cititul era o adevărată pasiune a mea și, fiind cea mai mare iubitoare de cărți din lume, consideram că a avea acasă o cameră separată pentru cărți era un vis devenit realitate.

— Atunci este cum nu se poate mai minunat. Avem colecții destul de mari, poate în curând le vei completa? Nu ezita să le răsfoiești oricând ai chef.

Will a făcut un gest către un coridor lung.

— Mai departe ajungi la sala de fitness. Avem de asemenea o saună și o altă baie. Toate acestea sunt și ele la dispoziția ta.

Am ghicit că Dylan trebuie să fie un vizitator frecvent în acea parte a casei, cel puțin judecând după dimensiunea bicepșilor, așa că mi-am propus imediat să evit acele zone printr-un arc de cerc foarte larg. Oricum, nu era o problemă pentru mine - nu eram cine știe ce mare fană a sportului.

— Din sala de fitness și din camera de zi ajungi pe terasă, a continuat Will. Există și o piscină, dar, din păcate, acum este închisă și pusă la conservare pentru perioada de iarnă.

Chiar dacă aș fi vrut să comentez cumva, nu aș fi știut ce să spun. Așa că am păstrat tăcerea și l-am lăsat pe Will să-mi arate drumul pe scări. Am urcat, ținându-mă de balustrada neagră și netedă, iar când am trecut pe lângă tabloul acela tulburător, menționat mai înainte, m-am uitat în altă parte.

— Aici, la etaj, avem cu toții camerele. În capăt sunt camerele de oaspeți, mi-a explicat ghidul meu în timp ce stăteam în capătul scărilor.

Holul părea destul de simplu. Podeaua era din lemn de culoare închisă, pereții albi, cu aplice de bun-gust atârnate pe ei.

— Coridorul din dreapta duce spre o altă parte a casei. Acolo lucrăm noi, așa că ar fi mai bine să o eviți, de acord? Primim des clienți, avem nevoie de liniște și nimeni nu trebuie să se învârtă pe acolo.

Ochii albaștri ai lui Will au sclipit intens.

Coridorul la care se referea părea discret și cotea imediat, așa că nu aveai cum să vezi unde duce fără să te aventurezi în adâncurile sale. Am dat din cap cu indiferență.

— Grozav!

Ne-am îndreptat apoi spre camera care îmi fusese repartizată mie. Am trecut pe lângă rândul de uși care se deosebeau între ele doar prin faptul că aproximativ la înălțimea feței fratelui meu - care era cu cel puțin un cap mai înalt decât mine - erau lipite litere, care, după cum mi-a explicat Will, erau inițialele numelor locatarilor. Am tresărit când am văzut-o pe cea marcată cu un „H" mare argintiu.

— Aceasta este camera ta. Te rog, intră!

Degetele îmi tremurau ușor în timp ce strângeam clanța argintie. Mi-am ținut și respirația și m-am simțit ca și cum tocmai aș fi pășit în Narnia. Nu mai lipsea decât să fiu orbită de o strălucire misterioasă care venea dinăuntru, deși, când am intrat în noul meu regat mic și foarte luminos, chiar am strâns din ochi.

Una din explicațiile acestei luminozități erau pereții de culoare crem, alta - ferestrele paralele care se întindeau de la podea până la tavan. Prin ele intră foarte multă lumină naturală, chiar și în zilele cu puțin soare, ca astăzi.

Perdelele de muselină albă erau strânse pe lateral și legate cu panglici de culoare vernil, cu funde mari și frumoase. Mobilele nu sufocau spațiul de aici, căci nu erau prea multe. Un birou alb, stil victorian, cu picioare curbate, se afla lângă ferestre, așa că tăblia lui goală era perfect luminată. Un fotoliu mare stătea și el aproape de fereastră și trebuie să recunosc că numai văzându-l am simțit că vreau să mă instalez în el cu o pătură și o carte, iar măsuța joasă din apropiere, cu trandafiri pictați în tehnica decoupage, era locul ideal pentru a pune o ceașcă de ceai sau cacao. Nu lipsea, bineînțeles, de lângă pat noptiera, cu o lampă cu un abajur larg, complet alb, acoperit cu desene florale aurii.

Înainte să apuc să mă gândesc unde îmi voi pune hainele, întrucât nu exista niciun dulap, am observat două uși. Erau chiar una lângă alta, pe un perete, perfect îmbinate în el, și chiar înainte ca Will să se apropie de ele și să-mi prezinte încăperile suplimentare, știam deja ce se ascundea acolo. Una dintre ele era, bineînțeles, dressingul. Nu mă intimida prin dimensiunile sale inutil de mari. Dimpotrivă, era perfect, chiar dacă era încă prea mare pentru mine și pentru hainele mele. Vizavi de intrare, se afla o oglindă într-o ramă subțire aurie, în care mă puteam privi din cap până în picioare, în timp ce în părțile laterale erau fixate tije cu zeci de umerașe, iar pe margini nenumărate rafturi, sertare, ba chiar o serie de cutii mai mici pentru bijuterii și accesorii.

— Uniformele tale de școală, m-a informat Will, când a observat că mă uitam fix la un set de uniforme identice, atârnate frumos una lângă alta într-un colț al dressingului. Mai sunt și pijamale, ceva confortabil de purtat prin casă, un hanorac în caz că ți se face frig... a înșirat el, arătând spre diverse articole individuale care ocupau anumite locuri în dressing. Să spunem că este un fel de set de bun-venit. Nu-ți face probleme, dacă ai nevoie de ceva, comandăm totul prin internet.

— Mulțumesc, am murmurat eu politicoasă, aruncând o privire spre sacourile sobre de culoare închisă, care îmi aminteau de o altă schimbare pe care mi-o pregătea viața.

Gândul unei școli noi a făcut ca nervii mei temporar adormiți din aeroport să înceapă să se trezească, dar l-am alungat repede. Aveam timp să mă frământ mai târziu cu asta.

Încăperea de alături era puțin mai mare și am constatat că este o baie. Aici plăcile de gresie erau mari, gri și lucioase. O ușă de sticlă ducea în cabina de duș, unde erau și locuri de stat jos, un raft pentru geluri și șampoane și chiar și o nișă pentru a pune hainele și un prosop în așa fel încât să nu se ude în timpul dușului. Mai era și un halat alb pufos care părea atât de delicat, de parcă ar fi fost gata să se destrame în mână. Exista, bineînțeles, o toaletă albă și simplă; mai erau câteva dulăpioare pentru prosoape colorate și un vas alb rotund care servea drept chiuvetă, cu o oglindă atârnată deasupra.

M-am simțit imediat ușurată că într-o casă plină de bărbați voi avea propria mea baie. Din când în când, Will mai făcea câte un comentariu care completa ceea ce văzusem. M-a informat, de exemplu, că aici menajera făcea curățenie și schimba prosoapele, că în dulăpior voi găsi diverse ustensile de bază pentru baie și m-a asigurat că vom mai cumpăra ceea ce îmi trebuie.

Dădeam din cap politicoasă în semn că îl ascult și că înțeleg, dar în mintea mea se învârtea un singur gând. *Nebunie. Nebunie curată.* Probabil că voi locui în vreun hotel de lux, pentru că altfel cum aș putea explica aceste halate de baie și schimbarea prosoapelor? Reflectând asupra acestui lucru, m-am întors din nou cu Will în mijlocul dormitorului.

— Îți aduc imediat bagajele. Împrospătează-te, dormi puțin... Orice dorești. Nu uita, aceasta este casa ta. Simte-te aici în toată libertatea.

Cu aceste cuvinte, fratele meu recent cunoscut a plecat și m-a lăsat singură. Am clătinat din cap fără să-mi vină a crede. Aceasta este casa mea. Această vilă direct dintr-o emisiune *MTV Cribs* este noul meu cămin. Unde ar fi trebuit să mă simt confortabil. Nu credeam că voi reuși vreodată. M-am mai uitat încă o dată în jur. La simplul gând că voi adormi în fiecare zi și mă voi trezi într-o încăpere ca aceasta, m-am simțit pentru o clipă ca o prințesă și nu puteam să mă scutur de un sentiment sumbru de neliniște și de înstrăinare. Poate că mă aflu aici pentru că semnasem în vis un pact cu diavolul?

M-am cutremurat.

M-am încuiat în baie să fac un duș, după ce în prealabil aproximativ cinci minute am învățat cum să-l folosesc. Am scos din dulap cel mai bun gel pe care l-am găsit. Apoi, proaspătă și parfumată, m-am înfășurat în halatul încântător de moale și m-am dus cu picioarele goale până la dressingul de alături. Mi-am pus pantalonii de trening foarte comozi pe care mi-i dăduseră, iar când m-am prăbușit în cele din urmă pe salteaua extrem de confortabilă, îndesându-mi o pernă oarecare sub cap, privirea mi-a căzut pe gențile pe care Will le așezase lângă perete. Totul era uimitor și trebuia neapărat să îi spun mamei despre asta.

Din fericire, am adormit înainte de a avea timp să-mi amintesc că, de fapt, nu mai aveam mamă.

M-am trezit în întuneric. Am clipit, apoi m-am ridicat într-un cot, ca să-mi accelerez procesul de gândire și să-mi amintesc ce se întâmplase. Când m-a inundat valul de amintiri ale evenimentelor recente și m-am obișnuit cu ele, m-am dat jos din pat și mi-am căutat telefonul pe pipăite prin întuneric. Era trecut de ora nouă seara. Dormisem puțin. Will a spus că îl voi vedea pe Vincent chiar în seara asta și, deși nu aveam nici cea mai mică dorință de a ieși din camera mea și de a face cunoștință cu alți frați, știam că ar fi nepoliticos.

Am scos nasul pe ușă pe coridorul gol și întunecat. Ajutându-mă cu lanterna de la telefon, l-am străbătut destul de repede, deoarece un astfel de hol liniștit și întunecat într-o casă necunoscută nu făcea decât să-mi ațâțe și mai mult imaginația deja prea exuberantă. Din fericire, la parter era mai multă lumină și am auzit imediat voci care veneau de acolo. Dar curând m-am simțit stingherită, pentru că păreau destul de agitate. Am stins lanterna și am rămas nemișcată, stând nesigură în mijlocul scărilor și dezbătând în mintea mea dacă era un moment bun să cobor în camera de zi.

— Noi nu ne fâțâim pe nicăieri, a spus una dintre voci.

— Și în niciun caz noaptea, a adăugat cealaltă, cu un sunet asemănător, dar mai sumbru.

— Mhm, nu sunteți atenți și asta nu-mi place, a mârâit cea de-a treia, de departe cea mai stăpânită, dar și cea mai rece.

Am înghițit în sec și deja începusem să mă gândesc serios să mă întorc înapoi la mine în cameră, când, deodată, am auzit o șoaptă în spatele meu.

— Tragi cu urechea?

2

RAPUNZEL

Am înțepenit, dar m-am întors imediat și am făcut ochii mari văzând fața lui Dylan. Gura lui se răsucea într-un zâmbet batjocoritor și de la el radia în permanență o aură întunecată.

Abia acum am realizat cât era de înalt și bine clădit. Făcând abstracție de musculatura impresionantă, reușise să mă intimideze profund cu statura lui înaltă, astfel încât uitasem complet că, de fapt, nu făcusem nimic rău.

Am scuturat negativ din cap, nereușind să scot niciun cuvânt. Dylan a râs în liniște și a trecut pe lângă mine, coborând alene scara. Am privit nemișcată după el. Probabil că imediat le va spune celorlalți că Hailie stă la pândă prin colțuri și trage cu urechea la conversațiile altora. Asta cu siguranță că nu le va face plăcere și nu asta era impresia pe care voiam să o fac fraților mei recent dobândiți, așa că m-am repezit după el, hotărâtă să mă apăr.

— Sunteți cu toții neglijenți. Poate că vreți să o inițiați imediat pe noua noastră surioară în secretele voastre? a exclamat Dylan, aruncându-se pe uriașa canapea de colț din sufragerie, de unde veneau ecourile unei conversații din care auzisem un fragment; când a intrat el, aceasta s-a întrerupt imediat.

M-am oprit în prag. Gândindu-mă la camera de zi a unei case atât de mari, m-aș fi așteptat la dimensiuni colosale, dar această încăpere era intimă. În afară de canapeaua de colț, din setul de mobilier mai făceau parte o canapea mică în lateral și un fotoliu. În mijloc se afla o măsuță joasă de cafea, pe care Dylan tocmai își așezase picioarele. Între canapeaua de colț și fotoliu se înălța un șemineu modern și îngust, în care dansa veselă o flacără electrică. Ferestrele erau imense, iar draperiile grele gri, în mod evident, nu aveau decât un rol decorativ, căci, deși afară era întuneric beznă, nimeni nu le trăsese.

Dar lucrul care mi-a atras cel mai mult atenția aici a fost un televizor uriaș. Acesta era atârnat pe perete, încadrat într-o ramă groasă aurie, ca o operă de artă. Pe ecran tocmai apăruse logoul PlayStation, în timp ce Dylan scotocea printre perne după controler și l-a activat.

Privirea mea s-a mutat rapid spre cele trei persoane care stăteau lângă șemineu. Încă nu apucasem să mă uit bine la ele și deja știam că trebuie să fie ceilalți frați ai mei. Pur și simplu era ceva la ei ce observasem deja la Will și Dylan.

Acum toată lumea digera cuvintele acestuia din urmă. Doi dintre ei erau niște tineri aproape identici. Știam că cei mai tineri frați ai mei erau gemeni, dar dintr-un motiv oarecare nu mă așteptam ca ei să semene atât de mult unul cu altul. Amândoi aveau părul scurt, des și destul de ciufulit, de culoare închisă, maxilare puternic definite, sprâncene destul de groase și ochi strălucitori. Deși nu erau îmbrăcați la fel, hainele lor se asemănau prin stilul lor lejer. Am fost ușurată să observ în sprânceana unuia dintre ei un mic cercel negru. Am decis să mă agăț de el ca element distinctiv, care m-ar fi ajutat să-i deosebesc unul de altul.

Cea de-a treia persoană era bărbatul cel mai în vârstă dintre cei prezenți. Acesta stătea cu spatele la mine, dar când cuvintele lui Dylan au ajuns la el, s-a întors și și-a înfipt privirea albastră în mine, ceea ce pe moment m-a făcut să regret decizia de a pleca din camera mea.

Avea părul închis la culoare, pieptănat frumos pe spate și purta o cămașă neagră clasică și pantaloni de aceeași culoare. Era înalt și masiv, ceea ce, în mod evident, era una dintre trăsăturile caracteristice ale tuturor fraților Monet. De asemenea, emana un aer natural de eleganță și aroganță.

O clipă mai târziu, eram deja punctul central de atracție al tuturor celor de față. S-a făcut liniște, acompaniată doar de sunetele stupide ale jocului video al lui Dylan. Doamne, cât de stânjenită mă simțeam! Mai bine rămâneam în pat până dimineață. Aproape că m-am lipit de perete, strivită de greutatea tuturor privirilor care mă examinau de sus până jos. Nu puteam să scap de sentimentul că sunt o intrusă aici.

Ei bine, Hailie, se cuvine să spui ceva!

— Nu am auzit nimic, serios. Mi-am dres vocea ca să scap de răgușeală. M-am oprit pe scări pentru că nu voiam să deranjez...

M-am uitat mai ales la bărbatul cel mai în vârstă. El juca rolul hotărâtor aici și pe el doream cel mai mult să-l conving de nevinovăția mea, așa că am fost ușurată când a dat din cap.

— E în ordine, Hailie, a răspuns el.

Avea o voce calmă și rece, deși părea ceva mai blândă decât atunci când s-a adresat gemenilor.

— Te așteptam să cobori. Aș vrea să vorbesc cu tine. Te rog să vii cu mine.

Am dedus singură că trebuie să fie Vincent, tutorele meu legal. Spunând ultimele cuvinte, a aruncat o privire în direcția lui Dylan. Ecourile jocului lui erau din ce în ce mai zgomotoase și mai enervante. Cu toate acestea, nu i-a acordat nicio atenție; în schimb, s-a apropiat de mine și, cu un gest din mână, m-a îndemnat să merg înainte. Eram încordată toată, dar am încercat să mă prefac că totul era în regulă, așa că l-am lăsat să mă conducă, fără să mă împotrivesc câtuși de puțin, spre ușa de alături.

Abia după o clipă mi-am dat seama că nici măcar nu mi-i prezentase pe gemeni, dar pe baza unei cunoștințe fragmentare despre noua mea familie, am ghicit că trebuie să fi fost Shane și Tony. Doar că nu știam care era unul și care celălalt.

Vincent m-a condus la bibliotecă, despre care Will îmi spusese deja câte ceva. Era mobilată cu mult bun-gust: accentele calde de lemn alternau cu nuanțe de gri și verde pastel. Pereții erau practic inexistenți aici, pentru că (în afară de ferestre, de biroul de scris și de pianul ascuns într-un colț) tot spațiul era acoperit în întregime de biblioteci înalte pline de cărți. Mi-a plăcut că erau așa de multe. Era singurul lucru de aici care mă făcea să mă simt în largul meu. Eram curioasă dacă vreunul dintre băieți citise măcar câteva dintre ele. De exemplu, acel Dylan.

Bărbatul s-a așezat într-un fotoliu și mi-a indicat canapeaua cu un gest elegant, iar atunci, pentru prima dată, mi-a sărit în ochi inelul mare cu sigiliu pe care îl purta pe degetul mijlociu al mâinii drepte.

— Îmi pare rău să aflu de moartea celor dragi ție, a început Vincent, de îndată ce m-am așezat. În vocea lui nu era niciun fel de emoție.

M-am întristat și am încercat să nu mă gândesc la faptul că acum una dintre persoanele mele cele mai apropiate va fi acest om de gheață.

— Deoarece sunt fratele tău cel mai mare, am devenit tutorele tău legal. Ai fost deja informată despre asta, nu-i așa?

Am dat din cap.

— Bine. Cum te simți?

Întrebarea asta m-a surprins și chiar eram gata să mă las impresionată de grija lui, dacă nu ar fi fost exprimată pe același ton indiferent. Prin urmare, ca răspuns, am ridicat pur și simplu din umeri, mormăind nepăsătoare:

— Bine.

Vincent s-a lăsat pe spate în fotoliu, iar eu m-am gândit că o atmosferă ca aceasta trebuie să însoțească interviurile rigide de angajare. Nu aplicasem niciodată pentru vreun post, dar auzisem că nu era nimic plăcut.

— Îmi dau seama că ești într-o situație dificilă. Mi-e teamă că nu voi putea să ți-o ușurez foarte mult, a anunțat el, apoi a adăugat imediat: Voi face tot ce pot, desigur, dar te așteaptă multe schimbări pentru care trebuie să te pregătesc.

Chiar și mai multe? Îl ascultam încordată. Nu știam deloc la ce să mă aștept. Îmi treceau prin cap o mie de gânduri. Poate că mă va închide în noul meu dormitor ca pe Rapunzel? Sau mă va obliga să fac curat și să gătesc ca Cenușăreasa? Am aruncat o privire fără să vreau la pantofii lui strălucitori. Cineva trebuie să îi lustruiască. Pentru că nu cred că și-i lustruiește singur.

— În primul rând, aș dori să-ți prezint principiile generale după care ne conducem în această casă. În familia noastră, avem mare grijă de intimitate și securitate.

Aici a făcut o scurtă pauză ca să sublinieze că el însuși ține cel mai mult la aceste două lucruri.

— Pentru început, aș vrea să știi că toată proprietatea noastră este împrejmuită. Casa noastră este supravegheată douăzeci și patru de ore pe zi, șapte zile pe săptămână. În plus, pe timp de noapte, dăm drumul la câini. Este foarte important să ții minte să nu ieși afară în astfel de momente fără să ne informezi în prealabil pe unul dintre noi. Nu că m-aș aștepta să-ți treacă așa ceva prin minte, desigur.

A tăcut din nou, privindu-mă intens în ochi, iar eu m-am străduit să păstrez o expresie cât mai neutră pe față. La început am fost încântată când a vorbit despre animale, dar mi-am dat seama repede că nu erau deloc niște shih tzu pufoși.

— Inițial am avut intenția să te las să înveți aici, acasă...

Oh, deci tot Rapunzel până la urmă.

— ... totuși, în cele din urmă, am luat decizia să te înscriu la școală. Este un liceu privat cu standarde foarte înalte.

Și-a împreunat mâinile și a înclinat capul ca și cum ar fi făcut o judecată pripită, nefiind sigur dacă pot să mă ridic la înălțimea acestor standarde.

— Rezultatele tale de până acum la învățătură sunt corespunzătoare, nu mă aștept să ai nicio problemă să recuperezi rapid eventualele rămâneri în urmă. Dacă vei constata că nu este așa, mă vei informa imediat și voi angaja un profesor particular care să te ajute să recuperezi decalajul.

Am tăcut, încercând să-mi amintesc tot ce spusese cu vocea lui monotonă, ale cărei inflexiuni de oțel mă făceau să fiu în permanență în gardă.

— Dylan, Shane și Tony frecventează aceeași școală. Orele lor se țin într-o aripă separată, dar cu siguranță vă veți vedea în pauzele de masă. De asemenea, vor fi responsabili de transportul tău zilnic de acasă la școală și înapoi, cu excepția cazului în care se va stabili altfel. Până aici îți este totul clar?

Am dat din cap, împăcându-mă cu ideea că va trebui să fac naveta zilnic până la școală.

— Nu am de gând să-ți cer imposibilul, Hailie. Dar este important să știi că disprețuiesc prostia și nechibzuința. Sper sincer că nu ești inteligentă doar pe hârtie. Am încredere că te vei feri de probleme.

Vincent și-a înclinat ușor capul în față și a ridicat din sprâncene.

— Și nici nu cred că e nevoie să menționez ceea ce este în mod clar interzis, cum ar fi, de exemplu, stimulentele. E cazul să le menționez, Hailie?

Privirea lui a devenit și mai intensă în timp ce aștepta un răspuns, iar eu, din reflex, am înghițit în sec.

— Nu, am șoptit.

— Bine.

S-a îndreptat pe scaun.

— Cu siguranță vei fi de acord cu mine că este înțelept din partea mea să subliniez că, la vârsta de paisprezece ani, viața ta socială ar trebui să fie limitată în mod corespunzător. Nu îți voi interzice fără motiv să mergi la cinema în weekend cu o prietenă, dar nu cred că ai vârsta potrivită pentru a merge la eventuale întâlniri cu persoane de sex opus. Cred că înțelegi despre ce vorbesc. Prin urmare, ori de câte ori îți propui o ieșire, nu uita să ne informezi pe unul dintre noi despre locul și ora întâlnirii și persoanele care te însoțesc. Nu este vorba că vreau să te controlez, ci despre siguranța ta.

Începuse să mă doară capul din cauza tuturor acestor lucruri. Felul lui de a vorbi era copleșitor. M-a făcut să renunț la intenția de a sublinia cu voce tare că, în realitate, am aproape cincisprezece ani.

— Din cauză că avem programe complet diferite, reușim rareori să stăm la masă cu toții împreună. Aceasta nu trebuie să te împiedice să iei în mod regulat micul-dejun și cina, care sunt pregătite zilnic de angajata noastră casnică. Din câte știu eu, nu ai alergii, dar o poți informa cu privire la eventualele tale preferințe în materie de gusturi. În limita rezonabilului, bineînțeles. Dacă ai nevoie de produse specifice, și mă refer aici la alimente sau produse de igienă, notează-le pe lista de pe ușa frigiderului din bucătărie. Eugenie o urmărește sistematic.

Am dat din cap.

— Trebuie să acorzi o atenție deosebită rețelelor sociale. Te-aș ruga să te gândești cu atenție la setările de confidențialitate, precum și la ceea ce dorești să postezi; iar cel mai bine ar fi să discuți mai întâi cu unul dintre noi.

— Am doar Bookstagram, am spus eu, respirând adânc.

Vincent a vrut să continue, dar, auzind ce am spus, a ridicat o sprânceană.

— Poftim?

— Un cont unde încarc recenzii ale cărților pe care le-am citit. Este un fel de hobby combinat cu cititul. Am destul de mulți urmăritori. Le recomand cele mai bune titluri, după părerea mea, am explicat cu răbdare și clar, căci doream foarte mult să mă fac înțeleasă.

Noul meu tutore m-a ascultat atent, și pe fața lui de piatră a trecut umbra a ceva ce putea fi chiar un zâmbet, deși nu voiam să exagerez cu presupunerile. În orice caz, a dat din cap și a spus:

— În ordine.

OK. Dacă e în ordine, e în ordine.

— Am încredere că ești destul de mare ca să știi singură ce este bine pentru tine, așa că nu am de gând să mă amestec în viața ta, atât timp cât nu va fi necesar. Pot doar să te sfătuiesc să mergi la culcare la ore rezonabile. Este important să fii odihnită în timpul zilei. Nu lăsa învățatul și temele pentru acasă până în ultimul moment, în această școală nu merge așa și sper că aceasta va deveni prioritatea ta.

Telefonul lui Vincent a vibrat, abătându-i un moment atenția spre el însuși. Dar a revenit repede înapoi la mine, ocupându-se de un alt domeniu.

— Prin natura activității mele, sunt adesea indisponibil, de aceea să ții minte că și ceilalți frați ai tăi vor avea grijă să te obișnuiești cu noua realitate. Din punct de vedere legal, bineînțeles, ești în grija mea și doresc să vii la mine cu problemele importante, dar la nevoie ceilalți vor fi și ei responsabili pentru tine, mi-a explicat și a adăugat, văzând privirea mea: Știu că gemenii sunt doar cu doi ani mai mari decât tine, dar o să te convingi singură că pot fi de ajutor.

Felul formal de a vorbi al lui Vincent mă stresa, dar eram întru totul de acord cu el, așa că am dat din nou din cap. De fapt, mă îndoiam mai mult de bunăvoința lui Dylan decât de a gemenilor, dar nu aveam de gând să vorbesc acum despre asta.

— Nu vreau să sune neplăcut, a început el - iar eu în alte împrejurări probabil că aș fi pufnit ironic -, așa că voi menționa aceasta o singură dată. Nu tolerez lipsa de respect și îmi displace foarte mult minciuna. Să ții minte asta, te rog.

Pentru o clipă mi-a venit să îi răspund ceva de genul: „Da, domnule". Frate sau nu, era un individ străin pentru mine, care îmi dicta condițiile lui, în timp ce eu știam că nu aveam prea multe de spus aici. Vincent nu lăsa impresia că este o persoană dispusă la compromisuri. Nu că principiile lui ar fi fost cumva deosebit de diferite de cele pe care le cunoșteam foarte bine din casa mea. Doar că mama nu mi le recita niciodată într-un mod atât de copleșitor.

— Știu că Will te-a avertizat deja în legătură cu asta, dar cred că merită să menționez din nou. Fără un motiv anume, te rog să nu mergi în aripa de lucru. Dacă ai nevoie de ceva și nu este nimeni prin preajmă, cel mai bine este să suni.

Spunând acestea, Vincent a scos din buzunarul pantalonilor săi eleganți o bucată de hârtie îndoită în două și s-a aplecat să mi-o înmâneze. Pe hârtie erau notate cu un scris de mână îngrijit cinci numere de telefon marcate cu inițialele fraților mei.

— Te rog să ți le salvezi în telefon.

— OK, am mormăit și am băgat hârtia în buzunarul pantalonilor de trening.

M-am uitat din nou la inelul lui cu sigiliu și chiar în acel moment m-a izbit diferența dintre hainele mele și ținuta lui Vincent. Arăta de parcă ar fi ieșit pe neașteptate dintr-o ședință de afaceri, în timp ce eu parcă eram gata să mă înfășor într-o pătură pufoasă și să mă uit la o comedie siropoasă fără pretenții.

În sfârșit, a sosit momentul pe care îl așteptam, atunci când ne apropiam de finalul acestei sesiuni introductive dificile. Vincent a sugerat că a venit timpul să pun orice întrebare care mi-ar fi venit în minte. Rămăseseră multe chestiuni neclare, dar erau lucruri la care nu mă gândisem și m-am împăcat cu gândul că trebuia să am răbdare pentru a le clarifica.

Totuși era un lucru de care trebuia să îl întreb.

— Avem același tată, nu-i așa? am întrebat încetișor.

Nu îmi era ușor să evoc figura lui. Presupun că Vincent se aștepta să abordez subiectul, pentru că nu a făcut decât să dea rigid din cap.

— Ce s-a întâmplat cu el?

— A murit. Acum patru ani a murit într-un accident.

Fratele meu nu și-a luat ochii de la mine, transmițându-mi fără niciun pic de emoție această informație tragică.

Mi-am spus în sinea mea, fără nicio umbră de ironie, că sunt cam multe astfel de accidente în familie.

Am înghițit în sec cu amărăciune, dând din cap cu înțelegere. Am vrut să mai spun ceva, dar nu mi-a venit nimic în minte și, în plus, gâtul mi se uscase și am decis că nu avea niciun rost să mă gândesc la încă o moarte a unui alt părinte, mai ales a unuia căruia îi scăpase faptul că, pe lângă fii, mai are și o fiică.

— Asta este tot?

— Cred că da.

Bărbatul s-a ridicat încet și și-a netezit cămașa deja netedă. Ca la comandă, m-am ridicat și eu în picioare, trăgând de mânecile bluzei. Am așteptat semnalul din partea lui că discuția noastră s-a încheiat. Mi se părea necesar, după maniera formală în care o condusese.

— Dacă îți mai vine ceva în minte, poți să vii oricând la mine. N-are rost să-ți încarci mintea cu propriile presupuneri.

— Am să țin minte.

— OK, a conchis el și a arătat spre rafturile din jurul nostru, spunând: Apropo, s-ar putea să găsești aici ceva de recenzat pentru contul tău.

— Voi arunca o privire, cu siguranță.

Abia așteptam să vină o zi, poate chiar mâine, când voi putea să mă strecor aici și să răsfoiesc cărțile, fără ca Vincent să privească peste umărul meu și să mă streseze.

Acesta a fost sfârșitul primei, dar nu și ultimei mele conversații cu fratele cel mai mare. Când am plecat din bibliotecă, m-a invitat în bucătărie la cină. M-a avertizat că, din păcate, programul lor de astăzi era foarte încărcat, așa că nu vom putea să ne întâlnim cu toții la masă, dar m-a anunțat că mâine cu siguranță vom lua masa împreună.

În acea seară au fost de față doar gemenii. Dintre cei trei frați prezenți, cel mai drăguț a fost Shane, care a încercat să vorbească cu mine, să mă facă să mă simt măcar un pic mai puțin stingherită. El era cel care avea un inel mic negru într-o sprânceană. Stătea vizavi de mine și mânca cu poftă piure de cartofi. Vorbea cu gura plină, așa că abia dacă îl puteam înțelege. Accentul lui american nu-mi ușura deloc situația, dar m-am consolat cu gândul că este doar o chestiune de timp până mă voi obișnui cu el, și oricum aceasta era cea mai mică problemă a mea. Am apreciat eforturile lui Shane, pentru că, de exemplu, Tony, care stătea lângă mine, tăcea tot timpul și nu și-a ridicat nici măcar o dată privirea din farfurie.

I-am aruncat câteva priviri fugare și timide și astfel am observat că, în primul rând (la fel ca Shane, de altfel), avea gene foarte lungi. Atât de lungi, încât aș fi putut bănui că erau false, dacă nu ar fi fost faptul că în mod sigur băiatul, în ciuda faptului că era foarte îngrijit, nu făcea impresia unei persoane pasionate de asemenea intervenții cosmetice. Al doilea lucru l-am descoperit atunci când, înainte de a apuca furculița, și-a suflecat mânecile hanoracului negru. Avea un tatuaj impresionant care urca în sus din palma mâinii stângi și care probabil că ajungea până la gât, pentru că o porțiune din el ieșea de sub guler. Nu am îndrăznit să-l analizez prea mult timp, deoarece Tony nu părea o persoană simpatică și nu voiam să-și dea seama că îl privesc fix. Am reușit doar să observ și să disting niște modele abstracte ciudate și o bucată de coadă de dragon, acoperită cu solzi și țepi, ceea ce mi-a întărit convingerea că băiatul avea pe braț o adevărată operă de artă.

El și Vincent nu prea vorbeau, mai ales cu mine, așa că Shane m-a surprins în mod plăcut. Mi-a povestit câte ceva despre școala la care urma să merg. Gemenii erau acolo în penultimul an. Dylan - în ultimul.

— Profesorii sunt cam ai naibii, cred că la fel ca peste tot, dar Vince donează o grămadă de bani școlii, iar noi avem regim special.

Mi-a făcut cu ochiul răutăcios și, pentru prima dată în ultimele zile, mi-a scăpat din gură ceva care nu era foarte departe de un chicotit.

— Să nu-i mai spui așa ceva, l-a admonestat Vincent, iar sprâncenele lui ușor încruntate semnalau clar o oarecare iritare.

Tony a pufnit pe sub nas, iar Shane, ignorând remarca fratelui nostru mai mare, mi-a mai făcut încă o dată cu ochiul. De astă dată, însă, îmi era deja teamă să reacționez, așa că mi-am coborât privirea și mi-am înfundat gura cu încă o îmbucătură de mâncare, din care mi se dăduse iarăși prea mult.

Nu reușeam să mă relaxez după convorbirea cu Vincent. Mă stresase cu regulile lui și cu felul sec în care îmi vorbea. Am observat că se purta la fel și cu băieții, așa că probabil acesta era felul lui de a fi, dar asta nu prea m-a încurajat. Perspectiva de a fi dependentă de el următorii câțiva ani din viața mea mă cam deprima.

Imediat după masă, gemenii au dispărut și Vincent mi-a mai explicat diverse mici detalii, cum ar fi orele de lucru ale menajerei și alte amănunte care îi scăpaseră anterior sau care erau pur și simplu mai puțin importante ca să le menționeze imediat. După ce a terminat, am urcat scările la etaj și abia acolo ne-am despărțit. Eu m-am dus spre noul meu dormitor regal și, după ce i-am aruncat o ultimă privire, am avut timp doar să observ cum silueta lui dispare pe coridorul care ducea spre aripa de lucru.

3

„EI, EI, EI..."

Am aflat repede că reședința Monet semăna cu un câmp minat. În cea mai mare parte a timpului aici domnea o liniște oarecum periculoasă, pentru că la fiecare pas exista riscul de a da peste unul dintre frați. Încercam să îi evit, mai ales pe cei care nu-mi plăceau în mod deosebit. M-am simțit ușurată, a doua zi, când am reușit să străbat drumul de la camera mea la bucătărie fără să mă împiedic de niciunul dintre ei.

Prima dată m-am trezit pe la patru dimineața pentru că diferența de fus orar își spunea cuvântul. Organismul meu nu era odihnit sută la sută, dar nici nu puteam să adorm din nou, așa că am stat trează mult timp în așternut, privind cum lumina din noul meu dormitor frumos devine din ce în ce mai puternică. La un moment dat, mi-am scos de sub pernă telefonul pe care îl lăsasem acolo conectat la încărcător. Pentru aceasta a trebuit să mă târăsc până la marginea saltelei, lucru pe care nu mi-l puteam imagina înainte. Nu cred că mai dormisem vreodată într-un pat atât de mare.

Până pe la ora șapte, am verificat postările de pe contul meu de carte. Am adăugat câteva articole de citit la lista de așteptare și am scris câteva comentarii. După aceea am deschis cu un oftat câteva mesaje personale pe care mai înainte preferasem să le ignor din diverse motive.

Unul dintre ele era de la mătușa Marie, o femeie de fapt străină, sora bunicii mele, pe care o cunoșteam doar după nume. Locuia în Irlanda împreună cu familia ei, cu care nu avusesem niciodată nicio legătură. Știam că nu-i surâsese ideea să mă ia sub aripa ei, mai ales că era deja foarte bătrână și oarecum resemnată, iar copiii ei și copiii acestora nu mă cunoșteau deloc. Era singura persoană din acea zonă care se deranjase să participe la înmormântare și aproape că vedeam ușurarea de pe fața ei zbârcită când a aflat că aveam deja un nou tutore și nu mai trebuia să găsească scuze de ce nu poate avea grijă de mine, deși își dorea atât de mult să o facă. La mesajul ei politicos și sec am răspuns la fel de laconic și am trecut la următorul.

Acesta era un pic mai elaborat. Nu mă mira, pentru că era de la Roxane, o prietenă a mea din copilărie. Tristă amintire, pentru că fuseserăm cândva nedespărțite, dar apoi se mutase cu părinții ei înapoi în Grecia natală, motiv pentru care, din păcate, relația noastră a avut mult de suferit. În ciuda eforturilor noastre, ne-a fost greu să ne păstrăm prietenia. Știam totuși că, deși prietenia noastră se stinsese, încă mai puteam conta pe sprijinul Roxanei, mai ales în momente atât de tragice pentru mine.

Ultimul mesaj necitit pe care îl primisem era de la o colegă de școală, cu care nu aveam nimic în comun în afară de o camaraderie superficială. Nu puteam scăpa de sentimentul că îmi scrisese mesajul înconjurată de un ciorchine de oameni avizi de senzații, de care nu duceau lipsă coridoarele fostei mele școli. Drept răspuns, am reformulat puțin mesajul trimis mătușii Marie și, cu un alt oftat, am închis telefonul.

Și asta ar fi cam tot. Cu inima strânsă m-am ridicat din pat, pregătindu-mă psihic să întâmpin o nouă zi plină de provocări și de frații mei ciudați. Am făcut un duș temeinic, m-am îmbrăcat și m-am pieptănat îngrijit, mi-am făcut patul, am deschis fereastra ca să aerisesc camera și mi-am despachetat bagajele. Hainele mele nu ocupau decât o mică parte nefericită din dressing.

Am petrecut o jumătate de oră bună uitându-mă la cerceii mici de aur, în formă de inimioare, care stăteau într-o cutie elegantă, înfipți într-o pernă de catifea albă. Era un cadou de la mama mea, care înainte fusese doar valoros, dar acum devenise neprețuit. Mi-am permis un moment de emoție, dar când mi-am revenit în fire după aceea, nu am mai putut zăbovi și am fost nevoită să părăsesc dormitorul.

În acea dimineață am cunoscut-o pe Eugenie, menajera despre care îmi povestise Vincent. Fredonând în șoaptă melodii necunoscute, ștergea blatul de lucru în acompaniamentul mașinii de spălat vase.

— Bună dimineața, am salutat-o eu politicos, mângâindu-mi fără să vreau cotul cu o mână.

Femeia a încremenit și apoi s-a întors brusc. Ochii i s-au luminat când m-a văzut. Buclele ei scurte, dar bogate, erau legate cu o panglică groasă și colorată, de parcă îi crescuse pe cap ceva ca o căpiță de fân, dar am alungat acest gând urâcios, pentru că m-a învăluit imediat într-un zâmbet larg, deosebit de cald, lăsând la vedere tot șirul de dinți de sus. Eugenie era o doamnă în vârstă, cu un ten matur și gras. Cele mai frapante erau ridurile care i se formau pe frunte la cea mai mică schimbare de expresie. Purta o bluză albă fără guler, foarte largă, pantaloni de trening gri și niște șlapi albi nostimi.

Înfățișarea ei m-a intrigat foarte mult, deoarece mă așteptam la o ținută mai formală de la o menajeră într-o casă atât de elegantă. M-am bucurat că era altfel, pentru că Eugenie radia de strălucirea banalității, ceea ce m-a făcut să simt încă din primul moment că aveam ceva în comun. Nu aveam nevoie de alte formule, de reguli și de lux. Voiam să am parte măcar de puțină normalitate, iar Eugenie părea o persoană care ar fi putut fi prietenă cu bunica.

Femeia a început imediat să mă copleșească cu complimente, mi-a admirat părul lung și, după cum spunea ea, fețișoara mea frumoasă. A aruncat imediat cârpa de șters blatul, jurând că era gata să pregătească orice îmi dorea sufletul. Nu aveam chef să mănânc nimic în mod deosebit, dar în cele din urmă am acceptat cu timiditate oferta de clătite americane.

Eugenie se mișca prin bucătărie cu o îndemânare remarcabilă și bănuiam că o cunoștea mai bine decât oricare dintre băieții care locuiau aici. M-am așezat la masă, urmărindu-i acțiunile și m-am oferit de câteva ori să o ajut, pentru că nu eram obișnuită să stau cu mâinile în sân și să privesc cum cineva mă servește, dar Eugenie mi-a spus să stau jos și să nu-mi fac griji pentru nimic. Apoi a încercat să mă implice într-o conversație, întrebându-mă mai întâi care sunt mâncărurile mele preferate și ce nu-mi place, iar apoi m-a întrebat despre viața și obiceiurile mele din Anglia. De asemenea, mi-a spus cu mândrie că în semestrul următor fiica ei va merge într-un schimb studențesc la Newcastle. Nu vizitasem niciodată Newcastle, așa că mi-a fost greu să înțeleg ce înseamnă asta pentru ea, dar am zâmbit la simpla menționare a faptului că orașul se afla în țara mea natală.

— Am auzit că acolo au un accent dificil, a spus Eugenie, care vorbea o engleză bună, deși cu accent străin trădat de pronunția dură a consoanei „r". Dar eu îi spun că este foarte bine, trebuie să-l învețe. Niciodată nu înveți destul.

Femeia a întors clătitele aproape automat, zâmbind propriilor gânduri.

— Fiica mea este o fată deșteaptă, să știi, și pare o americancă adevărată.

Am zâmbit ușor.

— Sunt sigură că se va descurca.

— Asta e sigur!

Eugenie a făcut semn cu mâna, apoi s-a aplecat spre mine.

— Îi tot spun mereu că i s-a dat o șansă, pe care nu trebuie să o irosească. Pentru că atunci când eram tânără nici nu putea fi vorba să studiez. Nimeni nu s-a oferit să-mi plătească taxele de școlarizare, a suspinat ea. Avem mare noroc că domnul Vincent a fost atât de bun cu noi. La început am crezut că este foarte diferit de tatăl său, domnul Camden, pentru că este întotdeauna atât de grav și de concentrat, asta este impresia pe care o lasă. Dar, după cum am văzut, are tot o inimă de aur și nimic nu mă va face să cred altceva.

La auzul numelui tatălui meu am simțit cum mi se strânge stomacul. Era pentru prima dată când cineva vorbea despre el în fața mea cu atâta dezinvoltură. Chiar și mama mea schimba subiectul ori de câte ori o întrebam despre el. Eugenie pur și simplu nu înțelegea că menționarea lui în prezența mea era o lipsă de tact, iar eu am făcut tot posibilul să nu arăt că-mi pasă. Performanța mea actoricească, deși slăbuță, nu a dat greș, cred, căci femeia și-a continuat monologul și, în loc să dau mereu din cap, așa cum făcusem până atunci, m-am cufundat în gânduri.

Camden Monet, un om care locuise cândva aici, dormise într-unul din numeroasele dormitoare, mâncase în această bucătărie, iar Eugenie, probabil, îi pregătea cafeaua și îi punea o ceașcă în față, pe această masă, pe care îmi țineam acum coatele. Avea o inimă de aur – așa spunea ea despre el. Oricât de mult aș fi vrut să nu-mi bat capul cu el, nu puteam ignora întrebările fără sfârșit pe care doream să i le pun. Cum era, cum arăta și, mai ales, de ce nu a vrut să mă cunoască.

Mi-am pus în minte că Eugenie ar putea fi o sursă valoroasă de informații despre el, mai ales că îi plăcea să vorbească, fără să stea prea mult pe gânduri. Cu toate acestea, nu am vrut să-i pun întrebări despre el din pură prudență. Poate că unul dintre frați avea să audă sau să afle despre aceasta. Curiozitatea mea trebuia să aștepte.

În curând, o farfurie de clătite dolofane și rumenite se afla pe blat în fața mea, așezate una peste alta, acoperite cu sirop de arțar și presărate cu fructe de pădure. Visasem la ele încă de când le văzusem într-un desen animat american, cu câțiva ani în urmă, iar bunicii mele, deși era o bucătăreasă desăvârșită, îi ieșeau întotdeauna prea turtite. Eugenie mi-a urat poftă bună și a plecat să se ocupe de rufe, iar eu mi-am luat rămas-bun de la ea cu un zâmbet, fericită că în această casă mare, plină de bărbați, există cel puțin o femeie.

Porția era prea mare pentru capacitățile mele, așa că am petrecut aproape o oră cu ea. După ce am terminat de mâncat, am spălat vasele folosite, căci uitasem de mașina de spălat vase, iar apoi am rămas în mijlocul bucătăriei, neștiind ce să fac în continuare. Nu aveam absolut nimic de făcut și simțeam dureros acest lucru în locul necunoscut în care mă aflam. Absolut din întâmplare, privirea mi-a căzut pe fereastra mare a bucătăriei, prin care intra soarele, luminând această cameră deja foarte luminoasă. Vremea părea mult mai frumoasă decât ieri și mi-am zis imediat că ziua însorită de astăzi ar putea anunța speranța pentru ceva bun în realitatea mea cenușie. Încurajată, mi-am pus un hanorac mai gros și am ieșit pe ușa principală spre curte.

Când mă luase ieri de la aeroport, Will lăsase mașina pe alee, unde acum era parcată o altă mașină, suspect de obișnuită în comparație cu jeepul de lux. Am ghicit că îi aparținea lui Eugenie, doar din cauza vopselei de culoarea sfeclei de zahăr. Pur și simplu nu mi-l puteam imagina pe niciunul dintre frații mei la volanul unei astfel de mașini.

De pe alee pornea un drum care dispărea printre copaci și știam că undeva mai departe ajungea la poarta de intrare. M-am hotărât să nu merg pe acolo, ca nu cumva să creadă cineva că cercetez împrejurimile cu gândul să fug. În loc să merg spre poartă, am hoinărit pe peluza verde perfect tunsă, hotărând să ocolesc conacul imens.

Din când în când bătea vântul și trebuia să mă înfășor mai strâns în hanorac, dar, în rest, plimbarea mea a fost nu numai plăcută, pentru că aerul proaspăt mi-a stimulat gândirea și mi-a permis să respir în voie, dar și necesară, deoarece mă simțeam supraalimentată după acel mic-dejun copios, iar mișcarea mi-a făcut bine. Grădina din jurul conacului era imensă, deși, din păcate, după un anumit timp mi s-a părut plictisitoare. După gustul meu, avea nevoie de flori, pentru care nu ducea lipsă de spațiu.

Am trecut pe lângă fereastra mare a bucătăriei și am aruncat o privire pe furiș înăuntru, doar pentru a constata că încăperea rămăsese goală, exact așa cum o lăsasem. Apoi am mers mai departe, trecând pe lângă alte ferestre mari, până când, în sfârșit, am ajuns la o terasă cu pardoseală din scânduri de culoare închisă, pe care se afla un minunat set de canapele și fotolii, de pe care pernele fuseseră deja luate în vederea iernii. Era și un balansoar pentru două persoane, pe care chiar m-am așezat timidă pentru o clipă. Întotdeauna îmi dorisem unul ca acesta.

După cum am reușit să-mi dau seama, la terasă se ajungea din camera de zi printr-o ușă glisantă. Mi-am continuat plimbarea și, după un timp, am descoperit că, fix alături, se afla o altă terasă, de data aceasta cu șezlonguri și o baie jacuzzi încorporată, precum și o piscină destul de mare, care – exact cum spusese Will – fusese deja golită.

M-am plimbat pe marginea ei și chiar m-am oprit pe treptele care duceau în jos, imaginându-mi cum arată atunci când este plină. Cum strălucește suprafața apei în timpul verii, în lumina soarelui. Locuiesc într-o casă cu piscină, mi-am zis în sinea mea, scuturând din cap cu neîncredere pentru a suta oară. Nu mă așteptam să am parte vreodată de un asemenea nivel de bunăstare.

Aici, peretele casei de la parter era numai din sticlă, în care în acest moment al zilei se reflectau copacii și cerul. La primul etaj ieșea în evidență un balcon care forma un mic baldachin. M-am furișat sub el, apropiindu-mă cu curiozitate de ușa întredeschisă a terasei, pe care am observat-o abia după un timp. Am băgat capul înăuntru și am descoperit că tocmai ajunsesem în zona de fitness a casei, adică exact în partea pe care îmi propusesem să o evit.

Era o încăpere mare și luminoasă, cu diverse tipuri de aparate pentru exerciții fizice. Singura sală de sport în care pusesem vreodată piciorul era cea de la fosta mea școală, unde echipamentele aveau câteva zeci de ani, iar în aer se simțea un miros sufocant de cauciuc.

Sala de fitness a fraților mei, plină de aparate noi și strălucitoare, era total opusul ei. Avea o bandă de alergare, bănci pentru ridicarea greutăților, câțiva coloși despre care nici măcar nu știam la ce foloseau, cercuri de tracțiune, saltele și salteluțe, saci de box și un sistem de difuzoare, din care probabil că se auzea muzică pentru a face antrenamentele băieților mai plăcute. Unul dintre pereți era în întregime căptușit cu oglinzi și, când m-am uitat la ele, mi-am dat seama că nu eram singură.

— Încă mai adulmeci pe aici? a întrebat Dylan, care arăta de parcă m-ar fi examinat de mai mult timp.

Stătea într-un colț unde erau aranjate în piramidă sticlele cu apă. Ținea una în mână, deschisă și pe jumătate goală. Părul lui umed, strâns la spate, îi lăsa la vedere fruntea, care strălucea de sudoare, la fel ca umerii încordați. Trunchiul îi era acoperit de un tricou larg, care îi atârna peste mușchi ca un sac. În jurul gâtului avea niște căști roșii, din care mi se părea că se auzea muzică.

M-am simțit imediat stresată de prezența acestui frate al meu, care nu-mi era foarte simpatic. Am știut de la început că este mai bine să evit sala de gimnastică, iar acum nimerisem tocmai aici pentru că rătăcisem fără țel.

— Mă plimb, i-am răspuns, încercând să-mi păstrez calmul.

— Numești plimbare faptul că tragi cu ochiul prin încăperi la întâmplare?

Zâmbetul lui răutăcios nu a făcut decât să-mi confirme convingerea că încerca pur și simplu să mă provoace. Am strâns în mână mânerul abia vizibil de la ușa pasajului spre terasă și am mormăit:

— Will a spus să mă simt ca acasă, așa că pur și simplu mă uit prin jur. Dacă vrei să rămâi singur, e suficient să spui și plec mai departe.

Dylan nu-și lua ochii de la mine în timp ce ridica sticla în dreptul gurii. I-a înghițit conținutul în două secunde, apoi a strivit-o cu o mână și a aruncat-o la o parte, s-a șters la gură și a ridicat din umeri.

— Păi pleacă!

Ignorând ușoara înțepătură de tristețe pe care o suferise eul meu din cauza indiferenței lui, m-am întors înapoi în grădină. Mi-am strâns mai tare brațele în jurul corpului și am mers pe lângă casă un pic mai departe, dar dintr-un anumit motiv nu mai eram foarte interesată de clădirea pe lângă care treceam. Mi-era teamă să mă uit pe la fereastră, pentru că nu voiam să fiu acuzată pe nedrept că am tras cu ochiul din nou. Dimensiunea reședinței Monet mă speria și casa în sine nu-mi inspira sentimente de căldură.

Mai ales când am ajuns la următoarea alee de acces. Aceasta era mult mai mică, iar ușa de la intrare aflată aici era solidă. Nu cunoșteam clădirea suficient de bine nici măcar pentru a încerca să ghicesc la ce parte a clădirii ducea, așa că am trecut pur și simplu pe lângă ea. Apoi am mers de-a lungul anexei imense, care nu avea ferestre și era folosită ca garaj. Apoi, în cele din urmă, mi-am terminat plimbarea, pentru că m-am trezit din nou în fața casei. În acest punct al excursiei mele, mă durea deja capul din cauza excesului de oxigen din aerul proaspăt de toamnă.

Am intrat din nou în acea casă care îmi evoca o junglă periculoasă. Nu lipseau decât verdele luxuriant al frunzelor și mirosul sufocant al solului, dar în rest totul se potrivea. Sub vălul de relativă liniște, se ascundeau o mulțime de secrete și le simțeam cu toate simțurile mele.

Pașii mei pe podelele de marmură ale conacului nu făceau niciun zgomot. Întrucât aveam doar șosete în picioare, îmi era greu să schimb această situație, deși îmi doream foarte mult să rup această liniște tulburătoare și să nu mai dau impresia că fac pe detectivul.

Testând diferite moduri de a păși, m-am dus în camera mea, ca să-mi scot tricoul călduros de care nu mai aveam nevoie. Era mai-mai să mă prăbușesc pe scări când am privit din nou la tabloul ciudat din hol, dar mi-am recăpătat repede echilibrul, iar la urechile mele nu a ajuns niciun chicotit răutăcios, așa că bănuiesc că totul s-a produs fără martori.

Am dat peste cineva abia când am decis încă o dată să ies din camera mea, de data aceasta ca să-mi fac un ceai. Durerea de cap îmi trecea încet-încet, dar simțeam că mă cuprinde o răceală de toamnă și de aceea am decis să mă duc din nou la bucătărie.

— Ți-e frig?

Tocmai mă aplecam deasupra unui sertar recent descoperit, plin de ierburi și de ceaiuri, și la auzul acelei voci, deși părea prietenoasă, am sărit brusc în sus. La intrarea în bucătărie stătea Will și îmi zâmbea. La început m-am speriat că este fratele meu cel mai mare și asta din cauza ținutei oficiale în care încă nu-l văzusem pe Will. Purta o cămașă care îi scotea perfect în evidență albastrul intens al ochilor și pantaloni de costum închiși la culoare. Dacă ar trebui să descriu cum arată un bărbat de succes, în loc să-mi scrântesc limba, aș arăta pur și simplu spre el.

— Un pic. Am făcut o plimbare.

— Știu, a spus Will, iar când m-am uitat surprinsă la el, a adăugat cu cea mai mare nonșalanță: Te-am văzut pe fereastră.

M-am rugat în sinea mea ca expresia feței să nu-mi trădeze stânjeneala pe care o simțeam în suflet. Îmi doream atât de mult ca acest sentiment să înceteze în sfârșit să mă mai chinuiască.

— Vrei un ceai? am întrebat, ca să schimb subiectul, și am făcut semn cu mâna către pliculețul ales de mine.

— Nu, mulțumesc. Trebuie să plec.

A aruncat o privire la încheietura mâinii, la care purta un ceas, altul decât cel de ieri, cred, dar cu siguranță la fel de elegant.

— Ar trebui să mă întorc în câteva ore. Diseară avem cu toții rezervare la un restaurant. Preferatul nostru.

— Și eu?

Întrebarea mi-a scăpat fără să mă gândesc, iar Will m-a privit de parcă aș fi căzut din copac.

— Tu în primul rând. Tu ești motivul pentru care ieșim în oraș. Să spunem doar că va fi un fel de seară de bun-venit.

— Oh! Sună grozav, am mințit eu.

Will a simțit cu siguranță că reacția mea era artificială, dar nu a comentat, ci doar mi-a aruncat o privire plină de înțelegere. Îmi plăcea faptul că nu insista inutil asupra comportamentului meu, dându-mi timp să mă obișnuiesc cu realitatea.

— În cazul în care se întâmplă ceva, nu ești singură. Vince și Dylan sunt acasă. Poți să mă suni și pe mine oricând. Și Eugenie e pe aici pe undeva. Ai cunoscut-o pe Eugenie?

— Mi-a făcut un mic-dejun delicios!

— Gătește admirabil, a fost de acord Will, după care trebuie să fi primit un fel de mesaj, pentru că a aruncat o privire pe ecranul telefonului mobil pe care îl ținea în mână și a spus: Bine, Hailie, acum chiar trebuie să plec. Ne vedem mai târziu, a chicotit și a făcut ceva la care nu mă așteptam deloc - încă pe jumătate concentrat pe telefonul lui, s-a apropiat de mine, și-a pus brațul în jurul umărului meu și m-a sărutat în vârful capului: Să ai o zi bună!

După care a dispărut înainte ca eu să apuc să-i răspund cu un stupid „și tu la fel“. În schimb, în următorul minut mi-am recăpătat puterea asupra membrelor mele înțepenite, care înlemniseră de uimire din cauza acestui act de tandrețe. Will, deși era cel mai simpatic dintre toți oamenii pe care îi întâlnisem în ultima vreme, era totuși un străin pentru mine, un om de la care nu m-aș fi așteptat niciodată la asemenea gesturi atât de directe.

M-am gândit o clipă la ce ar trebui să cred în legătură cu asta, apoi am decis că acest tratament chiar mi-a plăcut puțin. Nu eram încă foarte sigură, dar pentru o clipă am avut sentimentul că Will pusese un mic plasture pe inima mea frântă.

M-am mai gândit la asta în timp ce așteptam, cu o cană mare în mână, să fiarbă apa. M-am întrebat cum este posibil ca Dylan și Will să fie atât de diferiți, în ciuda relației lor apropiate.

Însoțită de aroma de portocală și mentă m-am îndreptat la început spre masă, dar la jumătatea drumului m-am răzgândit și am pornit spre scări și spre camera mea, dar atunci mi-am amintit de bibliotecă și am schimbat din nou direcția.

Îmi plăcea că aproape toți pereții de aici erau căptușiți cu biblioteci înalte, maro închis, pline de cărți. În încăpere se crea astfel o atmosferă unică și magică.

Eram curioasă să examinez atentă pianul, care, deși simplu, părea elegant. Mi-a venit să îl deschid și să arunc o privire la tastatura lui, dar îmi era teamă că îl voi dezacorda doar atingându-l. În schimb, mi-a trezit interesul rama simplă cu o fotografie care stătea singură pe el. La reședința Monet nu dădusem până atunci peste nicio fotografie, așa că aceasta mi-a atras imediat atenția. Nu era niciunul dintre băieți, ci doar două femei. Amândouă blonde. Una dintre ele zâmbea larg și fermecător, în timp ce cealaltă părea mai rezervată, dar și mai mulțumită. Am întins mâna ca să apuc rama și să privesc fotografia, dar am constatat că este mai grea decât mă așteptam și era cât pe-aici s-o scap pe jos. Mi-am îndepărtat imediat mâna de ea și m-am dus înspăimântată spre celălalt capăt al încăperii, mustrându-mă în gând. Ar fi mai bine să mă concentrez asupra cărților. Este mai greu să le distrug.

Multe dintre volumele de aici erau manuale de afaceri, unele foarte vechi și cu înțelepciunea probabil depășită. Am găsit, de asemenea, câteva de psihologie, unele (deși puține) motivaționale, ceva despre alergare, despre gătitul sănătos și chiar și câteva cărți erotice, pe care le-am ocolit de departe. În cele din urmă, am dat peste romane de ficțiune pentru persoane din categoria mea de vârstă și am rămas agățată de acest raft. Am fost plăcut surprinsă să constat că exista aici o abundență de cărți de beletristică și toate bune la prima vedere. Pe unele le cunoșteam deja, îmi plăceau și le apreciam.

Mai ales când nu mă simțeam bine, când aveam o zi urâtă, când cineva îmi provoca un necaz sau făceam un lucru jenant a cărui amintire îmi tortura creierul ore în șir după aceea, îmi plăcea să mă cufund într-o lectură interesantă care îmi permitea să intru într-o altă lume, făcându-mă să uit complet de realitate. Pentru astfel de ocazii, alegeam de obicei o carte bună de ficțiune.

Am găsit în sfârșit ceva de care m-am îndrăgostit de la prima vedere. Coperta tare și lucioasă înfățișa un dragon negru cu ochi verzi, panglica din mijlocul volumului care servea ca semn de carte semăna cu o limbă subțire de reptilă, roșie ca sângele, iar descrierea de pe verso m-a convins după prima propoziție. Aveam de gând să citesc doar primul capitol, dar romanul m-a absorbit în totalitate și am înghițit fiecare cuvânt ca vrăjită, ghemuită în fotoliul în care stătuse mai înainte Vincent.

Totuși, aș minți dacă aș spune că nu am avut probleme de concentrare de la bun început. Era prima dată de la moartea mamei mele când îmi permiteam să mă desfăt cu această plăcere veche și mă simțeam de parcă trecuseră veacuri de când nu mai citisem o carte. Iar de la evenimentele tragice care îmi întorseseră viața cu susul în jos, trecuse mai puțin de o săptămână. Așa că, înainte de a mă cufunda într-o lume nouă, a trebuit să mă confrunt cu mustrările de conștiință și cu tristețea. Mamei îi plăcea întotdeauna să mă audă vorbind despre cărțile care îmi plăceau în mod deosebit. Mă tortura gândul că despre aceasta nu îi voi povesti niciodată.

Tristețea care mă copleșise nu putea fi alungată decât de o poveste cu adevărat excelentă. Am petrecut toată după-amiaza cu această nouă descoperire, schimbând doar pozițiile în care ședeam, total absorbită de ceea ce citeam.

Abia câteva ore bune mai târziu, liniștea mea a fost tulburată. Stăteam întinsă pe fotoliu, cu spatele arcuit, ținând în mână cartea chiar deasupra feței, când ușa bibliotecii s-a deschis și a intrat unul dintre gemeni. Am simțit un sentiment de ușurare când l-am recunoscut, căci era Shane, adică cel mai drăguț.

— Aici este, a spus peste umăr cuiva, apoi s-a întors din nou spre mine și a arătat în spatele meu cu o mișcare a capului. Hei, ne pregătim de plecare.

Nu am reușit să ascund prea bine un oftat greu. Fără chef, am pus cartea înapoi pe masă, folosind ca semn de carte panglica roșie ca sângele a acestei frumoase ediții.

Am dus cana goală în bucătărie, unde m-am întâlnit cu Will și cu Tony, care, văzându-mă, și-au întrerupt conversația. Will m-a privit cu bunăvoință și a repetat ceea ce îmi transmisese deja Shane, în timp ce Tony a aruncat o privire undeva în lateral, ca și cum dinadins nu ar fi vrut să se uite în direcția mea.

Am urcat scările spre camera mea fără niciun chef, regretând din toată inima că nu pot să mă trântesc pe pat și să dorm. Sau să continui să citesc. Nu mă atrăgea gândul să ies în oraș și în niciun caz nu cu toți frații, dintre care mai mult de jumătate aveau o atitudine dubioasă față de mine.

Mi-am scos din garderobă cea mai elegantă rochie pe care o aveam. Era simplă, bleumarin, cu mâneci trei sferturi și cu o fustă cloș care ajungea chiar până la genunchi. Nimic special, așa că nu-mi făceam griji că voi arăta prea gătită. Dimpotrivă, în timp ce stăteam alături de băieții eleganți, am simțit cât de mult mă deosebesc de ei. Am încercat să mă conving că erau doar complexele mele, dar era greu să mă cert cu vocea sumbră din capul meu care îmi șoptea: *Nu le ajungi nici până la glezne, Hailie Monet. Arăți ca o orfană. Ceea ce, apropo, chiar ești.*

Cu toate acestea, nimeni nu a comentat felul în care arătam. Frații s-au împrăștiat prin garaj, stabilind cine cu cine va merge.

O clipă toți mi s-au părut identici și a trebuit să strâng din ochi pentru a-i deosebi. Erau îmbrăcați în costume închise la culoare și cămăși deschise, unii purtau cravată, alții nu. Toți aveau o tunsoare îngrijită și se mișcau cu dezinvoltura caracteristică oamenilor familiarizați cu luxul. Nu îmi venea să cred că ies în oraș cu un grup de bărbați care arătau așa.

Cu toate acestea, nu la vederea lor am amuțit. Am fost de-a dreptul șocată când am văzut garajul, în care intrasem acum pentru prima dată pe urmele fraților mei. Interiorul său vast era chiar mai impresionant decât priveliștea de afară. Pentru o clipă, am avut senzația că ușa era un portal care ne ducea într-un salon auto exclusivist. Mașinile stăteau aliniate într-un șir ordonat și se vedea că proprietarii au mare grijă să păstreze ordinea aici. Pardoseala gri și lucioasă era acoperită de zgârieturi și urme de cauciucuri care, în mod surprinzător, nu erau inestetice, ci dimpotrivă, îi dădeau un fel de farmec aparte. Pereții erau, de asemenea, gri, dar într-o nuanță ușor diferită și străbătuți pe alocuri de mici șanțuri longitudinale înguste care ajungeau până la tavan și reprezentau un fel de iluminat modern cu leduri.

Nu era garajul tipic al unei familii obișnuite – dezordonat, cu tot felul de lucruri, plin de cutii de carton și echipamente care nu mai fuseseră folosite de ani de zile. Aici, întreaga suprafață – de dimensiuni considerabile – era rezervată exclusiv pentru mașini. Iar dacă cineva are deja un astfel de garaj, este doar pentru că își permite să țină în el vehicule de top – și acesta era cazul și aici.

Printre altele, erau aici mașini pe care le văzusem până atunci doar sub formă de jucării în poveștile pentru copii sau poate în unele filme. Vreo trei dintre ele erau de tip bizar, aproape cosmice – viu colorate, aplatizate, de sport, care probabil că accelerau la sute de kilometri pe oră în câteva secunde. Altele două erau mai elegante și mai zvelte – una argintie și cealaltă neagră, de care s-a apropiat Vincent din partea șoferului. Mai era și jeepul imens, cu laturile înalte, cu care venise Will să mă ia de la aeroport, și o mașină albă mai puțin bătătoare la ochi.

În acel moment, lipsa mea de cunoștințe în domeniul auto mă făcea să mă simt jenată. Nu-mi puteam aminti nicio marcă de mașină! Puteam doar să le separ în mintea mea în funcție de culoare, ca stereotipul de femeie din glumele sexiste.

Frații Monet s-au urcat în mașinile lor cu multă dexteritate (mi-a căzut falca, pentru că aveam ocazia pentru prima dată să văd un vehicul cu uși care, în loc să se deschidă pe lateral, în mod tradițional, se ridicau) și, o clipă mai târziu, două mașini părăseau proprietatea. Una, cea neagră și zveltă, era condusă de tutorele meu legal, iar lângă el stătea Will. Eu am ajuns în spate, din păcate, împreună cu Tony, care nu m-a onorat nici măcar cu o privire pe tot parcursul drumului.

A doua mașină era condusă de Shane. A ales una dintre cele sport, de un bleumarin frumos, cea cu ușile neobișnuite și, împreună cu Dylan, păreau încântați de vuietul motorului, în timp ce ne depășeau pe drum. Am văzut în oglinda laterală cum Vincent își rostogolește ochii, iar Will clatină din cap. Reacțiile lor m-au făcut să mă gândesc la părinții deranjați de năzbâtiile copiilor lor și pot spune că gândul acesta m-a amuzat puțin.

Îmi amintesc prima mea ieșire în oraș cu noua mea familie ca prin ceață. Poate că eram prea stresată și creierul meu a considerat că această amintire este prea traumatizantă, ceva ce aș fi vrut să uit. Sau poate că pur și simplu nu s-a acomodat la cantitatea de lux care se revărsa deja pe ușile principale ale restaurantului.

Știu sigur că Vince i-a dat cheile unui băiat îmbrăcat în frac care parca mașinile, cineva s-a înclinat în fața mea, altcineva l a întrebat pe Will dacă eram siguri că masa pe care o alesese ne convenea, iar la intrare ne-am încrucișat cu o pereche de tineri îndrăgostiți, literalmente înfășurați în aur, vizibil ușor amețiți de alcool.

Mă simțeam pierdută, uitându-mă la covoarele roșii, la aplicele de pe pereți, din nou la podelele strălucitoare și la tavanul în formă de cupolă, pe care era pictată o frescă, stilizată în genul Renașterii. Vedeam tablouri cu îngerași dolofani, în rame aurii groase, în timp ce un domn elegant cânta la vioară o melodie liniștitoare.

Am tresărit surprinsă când cineva mi-a pus mâna pe spate, dar când am văzut că era Will, m-am relaxat. Nu aveam de gând să disprețuiesc sprijinul lui în acest loc, pentru că nu știam nici măcar unde să mă uit.

— Te simți bine, Hailie? s-a asigurat în șoaptă, în timp ce ne luam locurile la masa rotundă intimă.

Am încuviințat din cap, poate un pic prea energic, schițând un zâmbet slab, care trăda cu siguranță faptul că eram cât se poate de emoționată. Această stare mi s-a accentuat când Vince s-a așezat pe scaun, de cealaltă parte a mea. Mă întrebam dacă voi fi în stare să înghit ceva, fiind atât de aproape de el. Simțeam, de asemenea, presiunea acestui mediu elegant care îmi influența toate mișcările, făcându-le nefiresc de rigide, ceea ce nu se putea spune despre purtarea fraților mei. Simțindu-se perfect în largul lor, instalați comod în fotoliile confortabile, sculptate, au luat meniul de la chelner și glumeau din când în când despre ceva. Ceea ce pentru mine era o mare problemă pentru ei era ceva obișnuit și aveam impresia că această ieșire în oraș nu făcea decât să mărească prăpastia dintre noi, în loc să o reducă.

Atunci am văzut pentru prima dată în ei niște frați adevărați. Aceia care se cunosc de la naștere și au o legătură specială. Râdeau și discutau în timp ce se așezau la masă, dădeau comanda și așteptau mâncarea. Nu puteam scăpa de sentimentul că nu mă potriveam cu ei. În venele noastre curgea parțial același sânge, dar ei erau o unitate, iar eu eram o străină. Am făcut o grimasă când mi-am dat seama de asta.

— Cum este lasagna ta, Hailie? m-a întrebat Will când am primit cu toții ce comandaserăm și am început să mâncăm.

— Delicioasă, i-am răspuns cu un zâmbet timid.

Chiar îmi plăcea, dar mai mult scormoneam doar cu furculița în ea, pentru că nu-mi plăcea să mănânc când mă simțeam inconfortabil. Tot ce era legat de această ieșire în oraș mă făcea să mă simt inconfortabil – împrejurările, locul și compania.

Am observat că frații care nu erau șoferi astăzi își comandaseră câte-o bere. Chiar și cei minori, ceea ce m-a surprins destul de mult, dar nimeni nu părea să facă o problemă din asta aici, fapt la care am meditat o vreme, sorbind din Coca-Cola.

Atmosfera era propice pentru tot mai multă distracție. Distracție la care eu nu prea am luat parte, până când conversațiile au amuțit pentru o clipă, iar atunci Shane și-a amintit că aceasta ar fi trebuit să fie seara noastră de team building și a început să vorbească cu mine.

— Hailie, de ce nu spui nimic?

Bineînțeles, privirile tuturor celor prezenți s-au întors spre mine, ceea ce evident că m-a stresat, așa că am zâmbit cu politețea mea obișnuită, dar am continuat să mă uit în farfuria mea care încă mai conținea o jumătate de porție de lasagna.

— Pentru că... mănânc.

— Și când nu mănâncă, tot nu spune nimic, murmură Dylan.

— Pentru că o enervați, idioților, s-a răstit Will la ei, fulgerându-și frații cu o privire mustrătoare.

— Eu? Dar eu nu fac nimic, a protestat Shane, apoi s-a uitat la mine, cu palmele îndreptate spre piept. Te supăr eu cu ceva?

Am clătinat din cap, foarte nefericită în sinea mea de faptul că abordează acest subiect.

— Este mereu îmbufnată, a continuat Dylan.

— Tu n-ai fi?

— Nu.

— Dar, hei, imaginează-ți că ești o fetiță...

— Du-te dracului!

— Nu, stai așa, serios. Imaginează-ți că ești o fetiță și dintr-odată afli că ai cinci frați mai mari. Shane s-a uitat cu înțeles la Dylan. Ei bine, eu aș fi supărată.

— Nu sunt fetiță, am intervenit eu.

Eram pe punctul de a arunca aceste cuvinte în eter, dar au răsunat mult prea clar, deoarece chiar atunci toți ceilalți au amuțit.

— Ba da, mi-au răspuns Shane și Dylan simultan.

Am ridicat din sprâncene.

— Am aproape cincisprezece ani.

— Asta înseamnă că ai paisprezece, a remarcat Vincent, după ce a pus paharul cu apă înapoi pe masă, și mi-a aruncat o privire ridicând ușor din sprâncene, amuzându-i pe ceilalți cu intervenția lui.

— Dar nu sunt copil.

— Ba ești, m-au contrazis în cor, de data asta aproape toți. Chiar și Tony.

M-am uitat în jur, neîncrezătoare, la fețele noii mele familii. Nu și-au exprimat toți dorința de a avea un contact vizual cu mine, dar aproape pe buzele tuturor se așternuseră zâmbete prostești și batjocoritoare.

— Nu e... corect, am murmurat, iar când mi-am dat seama că vorbisem ca un copil plângăcios, am adăugat: Sunteți cinci la unu.

— Obișnuiește-te cu asta, a murmurat Dylan, apoi și-a băgat în gură o măslină din salata care îi fusese servită mai devreme ca aperitiv.

— Nu e corect, am repetat mai insistent.

— Asta e viața.

— În cazul ăsta, la naiba cu ea...

În acel moment chiar nu eram încântată de viață, indiferent cât de deprimant ar putea suna. Mai ales de a mea, în care se acumulaseră atât de multe schimbări tragice în ultima vreme. Acea replică îmi scăpase fără să vreau, așa că nu credeam că va răspunde cineva, dar reacțiile fraților mei m-au surprins.

Dylan m-a amenințat cu degetul, spunând „Ei, ei, ei...", Shane și Will s-au strâmbat dezaprobator, iar Tony a chicotit.

— Nu vorbi așa de urât, m-a admonestat Vincent, încrețindu-și sprâncenele.

Pentru o clipă am crezut că glumeau, dar am clipit când mi-am dat seama că vorbeau serios.

— A fost urât?

Aș fi vrut să spun o mulțime de lucruri, cum ar fi că există cuvinte mai urâte decât „naiba" sau că deja îi auzisem pe băieți înjurând de mai multe ori și cumva nimeni nu se simțise ofensat, dar puterea privirii fratelui meu mai mare m-a împiedicat să fac asta și m-a făcut să-mi plec ochii în jos. Cu Vincent nu se discută și învățam asta încet.

În cele din urmă, am comandat desertul, ceea ce a fost un alt lucru nou pentru mine. Fusesem rareori cu mama la restaurant, pentru că bunica gătea întotdeauna acasă, iar dacă o făceam, ne limitam la felurile principale. Pentru frații mei înstăriți, banii se pare că nu erau o problemă, așa că mi-am comandat o cupă de înghețată de ciocolată. Băieții au mâncat și au băut și ei, foarte mult și repede, mult mai repede decât mine, așa că au așteptat până când m-am săturat de desertul meu, pe care l-a terminat Shane în locul meu, surprinzându-mă prin faptul că nu i-a fost silă să mănânce după mine.

În cele din urmă, a trebuit să recunosc că a fost frumos și distractiv. De câteva ori chiar am râs sincer, dar în cea mai mare parte a timpului am ascultat doar discuțiile dintre băieți, intervenind rareori cu replicile mele de doi bani. La un moment dat, Dylan și gemenii au izbucnit într-un râs zgomotos și, deși nu le înțelegeam toate glumele, veselia lor mi s-a transmis în mare parte și mie. Frații Monet pur și simplu emanau astăzi o aură pozitivă în jurul lor, în interiorul căreia aveam privilegiul de a mă regăsi și eu.

Chiar dacă nu simțeam că fac parte din această familie.

4

DELINCVENTUL JUVENIL

Îmi era foarte dificil să evaluez obiectiv cât de mult mă integrasem cu noii mei frați în timpul ieșirii în oraș împreună. Cu siguranță, însă, ceea ce realizasem nu era decât o picătură din oceanul de efort care ne aștepta ca să simt relația dintre noi ca pe o adevărată legătură de familie.

Mă gândeam uneori că, dacă aș fi fost mai veselă și mai sociabilă, poate că mi-ar fi fost mai ușor să sparg gheața și să-i fac să mă placă. Dar deocamdată nici măcar nu puteam vorbi cu ei în mod normal, darămite să glumesc, inhibată mereu de ideea că aș putea face o gafă. Fiecare interacțiune cu băieții îmi provoca o stare de neliniște și de stres, pentru că aveam o fire foarte dificilă.

Mă justificam, totuși, spunându-mi că treceam printr-o perioadă de doliu și că nu aveam de gând să-mi cer scuze pentru faptul că nivelul meu de bună dispoziție era redus la minimum.

Mă simțeam cel mai bine închisă în carapacea mea de siguranță. Ziua următoare am stat încolăcită ca un crevete în fotoliu aproape tot timpul, absorbind povestea destinului personajelor din cartea pe care o începusem ieri. Nu m-a deranjat nimeni. Vincent lucra, într-adevăr, aproape non-stop, iar Will era și el cam la fel de ocupat. Iar gemenii și Dylan mergeau la școală dimineața și se întorceau doar după-amiaza.

Deși făceam parte dintre oamenii cărora le plăcea să studieze, această pauză temporară de la școală nu m-a deranjat deloc. Dimpotrivă, eram bucuroasă că Vincent se hotărâse să mă trimită la școală abia de săptămâna următoare. În viața mea totul se petrecea atât de repede în această perioadă, încât timpul care îmi fusese acordat pentru a mă adapta era foarte necesar.

În plus, era cea mai bună terapie pentru mine - liniște și o carte, cu pauze din când în când ca să-mi fac o ceașcă de ceai și să merg la toaletă. Nu este de mirare că, de îndată ce am citit ultima propoziție din primul volum, m-am simțit imediat copleșită de tristețe și de singurătate. Nu a trecut mult timp și am început să caut, însetată, următoarea carte, ca să mă las transportată din nou în lumea ei magică.

Am petrecut o oră și jumătate uitându-mă prin cărțile de pe numeroasele rafturi din bibliotecă. Am căutat pe Google chiar și aspectul coperței celui de-al doilea volum, ca să-mi fie mai ușor să-l găsesc, dar fără niciun rezultat. Dispăruse, totuși eram sigură că trebuia să fie pe aici pe undeva, pentru că găsisem alte cărți aparținând aceleiași serii. Curând, obosită de căutări, m-am îndreptat spre bucătărie ca să pun ceașca de ceai în mașina de spălat vase. Acolo am dat peste cel mai simpatic dintre frații mei, Will, care curăța fructe pentru cocktailul lui hrănitor. Am fost încântată să-l văd. Nu-mi era teamă să-i cer ajutorul.

— Hm, a mormăit el, cu pleoapele întredeschise, uitându-se la ecranul telefonului meu în timp ce îi arătam fotografia. Întreabă-l pe Tony, mi se pare că este cartea lui.

Nu am fost prea încântată că trebuia să vorbesc tocmai cu Tony. M-am gândit chiar să încep să citesc altceva, dar, la naiba, mă atrăgea această carte. Intrasem în acea lume și încă nu eram pregătită să o părăsesc. Așa că, dacă nevoile lecturii necesită sacrificii, atunci așa să fie.

În timp ce stăteam la ușa camerei lui Tony, încrederea și hotărârea mă părăsiseră deja. Mi-am făcut mâna dreaptă pumn, gata să bat, dar am ridicat-o încet. Până în ultima clipă m-am luptat cu gândul dacă merită să interacționez cu cel mai nesuferit dintre gemeni, doar pentru a afla unde este o carte.

În cele din urmă, însă, mi-am făcut curaj, am dat drumul aerului în piept și, într-o explozie bruscă de curaj, am bătut tare în ușa marcată cu un „T" argintiu. Ținându-mi răsuflarea, am așteptat ca aceasta să se deschidă, iar după ce au trecut câteva secunde lungi, am bătut din nou. Eram sigură că îi auzisem pe frații mei întorcându-se mai devreme de la școală și nu mi se părea că avuseseră timp să plece undeva. Deși mă îndoiam deja că Tony era acasă, am bătut totuși încă o dată la ușă, resemnată. Când dădeam să plec, am auzit un mormăit leneș, care venea dinăuntru:

— Ce este?

Mi-am trecut limba peste buze.

— Bună, ăăă... Tony. Sunt eu, Hailie. Vorbeam cu ușa și vocea îmi tremura ca niște corzi în mișcare. Poți să deschizi? Am o întrebare.

Suspinul pe care l-am auzit în continuare a fost atât de puternic, încât nici măcar nu am încercat să-mi spun că mă auzisem pe mine însămi.

— Ce vrei?

Vocea lui suna sec și fără nicio urmă de empatie sau dorință de a fi de vreun ajutor, ceea ce m-a descurajat să îi cer ceva, dar era prea târziu, așa că am continuat, respirând anevoie.

— Să te întreb ceva.

Tony era plictisit de această formă de conversație, pentru că, după un timp, a rostit cu o amabilitate răsunătoare:

— Intră!

Îmi venea mai degrabă să dau cu piciorul în ușă și să plec, dar am decis să ignor dispoziția lui și să mă concentrez asupra scopului.

Primul lucru pe care l-am observat la intrarea în încăpere a fost curățenia care domnea aici. Dormitorul era luminos, la fel ca al meu, dar mult mai personalizat, deoarece ocupantul său locuise aici probabil toată viața. Am tresărit imediat lovită de aerul rece. Tony aerisea camera, fereastra care dădea spre balcon era deschisă aproape de tot, iar draperia gri ușoară flutura în bătaia vântului.

Asemănător dormitorului meu, nici camera lui nu era aglomerată cu mobilier inutil și existau uși către dressing și baie. Mi-a atras atenția unul dintre pereți – cel lângă care se afla biroul cu un fotoliu elegant, de un mov strălucitor, la fel ca acelea cu care se pot lăuda gamerii profesioniști. Peretele era imens și aproape în întregime acoperit cu schițe. Foi de diverse texturi și mărimi atârnau într-o dezordine artistică, înfățișând desene impresionante, în principal cu diverse imagini bizare și creaturi ciudate.

Și mai era și un tablou mare cu o femeie goală, foarte dolofană, de la care mi-am întors imediat privirea.

— Vorbește, a răbufnit Tony, și atunci l-am zărit tolănit pe patul mare așezat într-un colț al încăperii. Stătea întins pe spate, cu capul sprijinit pe mâini, cu ochii închiși. Era încă în uniformă, așa că era evident că se relaxa după o zi grea de școală. Am stat așa o vreme, uitându-mă la el, dar a adăugat: Repede.

— Caut o carte. Will a spus că poate știi tu unde este.

— Ce fel de carte? a mârâit el, de parcă nu-i venea să creadă că-l deranjez cu o astfel de prostie, dar când i-am spus titlul, a deschis ochii și m-a măsurat cu privirea. Mi-a studiat fața, apoi a arătat cu capul spre unul dintre dulapuri: Vezi acolo. Acolo sus.

M-am apropiat de mobila respectivă așa cum îmi indicase și am deschis ușa de sus. Acolo era ceva mai puțină ordine, dar asta nu mă interesa, pentru că am observat imediat coperta distinctivă a volumului pe care îl căutam și m-am ridicat în vârful picioarelor ca să ajung la el.

N-aș fi eu dacă n-aș fi făcut o boacănă. Pe carte era un obiect, ceva ce nu văzusem pentru că era prea sus. Obiectul a căzut pe podea cu zgomot, iar eu, speriată, am scos un țipăt înfundat și am strâns instinctiv cartea groasă și grea la piept, făcând un pas înapoi.

Am auzit în fundal un mormăit iritat din partea lui Tony, care într-o clipă a sărit jos din pat. Am înțeles de ce reacționase atât de violent atunci când m-am uitat la obiectul care făcuse atâta zgomot din cauza mea. De îndată ce l-am recunoscut, mi s-a ridicat părul măciucă pe cap, iar degetele mi s-au strâns în jurul copertei tari.

Era un pistol.

Din dulap căzuse pe podea un pistol negru, mic, asemănător cu cele pe care le văzusem în filmele de acțiune.

— Pleacă de acolo, a șuierat Tony, trecând pe lângă mine ca să-și ridice de pe jos obiectul care îi aparținea.

Am făcut ascultătoare ce îmi poruncise, iar el a aruncat furios pistolul înapoi în dulap, după care a trântit mult prea tare ușa acestuia. M-am schimonosit, iar ochii mei lărgiți și înfricoșați au întâlnit privirea lui Tony, care în acel moment căpătase o acuitate aproape sinistră.

Am dat să spun ceva, dar nu știam ce, așa că am mișcat doar din buze inconștient, așteptând să facă el o mișcare. Nu dețineam controlul asupra corpului meu suficient de mult ca să fac pe curajoasa și să nu mă dau din nou înapoi, atunci când el s-a mișcat, ca și cum ar fi avut intenția să se apropie mai mult de mine.

Tony trebuie să fi observat spaima mea, pentru că a tras aer în piept, deși era încă tulburat.

— Nu e al meu, bine? Aparține unui prieten. Are un poligon de tir și mergem acolo uneori.

M-am holbat la el, dând din cap neîncrezătoare. Îmi doream să spună adevărul, deși acum aș fi înghițit cu plăcere orice – chiar și cea mai banală minciună.

— Nu intra în panică, a mai adăugat el.

Am încetat să mai dau din cap.

Tony părea iritat de simplul fapt că trebuia să-mi dea explicații și nici reacția mea la ceea ce văzusem nu-l ajuta; cu siguranță considera că exagerez. Dar nu puteam să fac nimic în această privință. Mă speriasem și de aceea nu eram în stare decât să stau în picioare, cu degetele și mai crispate pe carte și rugându-mă să nu-mi sară inima din piept.

M-a privit încă o clipă cu maxilarul încleștat, apoi, încă nervos, și-a îndepărtat părul de pe frunte cu mâna tatuată și a mârâit:

— Dispari odată!

— Bine, am rostit și am făcut câțiva pași prea precauți înapoi, apoi m-am răsucit pe călcâie ca să ies cât mai repede pe coridor.

— Hailie!

Cu un picior deja peste prag, am întors capul.

— Să nu spui nimănui că l-ai văzut.

Am înghițit în sec, am dat din cap și, în sfârșit, am reușit să plec.

Când ușa de la camera lui Tony s-a închis, am dat drumul cu zgomot aerului din plămâni. Cu fruntea și sprâncenele încruntate, mi-am acoperit gura cu o mână, iar cu cealaltă am continuat să strâng cartea la pieptul care mi se ridica și cobora rapid.

Tocmai văzusem un pistol în camera fratelui meu care nu împlinise încă optsprezece ani.

Mi-am șters fruntea, amintindu-mi că mă aflam pe hol, și m-am uitat în jur ca să mă asigur că sunt singură aici. Eram înspăimântată la gândul că va trebui să dau explicații cuiva despre atacul meu de panică. Din fericire, era pustiu, așa că m-am îndreptat direct spre camera mea ca să mă calmez.

Am lăsat cartea pe pat, căci în acest moment nu mă interesa lectura. Mi-am înfășurat brațele în jurul meu și am început să mă plimb prin cameră, mușcându-mi buza cu putere.

Exagerezi, mi-am spus în gând, *exagerezi foarte mult. Aceasta este America. Doar știi că aici oamenii au mai ușor acces la arme. Probabil că e normal, și tu faci atâta caz!*

Fac caz? Chiar este „normal" să se găsească o armă în dormitorul unui licean? Nu mi se pare. Și de ce mi-a spus Tony să nu vorbesc cu nimeni despre asta, dacă era atât de normal?

Poate că a reacționat așa pentru că ai intrat în panică. A văzut că erai îngrijorată, iar ceilalți frați îl vor certa pentru că te sperie inutil.

Am suspinat. Nu pot nega, sunt fricoasă din fire. Așa sunt eu, nu-mi plac agresivitatea și violența. Mă simțeam inconfortabil chiar și atunci când cineva doar se uita la mine strâmb, iar asta se întâmpla în această casă. Iar faptul că grozavul Tony ținea în camera lui un pistol îmi submina și mai mult sentimentul de siguranță și așa foarte șubred.

Cu timpul, după ce am mai suspinat un pic, m-am liniștit suficient de mult ca să nu mă mai gândesc atât de intens la asta. În cele din urmă, m-am aruncat în pat împreună cu cartea. Dar mi-a fost greu să încep să citesc și m-am chinuit cam o jumătate de oră să parcurg prima pagină. Am scos telefonul ca să caut pe internet informații despre legile privind deținerea de arme de foc în statul Pennsylvania. Nu am înțeles mare lucru din ceea ce am citit, pentru că eram prea grăbită să aflu, ceea ce m-a făcut să trec în revistă destul de dezordonat mai multe articole deodată. Într-adevăr, legea din State era foarte diferită de cea din Marea Britanie și din Europa în general, dar un lucru era identic - un minor nu putea fi în mod legal în posesia unei arme de foc. Și, după calculele mele, Tony ar fi împlinit optsprezece ani abia anul viitor.

Nu am îndrăznit să ies din camera mea până seara, când a trebuit s-o fac, conform instrucțiunilor lui Vincent, ca să mă duc la cină. Am trecut repede pe lângă ușa temutului geamăn, de parcă mi-ar fi fost frică să nu se deschidă brusc și să iasă din camera lui ca să mă tragă înăuntru.

Reședința Monet era înfricoșătoare mai ales seara târziu, când aparent lăsa impresia că doarme profund, dar secretele sumbre se furișau cu îndrăzneală prin colțuri. E drept, citisem multe cărți despre fantome și trebuia să recunosc cinstit că această casă nu părea bântuită. Nu era veche, nimic nu scârțâia sinistru aici, nu existau curenți suspecți de aer pe coridoare, iar ușile și ferestrele nu se trânteau singure. Energia întunecată care domnea aici era în mod hotărât diferită - mai puțin supranaturală, dar nu mai puțin terifiantă.

În holul principal am trecut pe lângă Eugenie. Era îmbrăcată într-o pelerină neagră, avea o poșetă roșie și uzată atârnată pe brațul îndoit și ieșea deja din casă. Mi-a urat noapte bună și mi-a promis că ne întâlnim la micul-dejun. Din obișnuință, mă așteptam ca, din moment ce ea terminase deja lucrul, să fiu singură în bucătărie.

Și când colo - surpriză! Vincent stătea în picioare lângă masă. Am încremenit, m-am oprit o clipă în prag, apoi am tușit încet ca să-i semnalez prezența mea. În plină concentrare, dădea click pe ceva pe laptop și nici măcar nu a aruncat o privire spre mine. M-am așezat vizavi de el cu sendvișul pe care Eugenie îl pregătise mai devreme, aruncând o privire pe furiș mai întâi la spatele argintiu și elegant al computerului lui subțire aproape ca hârtia și apoi la fereastră, dincolo de care, la ora asta, se lăsase o bezná adâncă.

În locuința în care copilărisem, întotdeauna trăgeam draperiile noaptea, pentru ca niciun vecin băgăcios de peste drum să nu se uite în casa noastră, dar aici nimeni nu făcea acest lucru, ceea ce îmi accentua neliniștea și sentimentul că sunt privită.

— Hailie, a spus deodată Vincent, iar vocea lui rece m-a smuls din reverie.

M-am uitat fix la el, mutându-mi privirea din bezna curții. A ridicat ochii spre mine de pe laptop. Avea chipul ușor palid, sub ochi i se desenau umbre vagi, ceea ce dovedea că totuși nu era robot și că și el obosea uneori.

— Da? am răspuns, înghițind o bucată din pâinea pe care tocmai o mestecam.

— Am întrebat dacă este totul în regulă.

— Oh, da. Da, da. Totul e bine, am replicat eu, dând din cap și gândindu-mă că, dacă nu încetez să fac asta așa de violent de fiecare dată când cineva îmi spune ceva, în cele din urmă gâtul mi se va rupe.

— Asta e bine, a oftat Vincent și și-a frecat pleoapele cu o mână. Presupun că ai primit parola de la wi-fi?

— Will mi-a arătat totul.

— Mhm. Atunci probabil că știi că site-urile pe care navighezi sunt înregistrate în istoricul motorului tău de căutare?

M-a surprins cu această întrebare, așa că am tăcut puțin înainte de a-i răspunde.

— D-da... Știu asta, am murmurat cu precauție, realizând în acel moment la ce se referă. Pofta de mâncare mi-a trecut imediat.

— Astăzi, printre căutări, mi-au sărit în ochi întrebările despre dreptul de a purta arme în statul Pennsylvania, a spus Vincent. Îți dai seama că am vrut să văd cine din casă căuta informații pe acest subiect. Și se pare, dragă Hailie, că tu erai aceea.

Străpunsă de privirea intensă a celui mai în vârstă dintre frații mei, am simțit că mi se face rău. „Proasto, doar știai nu de azi că există un istoric de căutări", m-am mustrat eu în gând, deși era prea târziu pentru astfel de remarci. Pur și simplu nu mă gândisem la asta, pentru că nu fusesem niciodată nevoită să-mi bat capul să ascund astfel de lucruri. Mama nu avea înclinații de detectiv, ca să nu mai vorbim de bunica mea, care nu știa nici măcar să pornească un calculator.

— Da, se poate să fi fost eu, am recunoscut evaziv, smulgându-mi nervoasă pe sub masă cuticulele unghiilor.

Vincent a ridicat sprâncenele.

— Se poate...?

— Eu am fost.

— Ce te-a făcut să cauți astfel de informații?

— Ăăă... Eu... Am ezitat. Era cât se poate de clar că Tony nu voia să spun nimănui ceea ce văzusem. Eram curioasă.

— Înțeleg că erai curioasă, dar te întreb ce ți-a stârnit această curiozitate.

— Ei bine, de fapt, nimic anume. Știu că aici, știi, aici e altfel decât în Anglia, am mormăit eu, furioasă pe vocea mea, care răgușise. O mulțime de lucruri sunt diferite. Verific lucrurile așa, ca să nu am dubii când îmi vine ceva în minte...

— Și primul lucru care ți-a venit în minte a fost dreptul de a deține arme?

— Păi...

— Nu minți, Hailie. Ți-am spus că asta nu-mi place.

Mi-am dat seama că îmi dusesem mâna la gât și mă mușcam nervoasă pe interiorul obrazului. Nu aveai nevoie de un detector de minciuni ca să-ți dai seama că nu spuneam adevărul.

Am lăsat mâinile în jos.

— Îmi pare rău, eu... nu mint, doar că... am oftat și am mormăit. Am văzut pistolul din camera lui Tony.

Pe fața lui Vincent a trecut o umbră de înțelegere, ca și cum tocmai ar fi găsit piesa care lipsea la puzzle-ul său.

— Nu a vrut să vorbesc despre asta. Dar în Anglia trebuie să ai permis de port-armă, și trebuie să fii major pentru a putea ține în mod legal o armă acasă. Și probabil că asta se aplică doar la arme de vânătoare. De aceea am căutat pe internet, ca să văd cum este aici, i-am explicat.

— Mai exact, când și unde anume ai văzut-o?

— În această după-amiază, când m-am dus la Tony să iau o carte. A căzut din dulap.

— Ce ți-a spus?

— Că... nu e a lui. Că e a unui prieten. Că se duc împreună uneori la poligonul de tragere.

Vince a dat din cap.

— I-am spus să nu o ia, m-a lămurit el. De aceea nu a vrut să spui nimănui, deși este bine că în cele din urmă mi-ai mărturisit adevărul. Dacă te întreb ceva, te rog să fii sinceră. Voi afla oricum versiunea reală, cu sau fără cooperarea ta.

— OK, am murmurat eu în tăcere. Îmi pare rău, nu am știut ce să fac.

— E în regulă, Hailie, m-a liniștit el, rigid, și a adăugat: De data asta.

Am tăcut amândoi. Nu mai aveam nicio poftă de mâncare, dar am întins mâna după rămășițele sendvișului și am înghițit ultima bucățică fără nicio plăcere. Mă simțeam greoaie, de parcă aș fi mâncat ciment care acum se întărea în măruntaiele mele. Îl dădusem de gol pe Tony, care oricum nu prea mă putea suferi. Acum, cu siguranță că avea să mă urască și mai tare, iar mie îmi era groază de asta. Un timp m-am hrănit cu speranța că Vincent nu va aborda subiectul cu el, dar, din păcate, mi-am dat seama că acest lucru era puțin probabil.

Când am ajuns în sfârșit la mine în cameră, m-am oprit în picioare chiar în mijloc și m-am tras de păr, chiar de la rădăcină, scoțând un țipăt fără sunet, plin de frustrare.

Cum să mă port în casa asta? Fiecare conversație cu Vincent mă aduce în pragul unui atac de cord. Tony este un fel de delincvent juvenil nenorocit, Dylan mă tratează ca pe o toantă. În plus, trebuie să am grijă ce caut pe internet.

Am suspinat, regretând că îmi trecuse și pofta de a citi. M-am înfășurat în vechiul pulover supradimensionat al mamei, care încă mai păstra puțin mirosul ei, și am ieșit pe balcon, ca să mai scap de atmosfera grea din casă. Aici era foarte puțin spațiu, probabil că nici măcar suficient pentru a pune un scaun și o masă, ci doar atât cât avea nevoie o adolescentă ca să se așeze pe pardoseala de beton și să se ghemuiască lângă perete.

Am privit pădurea întunecată și liniștită printre stâlpii sculptați ai balustradei de beton, care acum se afla la înălțimea feței mele. Tăcerea nu mă liniștea deloc. Mi se părea nefirească.

Poate pentru că trăisem într-un cartier mare de locuințe, înconjurată de mulți oameni. Întotdeauna era cineva acolo care făcea zgomot. Cineva asculta muzică, cineva striga ceva, arunca ceva, înjura sau pleca cu mașina din parcare cu un scârțâit de cauciucuri. Aici, aceste zgomote lipseau. Din când în când, doar vântul foșnea amenințător, accentuând liniștea locului.

Mi-am sprijinit capul de perete, fără să simt nevoia să mă apropii de balustradă. M-am înfășurat și mai strâns în puloverul mamei, acoperindu-mi chiar și jumătate din față cu el. Mi-am spus că era un substitut pentru îmbrățișarea mamei. Îmi lipsea atât de mult... Atât de mult, încât la un moment dat m-am făcut ghem, trăgându-mi puloverul cât se putea de mult peste cap.

Apoi s-a auzit sunetul unei uși care se deschidea, cel mai probabil de la balconul de alături. Erau pași și voci înăbușite, după care am recunoscut imediat că erau gemenii care deveniseră fără să vrea tovarășii mei.

M-am strâns mai tare lângă perete, știind că în această poziție eram invizibilă pentru ei. Nu aveam nici cea mai mică dorință de a-i saluta, așa că am rămas nemișcată și tăcută, sperând că ieșiseră doar pentru o clipă.

S-au auzit pocniturile brichetelor.

— ... este o neisprăvită.

Tony fusese cel care rostise aceste cuvinte cu o voce răgușită, inhalând fumul în același timp. Inima a început să-mi bată mai tare, pentru că mi-am dat seama imediat despre cine vorbea. Și dacă mai aveam îndoieli, cuvintele lui Shane le-au alungat imediat.

— E sora mai mică, la ce te așteptai, a râs el.

— La nimic. Dar tot nu văd ce rost are să stea aici.

Oh. Asta m-a durut.

M-am uitat în față la copacii sumbri care dominau peisajul nocturn și nu mă puteam împiedica să ascult.

— Haide, recunoaște, e minunată. Așa de calmă și absolut inofensivă.

— Este enervantă. Nu are ce căuta aici.

— Suntem o familie, unde altundeva ar trebui să fie locul ei?

Înainte să răspundă, Tony a lăsat aerul să iasă din gură, probabil împreună cu fumul.

— Prezența ei aici ne complică viața.

Apoi, unul dintre ei a primit un mesaj de la o fată și frații au început să discute despre sânii ei, așa că am profitat de această ocazie ca să mă întorc în liniște înăuntru. Nu mai simțeam nevoia să fac nimic. Îmi părea pur și simplu rău și m-am blestemat în gând pentru sensibilitatea mea. La urma urmei, acești oameni îmi sunt complet străini, ar trebui să mă doară în cot de ce cred despre mine. Oare?

Tony nu putea să mă sufere, iar dacă aș spune că Shane mi-a luat apărarea ar fi o exagerare grosolană. Le eram indiferentă. Cu acest gând sumbru m-am întins pe pat, mai nefericită ca oricând. În noaptea aceea am adormit în puloverul mamei mele, strângându-mi cu disperare pumnii.

5

NUMELE MONET

Ca o persoană corectă și disciplinată, reușeam - deși cu cea mai mare durere - să mă forțez să mă ridic din pat dimineața și să mă setez pe modul de funcționare. Mai ales în zilele de școală. De aceea, când a venit ziua de luni, când trebuia să trec porțile liceului privat la care mă înscrisese Vincent, eram gata de plecare cu mult înainte de ora stabilită.

Uniforma îmi venea ca turnată. Fusta în carouri kaki îmi ajungea chiar sub genunchi, bluza albă băgată în ea mirosea a nou, iar sacoul rigid, închis la culoare, stătea denn pe umerii mei. Din când în când îmi aruncam câte o privire la sânul drept, unde emblema școlii era brodată pe buzunar. În picioare purtam pantofi de lac și șosete albe trei sferturi. Nu mă puteam obișnui cu gândul că semănam cu toate acele personaje din cărți și din serialele TV despre copii bogați din academii private. Dar mi-am spus că aș fi preferat doar să citesc despre ele, decât să le joc chiar eu. Mă simțeam foarte stânjenită.

Îmi doream să mă îmbrac cu ceva familiar, ceva care să mă facă să-mi amintesc că sunt aceeași persoană, aceeași Hailie. Am început să mă uit prin garderobă căutând un astfel de obiect, dar uniforma era atât de completă, încât orice accesoriu ar fi fost de prisos. Atunci privirea mi-a căzut pe cutia cu cercei de la mama mea. Am întins mâna încet spre ea, am deschis-o și am privit cele două inimioare strălucitoare.

Am fost smulsă din reverie de Will care a bătut la ușă, ca să mă trezească. Autodisciplina mea a fost salutată cu surprindere, dar și cu aprobare, apoi s-a apropiat de mine și a aruncat o privire peste umăr la comoara pe care o țineam în mână.

— Frumoși.

— De la mama, am șoptit.

Abia îmi țineam lacrimile. Le plăcea să-mi apară în ochi în momente ca acesta, absolut pe neașteptate. Și nu voiam să mă duc la școală cu fața umflată de plâns.

— De ce nu-i porți?

— Nu m-a lăsat. Cred că la început i-a fost teamă că sunt prea mică și că o să-i pierd.

Am zâmbit ușor.

— Atunci de ce ți i-a dat? Will a ridicat o sprânceană.

— Nu mi i-a dat. I-am găsit eu singură acum câțiva ani, când mă jucam în camera ei. A fost puțin supărată pe mine. Mi-a ținut o predică lungă că nu e frumos să scotocesc prin lucrurile altora.

— Îi ascundea de tine? a întrebat curios Will.

Dar vocea lui era blândă, mângâietoare și calmă. Mi-a adus alinarea de care aveam nevoie, mai ales în acea dimineață stresantă. Îmi plăcea și interesul lui sincer, dar discret.

— Îi cumpărase pentru mine când m-am născut, dar nu voia să mi-i dăruiască până când nu eram majoră. Ca un fel de simbol, știi tu. Îi plăceau lucrurile de genul ăsta.

— Înțeleg. Will a dat din cap și a privit gânditor la cerceii mei. Ai vrea să-i porți acum?

Am ezitat.

— Hm… cred că… probabil că nu, am șoptit eu și, ca să întăresc această decizie, am închis cutiuța și apoi am pus-o la loc pe raftul din dressing. Chiar nu aș vrea să-i pierd, așa că mai bine nu.

Will m-a bătut pe umăr, arătând că aproba decizia mea. Știu că era vorba doar de niște cercei stupizi, dar prin acest gest m-am simțit încurajată.

După aceea m-a trimis la bucătărie, unde cu o bentiță în păr și cu o sclipire în ochi, luam micul-dejun când a venit și Shane. Prin contrast cu mine, era ciufulit și somnoros, cu cravata de la uniformă aruncată lejer pe umeri, încă nelegată. Am observat că mi-a aruncat o privire lungă, dar nu mi-a comentat înfățișarea, atât de diferită de a lui. În mod evident, nu era în apele lui; a suspinat tare, așteptând nerăbdător ca espresorul să îi pregătească cafeaua.

Următorul care s-a năpustit pe scări și a coborât în bucătărie a fost Tony. Era fără îndoială câștigătorul competiției pentru cel mai ursuz geamăn. Nici măcar nu-și băgase cămașa în pantaloni, ca să nu mai vorbim de faptul că-și lăsase cravata pe undeva. Nici măcar nu s-a uitat la mine și nici nu s-a deranjat să răspundă când i-am spus cu o voce răgușită: „Bună dimineața". Nu că mi-aș fi dorit foarte mult să ne salutăm, mai ales după conversația pe care o auzisem aseară. Știam că îl supărasem și bănuiam că mă va ignora, dar ce puteam să spun – mama mă crescuse ca pe o persoană civilizată.

Nu se putea spune același lucru și despre el. Atunci m-am gândit pentru prima dată la copilăria fraților mei. Tatăl nostru comun se presupune că ar fi pierit într-un accident cu câțiva ani în urmă și, deși simțeam o mare antipatie față de acest om, am început să mă întreb ce fel de părinte a fost pentru fiii săi. Și apoi am mers un pas mai departe și am încercat să-mi închipui cum ar fi putut fi mama lor. Eram foarte curioasă, dar, din păcate, nu mi-am putut imagina că aș fi îndrăznit vreodată să îl întreb pe vreunul dintre ei despre ea.

M-am gândit la asta și, fără să vreau, l-am privit fix pe Tony. Când mi-am revenit, acesta ședea deja la masă și se holba la mine pe sub sprâncene, lăsând să cadă din mâna tatuată pumni de cereale cu scorțișoară în castronul lui.

— Ce este? am întrebat, dând dovadă de mai multă încredere în mine însămi.

Nu aveam chef să mă cert cu el, dar nu voiam să creadă că mă poate intimida cu o privire stupidă. Chiar dacă era așa. În plus, dintre noi doi, el era cel care deborda de ostilitate aici.

— Rahat.

Cât de matur!

M-a redus efectiv la tăcere cu asta, pentru că, deși știam câteva răspunsuri pe care aș fi putut să le folosesc în această situație, nu voiam să-mi bat capul cu el, în niciun caz atunci când nu făcea decât să se amuze. Se pare că îl călcam serios pe nervi. M-a durut un pic, nu ascund, dar am încercat să-mi impun să îl ignor. La urma urmei, în această perioadă a vieții mele aveam motive mult mai serioase de întristare.

— Nu-i vorbi așa, l-a admonestat Will, care a trecut pragul bucătăriei chiar la timp pentru a auzi scurtul nostru schimb de replici.

M-am bucurat că ni se alăturase, pentru că în prezența lui mă simțeam mai sigură pe mine și mai în largul meu. Deși, în acel moment, părea mai degrabă amenințător, dar asta doar pentru că i-a aruncat lui Tony o privire severă.

Puțin mai târziu a intrat în bucătărie și Dylan, uimitor de plin de energie în comparație cu gemenii. Și el se îmbrăcase deja în uniformă, dar apa încă îi picura din păr, iar când a început să-și pregătească un smoothie cu pastă de fructe, am ghicit că își făcuse deja antrenamentul de dimineață și nu pot spune că nu am fost impresionată de perseverența lui. Poate că l-aș fi întrebat despre asta, dacă nu aș fi fost sigură că îmi va răspunde într-un mod nepoliticos. La fel ca Tony, nu mă simpatiza prea mult și simțeam asta.

Din acest motiv eram bucuroasă că trebuia să merg la școală cu Shane, în mașina lui. Cu mașina aceea strălucitoare și viu colorată, care părea desprinsă direct dintr-un film despre curse. Avea doar două locuri și nu regretam prea tare că Tony și Dylan nu încăpeau acolo. Și nici ei, pentru că Tony a pornit cu o plăcere vizibilă motocicleta impresionantă, la vederea căreia am fost atât curioasă, cât și îngrozită în același timp. Cu o astfel de mașinărie, fratele meu adolescent ar fi putut cu ușurință să se alăture unei bande de motocicliști, și cine știe dacă nu chiar făcea parte dintr-una. Nu m-aș fi mirat deloc. În ciuda antipatiei mele față de Tony, în mintea mea începusem să-mi fac o imagine despre el care mă intriga destul de mult.

Băieții ne-au depășit fără niciun fel de fasoane, imediat ce am ieșit cu mașina în fața proprietății Monet. Drumul drept, înconjurat de păduri și puțin circulat, parcă te invita să depășești limita de viteză, ceea ce am simțit chiar și eu, deși nu sunt un mare fan al vitezei excesive. De aceea mă țineam de centura de siguranță care îmi trecea peste piept. Am așteptat ca Shane să apese pe accelerație, ceea ce nu s-a întâmplat. Mașina mergea în mod constant la viteza sa obișnuită, iar motorul murmura doar din când în când nerăbdător. Shane ținea mâinile lejer pe volan, iar eu priveam înainte. Întâmplător, pe tabloul de bord am observat o inscripție mare, întinzându-se cu litere elegante și complicate: „Lamborghini“.

OK, stăteam într-o mașină sport Lamborghini și chiar și eu știam că mulți pasionați de mașini și-ar fi dat un rinichi ca să fie în locul meu. Interiorul mașinii strălucea de o eleganță de cea mai înaltă clasă - scaunele erau din piele de culoare neagră-cenușie; chiar lângă tabloul de comandă era un touch-screen unde Shane a căutat muzica și a pornit aerul condiționat, deși nu era deloc așa de cald după părerea mea, încât să avem nevoie de el.

— Idioți, a mormăit el, privind siluetele fraților noștri pe motocicletă, care dispăreau cu mult în fața noastră.

— Nu ai reuși să îi ajungi din urmă? Cu o mașină ca asta? am întrebat eu, în realitate mai interesată să am o conversație cu el despre orice altceva decât despre capacitățile mașinii lui.

— Poate că aș putea să-i ajung din urmă, nu știu. A ridicat din umeri și mi-a aruncat o privire grijulie. Dar nu ai vreo traumă sau ceva de genul ăsta?

Oh, deci despre asta era vorba. Mi-am încruntat sprâncenele, gândindu-mă serios la asta, pentru că, la urma urmei, îmi pusese o întrebare destul de corectă.

— Nu excesul de viteză a fost cauza morții mamei mele. A fost un șofer beat care a lovit-o.

Shane a dat din cap și am crezut că asta îl va face să accelereze. Nu că mi-ar fi păsat atât de mult să-i ajungem din urmă pe Dylan și Tony, dar voiam să se simtă confortabil în preajma mea și să se comporte natural. Dar nu a accelerat, iar explicația a fost următoarea:

— Vince mi-a spus să fiu de două ori mai atent când merg cu tine.

Zâmbetul care a apărut pe fața mea a fost unul dintre cele mai forțate pe care le schițasem vreodată. Imediat, însă, altceva mi-a atras atenția în cele ce spunea și m-am concentrat pe asta.

— Așadar, Vince este și tutorele tău?

— Nu, dar îi place să pună lucrurile la punct.

— Dar tu și Tony nu aveți încă optsprezece ani, nu-i așa?

M-am prefăcut că abia atunci îmi trecuse prin minte.

— Da.

— Atunci cine răspunde de tine? am întrebat eu fără menajamente.

Speram să nu comit o gafă uriașă și să nu mă fac de râs. Shane privea în gol la carosabil, dar probabil că nu era o reacție la curiozitatea mea, pentru că, după cum am observat, fusese posomorât toată dimineața.

— Unchiul Monty.

Răspunsurile lui laconice începuseră să mă obosească și de data asta nu aveam de gând să-l mai trag de limbă, deși habar n-aveam cine naiba ar fi putut fi această persoană. Însă, în mod excepțional, Shane s-a oferit singur să-mi dea o explicație:

— Fratele tatei. Dar vine foarte rar la noi acasă. Uneori îl ajută pe Vince la firmă și atâta tot. Este tutorele nostru numai pe hârtie, nu se amestecă în viața noastră.

— Deci, în realitate, sunteți responsabili pentru voi înșivă?

— Realitatea este că Vince se amestecă în toate, dar este adevărat că avem multă libertate. Mare noroc, pentru că dacă ar fi fost tutorele meu, aș fi dat-o în bară.

Am aruncat o privire piezișă spre pădurea deasă din jurul drumului, care defila în afara ferestrei ca un film pe bandă. Probabil că această proprietate era formată numai din pădure, pe cuvântul meu.

— Vreau să spun... a vorbit din nou Shane după o vreme, realizând probabil ce gafă făcuse. Adică, știi tu, cu tine e altceva. Eu îl cunosc de o viață întreagă, a fost întotdeauna un frate mai mare enervant, așa că ar fi fost ciudat dacă ar fi devenit brusc tutorele meu. Și tatăl meu știa asta, de aceea... a fost voința lui... asta este, voința lui. Ca unchiul Monty să aibă puterea. În realitate, se știa că oricum aveam să rămânem acasă cu Vince și ceilalți.

— Cum adică se știa?

Shane s-a uitat la mine, încruntând fruntea.

— Păi, așa... suntem o familie, nu? Rămânem împreună.

— Ei bine, da, am șoptit eu.

— Dar nu ai de ce să-ți faci griji.

— Nu? am murmurat eu, extrem de interesată, pentru că despre lucrurile care mă îngrijorau în prezent aș fi putut scrie o carte groasă.

— E drept că Vince are mulți frați, dar nu are experiență cu surorile. Și pe deasupra, atât de tinere. De aceea cred că nu va fi la fel de dur cu tine cum este cu noi.

Am abordat teoria lui Shane, deși interesantă, cu un oarecare scepticism din cauza severității cu care fusesem tratată până atunci de Vincent. Dar curând toată atenția mi s-a îndreptat spre priveliștea zidurilor decolorate ale Academiei Pennsylvania Nord-Est. Am observat mai întâi plăcuța cu numele școlii și am simțit imediat cum mi se strânge groaznic stomacul. Din cauza nervilor, nu numai că am început să transpir, dar îmi tremurau și mâinile, și mi le-am vârât sub coapse, pentru ca Shane să nu le observe din întâmplare.

Aici, o bandă specială era delimitată pe șosea pentru mașinile care se îndreptau spre școală. Un șir întreg de mașini se alinia pe ea în acel moment, ceea ce era probabil normal la acea oră, cu puțin timp înainte de începerea cursurilor. Coada, însă, se deplasa fără probleme, iar eu îmi suceam gâtul ca să văd cât mai mult posibil. În schimb, Shane bătea nerăbdător cu degetele în volan, privind fără emoție pe geamul lateral.

Deși mașina fratelui meu se remarca fără îndoială prin luxul său, din câte vedeam eu aici nu existau mașini urâte. Acest lucru m-a surprins în mod excepțional, pentru că, deși înțelegeam că unii dintre șoferi erau părinți care își lăsau copiii la școală, am zărit și o mulțime de adolescenți – persoane nu mult mai în vârstă decât mine – care se aflau la volanul unor astfel de mașini pe care mulți adulți care muncesc din greu nu și le puteau permite.

Atunci mi-am dat seama mai mult sau mai puțin ce fel de școală urma să frecventez și mi-am pus o întrebare simplă, dar importantă. Cum am să-mi găsesc locul aici?

Coada se forma la barieră. Pentru a o traversa, trebuia să folosești un document special, eliberat probabil de școală. După ce acesta era scanat de un automat, bariera se ridica singură. Când a sosit momentul să treacă, Shane a scos legitimația dintr-un buzunar din portieră și, o clipă mai târziu, am intrat pe teritoriul noii mele școli.

Fratele meu întorcea volanul cu mișcări leneșe, plictisit, amestecat între ceilalți elevi. Aceștia, la rândul lor, păreau să se dea la o parte din calea Lamborghiniului albastru. Eu încetasem să mă mai foiesc și să mă uit în jur și, dimpotrivă, m-am lipit de spătarul scaunului, ca și cum aș fi sperat că acesta mă va înghiți și voi dispărea, ca să nu fiu nevoită să înfrunt această zi cumplită.

Și atunci am înregistrat primele semne de interes față de persoana mea. Oamenii se uitau mai întâi la mașina pe care o cunoșteau bine, apoi la Shane, la fel de cunoscut, și în cele din urmă își fixau privirea asupra mea. Am evitat orice contact vizual, pentru că simțeam o curiozitate nesănătoasă din partea lor. Sau poate că doar mi se părea nesănătoasă dintr-un motiv foarte simplu – nu mai fusesem niciodată până atunci ținta unei atenții atât de mari.

Shane a ocupat un loc de parcare unde se afla deja motocicleta lui Tony. Deși celelalte locuri libere se umpleau cât ai clipi din ochi, acesta părea să-l aștepte. Evident, trebuie să fi fost locurile permanente ale fraților Monet. În apropiere se afla intrarea laterală a școlii și chiar lângă ea se întindea un zid lung și scund de care Tony se sprijinea deja împreună cu Dylan și alți câțiva băieți. Am presupus că se adunau aici în fiecare dimineață.

Am fost imediat copleșită de priviri indiscrete din partea acestei echipe. Înainte să cobor din mașină, am tras adânc aer în piept. Măcar puteam conta ca întotdeauna pe indiferența lui Tony. Era singurul care se uita la mine de parcă aș fi fost o fantomă.

— Oho, a sosit vestita soră Monet!

Unul dintre colegii băieților a făcut un comentariu. Mi-a aruncat un zâmbet batjocoritor, pe care l-am observat înainte de a-mi coborî ochii timid spre asfalt, aruncându-mi geanta pe umăr. Deși toți elevii purtau uniforme identice, cei din grupul fraților arătau ca niște clone. La prima vedere toți băieții erau la fel. Doi dintre ei aveau un ten mai închis, iar unul avea părul alb ca făina, dar aceasta era singura diferență dintre ei.

— Ei, a mârâit Dylan la el, brusc ciudat de iritat. Nu vorbi așa cu ea.

— Bine, bine, îmi pare rău.

Băiatul a ridicat din umeri și s-a întors cu spatele la mine ca dovadă că nu-l interesa deloc să-mi vorbească.

Această reacție dură din partea fratelui meu m-a luat puțin prin surprindere, dar mi-am dat repede seama că Dylan pur și simplu nu se grăbește să mă introducă în grupul lui de prieteni. Ca să fiu sinceră, nici eu nu mă simțeam deloc în largul meu să stau aici cu ei și să mă prefac că sunt de-a lor. Erau cu toții băieți și, pe deasupra, mai mari decât mine. În plus, aveau o aură suspect de intimidantă de vedete ale școlii, iar eu preferam să nu fac parte din ea.

La vechea mea școală, erau câteva grupuri mai populare care ieșeau în evidență. Bănuiesc că așa e în școli, că întotdeauna există oameni mai interesanți și mai populari decât alții. De obicei, aceștia sunt copiii care au ceva mai mulți bani de buzunar, așa că își pot permite haine frumoase. Cu toate acestea, să fii popular în această școală mi s-a părut o realizare ciudată și neliniștitoare. Din câte mi-am dat seama, majoritatea elevilor care frecventau această școală, dacă nu chiar toți, proveneau din familii bogate. Banii, prin urmare, nu impresionau pe nimeni aici.

Ei bine, asta dacă nu cumva cineva avea atât de mulți bani, încât mergea la școală cu o mașină sport Lamborghini. La urma urmei, ca o fată dintr-o familie obișnuită care dusese o viață simplă până acum, nu mă gândisem niciodată că și bogăția are nivelurile ei. Există oameni care se bucură pur și simplu de o situație financiară solidă și există și cei care au tone dezgustătoare de bani. Începeam încet-încet să înțeleg că frații mei se pare că făceau parte din această categorie și încă mai credeam că visez cu ochii deschiși.

— Hailie, mă auzi? Spun că ar trebui să te duci la secretariat, cel mai bine pe acolo, mi-a spus Shane, smulgându-mă din reverie. Atât el, cât și colegii lui, ba chiar și Dylan și Tony se uitau acum la mine. O să-ți dea orarul și alte chestii... Prezintă-te și ei se vor ocupa de toate pentru tine.

M-am uitat în direcția în care îmi arăta mâna lui Shane. Nu înțelegeam prea bine cum să ajung acolo, dar mă mișcam deja în direcția aceea, dorind să mă despart de frații mei cât mai repede posibil. Totuși, timp de o clipă am simțit privirile celorlalți ațintite asupra mea, dar când am dispărut după colțul clădirii, am avut un moment de respiro, deoarece oamenii au încetat să-mi mai acorde atenție. Știam, totuși, că asta este numai pentru că deocamdată nu aflaseră că această fată obișnuită era sora dispărută a fraților Monet.

Am ajuns la secretariat fără probleme și fără să cer ajutorul altora, lucru pe care îl doream în mod deosebit. Mi-a trecut prin minte că, dacă ar fi fost mai îndatoritori, frații mei mi-ar fi arătat chiar ei drumul, dar dacă în compania lor urma să fiu mereu sub tirul privirilor, poate că era mai bine să se poarte cu mine fără niciun fel de amabilități.

Secretariatul de aici era foarte diferit de cel de la vechea mea școală. Printr-o minune, personalul de aici reușea să mențină o relativă ordine, în timp ce la liceul meu anterior secretarele încercau să convingă pe toată lumea că acest lucru era imposibil din cauza cantității uriașe de hârtii cu care trebuiau să se lupte în fiecare zi. Aici se pare că aveau un sistem mai bun sau mai multă rigoare, pentru că fiecare dosar și biblioraft își aveau locul lor, iar mobilierul maro închis, combinat cu pereții de culoare deschisă, adăuga încăperii un plus de sobrietate și un aspect de curățenie.

M-am apropiat de biroul în spatele căruia stătea secretara. Își sorbea cafeaua dintr-o cană decorată cu un flamingo roz și dădea click pe ceva la calculator, al cărui monitor era în afara razei mele vizuale. M-am prezentat politicos și am fost bombardată cu o succesiune de priviri din partea fiecărei persoane care se întâmpla să se afle în încăpere și îmi auzise vocea liniștită. M-am bucurat că cel puțin personalul școlii încearcă să fie profesionist, pentru că am fost servită în cel mai obișnuit mod și mi s-a urat zâmbind o primă zi de școală reușită.

La acest secretariat am căpătat speranța că poate voi fi tratată normal aici în cele din urmă. Elevii erau foarte curioși, dar așa se întâmplă de obicei când cineva vine la o lună și jumătate după începerea anului școlar. Mai ales într-o școală selectă ca aceasta. Nu trebuie să fii sora pierdută a fraților-vedete ca să atragi atenția.

Indicațiile pe care le-am primit de la secretară s-au dovedit atât de clare, încât am găsit cu ușurință drumul spre clasa unde trebuia să am prima mea oră de curs. Coridoarele erau bine semnalizate, iar clădirea în sine nu era o harababură ca la vechea mea școală, în care orice nou-venit se simțea ca într-un labirint.

Am studiat orarul și a trebuit deja să mă concentrez, pentru că începuseră scările. Chiar și anunțurile erau foarte diferite de cele cu care eram obișnuită în Anglia. M-am oprit în fața sălii de clasă și mă uitam la una dintre multele foi de hârtie pe care le primisem, aranjate cu grijă într-un dosar de carton cu logoul școlii imprimat peste tot pe unde se putea. Atunci a fost momentul în care m-a abordat prima persoană.

O fată pe nume Tanya, mică și cu ochelari dreptunghiulari de culoarea violetelor, care se odihneau pe nasul ei lung și drept. Am lăsat-o să arunce o privire peste programul meu, pentru că era curioasă să știe dacă mai aveam și alte ore împreună, în afară de viitoarea lecție de limba franceză. Apoi ni s-a alăturat o altă fată, cu care aveam ora următoare matematică, iar apoi o alta și încă una.

— Deci este adevărat că ai locuit în Anglia?

— Păi se aude chiar după accentul ei. Apropo, este minunat!

— Și cum a fost mutarea? Doamne, trebuie să fi fost foarte dificil să-ți muți brusc toată viața pe un alt continent...

— Cum îți place la noi?

— Hei, și apropo, și eu sunt pe jumătate englezoaică, merg des la Londra, știi, am rude acolo...

Am încercat să prind toate întrebările și să răspund în consecință. Curând am fost literalmente asaltată. Fetele vorbeau una peste alta, ca niște precupețe în piață. Unele dintre ele s-au și prezentat, dar în cele din urmă nu mi-am putut aminti niciun nume, în afară de al Tanyei, și asta doar pentru că ea mă abordase prima. Nu mă ajuta deloc faptul că toate aceste fete mi se păreau la fel din cauza hainelor identice, la fel ca prietenii fraților mei. Părul lor, siluetele, trăsăturile feței și culoarea pielii, în mod ciudat, nu contau pentru creierul meu – tot ceea ce conta erau blazerele negre, cămășile și fustele în carouri.

— Stai așa, adică acum locuiești cu frații Monet? a întrebat una dintre ele.

— Ce întrebare prostească, a spus alta. Doar ai văzut, a venit cu Shane.

Din fericire, înainte ca fetele să aibă timp să se jignească una pe alta sau să înceapă să-și bage nasul prea mult în relația mea cu frații mai mari, despre care mi se părea foarte jenant să vorbesc, a sunat clopoțelul. Cel puțin era un element comun la școala mea veche și la aceasta nouă. Clopoțelul care anunța începutul orelor și pauzele.

Probabil că aici se terminau asemănările. Sălile în care se țineau orele erau mai mari decât la fostul meu liceu, iar numărul de elevi din clasă era mai mic. Curiozitatea profesorilor era abia pe locul al doilea față de cea manifestată de elevi, iar la fiecare oră m-au rugat să mă prezint cu voce tare. Mă așteptam ca în prima zi să nu lipsească această formă de prezentare, așa că repetasem câteva fraze banale pe care le-am recitat de fiecare dată până când m-am plictisit.

— Ei bine, să vedem dacă poți salva imaginea familiei Monet, a glumit domnul Dalton de limba engleză, un bărbat tânăr, genul de om în mod obișnuit spiritual și probabil simpatizat de majoritatea elevilor din școală. De asemenea, nu era nici urât, deși cam scund, iar unele dintre fete chiar îi aruncau priviri cochete, pe care el le ignora cu un profesionalism desăvârșit.

Am simpatizat-o imediat și pe doamna Roberts, care, încă din primele momente mi-a făcut impresia că e tipul meu preferat de profesoară – părea înțelegătoare, caldă și foarte calmă – și fiecare cuvânt al ei răsuna plăcut în urechile mele, astfel că îmi făcea plăcere să o ascult și lecția ei despre fotosinteză a devenit aproape terapeutică. Pe lângă asta, am simțit și eu că aș putea deveni preferata ei. Astăzi eram încă tăcută și timidă, dar dacă ar fi trebuit să numesc un loc în care mă simțeam bine, acela era cu siguranță ora de științe.

Prima situație mai jenantă a fost în timpul pauzei de prânz. Am ajuns la cantină, care m-a surprins prin spațiul ei larg și prin peretele înalt de sticlă, dincolo de care se vedeau coroanele colorate ale copacilor dens plantați din Pennsylvania. Strălucirea aurie a toamnei se infiltra în interior, înveselind sala de mese.

În timp ce în pauze toată lumea se năpustise asupra mea, acum, când aveam cea mai mare nevoie de un însoțitor, ca și cum ar fi vrut să-mi facă în ciudă, toți erau preocupați de ei înșiși și de grupul lor de prieteni. Începusem deja să mă împac cu gândul că va trebui fie să mă așez la masa altcuiva, fie să găsesc un loc retras și pustiu unde să pot mânca în singurătate. Mai ales cea de-a doua opțiune m-a făcut să mă simt stânjenită, deoarece în curând am zărit un colț asediat, unde se afla locul aparent permanent al fraților Monet. Bineînțeles, nici pentru toate comorile din lume nu m-aș fi așezat acolo, dar nici nu voiam să mă vadă cum stau acolo pierdută, singură și incapabilă să stabilesc o simplă relație de colegialitate.

M-am simțit ușurată când mica mea problemă s-a rezolvat de la sine, pentru că, după ce am fost servită de una dintre cele două bucătărese eficiente și am plecat de la tejghea cu o tavă plină de mâncare de care nici măcar nu aveam poftă, am fost abordată de o fată pe care o văzusem deja de câteva ori astăzi. Îmi spusese chiar ceva mai înainte, dar nu-mi aminteam ce anume. Aveam fie matematică, fie științe împreună cu ea.

— Hei, vreau doar să-ți spun... a început ea, împletindu-și mâinile în față și jucându-se cu degetele. Dacă vrei, vino să stai cu noi. Uite acolo, la masa aceea. Dacă vrei.

Piatra care mi s-a luat de pe suflet a lansat simultan și un zâmbet pe fața mea.

— Sigur, cu mare plăcere, am răspuns. Mulțumesc!

Mona, căci așa s-a prezentat noua mea prietenă, m-a condus spre o masă la care stătea o altă fată. Am salutat-o politicos și am început imediat o conversație. A fost prima conversație semnificativă pe care reușeam să o am astăzi în această școală. Cu siguranță îmi era mai ușor să discut numai cu două persoane decât cu jumătate din populația liceului. Fetele m-au întrebat care sunt impresiile mele despre profesori și mi-au confirmat presupunerile despre bunătatea doamnei Roberts și despre firea nostimă a domnului Dalton.

— Audrey este îndrăgostită de el, a dezvăluit Mona, vorbind în șoaptă, iar colega jenată a înghiontit-o zdravăn.

— Ești o proastă, a murmurat ea și, cu o mișcare aparent întâmplătoare, și-a tras părul în față; era drept și lung, exact ca al meu, dar mult mai subțire, și atât de închis la culoare, încât era aproape negru, ceea ce contrasta foarte mult cu tenul ei palid ca un cer înnorat.

— Îmi place doar pentru că nu este plictisitor sau un nesuferit răzbunător, ca antrenorul Mendoza, de exemplu.

— Ah, acela urăște pe oricine care nu e bun la sport, a spus Mona cu nonșalanță. La început chiar mă plăcea, până când și-a dat seama că mă scuzam prea des spunând că sunt indispusă din cauza menstruației.

— Eu nu pot suferi sportul și, în schimb, sportul și Mendoza nu mă pot suferi pe mine. Audrey a ridicat din umeri, resemnată cu soarta ei.

— Hm, nici eu nu mă dau în vânt după sport, am mărturisit cu o notă distinctă de îngrijorare în glas.

— Ei, haide, nu ai deloc de ce să-ți faci griji! Mona a făcut semn cu mâna, la a cărei încheietură atârnau câteva brățări argintii. Mendoza îi iubește pe frații tăi. Numai când aude de familia Monet i se udă pantalonii. Îi adoră în așa măsură, încât e suficient că porți numele lor, chiar dacă ești slabă la sport.

— De ce, sunt chiar atât de buni?

— Cei mai buni.

— De fapt, întotdeauna m-am întrebat cum reușește Tony să împace sportul cu țigările, s-a întrebat Audrey cu voce tare.

— Hei! a intervenit un băiat, care apăruse ca din senin la masa noastră.

Părul de culoarea cuprului îi ajungea până după urechi, era și ușor ondulat, dar acum era foarte ciufulit. Avea o față plinuță și o mulțime de pistrui, iar ochii veseli în formă de migdală râdeau la noi chiar mai binevoitori decât buzele.

— Ascultați, am discutat treaba și putem face proiectul la Roberts împreună.

— Ei bine, asta e grozav, atunci, problema e rezolvată, a spus Mona, iar apoi a arătat spre mine cu mâna deschisă: Apropo, ți-o prezint pe Hailie Monet.

Îmi venea să izbucnesc în râs văzând schimbarea băiatului. Mormăia și bătea din pleoape, dintr-odată ciudat de încordat.

— O, Doamne, nu te-am observat, îmi pare rău, s-a scuzat el și mi-a întins stângaci mâna. Marshall. Mă bucur să te cunosc.

— La fel, am răspuns, înclinând capul.

Mă întrebam de ce se uita în jur atât de nervos.

— Cum merge prima ta zi? m-a întrebat.

— Sunt o mulțime de lucruri noi, dar cred că va trebui să mă obișnuiesc cu ele și va fi bine.

— Super. Știi, cu numele tău, totul ar trebui să fie floare la ureche.

— Doamne, dar mai lăsați-o în pace cu numele ăsta. Biata fată sunt sigură că simte presiunea, i-a admonestat Audrey, fapt pentru care, trebuie să admit, i-am fost recunoscătoare.

— Corect, îmi pare rău.

— Bine, să schimbăm subiectul, stai jos cu noi? Audrey a mângâiat scaunul liber de lângă ea.

— Sau cu noi?

Era o voce exagerat de prietenoasă pe care nu am recunoscut-o imediat. Cred că aveam nevoie de ceva timp pentru a mă obișnui cu faptul că am frați. Primul lucru pe care l-am văzut au fost ochii bulbucați ai lui Marshall, care se holbau la cineva care pândea în spatele meu. Mona și Audrey au încremenit și ele, iar apoi am tresărit și m-am întors chiar în momentul în care Dylan își punea degetele pe spătarul scaunului meu. Acesta a scârțâit când și-a mutat greutatea corpului său musculos pe el, iar cravata lui a început să atârne în fața mea în timp ce se apleca ușor înainte.

Marshall, Mona și Audrey tăceau, privindu-l cu buzele întredeschise, iar colegul cel nou a dobândit o paloare și mai accentuată, nesănătoasă.

— Cu... cu vooi? a repetat el, scărpinându-se nervos la ceafă.

Dylan a ridicat din umeri.

— Ei bine, dacă nu găsești alt loc și dacă le deranjezi pe fete, te primim bucuroși la masa noastră.

Ne-am întors cu toții privirea spre colțul Monet, unde toți cei prezenți se uitau acum la noi pe rând. Unii aveau fețe plictisite, alții batjocoritoare. Pe fața lui Shane și a lui Tony se vedea un amestec din cele două.

M-am încruntat și m-am întors spre Dylan, ca să îl fac să înțeleagă. De data aceasta am ridicat capul și l-am înclinat ușor, astfel încât cravata lui să nu-mi intre în gură când am deschis-o.

— Nimeni nu deranjează pe nimeni aici.

Mi-a aruncat o privire în jos, apoi a ridicat mâna și m-a mângâiat protector pe creștetul capului.

— Liniște, surioară.

Am clipit, surprinsă de purtarea lui condescendentă. M-am întors spre noile mele cunoștințe și le-am privit neîncrezătoare câteva secunde, apoi mi-am revenit și am întors din nou capul, spunând cu voce tare, pe un ton iritat:

— Vorbesc serios, mă auzi? Lasă-ne în pace.

Dar el nu se mai uita la mine. În schimb, îl sfredelea cu privirile pe sărmanul și nevinovatul Marshall.

— Deci, cum rămâne?

— Am unde să stau, a răspuns noul meu coleg cu o voce vizibil încordată.

Apoi s-a uitat la noi, sau mai bine zis la Mona și la Audrey, și a rostit aparent dezinvolt:

— Acum am să plec. Apoi s-a îndreptat și i-a spus țeapăn lui Dylan: Dar mulțumesc pentru ofertă.

Fratele meu i-a făcut vesel cu ochiul.

— Nicio problemă.

În timp ce Marshall dispărea rapid, Mona și Audrey tăceau, în mod clar surprinse de această scenă. M-am uitat fix la spatele băiatului care pleca, simțind în gură gustul acru al urmărilor acestei tevaturi inutile, până când fratele meu, care stătea deasupra mea, mi-a atins umărul.

— Cum a fost prima zi, e totul bine?

M-am uitat la el. În acel moment voiam să-i spun o mulțime de lucruri și niciunul dintre ele nu era răspunsul la întrebarea lui. Ei bine, aceasta nu a fost nicio problemă pentru el, pentru că, de fapt, nici măcar nu aștepta un răspuns.

— Apropo, Shane și cu mine avem planuri după școală, așa că astăzi te duci acasă în mașină cu Tony.

Și, din nou, fără să-i pese de răspunsul meu, mi-a ciufulit părul, apoi a fluturat din mână către mine și noile mele prietene, îndreptându-se înapoi către masa fraților Monet.

Jur că o clipă nici nu am îndrăznit să mă uit la ei. Cel mai bun lucru pe care puteam să-l fac în acel moment era să trag adânc aer în piept și să încerc să-mi eliberez sufletul de toate sentimentele negative care apăruseră în timpul acelei scurte scene. Eram furioasă, neputincioasă și, de asemenea, puțin umilită. Mi-am aranjat părul, care fusese ciufulit de fratele meu. M-am încăpățânat să nu-mi ridic privirea, fixând tava cu mâncare.

Luasem cartofi prăjiți și o salată. Acum mi-am imaginat că i le aruncam lui Dylan în față.

— Hmm... Deci chiar sunt frații tăi, a conchis Audrey.

Am dat din cap, strângând încă din buze și privind în jos.

Din nefericire, mi-am zis. Pentru că nimeni nu va dori să se împrietenească cu o fată care are astfel de frați. Și primele zile la noua școală erau și așa destul de grele pentru mine. Nu aveam nevoie de obstacole suplimentare în încercarea de a-mi face prieteni.

— E înfricoșător să stau cu tine, a glumit Mona, încercând să dezamorseze atmosfera.

Apoi m-am uitat la cele două fete, care mă examinau cu zâmbete totuși blânde.

— Îmi cer scuze pentru el... am murmurat. Nu știu ce a vrut să spună și de ce s-a amestecat.

— Stai liniștită, tocmai a confirmat ceea ce toată lumea știe deja, a ridicat Mona din umeri.

— Cum așa?

Colțurile gurii lui Audrey tremurau.

— Păi, că niciun tip nu are voie să se apropie de tine.

— Cum?

— Cu câți băieți ai vorbit astăzi?

Am clipit din nou. Noile dezvăluiri mi se păreau atât de idioate, încât m-am gândit imediat să-i răspund lui Audrey la întrebare și, în același timp, să resping teza existentă, dar apoi m-a frapat faptul că, de fapt, nu fusesem însoțită toată ziua decât de fete. Când mi-am dat seama de acest lucru, am făcut ochii mari, iar noile mele colege au așteptat cu răbdare să diger această informație.

— Ce au făcut... Cum? am izbucnit eu, punându-mi mai întâi mâna pe frunte și lăsând-o apoi în jos odată cu umerii, ceea ce m-a făcut să mă cocoșez urât. Am făcut o grimasă și am pufnit: Au dat vreun fel de anunț oficial sau ce?

— Nu au avut nevoie.

Văzând mutra mea înspăimântată, Mona a cedat în cele din urmă.

— Bine, uite, văd că sunt multe lucruri pe care nu le știi, așa că am să-ți explic. Frații tăi au o faimă rea, a spus ea încet și a aruncat o privire precaută spre masa lor.

— Cum adică?

— Circulă tot felul de zvonuri despre ei, iar ei nici măcar nu încearcă să le dezmintă.

— Ce fel de zvonuri?

— Oh, știi... Numele Monet este destul de cunoscut aici.

— Și influent, a adăugat Audrey.

— Și inspiră teamă.

Mona a înclinat capul ca și cum ar fi încercat să-și dea seama dacă sunt într-adevăr atât de neștiutoare sau doar mă prefac până când, în cele din urmă, a spus:

— Doamne, dar tu chiar nu ai nici cea mai mică idee.

— Nu am, nu știu nimic, am murmurat eu în tăcere, îngropându-mi fața în mâini.

— Nu-ți face griji, de fapt e chiar drăguț, m-a consolat binevoitoare Audrey.

— Exact, Dylan ți-a spus „surioară“, a dat din cap Mona.

M-am uitat prostită la ele.

— E adevărat, a suspinat Audrey, dar a fost înfricoșător.

— Dar ce chipeș este!

M-am strâmbat și fetele au chicotit, ca și cum ar fi fost de acord. Ei bine, mie nu-mi venea să râd. M-am apucat cu mâinile de cap pentru că tocmai îmi amintisem ce îmi comunicase Dylan în timp ce făcea pe fratele supraprotector. Trebuia să mă întorc acasă cu Tony! Ei bine, într-adevăr, numai asta îmi lipsea. Nu e corect ca dintre toți frații mei să fie tocmai el. Nu-mi venea deloc să zâmbesc, mai ales după ceea ce tocmai auzisem de la fete.

Nu l-am mai văzut pe Tony până după ore, când m-am îndreptat spre parcare cu inima strânsă. Stătea singur, numai în cămașa albă și fără sacou. Stătea sprijinit de Lamborghiniul lui Shane și fuma o țigară. În timp ce mă îndreptam spre el, simțeam că sunt condusă de priviri curioase, cu care, după o zi întreagă petrecută în această școală, începusem să mă obișnuiesc încet-încet. Fără să spun nimic, m-am urcat pe scaunul pasagerului și am așteptat cuminte ca fratele meu să termine să se otrăvească. Mă miram în același timp cum de este posibil ca el nici măcar să nu încerce să se ascundă. La urma urmei, ne aflam încă în incinta școlii.

În cele din urmă, ușa șoferului s-a deschis și Tony s-a urcat. Am strâmbat din nas, pregătindu-mă pentru mirosul de țigări, dar orice ar fi fumat, în mod surprinzător, nu mirosea a tutun, sau cel puțin nu foarte tare. Tony și-a aruncat bricheta în compartimentul din ușă, și-a ridicat mânecile cămășii de uniformă, dezvăluind o parte din tatuaj, și părea pregătit să conducă, dar nu a pornit imediat motorul. A întors capul spre mine, iar ochii lui albaștri m-au fixat amenințător.

— Acum, că suntem singuri, să lămurim ceva, a început el amenințător. Te-ai plâns de mine.

M-am uitat la fața lui iritată și am înghițit în sec, sperând că o făceam cât se poate de discret.

— Eu...

— Și ți-am spus să-ți ții gura, a continuat el și a clătinat din cap cu un dezgust nedisimulat. Ascultă, data viitoare ar fi bine să faci cum îți spun eu. Ai înțeles, fătuco?

Dacă n-ar fi fost frigul care mă pătrunsese până în măduva oaselor în acel moment, mi-ar fi făcut mare plăcere să mă răstesc la Tony și să-l întreb ce avea de gând să facă dacă nu-l ascultam. Chiar voiam să știu, pentru că, dacă ar fi fost în stare să-mi facă vreun rău real, mi se părea o informație foarte relevantă. Cu toate acestea, poate că din cauza privirii dușmănoase pe care mi-o arunca, sau poate că era din cauza informațiilor despre frații Monet pe care mi le transmiseseră Audrey și Mona în pauză, am preferat să nu-l calc pe nervi pe Tony mai mult decât o făcusem deja și în cele din urmă m-am mulțumit să dau încet din cap.

Cred că a fost satisfăcut, pentru că după aceea a pornit motorul, mâna tatuată s-a lăsat lejer pe volan, iar eu ședeam țeapănă, uitându-mă în lateral tot drumul. Mă gândeam dacă să-mi cer scuze sau nu pentru că îl dădusem de gol în fața lui Vincent, sau cel puțin să-i explic cum se întâmplase, dar în cele din urmă nu am îndrăznit să deschid gura, așa că, de îndată ce a parcat în vastul garaj al reședinței Monet, am coborât și am fugit cât mai departe posibil de acest frate care îmi displăcea în mod deosebit.

În acea seară, dintre toți frații mei, doar Will s-a deranjat să mă întrebe cum decursese prima mea zi la noua școală.

6

BANALITĂȚI

După acel mic avertisment de la Tony mă temeam și mai mult de el. Cel mai simplu lucru de făcut era să-l evit, ceea ce îmi reușea perfect, pentru că nici el nu dorea să petreacă timp cu mine.

Din fericire, cel mai adesea mergeam la școală cu Shane. Îmi plăcea cel mai mult să merg cu el, pentru că cel puțin îmi dădea șansa să vorbesc, chiar dacă nu erau întotdeauna discuții la nivel înalt. Tony era mai mult tăcut în preajma mea, în timp ce Dylan, pe de altă parte, nu se putea abține să nu facă o remarcă răutăcioasă.

În ceea ce privește viața la școală, partea masculină a liceului încă se mai temea să stea de vorbă cu mine, chiar și despre simple fleacuri. Înainte de a interacționa cu mine, toți băieții (care nu erau prea mulți) aruncau o privire discretă în jur pentru a se asigura că frații Monet nu erau undeva prin preajmă.

Acest lucru a început să mă irite serios. Dylan, Shane și Tony își permiteau orice fără să fie pedepsiți, iar toată școala părea să îi încurajeze și să se dea la o parte din calea lor. Aveam impresia că ne întorseserăm în Evul Mediu, iar ei făceau pe reprezentanții familiei regale. Acesta este unul dintre motivele pentru care îi evitam între ore. Nu mă identificam cu stilul lor arogant de vedete și îmi era de ajuns că trăiesc sub același acoperiș cu ei. Din păcate, deși încercam să rămân în umbră, era imposibil să mă rup complet de ei.

Îmi petreceam pauzele lungi în compania Monei și a lui Audrey, fetele cu care reușisem să mă împrietenesc. Cea dintâi era foarte încântată de atenția mea, iar felul ei deosebit de a se entuziasma de orice mi se părea atât de sincer, încât m-am trezit și eu atrasă de ea, mai ales că îmi doream să am un grup de prietene. Fie chiar și un grupuleț mic de trei fete.

În ziua aceea deciseserăm să profităm de ultima zi frumoasă de vară și am ieșit să luăm prânzul afară. Nu eram singurele care avuseseră această idee. Curtea școlii era plină de elevi și aproape toate băncile de picnic erau ocupate. Am reușit să prindem una și ne scăldam în căldura soarelui înainte de cea de-a doua parte a zilei, când, deodată, ne-au ajuns la urechi zgomotele unei mari agitații.

Am deschis ochii și i-am ferit de soare ca să mă uit spre grupul de curioși care se adunase ceva mai departe de noi. Mona, la rândul ei, își întindea deja gâtul și, dintre noi trei, ea a făcut primii pași spre mulțimea adunată. Audrey și cu mine am pornit în urma ei și, după un timp, știam deja motivul acestei adunări spontane.

Doi băieți se luaseră la bătaie, iar eu am încremenit în loc, când l-am recunoscut pe Tony într-unul dintre ei. „Se luaseră la bătaie" este prea mult spus, loviturile erau date doar de fratele meu, iar victima încerca stângaci să se apere. Vedeam cu groază cum mâna lui tatuată trăgea de cravata victimei. Am urmărit fețele celor adunați în jur. Unii râdeau și îl aclamau pe Tony, alții se strâmbau scârbiți de brutalitatea spectacolului, dar nu cred că mulți erau la fel de îngroziți și de dezgustați ca mine.

Când, în urma unei lovituri deosebit de puternice din partea fratelui meu, sângele a țâșnit din nasul băiatului, am simțit că nu mai pot răbda. Fără să stau prea mult pe gânduri, m-am repezit în mijlocul luptei. Îmi dădea curaj faptul că Tony era totuși fratele meu, altfel probabil că aș fi stat acolo ca o stană de piatră, la fel ca ceilalți privitori. Poate să nu mă placă, dar e puțin probabil să-și bată propria soră, nu-i așa?

Nu mi-a fost dat să aflu, pentru că, înainte să apuc să mă interpun între el și băiatul cu nasul sângerând, cineva m-a apucat de braț și m-a oprit. M-am întors, știind că nu era niciuna dintre noile mele prietene - strânsoarea era prea puternică.

Ei bine, aveam dreptate, pentru că cel care m-a împiedicat să mă implic în bătaie era Dylan. M-am uitat în ochii lui. Am văzut în ei un avertisment și o umbră de neîncredere, dar eram prea amețită ca să o iau în serios și să mă retrag cu coada-ntre picioare - așa cum aș fi făcut în orice altă situație.

Nu puteam să privesc cum fratele meu, cu care chiar astăzi luasem micul-dejun la aceeași masă, lovea acum atât de agresiv și fără milă pe cineva peste față, lăsând vânătăi care vor dura săptămâni întregi. Am încercat să mă eliberez, dar fără succes, pentru că brațul musculos al lui Dylan nu-mi dădea nicio șansă, așa că în cele din urmă am renunțat și am încercat să folosesc persuasiunea verbală.

— Oprește-l!

Am primit drept răspuns o privire goală din partea lui.

— Te rog, îl rănește pe băiat...

Nimic.

— O să aibă probleme...

În fundal se auzeau gemetele prelungite ale victimei lui Tony. Cei care stăteau cel mai aproape de mine și de Dylan au început să manifeste interes pentru confruntarea noastră. Unii chiar mai mult decât față de încăierare.

— Dylan, fă ceva! am strigat în cele din urmă isteric.

— Taci din gură, nu te amesteca!

Nu-mi venea să cred. Nu am reușit să fac nimic în privința asta, pentru că atunci când am aruncat o privire către Tony, cu intenția să îi strig să-și vină în fire, băiatul bătut zăcea deja întins pe jos, abia conștient. Tony s-a aplecat peste el și i-a șoptit ceva la ureche, apoi l-a tras de sacou, privindu-l cu dispreț.

Tocmai atunci a apărut o femeie cu fața roșie, cu sprâncenele încruntate și cu buzele strânse, în jurul cărora i se formaseră riduri extrem de adânci. Cineva a șoptit că era directoarea. Ei bine, bravo, exact la timp, pentru că Tony tocmai îl transformase pe bietul elev într-un terci.

Fratele meu a fost imediat târât de-acolo, o asistentă medicală a fost chemată la locul faptei, iar antrenorul Mendoza, un bărbat înalt, cu barbă neagră, a început să disperseze mulțimea, strigând și fluierând dintr-un fluier care îi atârna la gât, ca oricărui profesor de sport care se respectă. M-am cutremurat, în timp ce Dylan mă trăgea după el spre clădirea școlii. La jumătatea drumului s-a oprit pe margine și m-a întors cu fața spre el.

— De ce naiba ai vrut să te bagi între ei? Ai mai fi încasat-o și tu!

— De ce l-a bătut Tony în halul ăsta? am întrebat cu reproș.

Aveam valorile mele decent ordonate, așa că știam foarte bine cine merita cu adevărat să fie mustrat aici și acea persoană nu eram nicidecum eu.

— Nu e deloc treaba ta.

— Atunci de ce nu l-ai oprit? Băiatul acela era plin de sânge!

Mi-am încrucișat brațele pe piept. Am încercat să-i ignor pe cei care treceau pe acolo și ascultau, ca și cum ar fi sperat să asiste la altă dramă pusă în scenă de frații Monet. Dylan s-a uitat în jos la mine pentru o clipă într-un mod ciudat, ca și cum nu ar fi înțeles engleza, apoi a scuturat din cap și a suspinat.

— Vezi-ți de lecțiile tale, Hailie.

Mi-am coborât brațele de-a lungul trunchiului.

— Dar…

— Fără „dar“.

L-am ascultat datorită tonului aspru. Relația mea cu Dylan nu era cea mai bună, așa că am preferat să nu o înrăutățesc, spre binele meu. În drum spre clasă, m-am oprit la baie ca să mă uit în oglindă. Fața mea purta cu siguranță urmele emoției de mai înainte – ochii încă îmi străluceau, iar colțurile gurii refuzau să se ridice sau măcar să se îndrepte. Și eram tot palidă, așa că m-am ciupit de obraji, în speranța că asta le va da puțină culoare. Am citit odată despre doamnele nobile care făceau asta în vremurile de demult.

Când am decis că arătam suficient de prezentabil ca să merg în clasă, mi-am aruncat geanta pe umăr și atunci telefonul mi-a alunecat dintr-un compartiment deschis. Înainte să apuc să reacționez, acesta a căzut pe gresie și ecranul s-a spart într-un milion de bucăți. Probabil că stricăciunile erau grave, pentru că nici nu a mai vrut să pornească.

Am intrat în panică. Primul meu gând a fost la mama, care nu ar fi fost încântată dacă i-aș fi adus de la școală vestea că mi-am stricat telefonul. Cu siguranță că va trebui să mă descurc fără el un timp. Mai ales că acesta era relativ nou, îl primisem în urmă cu aproximativ patru luni. Nu era de top, dar îmi îndeplinea cerințele de bază și îmi plăcea. Și mai știam că era o cheltuială destul de mare pentru mama mea.

Am rămas mai mult timp în baie, mai întâi implorând tot universul să facă telefonul să funcționeze ca prin magie. L-am mutat dintr-o mână în alta, am frecat și am apăsat din nou și din nou butoanele de pe carcasă. Din păcate, nimeni nu mi-a ascultat rugăciunile. Nimeni nu mi le asculta niciodată. Apoi am început din nou procesul de pregătire pentru a ieși printre oameni. De data aceasta însă, a trebuit să-mi șterg și ochii înlăcrimați.

Minunat, o să pară că am plâns din cauza încăierării lui Tony.

A fost absolut îngrozitor pentru mine să suport și restul orelor. Din când în când, verificam telefonul să văd dacă nu cumva, totuși, se reparase de la sine. Eram tristă pentru că aveam în telefon toată lumea mea de pe Bookstagram și nu voiam să o pierd. Eram, de asemenea, stresată la gândul că poate tocmai astăzi cineva – de exemplu Vincent – se va decide să mă sune și eu nu voi putea să răspund. Îmi spusese clar că voia să țină mereu legătura cu mine. În același timp, îmi era teamă să-i anunț pe băieți despre pagubă. Am continuat să sper că poate telefonul va porni. Sau că, nu știu, că totul e în visele mele.

Și ca și cum asta nu ar fi fost de ajuns, am fost obligată să ascult tot restul zilei cum se discută încăierarea lui Tony pe la colțuri. Mă apăram din răsputeri împotriva bârfelor, pentru că analiza acestui eveniment nu era deloc amuzantă pentru mine și nimic din ceea ce ajungea la urechile mele nu suna ca o informație confirmată. În cea mai mare parte erau doar o grămadă de presupuneri inventate, ca și cum băiatul bătut i-ar fi datorat ceva lui Tony sau chiar a primit „ceea ce a meritat". Versiunea care m-a tulburat cel mai mult a fost cea a uneia dintre fetele din anul fraților mei, care le-a șoptit înfierbântată prietenelor ei că Tony a bătut un băiat care vorbise urât despre sora lui. Mă îndoiam că lui Tony îi păsa de ceea ce ar fi putut spune cineva despre mine, totuși am simțit cum mă trec fiori și am decis să nu abordez în niciun caz acest subiect.

După ultima oră, am ieșit din clasă împreună cu Mona. Probabil că emanam proastă dispoziție. Mona nici măcar nu a încercat să vorbească prea mult cu mine, ceea ce nu-i stătea deloc în fire. Nu voiam să mă înstrăinez de una dintre puținele persoane din această școală pe care le puteam numi „prietene", așa că i-am spus adevărul despre telefonul stricat, sperând că poate îmi va da o soluție.

— Și ai încercat să-l închizi și să-l repornești?

Nu mai contează.

— Am încercat de toate.

— De fapt, chiar dacă printr-un miracol reușești să-l pornești, ecranul e crăpat ca o pânză de păianjen și oricum nu se va mai vedea nimic, a spus ea, uitându-se fără prea mare interes la telefonul mobil pe care îl țineam în mână. Poate că ar trebui să le spui fraților tăi și îți vor lua unul nou. Că nu e decât un telefon, nu?

Ascultând-o, am simțit cum bărbia începe să-mi tremure. Ca să nu par o plângăcioasă tulburată emoțional care nu se poate controla din cauza unui telefon stupid, mi-am încleștat maxilarul.

— Mm, da, ai dreptate, am rostit, silindu-mă să afișez un zâmbet de care mă îndoiam că avea vreo legătură cu zâmbitul. Atunci pe mâine, da?

Și, fără să aștept un răspuns, m-am îndreptat spre Lamborghini, ținând cărțile la piept cu o mână, iar cu degetele celeilalte strângând în buzunar telefonul mobil stricat. Parcă simțeam tristețea și neliniștea cum îmi pătrund în inimă. Îmi părea rău că distrusesem telefonul pe care mi-l dăduse mama. Îmi amintesc cât de mult m-am bucurat când mi l-a dăruit. Era un alt lucru legat de amintirea ei pe care probabil că îl pierdusem.

Mai mult, acum va trebui să-i spun lui Vincent totul despre asta, ceea ce, ca să spunem așa, nu mi-a creat o dispoziție optimistă.

Dylan și Tony stăteau lângă locurile de parcare ale fraților Monet și râdeau de ceva. Nu-i mai văzusem de la încăierare și nu mi-era dor să-i văd din nou. În plus, nu l-am văzut pe Shane. Shane nu era un sprijin prea mare, pentru că, alături de frații lui era puțin probabil să-mi țină partea, totuși, puteam conta întotdeauna pe faptul că va fi mai drăguț decât ceilalți doi.

Când m-am apropiat suficient de mult de ei pentru ca Dylan să mă poată măsura cu o privire mai atentă decât mi-ar fi plăcut, m-am grăbit să mă uit la asfalt. Nu-mi plăcea această perspicacitate a fraților mei. Vincent era marele maestru, dar nici ceilalți nu aveau de ce să se rușineze. Chiar și Tony, care părea complet indiferent la ceea ce mi se întâmpla. Acum și-a încrețit fruntea auzind întrebarea pe care mi-a pus-o imediat Dylan.

— De ce ai plâns?

— Nu am plâns, am negat eu repede.

— Ți-a spus cineva ceva?

Am clătinat din cap, oprindu-mă în fața portierei din partea pasagerului. Am pipăit cu degetele butonul ascuns și l-am apăsat ca să deschid ușa, dar mașina era încuiată și a trebuit să-mi ridic privirea spre Dylan care stătea de cealaltă parte a vehiculului. Pe fața lui tensionată se vedea hotărârea. Mi-am dat seama că nu vom pleca din parcare până când nu va scoate de la mine informațiile despre motivele suferinței mele. Am regretat că nu a preferat să se ocupe de această problemă în mașină, unde am fi avut mai multă intimitate și Tony nu mi-ar fi suflat în ceafă.

— Ești sigură? Dylan și-a strâns pumnii pe plafonul mașinii. Din cauza încăierării lui Tony?

A dat din cap spre fratele nostru, care stătea călare pe motocicletă și își răsucea casca în mâinile bandajate. Mă întrebam cum de fusese posibil să nu fie trimis nici măcar acasă. Mi-am dat seama cât de ciudat și de necrezut era acest lucru. Doamna directoare văzuse cu ochii ei ceea ce se întâmplase! Ar fi trebuit să fie cel puțin suspendat.

— Nu, nu a fost din cauza bătăii.

— Nu minți, Hailie.

— Nu mint!

Am suspinat și am băgat fără chef mâna tremurândă în buzunarul uniformei mele, din care am scos telefonul stricat.

Nu avusesem de gând să recunosc în fața lui Dylan și a lui Tony ce se întâmplase. Nu trebuiau să știe. Dar dacă credeau că mint, preferam să le dezvălui adevărul.

— Mi-a căzut.

A urmat un moment de tăcere. Dylan s-a uitat la telefonul din mâna mea, ca și cum ar fi fost o invenție bizară pe care o vedea pentru prima dată, apoi a ridicat din sprâncene și și-a mutat privirea înapoi la mine.

— Ai plâns pentru că ți-a căzut telefonul? a vrut el să fie sigur.

— Nu mai merge.

Din nou, am simțit cum lacrimile se adună în ochi. Într-o clipă vor începe să mi se rostogolească pe obraji, iar eu mă voi simți și mai jenată. Am întors capul și am observat că și Tony se uita la mine cu o mutră uluită. Își încrețea fruntea și se strâmba ciudat, ca și cum nu ar fi înțeles despre ce vorbeam, deși țineam în mână un obiect care dovedea adevărul cuvintelor mele. Frații au făcut un schimb de priviri.

— Urcă, a spus Dylan. Vocea lui suna altfel decât cu o clipă mai înainte. Mai blândă. Aș îndrăzni chiar să spun că am auzit oarecare înțelegere în ea. Ca un părinte care se simte extenuat de poznele nevinovate ale copilului său.

Ei bine, nu a fost nevoie să-mi spună de două ori. Mi-am tras nasul, am băgat telefonul într-un buzunar al jachetei și, de astă dată când am apăsat pe buton, ușa s-a ridicat fără probleme.

În drum spre casă, m-am simțit ușurată că încă nu țipase nimeni la mine. Nu aveam telefon ca să mă pot uita pe ecranul lui, așa că am privit imaginea din ce în ce mai familiară a pădurii dense. Pădurile acoperă mai mult de cincizeci și opt la sută din suprafața statului Pennsylvania, cel puțin așa citisem undeva. Asta m-a mirat, pentru că, din observațiile mele de până acum, mi se părea că procentul este mai aproape de sută la sută.

M-am gândit la copaci tot drumul și nu am vorbit, la fel ca Dylan, care doar din când în când se uita la mine cu o privire de parcă ar fi vrut să întrebe ceva și apoi se răzgândea. De îndată ce am ajuns acasă, a dispărut pe undeva, iar eu m-am grăbit spre bucătărie, unde Eugenie m-a servit cu o porție supradimensionată de cină, ca de obicei.

Îmi plăcea menajera fraților mei, dar îi venea foarte greu să accepte faptul că nu eram un adolescent activ din punct de vedere fizic, ci o fată măruntică, cu stomacul în permanență strâns. Am ronțăit crochetele de pui fără plăcere, uitând chiar câteodată să le înmoi într-un bol cu sos de grătar.

Când au apărut gemenii, m-am crispat involuntar la vederea lui Tony. Mi-am dat seama că într-adevăr îmi este frică de el, mai ales să rămân singură cu el. Dacă stau să mă gândesc bine, îmi era puțin cam frică de toți frații mei, dar Tony părea cel mai imprevizibil dintre toți.

L-am privit cum își pregătea cina. Nu puteam să-mi dezlipesc ochii de brațul lui musculos, tatuat și puternic. Bandajul de la mâna lui dispăruse și mi se făcea rău când vedeam încheieturile vinete ale degetelor lui, care nu cu mult timp în urmă erau pline de sânge.

Dar Tony m-a ignorat complet. Shane, pe de altă parte, ar fi dorit poate să vorbească, dacă nu s-ar fi luminat la față când a văzut crochetele de pui. Și-a pus în farfurie un munte întreg și nici măcar nu a observat când i le-am pus și pe ale mele care mai rămăseseră.

M-am furișat în camera mea, fericită că în sfârșit puteam să mă ascund în confortul ei. M-am schimbat în hainele de casă și m-am așezat la birou să-mi fac temele. Astăzi mi-am făcut temele mult mai încet și mai temeinic decât de obicei, încercând să amân cât mai mult posibil misiunea inevitabilă de a-l întâlni pe Vincent.

Dar mă aștepta o surpriză - ceva mai târziu, în timp ce eram încă aplecată deasupra biroului și mă chinuiam să aleg culoarea potrivită de marker, am auzit o bătaie la ușă. Foarte calmă și singulară, un pic ca și cum cineva ar fi bătut fără să vrea la ușă, dar, așa cum am mai menționat, în reședința Monet era foarte multă liniște și astfel de sunete nu răsunau aici fără motiv. Aveam dreptate, pentru că, atunci când l-am invitat cu glas șovăitor pe vizitator să intre, în pragul camerei mele a apărut tutorele meu legal.

M-am crispat imediat la vederea lui. Nu numai că nu obișnuia să mă sune, dar nici nu mă vizita niciodată în camera mea. Era tras la față, dar arăta încă fantastic, cu o cămașă albă și pantaloni de costum închiși la culoare.

S-a așezat în fotoliul meu, iar eu m-am întors pe scaun ca să stau cu fața la el. A tăcut mult timp, dar eu am așteptat cu răbdare să facă o mișcare, căci părea genul de om care prefera să decidă nu numai când trebuie să încheie o conversație, ci și momentul când trebuia să înceapă.

— Hailie, vreau să vorbesc cu tine despre încăierarea lui Tony, a spus el.

După o zi plină de întâlniri de afaceri, sunetul vocii lui era încă sever și îmi dădea fiori reci.

— Dylan mi-a transmis că ai fost de față.

— Toată școala a fost de față.

Mi-am răsucit trunchiul și mi-am încleștat pumnii pe spătarul scaunului. Pe unul dintre ei mi-am sprijinit și bărbia, privind la fratele cel mai mare cât puteam de nevinovată.

— Tot el mi-a spus cum ai reacționat.

— Vince... am început, spunându-i probabil pentru prima dată în viață pe nume, și încă diminutivat.

Am încercat să vorbesc logic și la obiect. Știam că, pentru a obține un asemenea efect, trebuia să-mi controlez emoțiile, dar era extrem de dificil să-mi potolesc tulburarea.

— Băiatul acela zăcea întins la pământ și nu se putea apăra. Tony nu a avut niciun pic de milă pentru el, sângele îi curgea din nas!

Vince s-a uitat la mine în tăcere pentru o clipă și apoi a început să-și frece bărbia.

— Nu spun că incinta școlii este locul potrivit pentru a rezolva astfel de chestiuni, iar Tony are cu siguranță o problemă cu agresivitatea. Evident că ar fi trebuit să se controleze mai bine. Îi voi reaminti în continuare acest lucru, a promis. Cu toate acestea, sunt aici pentru că vreau să clarific faptul că doresc ca pe viitor să stai departe de astfel de incidente. Și în niciun caz să nu te arunci în mijlocul lor. Nu contează dacă unul dintre frații tăi este implicat sau nu. Este pur și simplu periculos.

— Dar...

— Nu a fost o rugăminte.

— Dar asta este o problemă serioasă! Dacă eu iau la bătaie pe cineva, vei flutura și atunci din mână?

Ochii lui Vincent s-au întunecat.

— Nu, nu voi flutura din mână, de asta poți fi sigură, dragă Hailie. Acum coboară, te rog, tonul și înțelege că nu încerc să fiu răutăcios. Niciodată, orice s-ar întâmpla, să nu te amesteci în treburile fraților tăi. Nici la școală, nici în afara ei.

— Și ce, data viitoare să stau și să privesc?

— Cel mai bine ar fi să te îndepărtezi.

M-am încruntat frustrată și am privit într-o parte.

— Hailie, ascultă-mă cu atenție, a continuat Vincent.

S-a ridicat în picioare cu eleganța aceea inconfundabilă a lui. Când s-a uitat la mine de sus, efectul cuvintelor lui a căpătat și mai multă putere.

— Noi trăim în această lume și nu în alta, așa că, din păcate, nu îți pot garanta că acțiunile fraților tăi vor fi întotdeauna un exemplu pentru tine. Dar ca să fie clar... nu aș vrea să fiu în locul tău, dacă aș afla că ai participat în mod voluntar la un incident.

Mai pot fi considerate astfel de cuvinte o amenințare? Frații mei nu sunt în stare să vorbească normal? Singurul lucru pe care l-am putut face după discursul lui Vincent a fost să-i răspund cu voce răgușită de emoție:

— Eu nu iau parte la încăierări. Și nu am luat parte nici la asta! Tony a bătut un băiat în pauză; cum se face că eu sunt cea pedepsită? Și oricum, ce naiba înseamnă referirea asta la „lumea în care trăim“?

Vince a înclinat ușor capul, ca și cum ar fi fost fascinat de faptul că îndrăznesc să continui această conversație.

— Îți explic că ceea ce face Tony nu este treaba ta. Sunt aici ca să clarific această situație cu tine, în exclusivitate. Dacă tu ai fi făcut ceva pentru care trebuia, după cum ai spus, să fii pedepsită, atunci conversația ar fi fost total diferită, te asigur. Asta e ceea ce vreau să spun, îți este clar?

Mi-am strâns mai tare degetele pe spătarul scaunului, trăgând discret aer în piept. Dacă Vincent chiar era atât de perspicace pe cât părea, trebuie să fi observat ce efort făcusem ca să-mi controlez emoțiile. Cu puțin noroc, s-ar putea chiar să-mi aprecieze strădania.

— Sigur, am spus în cele din urmă.

Aveam, bineînțeles, multe rezerve la cele spuse de Vincent, dar convorbirea cu el era neplăcută și știam că vom sfârși mai repede dacă sunt de acord cu el. Nu mă înșelasem; în ochi îi strălucea o urmă de aprobare.

— Mă bucur că în sfârșit ne înțelegem. Mai ai altceva de adăugat? a întrebat el, în timp ce se uita la cadranul alb al ceasului de la încheietura mâinii.

— Uh, de fapt, da, am șoptit eu. Pentru o clipă uitasem de telefonul meu mobil, dar tocmai îmi amintisem de el și poate că nu era momentul potrivit să menționez asta, dar am simțit că nu va exista altul mai bun. Telefonul meu s-a stricat. Asta vreau să-ți spun, în caz că, nu știu, ai încercat să mă suni. Știi... am scos un fel de chicotit nervos distorsionat... dacă e ceva, n-am să răspund.

Vince a ridicat o sprânceană, apoi am oftat din nou.

— E vina mea, chiar eu l-am stricat, am mărturisit. Mi-a căzut, dar a fost neintenționat, într-adevăr, nu știu cum...

— Mhm, gata, gata. Știu și asta. Mi-au spus băieții.

S-a apropiat de scaunul de al cărui spătar încă mai atârnam și s-a uitat la mine, iar în ochii lui era o blândețe pe care o vedeam la el pentru prima dată de la începutul conversației noastre de astăzi. Am tresărit la atingerea lui în timp ce mi-a ridicat ușor bărbia cu două degete. Pe unul dintre ele strălucea inelul sumbru cu sigiliu.

— Hailie, să nu-ți mai faci niciodată griji pentru astfel de banalități.

M-am uitat surprinsă la el în timp ce se îndepărta, iar el s-a mai oprit o clipă cu mâna pe clanța ușii.

— Am un telefon nou pentru tine. Coboară în bucătărie pentru cină și o să ți-l dau.

Și a plecat.

Să recapitulăm. Fusesem mustrată pentru că am încercat să salvez un băiat bătut pe care am vrut să-l apăr de o vătămare gravă din partea fratelui meu abuziv, dar pentru faptul că din neglijență îmi stricasem telefonul nu eram dojenită?

M-am întors la biroul meu, permițând în sfârșit spatelui meu să se rezeme de spătarul scaunului. Mi-am trecut mâna peste față și m-am frecat puțin la ochi. De ce toate conversațiile cu Vincent trebuiau să fie atât de ciudate, de imprevizibile și de complicate? Nu cu asta mă obișnuiseră primii mei cincisprezece ani de viață. Regulile mamei mele, de exemplu, erau clare, iar pedepsele pentru nerespectarea lor erau simple și logice. În acest fel, știam întotdeauna când aveam probleme și la ce reacție mă puteam aștepta mai mult sau mai puțin. Dar cu Vincent era un etern joc de ruletă.

Nu voiam să-mi enervez tutorele sau să nu primesc telefonul promis, așa că am coborât punctual la ora cinei. Mi-am luat în prealabil la revedere de la telefonul meu mobil stricat și l-am băgat într-un sertar, căci nu aveam inima să arunc pur și simplu la coșul de gunoi un cadou de la mama mea. În bucătărie l-am găsit doar pe Vince. Stătea la masă și părea la fel de obosit ca mai devreme. Sorbea liniștit ceaiul și răsfoia paginile de pe tableta lui, iar pe tejgheaua de vizavi de el se afla o cutie mică și albă.

Cu un sendviș făcut de Eugenie, m-am așezat la locul meu și am dat cutia ușor la o parte, dar nu prea departe, aruncând o privire curioasă spre ea. Îți puteai da seama doar după ambalaj că nu era un model obișnuit. Răsuceam felia în mână, luptându-mă cu mine însămi să nu mă comport ca un copil și să aștept cu răbdare până la sfârșitul cinei ca să despachetez noul gadget, dar am pierdut rapid duelul interior. Am pus jos sendvișul pe farfurie și am luat cutia în mâini, întrebându-l pe Vincent, ca să fiu sigură:

— Asta e pentru mine, da?

Fratele meu și-a ridicat ochii spre mine, a clipit, apoi a dat din cap, ca și cum răspunsul la întrebarea mea era evident. Da, era un cadou pentru mine și includea cel mai nou model de telefon. Rafinat până la perfecțiune, cel puțin din punct de vedere vizual. Culoarea lui era descrisă de producător ca granit argintiu scăldat în lumina stelelor, sau ceva de genul ăsta. Dispozitivul era plat și ușor, dar nu prea ușor, ca să nu lase impresia că este un fals sau o jucărie chinezească. Doamne, îmi era frică să țin telefonul în mână, dar, în același timp, voiam să aflu chiar acum, imediat, toate funcțiile pe care le avea. L-am cântărit în mână, uitându-mă la fratele meu.

— Uau! am șoptit.

Mi-a aruncat o privire și mi-a oferit zâmbetul lui specific, pe care aveam plăcerea de a-l vedea extrem de rar.

Vince zâmbea.

De două ori uau!

Într-o izbucnire bruscă de îndrăzneală de care nu m-aș fi crezut capabilă, am pus cu grijă telefonul înapoi în cutie și m-am ridicat. Auzind zgomotul scaunului meu, Vincent a ridicat capul și am văzut cum deschide deja gura să comenteze ceva în sensul cum de îndrăznesc să mă ridic de la masă, deși nici măcar nu mă atinsesem de cină, dar a închis-o când a văzut că ocolesc mobilele ca să ajung lângă el. Nu mi-a scăpat nici faptul că s-a crispat, pentru că cine a mai văzut una ca asta, ca o soră mai mică să-i invadeze sfera intimă.

Mi-am împletit brațele în jurul umerilor lui.

— Mulțumesc, i-am șoptit la ureche, ignorând răceala care radia din el și chiar l-am îmbrățișat mai strâns. Era un sentiment ciudat - ca și cum aș fi îmbrățișat o stâncă de pe malul mării sau o creangă de copac mort. Numai că ramurile nu-ți răspund la astfel de îmbrățișări, dar Vince mi-a răspuns și nici nu a trebuit să aștept mult timp pentru asta. M-a îmbrățișat și m-a mângâiat ușor pe spate.

— Cu plăcere.

Aceea a fost ziua în care l-am îmbrățișat pe Vince pentru prima dată și am simțit că legătura dintre noi, soră și frate, devenea puțin mai strânsă.

7

ÎNGERUL

Îmi plăcea părul meu perfect drept. Și, deși cândva mă plângeam pentru că mi-aș fi dorit să am bucle luxuriante, cel puțin puteam controla cu ușurință felul în care se aranja. Pieptănătura mea ordonată se asorta cu uniforma. Într-o zi, mi-am luat chiar și un fier de călcat în camera mea ca să fiu sigură că tricourile mele nu aveau niciun fel de cute. Mi-am însușit la perfecție și înnodarea cravatei, datorită tutorialelor de pe YouTube.

De fiecare dată după ce eram deja îmbrăcată pentru școală, aruncam o ultimă privire de control în oglindă înainte de a coborî la micul-dejun și îmi imaginam cum ar fi reacționat mama la vederea mea. Probabil că mai întâi ar fi mijit din ochi ca să vadă mai bine (mereu amâna vizita la oftalmolog), apoi ar fi dat din cap și ar fi fluierat jucăuș. Ar fi strigat ceva jenant, ceva ce numai mamele le pot spune copiilor lor atunci când sunt impresionate de ei. Și apoi și-ar fi deschis larg brațele, atentă să nu mă ciufulească sau să-mi mototolească sacoul, și m-ar fi tras cu tandrețe spre ea.

Apoi ieșeam cât mai repede din dormitor de teamă ca fanteziile mele să nu o ia razna și ochii să înceapă să-mi lăcrimeze. Acest lucru se întâmplase deja de câteva ori, iar lupta pentru a-mi readuce la normal fața umflată de plâns îmi lua prea mult timp ca să-mi permit asemenea momente de slăbiciune.

În bucătărie am luat jumătate din micul-dejun singură. Acolo eram de obicei întâmpinată pe fugă de Eugenie, care la acea oră se grăbea să pună primul rând de rufe în mașina de spălat. În chiuvetă, aproape de fiecare dată, se afla cana cu motivul *Războiul stelelor* care îi aparținea lui Vincent, ceea ce dovedea că fratele meu mai mare era primul în picioare dintre frați. El sau Will, care de multe ori se întorcea de la alergarea de dimineață la scurt timp după ce gemenii coborau somnoroși. De asemenea, ocazional aveam neplăcerea de a da peste Dylan, care de cel puțin trei ori pe săptămână se trezea mai devreme decât mine și chiar și decât Will, pentru a face exerciții în sala de fitness.

După umila mea părere, frații Monet nu ar fi putut găsi o soră mai ușor de suportat decât mine. Nu trebuiau să mă supravegheze ca să îmi fac temele, pentru că le făceam eu însămi conștiincioasă. Nu le ocupam canapeaua sau televizorul, pentru că pur și simplu nu voiam să mă bat cu ei pentru consolă sau pentru telecomandă, presupunând că oricum aș fi pierdut. Nu le mâncam gustările, pentru că de ceva vreme nu mai aveam poftă de mâncare și trebuia să mă silesc să mănânc chiar și la mesele de bază. Nu puneam multe întrebări, știind că de obicei nu voi primi răspunsuri cuprinzătoare. Iar când plângeam, o făceam în intimitatea camerei mele seara târziu, astfel încât să nu se simtă vinovați, stânjeniți sau rușinați. Așadar, ce pot să spun? Eram sora ideală.

Dar frații mei au aflat curând că idealurile nu există.

În zilele de luni și miercuri Shane avea antrenament la box după orele de școală, iar eu eram de obicei pusă în fața unei alegeri: fie să-l aștept, fie să merg acasă cu Dylan și Tony, dacă se întâmpla să sosească în acea zi cu un vehicul în care să încap și eu. Motocicleta era, evident, exclusă, dar în ultima vreme ploua din ce în ce mai mult, iar Tony era tot mai puțin dispus să pună mâna pe cască.

Mă înțelesesem cu Shane să stau la bibliotecă cât timp are el antrenament. Preferam de o sută de ori să mă ascund între rafturile cu cărți, decât să îndur compania celor mai răutăcioși doi frați ai mei într-un spațiu atât de mic și închis precum o mașină. În afară de asta, biblioteca școlii avea un avantaj foarte important față de cea de la reședința Monet - existau puține șanse să mă lovesc de Vincent. Aici, timp de o oră, puteam să savurez libertatea.

De obicei îmi făceam temele, scriam recenzii pe Bookstagram sau căutam cărți interesante pe care să le împrumut. Astăzi, m-am concentrat pe prima activitate și m-am așezat la locul meu preferat, o bancă ascunsă între un șir de rafturi înalte pline de cărți vechi, uitate. Erau în mare parte tomuri groase despre subiecte prea complicate pentru elevii de liceu, prin urmare nimeni nu se aventura de obicei aici, așa că aveam parte de liniște și pace.

În acea zi, însă, cineva s-a uitat înăuntru și așa a început șirul de necazuri care au dat peste mine.

În locul acela unde stăteam singură, apăruse un băiat. L-am recunoscut de la unele dintre cursurile mele, așa că știam că era din anul meu. Mi s-a părut că făceam matematica împreună cu el, dar eram sigură că mergeam și la franceză împreună, și asta pentru că îmi aminteam când fusese întrebat ultima dată și, pe scurt, nu prea strălucea.

Am încercat să mă concentrez asupra temelor mele, dar nu m-am putut abține și m-am uitat la băiat. Nu-mi aminteam cum îl cheamă și dintr-un motiv oarecare doream foarte tare să-mi amintesc. Căuta cu mare atenție ceva pe un raft pe care se aflau niște tomuri grele pe care nimeni nu le lua niciodată. Și el tocmai își plimbase degetul de-a lungul cotorului prăfuit al uneia dintre cele mai groase cărți.

— Hm, a murmurat el ca pentru sine, dar eram din ce în ce mai convinsă că nu se afla aici ca să-și aleagă o carte.

Am decis să-l ignor și să mă concentrez pe rezolvarea ecuațiilor, dar eram totuși conștientă de prezența lui. În cele din urmă, se pare că s-a plictisit de jocul lui actoricesc, pentru că deodată l-am auzit spunând:

— Oh, bună!

Mi-aș fi dat ochii peste cap, dar m-am abținut, pentru că eram prea bine-crescută pentru astfel de gesturi, așa că m-am uitat la el și am zâmbit politicos. Cel puțin puteam, în sfârșit, să mă uit la el fără să mă feresc.

— Bună.

Avea un aspect de înger. Și știu că sună jalnic de prostește, dar nu vreau să spun că era cumva supranatural de frumos. Doar că, cu părul acela blond, aranjat în bucle, cu ochii rotunzi și gropițe în obraji, nu-i mai lipseau decât niște aripi și o aureolă. Când era mic, trebuie să fi fost o dulceață de copilaș. Mi-am imaginat că la vederea lui adulților li se topeau inimile. Probabil că obținea întotdeauna ce voia, iar acum, devenit adolescent, încă nu-și uitase atuurile.

— Tu ești... Hailie, nu-i așa? a întrebat el, arătând spre mine cu ambele degete arătătoare și închizând o pleoapă, ca și cum aceste gesturi l-ar fi ajutat să-mi caute numele în memorie.

Am încuviințat din cap.

— Așa credeam și eu. Facem franceză împreună. Eu sunt Jason, poate știi.

— Știu.

— Grozav, a comentat el vizibil mulțumit. Căutam doar o carte, știi.

— Ce carte? Poate te pot ajuta, m-am oferit eu, răsucind stiloul în mână.

Jason a făcut semn cu mâna.

— Nu este aici, a spus el.

Am dat din nou din cap, abținându-mă să nu pufnesc.

— Dar s-a nimerit bine că am dat peste tine.

Și-a încrucișat brațele pe piept și s-a sprijinit cu un șold de bibliotecă. Mă irita că avea cravata desfăcută.

— De ce? am întrebat, ridicând o sprânceană, dar și zâmbind ușor, pentru că băiatul chiar mă amuza puțin cu discuția lui.

A întors capul doar de două ori ca să vadă dacă nu-l pândea cineva pe la spate, de pildă unul dintre frații Monet. Poate. Sau poate că nu de asta s-a uitat în spate, e greu de spus. Poate că eram eu hipersensibilă.

Probabil că Jason a prins curaj, văzând că sunt amuzată, deoarece colțurile gurii lui s-au ridicat și mai mult.

— Tu ești cea care a primit recent nu mai puțin de trei plusuri pentru activitate la o singură lecție, nu-i așa?

Da, eu eram.

— Hm, ei bine, și ce-i cu asta?

— Pentru că ești bună.

— Nu chiar cine știe ce.

— Nu am talent la limbi străine.

— Sau la matematică? am întrebat din nou pe un ton mușcător, după ce mi am amintit că, de fapt, făceam și matematică împreună și, ei bine, nici acolo nu excela. Cu toate acestea, m-am scuzat repede, văzându-i fața surprinsă. Îmi pare rău, am fost nepoliticoasă.

— Dar este foarte adevărat. A ridicat din umeri, apoi s-a înviorat. Uite, Hailie, chestia e că doamna Dubois mi-a spus că trebuie să mă îndrept și bla, bla, bla, bla, să nu mai las totul în ultimul moment.

Am dat din cap, deloc surprinsă.

— Și știi, nu prea stăpânesc franceza asta. Știu să spun „Îmi place brânza“, și cam atât.

Am chicotit.

— Serios, a continuat el din ce în ce mai îndrăzneț, văzând că râdeam și înghițisem momeala lui. *J'aime le fromage*. Vezi?

— Bravo, dar trebuie să mai lucrezi la accent.

— Știu, de aceea am nevoie de ajutor. O să mă ajuți, nu-i așa, Hailie?

Expresia de pe chip mi s-a răcit instantaneu, iar ochii mi s-au mărit puțin, ca și cum Jason tocmai mi-ar fi cerut să ascund cadavrul doamnei Dubois, pe care el o omorâse pentru minusul pe care i-l pusese.

— Cum? Ăăă, păi nu, îmi pare rău, eu nu...

— Dar te rog mult. Jason și-a lipit palmele ca pentru rugăciune.

— Nu pot, eu...

— Te rog. A clipit rugător.

— Eu...

— Te rog! a strigat el, de data aceasta adăugând la poza sa și un zâmbet ușor care a adâncit acele blestemate de gropițe din blestemații lui de obraji.

Nu am gândit așa la momentul respectiv, dar dacă aș fi refuzat, atunci nu s-ar fi întâmplat absolut nimic, pentru că, în primul rând, nu eram deloc singura lui speranță și, în al doilea rând, nu ar fi fost deloc terminat. Pur și simplu a decis să dea un pic de dramatism rugăminții sale, pentru ca eu să fiu în cele din urmă de acord, și mi-e rușine să recunosc, dar într-adevăr a funcționat.

— Cu ce pot să te ajut? am întrebat, oftând și lăsând stiloul pe masă.

Jason și-a întins mâinile cu un zâmbet triumfător pe buze.

— Cu totul.

— Bine, uite, putem aranja să ne întâlnim aici, să zicem... miercurea, dacă nu cumva preferi lunea viitoare... Ce este?

— N-o să devin un geniu într-o singură miercuri.

Nu o să devii niciodată. Așa gândeam și eu, dar nu am rostit acele cuvinte neplăcute cu voce tare. În schimb, mi-am desfăcut brațele în lături și atunci Jason a început să sugereze să avem întâlniri regulate și nu știu cum s-a întâmplat, dar în cele din urmă m-am înțeles să fac meditații cu el de două ori pe săptămână. De două ori pe săptămână!

Am ales în mod intenționat zilele și orele în care Shane era la antrenament, iar ceilalți Monet în afara incintei școlii și abia după aceea am început să mă întreb dacă regula „fără băieți", pe care frații păreau să o aplice cu atâta sârguință, era valabilă și în acest caz. La urma urmei, întâlnirile mele cu Jason nu reprezentau decât un ajutor colegial. Nu aveam de gând să cad în brațele lui, totuși aveam sentimentul incontestabil că fraților mei nu le-ar fi plăcut acest aranjament. Condusă de acest sentiment, am decis să nu le spun nimic. Nu mă simțeam vinovată, pentru că nu făceam nimic rău. Până la urmă nici măcar nu mințisem pe nimeni. Mă duceam la bibliotecă, așa cum ne înțeleseserăm, și învățam acolo. Pur și simplu mă însoțea și un coleg de clasă...

Asta a durat cam trei săptămâni. În acest timp, am constatat că întâlnirile cu Jason începuseră să-mi facă plăcere. Atât de mult, încât le așteptam chiar cu nerăbdare, în tăcere. Pentru prima dată în viață aveam o relație serioasă cu un băiat. În vechea mea viață eram prea timidă pentru a atrage atenția cuiva și chiar și atunci când o făceam, nu puteam să o rețin. Preferam să citesc cărți și să-mi imaginez că cineva se va interesa de mine doar din întâmplare, așa cum se povestea în cele mai banale și inocente romane de dragoste pentru adolescenți. Dar cel mai bine pentru mine era să nu mă gândesc deloc la asta. La urma urmei, cărțile sunt mult mai bune decât băieții. În fața lor nu m-am făcut niciodată de râs, ele nu au fost niciodată răutăcioase cu mine și întotdeauna mi-au creat o bună dispoziție.

Eram gata să mă răzgândesc, pentru că Jason îmi oferea ceva de care aveam mare nevoie acum, dar de care nu prea aveam parte: atenție. Atât de simplă și neforțată. Nu se putea compara cu prietenia pentru moment slabă care se înfiripa încet între mine, Mona și Audrey. Fetele, la urma urmei, se cunoscuseră și fuseseră prietene între ele de mult timp și, deși ele se simțeau bine cu mine, eu mă simțeam uneori ca a cincea roată la căruță.

Nu aveam nimic de spus despre evenimentele la care nu luasem parte. De asemenea, nu mă simțeam pregătită să mă întâlnesc cu ele în afara școlii. Aceasta ar fi însemnat să fac aranjamente prealabile cu frații mei și evitam în continuare contactul inutil cu ei, mai ales dacă trebuia să îi rog să mă ducă undeva, ceea ce ar fi fost necesar dacă aș fi plănuit să ies în oraș, având în vedere că locuiam în mijlocul pădurii.

Cu Jason, pe de altă parte, totul era mult mai simplu. Știam că mă place pentru că vorbea deschis despre asta, iar eu roșeam numai pentru că în adâncul sufletului meu și mie îmi plăcea de el. Nu mă deranja nici măcar faptul că era un elev extrem de dificil. Trebuia să mă lupt non-stop ca să-l fac să se concentreze în timpul meditațiilor de gramatică franceză. Și nu voia nici să învețe cuvintele și mă prefăceam că îi reproșez acest lucru, dar nu mă deranja cu adevărat când subiectele conversațiilor se abăteau de la chestiunile școlare la altele mai personale.

Într-o zi, stăteam înghesuiți în colțul nostru preferat, înconjurați de cărți și de mirosul de hârtie. Mă uitam cu sprâncenele încruntate la testul lui, la care obținuse un C cu minus[1].

Am suspinat.

— Ai învățat ceva cu mine?

— Păi, vezi și tu, până la urmă am trecut, mi-a răspuns el.

L-am privit cu atenție în ochi pentru a-i surprinde nesinceritatea, dar părea să spună adevărul. Mai mult decât atât, nu era deloc interesat să reia materia la care abia reușise să obțină o notă de trecere. Nici nu voia să audă de o revizuire pentru îndreptarea notei. Atunci am înțeles, mai mult sau mai puțin, că lui Jason nu-i păsa deloc de note.

— Crezi că dacă am sta împreună la masă frații tăi ar avea ceva împotrivă? a întrebat el dintr-odată fără milă, mototolind în mână nefericitul exercițiu de verificare pe care i-l dădusem.

---

[1] În sistemul școlar american, notele sunt A, B, C, D, E, F - în care A este cea mai bună și F cea mai slabă. (N. trad.)

— Frații mei? am repetat prostește, ca și cum ar fi fost pentru prima oară când auzeam că am frați.

— Păi da, frații Monet.

— Ăăă, păi... am ezitat și mi-am mușcat buza. Nu știu. Se poate. Cred... nu cred că ar fi încântați.

— La naiba, asta e cam nasol... că dacă aș vrea să petrec mai mult timp cu tine, n-aș putea...

Inima mi-a bătut mai tare auzind cuvintele lui. Pentru o clipă am vrut să-mi înfig degetul în sacoul lui și să-l asigur că nu e nicio problemă și că, în general, am putea aranja niște întâlniri suplimentare, dar rațiunea a învins. Știam că, din moment ce nu-mi venea să-i rog pe frații mei să mă ducă la o întâlnire cu două colege de școală, nu aveam nicio șansă să fac asta ca să petrec mai mult timp cu un băiat, ceea ce frații mei ar considera din capul locului că este o întâlnire amoroasă.

— E mai bine să nu știe că ne vedem, am spus eu ferm. Pentru binele meu și al tău.

Pe această notă am pus capăt conversației despre frații mei. Și atunci m-am gândit ce s-ar întâmpla cu adevărat dacă ne-ar prinde cineva. Nu ne vedeam prea des, doar de două ori pe săptămână, de mai puțin de o lună. Biblioteca părea un teritoriu sigur, învăluit în mod natural într-o aură de discreție. Așa mi se părea la vremea respectivă.

Dezamăgit, dar și înțelegând cât de dificilă era situația noastră, Jason se mulțumea așadar cu un schimb frecvent de mesaje. Atât de frecvente, încât, din precauție, l-am salvat pe lista mea de contacte „Jenny de la franceză“, pentru ca niciunul dintre frații mei să nu bănuiască din întâmplare că îi scriam unui prieten. Cred că nici măcar nu cunoșteam nicio Jenny, dar asta era irelevant. Mai importante erau zâmbetul de pe fața mea și căldura din inimă pe care mi le declanșa fiecare cuvânt tastat de acest băiat. Și de câte ori a trebuit să-mi ascund chicotelile amuzate la meme-urile pe care mi le trimitea! Am devenit rapid dependentă de această stare de fapt, chiar dacă în general vorbeam doar despre lucruri prostești, pentru că multă vreme nu am abordat cu el subiecte mai serioase.

Schimbarea a venit în urma unui eveniment care s-a produs într-una dintre serile târzii ale săptămânii. Trebuie să fi fost într-o zi de marți, pentru că a doua zi a avut loc cu siguranță una dintre întâlnirile mele cu Jason, în timpul căreia i-am dezvăluit în cele din urmă vârful aisbergului temerilor mele.

M-am dus în bucătărie să iau un pahar cu apă pentru seara respectivă. Aveam grijă să am la mine o sticlă cu filtru, dar de data aceasta probabil că o uitasem în dulapul de la școală sau în mașină, așa că am ieșit afară pe coridorul mohorât și slab luminat și, mergând încet pas cu pas, m-am îndreptat spre scări. În acel moment l-am văzut.

Tony venea în pas vioi dinspre aripa firmei. Avea fruntea încruntată și mâinile strânse în pumn. Părea amenințător și iritat. S-ar putea spune că un aer amenințător și iritat la Tony nu era ceva nou. De data aceasta, însă, mi-au atras atenția pomeții înroșiți și cămașa lui. Cămașa de culoare deschisă era descheiată, dezvăluindu-i abdomenul musculos și mai multe alte tatuaje, și era mânjită pe alocuri cu ceva maroniu.

Mi-aș fi dorit să trăiesc într-un desen animat, atunci aș fi putut crede cu ușurință că este ketchup uscat, dar acum m-au străbătut fiori de groază prin tot corpul. Când s-a apropiat, am văzut că avea cămașa pe jumătate descheiată și pe jumătate sfâșiată.

Pe față, însă, în afară de un obraz umflat și de furia vizibilă, nu avea nicio urmă de luptă. Nu vedeam nicio rană serioasă pe el, în afară de câteva zgârieturi și – după cum s-a constatat – câteva articulații rănite.

Pentru o clipă am simțit că ar trebui să-l întreb ce s-a întâmplat. Poate că era ceva grav și avea nevoie de ajutor. Cu toate acestea, cu cât distanța dintre noi se scurta, cu atât mai mult simțeam furia care radia din el, așa că, în cele din urmă, nu am scos niciun cuvânt.

M-am furișat pe scări, rugându-mă ca Tony să se îndrepte direct spre camera lui. Am strâns din pleoape cu disperare atunci când am auzit pașii lui zgomotoși chiar în spatele meu. Cobora scările. Venea în urma mea. Instinctiv, am grăbit pasul, deși îmi strigam în gând să mă comport firesc. Ei bine, cred că nu mă puteam stăpâni – la urma urmei era clar că un bărbat furios, înalt, probabil cu o cămașă însângerată, venea în spatele meu. Aveam tot dreptul să mă panichez un pic.

Când a ajuns chiar în spatele meu, piciorul mi-a alunecat de pe treaptă. Mi-am pierdut echilibrul, nu am reușit să mă prind de balustradă și am căzut. Inima mi s-a urcat în gât și abia așteptam să mă izbesc de podea și să simt durerea, dar acest lucru nu s-a întâmplat. În schimb, am simțit o strânsoare puternică pe braț. Una care probabil că ar fi lăsat o vânătaie, dar care nu era nimic în comparație cu ceea ce aș fi pățit dacă aș fi căzut pe scări. Tony mă apucase cu mâna pe care avea acel tatuaj înfricoșător și timp de o fracțiune de secundă, cu inima bătând nebunește în piept, am privit în orbitele goale ale ochilor din craniul tatuat. Dar înainte să apuc să-l privesc pe fratele meu în față, acesta îmi dăduse deja drumul și trecuse pe lângă mine.

— Ai grijă pe unde calci, a mârâit el, apoi a dispărut în bucătărie.

Acum aproape că atârnam de balustradă, mă agățasem de ea cu disperare, ca și cum aș fi stat deasupra unei prăpastii. Eram îngrozită de cădere și de Tony, iar asta era prea mult pentru mine, așa că, după ce am respirat adânc ca să mă calmez, am decis că nu aveam cu adevărat nevoie de acea apă peste noapte. La urma urmei, nu o să mor de sete până mâine.

Am dat din cap în sinea mea, ca și cum m-aș fi aplaudat pentru această decizie, și apoi, încet, încă agățându-mă cuminte de balustradă, m-am întors înapoi. După ce am închis ușa camerei în urma mea, m-am lăsat să cad ușor pe podea, lângă pat și mi-am înfipt degetele în păr. Îmi venea să țip.

8

IMPERIUL

Tony nu mi-a spus niciun cuvânt pentru a-mi explica situația din seara precedentă. Nu că aș fi fost surprinsă de acest lucru, pentru că, la urma urmei, devenise o tradiție pentru el să evite orice contact cu mine. De data aceasta, însă, s-ar fi putut să considere că meritam măcar o explicație cât de scurtă. Ca să nu mai fiu îngrijorată că locuiesc sub același acoperiș cu un psihopat. Sau cu cinci psihopați.

Aceste gânduri au început să mă împovăreze și sunt sigură că mi-au provocat cel puțin câteva dintre migrenele care mă chinuiseră în ultima vreme. Așa că am decis că în sfârșit venise timpul să vorbesc cu cineva despre asta și să mă descarc puțin. Din păcate, când am ținut un mic casting în mintea mea pentru cel mai potrivit ascultător, nu a câștigat nimeni.

Frații mei au căzut deja în primul tur. Dylan și Tony nici măcar nu au luat startul. Mona și Audrey, pe de altă parte, sunt doar colege. Dacă aș începe să le povestesc despre cămăși pline de sânge, s-ar putea să nu le pice prea bine. Probabil că ar fi oripilate și ar repeta asta părinților lor, iar eu aș ajunge la o familie adoptivă. E drept că în casa fraților mei nu domnea o atmosferă caldă, de familie ca în reclame, dar nu știu dacă aș fi supraviețuit unei alte mutări și întâlnirii cu alți tutori legali.

De aceea, în cele din urmă, i-am spus lui Jason. Nici el nu era cel mai potrivit candidat, dar era ultimul, așa că l-am ales pe el și am decis că nu voi intra inutil în prea multe detalii. Mă voi limita la descrierea situației...

— Nu știu dacă s-a bătut din nou cu cineva sau ce, am spus eu, uitându-mă la mâinile mele. Poate că pentru el e ceva normal să se plimbe prin casă în haine pline de sânge...

— Poate că era vopsea? Știi, poate că picta ceva? a chicotit Jason. Reacționase la povestea mea cu mult mai puțin interes decât mă așteptam. Ce zici? Se pare că e bun la... chestii artistice. Am auzit că și-a conceput singur tatuajele.

— Cămașa aia era ruptă! am subliniat, apoi mi-am încruntat sprâncenele. Stai așa, le-a conceput el singur?

— Da! Nu i-a ieșit prea rău, a comentat Jason, încuviințând. Iar în ceea ce privește cămașa ruptă, poate că a fost vreo fată pe care după aceea a trântit-o pe pat, ce crezi?

I-am aruncat o privire acră. Pe de o parte, ideile stupide ale lui Jason mă enervau pentru că minimizau seriozitatea situației, care era o problemă reală pentru mine, dar pe de altă parte, abordarea lui relaxată mă liniștea puțin.

— Părea supărat, am adăugat eu.

— Poate că sexul a fost nesatisfăcător.

M-am uitat lung la Jason, apoi am pufnit în râs. Poate că de asta aveam nevoie. De râs. Eram bucuroasă și că se găsise o explicație pentru comportamentul lui Tony. Chiar dacă era slăbuță, absurdă și puțin probabilă, preferam să o cred pe aceasta, decât varianta cu sânge și o altă încăierare.

Odată ce am început să vorbesc cu Jason despre frații mei, mi-a fost greu să mă opresc. Aveam o nevoie disperată să mă descarc în fața cuiva, să vorbesc despre viața cu cei cinci frați noi și dubioși și - oh, Doamne - ce ușurare a fost să discut despre ei așa de relaxată.

— Mona și Audrey mi-au spus odată că circulă diverse zvonuri despre frații mei, am spus. Știi cumva ce fel de zvonuri?

— Să cred că nu le-ai tras de limbă la vremea respectivă?

— Nu voiam să recunosc că trebuia să aflu despre proprii mei frați de la persoane întâmplătoare, am recunoscut eu, înfășurându-mi brațele în jurul meu. Este puțin cam umilitor, mai ales că oricum toată școala știe că abia i-am cunoscut.

Jason a dat din cap și chiar s-a apropiat și m-a îmbrățișat, iar acesta a fost un gest atât de drăguț, încât m-a făcut să mă relaxez și abia atunci mi-am dat seama cât de încordată fusesem în tot acest timp.

— Înțeleg că este într-adevăr o situație penibilă, a recunoscut el și a pufnit pe nas. Chestia cu Monet ăștia este că nu știi ce să crezi și ce să nu crezi. Întotdeauna se întâmplă să apară un zvon, oamenii îl umflă până la proporții necunoscute, iar apoi ei le râd în față, fără să-l confirme sau să-l infirme. Iată de ce totul despre ei este atât de... misterios. S-au aranjat foarte bine.

— Da, nu-i rău, am suspinat, și pentru o clipă m-am lipit de șoldul colegului meu. Poate că aș fi îndrăznit să-mi pun capul pe umărul lui, dacă nu ar fi fost mirosul respingător de țigări de care era impregnat gulerul cămășii lui.

— Ai încercat să faci niște cercetări? Să cauți pe Google sau ceva de genul ăsta?

— Ei..., nu, am ezitat eu înainte de a-mi aminti de ce nu o făcusem. Nu vreau ca ei să afle.

Încă mai țineam minte că la începutul șederii mele la familia Monet, Vince descoperise în aceeași zi că navigasem pe internet ca să caut informații despre dreptul de a deține arme. Iar cum telefonul pe care îl foloseam în acel moment îmi fusese dat tot de el, eram îngrijorată că, prin cine știe ce miracol, el ar fi putut accesa căutările mele, chiar dacă nu foloseam wi-fi-ul de acasă.

— Este puțin probabil să verifice și telefonul meu, a spus râzând Jason și, cu o sclipire jucăușă în ochi, și-a scos telefonul din buzunar și mi l-a fluturat în fața ochilor. Apoi l-a deblocat și a deschis un motor de căutare pe internet, iar degetul său a plutit pe tastatură.

— Deci ce să tastez mai întâi?

Am înghițit în sec și m-am încordat din nou. Plină de temeri - adevărate și imaginare -, m-am uitat în jur, dar se pare că nu ne privea nimeni. Eram într-un loc perfect ascuns în colțul bibliotecii, iar cuibul pe care ni-l făcuserăm aici era atât de confortabil, încât nu puteam alege un loc mai bun pentru a desfășura această investigație online.

— Vincent Monet, am șoptit cu un amestec de emoție și teamă.

Am simțit cum mi se face pielea de găină pe brațe.

Degetele lui Jason au tastat ascultătoare numele fratelui meu.

Nu știu ce mă așteptam să găsesc, dar în fața ochilor noștri a apărut o listă de articole. Articole izolate și, în cea mai mare parte, de afaceri, din care singurul lucru pe care l-am înțeles a fost că influența lui Vincent era în continuă creștere. La unul dintre ele era inclusă chiar și o fotografie a fratelui meu într-un costum negru, cu fața lui caracteristică lipsită de emoții, strângând mâna unui bărbat cu păr rar și blond, cu vreo trei decenii bune mai în vârstă decât el. Bărbatul purta un costum gri cu carouri, care părea extravagant alături de costumul elegant al lui Vince.

— Imperiul, am murmurat în sinea mea. Cuvântul mi-a atras atenția, deoarece s-a repetat de mai multe ori în diferite locuri. Imperiul Monet. Frații mei aveau un imperiu. Suna atât de solemn, încât m-au trecut din nou fiori.

— Poate că ar fi mai bine să scriu chiar ceva de genul ăsta? a spus Jason, vizibil plictisit să caute prin articolele despre succesele unui tânăr om de afaceri. „Imperiul Monet."

Mi-am schimbat poziția ca să stau mai confortabil și mi-am trecut limba peste buze, stresată de mica noastră investigație, probabil chiar mai mult decât de toate conversațiile cu Vince și Tony la un loc.

— Arată-mi-l pe ăsta, pe ăsta! am șoptit înfrigurată când într-o succesiune de articole asemănătoare a apărut unul care relata despre moartea capului familiei Monet.

Era scurt și laconic. Nu conținea absolut niciun detaliu. Relata despre un accident de mașină în urma căruia Camden Monet murise pe loc. În fotografia postată era o mașină strivită, una dintre mașinile sport. De asemenea, era o notă în care se preciza că, în urma tragediei, controlul tuturor intereselor defunctului va fi preluat de fiul său cel mai mare, Vincent Monet, și că acesta va fi ajutat de fratele mai mic și partenerul lui Camden, Montague „Monty" Monet. La sfârșit era adăugat un clișeu ceva în genul: „El va rămâne pentru totdeauna în inimile noastre". O inscripție similară fusese gravată probabil și pe piatra funerară. Apoi, Jason a derulat pagina mai jos, unde era o fotografie alb-negru a bărbatului care fusese tatăl meu.

Am luat în mod inconștient telefonul din mâinile băiatului, iar el mi l-a dat în tăcere. Am ținut telefonul mobil cu ambele mâini, fixând cu atenție fotografia. Mi-am trecut ochii peste un chip care era deja puțin încrețit, tipic vârstei mijlocii, și am absorbit fiecare detaliu. Tata avea totul de culoare închisă - părul, barba și ochii. Zâmbea ușor, ridicând un colț al gurii. Uneori, frații mei zâmbeau la fel și era ceva în acest bărbat care îmi amintea de fiecare dintre ei. Sau poate că nu era așa, dar așa își spunea creierul meu - greu de spus. Camden Monet, în ciuda zâmbetului batjocoritor de pe fața lui, avea și un fel de asprime în trăsături. Ceva care îmi făcea stomacul să se strângă dureros.

— Hailie, a șoptit Jason și și-a luat brusc brațul de pe spatele meu.

Mi-am ridicat privirea, dezamăgită pe moment, pentru că aveam nevoie de această apropiere, dar am înțeles repede de ce se hotărâse atât de brusc să mă lipsească de ea și să se îndepărteze de mine.

A fost suficient să privesc mai sus și l-am zărit pe Shane, care stătea la aproximativ trei metri distanță și se uita fix la noi.

Am înmânat imediat telefonul înapoi proprietarului său și am început să mă ridic cu stângăcie, uitând într-o clipă de fotografia tatălui meu care mă emoționase atât de mult.

— Shane! am strigat prea strident, în timp ce înghițeam în sec. Ai terminat deja antrenamentul?

Privirea ucigătoare pe care fratele meu i-o arunca lui Jason s-a îndreptat spre mine.

— Mi-am răsucit încheietura mâinii.

Una dintre mâini era strânsă cu furie într-un pumn, iar cealaltă era înfășurată într-un bandaj. Părul îi era ciufulit și umed, probabil de la transpirație, și își pusese geaca neagră peste hainele de sport.

— Oh. Nu e nimic grav, nu-i așa?

— Ce naiba faci aici? a întrebat.

— Păi, îl ajut pe Jason la franceză, i-am explicat mult prea repede pentru a părea credibil.

— La franceză, nu mai spune?

Shane s-a strâmbat și mâna lui încordată a tresărit.

— Știu, știu la ce te gândești, dar de fapt este doar o meditație, pe cuvântul...

— Hailie mă ajută foarte mult. De când ne întâlnim, mă descurc fără probleme, a intervenit Jason, și aș fi putut să jur că avea broboane de sudoare care îi străluceau pe frunte când a adăugat mai încet: Am trecut testele, adică...

Ochii lui Shane semănau acum cu niște fante subțiri și a făcut un pas înainte.

— Deci nu e prima dată, nu-i așa?

— Cum adică prima dată? Jason și-a înghițit saliva, dându-și seama că tocmai se încurcase și mai rău. Adică...

Shane s-a aruncat în față și, fără să stau pe gânduri nicio clipă, m-am aruncat și eu în direcția lui. Din fericire, am reușit amândoi să ne controlăm, astfel încât ambele noastre izbucniri bruște ne-au răcorit emoțiile reciproce. Ne-am oprit unul în fața celuilalt, eu gata să-l împing cu tot corpul pe fratele meu ca să-l opresc dacă era necesar, iar el arătând cu degetul spre Jason, undeva peste umărul meu.

— Încă un cuvânt, derbedeule, și îți rup gura!

— Shane, nu vrea să...

— Și tu să taci, fetițo, mi-a șuierat el, înclinând bărbia în jos ca să mă reducă la tăcere, dacă nu din cuvinte, cel puțin cu privirea lui aspră.

Am tăcut ascultătoare, căci nu voiam să înrăutățesc lucrurile. Am auzit un foșnet în timp ce Jason începea să-și strângă lucrurile și, după ce m-am asigurat că Shane își stăpânea furia, am făcut un pas înapoi ca să-mi iau și eu lucrurile. Atât eu, cât și Jason stăteam cu capetele lăsate în jos și i-am surprins doar pe furiș privirea. A deschis gura pentru o clipă, iar eu am ciulit urechile, dar nu am aflat ce voia să-mi șoptească, pentru că fratele meu s-a răstit imediat:

— Să nu îndrăznești să vorbești cu ea!

Mi-am încleștat maxilarul, mai ales când Jason, la ieșire, a încasat un pumn zdravăn în umăr de la fratele meu. Îmi venea să plâng și am început să înmulțesc rapid în cap niște numere oribile. Am citit odată că acest procedeu ajută la stăvilirea lacrimilor, deoarece în timpul calculelor se activează o altă emisferă a creierului sau ceva de genul ăsta. A funcționat o vreme, deși, în timp ce traversam în tăcere parcarea, iar fratele meu pășea în urma mea, am simțit cum îmi tremură bărbia.

Nu am vorbit pe toată durata călătoriei spre casă, nu voiam să torn gaz peste foc. Nici Shane nu avea chef de vorbă, pentru că își pusese un playlist rap pe Spotify, așa că am luat asta drept undă verde ca să mă las în voia gândurilor. Mă întrebam dacă Shane îi va spune totul lui Vincent. M-am cutremurat la acest gând. Pe cine păcălesc, bineînțeles că îi va spune.

Acasă, m-am îndreptat fără chef spre bucătărie ca să mănânc, dar nu am putut înghiți nici măcar o îmbucătură. Shane dispăruse undeva, așa că stăteam singură la masa mare și mă întrebam ce avea să mi se întâmple în continuare. Cel puțin nu a trebuit să aştept mult timp decizia asupra sorţii mele, pentru că aproximativ zece minute mai târziu, Vincent a intrat în încăpere.

Perfecţionist ca întotdeauna. Un observator obişnuit ar fi putut să remarce că Vince arată mereu la fel – sobru şi elegant. De fapt, doar culorile cămăşilor sale se schimbau şi nici acestea nu prea şocau prin extravaganţă. Cel mai adesea purta cămăşi albe, uneori gri, de câteva ori l-am văzut cu albastre sau bleumarin, rareori maro, iar astăzi, ca un judecător sumbru care sosea cu o condamnare la moarte pentru mine, alesese negrul.

Am tresărit şi mi-am înfipt ochii în farfuria cu mâncare împrăştiată, fără să îndrăznesc să-l privesc în faţă. Ştiam că ştie deja. Abia acum mi-am dat seama că, de fapt, încălcasem una dintre regulile lui. Mă întâlneam cu un băiat, iar în discursul lui de bun-venit stipulase în mod explicit că nu doreşte aşa ceva. Pe deasupra, Shane ne văzuse îmbrăţişaţi!

Vince s-a îndreptat spre scaunul aflat vizavi de mine. După ce şi-a rulat mai întâi încet manşetele cămăşii, l-a tras şi s-a aşezat pe el, ţinându-şi cravata la nivelul sternului cu o mână întinsă, cea pe care îşi purta inelul cu sigiliu. La început nici nu am observat că o avea la el, căci se confunda complet cu negrul cămăşii. S-a apropiat cu scaunul de masă, astfel încât să stea drept şi să poată să îşi încrucişeze liber mâinile în faţa lui. Apoi a mormăit ceva, şi-a ridicat bărbia, după care a început să mă tortureze cu privirea rece a ochilor lui albaştri.

Doamne, de-ar ţipa odată la mine.

— Vrei să-mi spui ceva, dragă Hailie? m-a întrebat el parcă după o veşnicie, cu o voce joasă de oţel.

Nu aveam nicio speranţă, pentru că nu puteam să-i susţin privirea, aşa că mi-am fixat-o pe a mea în farfuria cu mâncare şi, nefiind capabilă să scot vreun cuvânt, am început să scormonesc cu furculiţa prin ea. Vincent, deşi în general părea răbdător, nu suporta prea bine să fie ignorat, aşa că s-a enervat rapid. La un moment dat, s-a aplecat peste masă şi, cu un gest prea violent pentru cineva care în mod normal pare o oază de calm, a împins farfuria departe de sub nasul meu. M-am speriat și am scăpat furculița din mână. A căzut pe tăblia mesei cu un zgomot răsunător.

Oricum ar fi, Vincent a obținut efectul dorit, căci în cele din urmă am ridicat capul și i-am răspuns la privire.

— Când pun o întrebare, mă aștept la un răspuns, a spus el.

Cred că ceea ce mă deranja cel mai mult la el era cât de bine reușea să-și controleze furia. Nu acționa în mod spontan, ci mai degrabă calcula totul cu răceală. Chiar și atunci când îmi împinsese farfuria la distanță fusese o acțiune deliberată și bruscă. Când mi-am dat seama de asta, mi s-a făcut părul măciucă, deși o voce mică mi-a șoptit la ureche că era mai bine să ai de-a face cu un om atât de perfect controlat decât cu un nebun obișnuit.

— Nimic, am răspuns cu o voce răgușită. Am pufnit. Nu vreau să-ți spun nimic.

A fost probabil cel mai sincer lucru pe care i-l împărtășisem până atunci.

— Bine. Vincent a dat din cap. În acest caz, o să reformulez altfel. Spune-mi, te rog, dintre regulile pe care ți le-am explicat când ai sosit aici, pe care ai încălcat-o recent?

Știam că, într-un fel sau altul, va încerca să mă facă să recunosc că mă întâlnisem cu Jason, așa că, oftând doar cu un pic de frustrare, am răspuns:

— Cu siguranță că știi.

— Vreau să o aud de la tine.

În acel moment, în bucătărie au intrat gemenii. Pe de o parte, m-am bucurat că Will nu ni s-a alăturat, dar pe de altă parte îi simțeam lipsa, pentru că, dintre toți frații, el era cel pe care mă puteam baza cel mai mult pentru sprijin și pentru a-mi lua apărarea.

Pe de altă parte, eram cât se poate de bucuroasă că Dylan nu era aici cu noi. Cu siguranță nu m-ar fi ajutat în niciun fel, poate cu excepția faptului că m-ar fi făcut să mă simt mizerabil. Băieții și-au pus munți de paste în farfurii și s-au așezat la masă ca și cum nimic nu s-ar fi întâmplat, iar eu am vrut să trag aer adânc în piept, dar nu mi-a reușit decât o inspirație exasperată și spasmodică.

— Cu ceva timp în urmă, Jason, un coleg oarecare de la franceză, am început, accentuând cuvântul „oarecare“, m-a rugat să-l ajut să recupereze materia. Era posibil să rămână corigent, așa că a trebuit să fiu de acord să îl ajut.

— Scutește-mă, Hailie, am văzut cum faceți lecțiile, a intervenit Shane de peste farfurie.

— Au învățat sărutul franțuzesc, a chicotit Tony în batjocură și și-a umplut gura cu paste.

Cum nu îndrăzneam să mă uit la Vincent, am trimis o privire furioasă în direcția gemenilor.

— Dar nu ne-am sărutat deloc!

— Mhm, hai să ne înțelegem. Te vedeai în secret cu un băiat, a început fratele meu mai mare.

— Îl văd uneori pe neisprăvitul ăsta la fumat. Nu pare să fie cine știe ce de capul lui.

Tony dădea impresia că îi face plăcere să mă umilească.

— Ba este foarte cuviincios, am protestat eu.

— Serios? Nu, scutește-ne, Hailie, a repetat Shane, privindu-mă aproape cu simpatie, ceea ce nu făcea decât să-mi ațâțe și mai mult furia și m-a provocat să dau cu pumnul în masă atât de tare, încât aceasta a vibrat.

— Ba tu să mă scutești, Shane, pentru numele lui Dumnezeu!

Era ușor să mă facă să-mi pierd controlul, oh, prea ușor. În momentul în care cuvintele îmi ieșeau din gură, le regretam deja. Știam că în felul acesta nu numai că nu mă voi salva din situația respectivă, dar o voi înrăutăți și mai mult. Așa s-a și întâmplat, pentru că după reacția mea s-a făcut liniște. Shane a tăcut, a ridicat din sprâncene și a coborât privirea, hotărât să se concentreze asupra mâncării, Tony m-a fixat cu un zâmbet răutăcios, iar Vincent s-a ridicat și s-a îndreptat foarte încet spre mine.

La vederea siluetei sale impunătoare deasupra mea, am înțepenit, repetându-mi în gând un singur cuvânt. *Proasto!*

De ce mai merg în vârful picioarelor pe lângă ei, dacă mă las purtată de val acum fără rost și renunț la orice posibilitate ca Vincent să mă trateze cu indulgență? În loc să-l îmbunez, să-l conving, să-l liniștesc, a trebuit să aleg linia minimei rezistențe și să încep să sting focul… cu foc? Le contraziceam rareori pe mama sau pe bunica, pentru că știam că pur și simplu nu aveam cum să ies bine din asta. Și cu siguranță nu puteam câștiga nimic prin această purtare nici de la frații mei, care încă de la început nu păreau să tolereze acest gen de împotrivire.

N-am ce zice, chiar ai găsit momentul excelent ca să-i testezi, Hailie.

Scaunul de lângă mine a scrâșnit. Nu mi-am ridicat ochii, dar știam că Vincent tocmai se așezase pe el. Se mutase ca să fie chiar lângă mine, încălcându-mi spațiul de siguranță. Era atât de aproape, încât îi simțeam mirosul puternic al apei de toaletă. Mirosea a gheață sau era doar imaginația mea care o luase deja razna.

— Hai să lămurim ceva, Hailie, a început el amenințător și cu două degete subțiri mi-a ridicat bărbia, de data aceasta obligându-mă să stabilesc din nou contactul vizual. Nu ești în situația de a-i reduce pe alții la tăcere, așa că te rog să fii atentă la cuvintele tale. Și la gesturile tale. În ordine?

Nu era deloc în ordine, dar după ce am privit așa de mult în irisurile lui intens strălucitoare, nu mi-am mai putut întoarce privirea. Era ca și cum m-ar fi împins într-o capcană. De aceea am dat din cap.

— Bine, a spus el și și-a luat mâna. Gâtul meu, însă, încremenise întins în unghiul impus de Vincent, de parcă m-ar fi blestemat cu atingerea lui. Acum spune-mi ce vei face pentru a nu mai încălca regula pe care ai preferat mai înainte să o ignori.

Am încercat, simultan, și să răspund privirii fratelui meu, și să nu mă pierd în propriile mele gânduri în timp ce căutam răspunsul potrivit.

— Nu... am început eu, dar contrastul dintre vocea puternică și impunătoare a lui Vincent și scâncetul meu era atât de penibil, încât mai întâi am horcăit. Nu am să-l mai văd pe Jason?

— Exact așa. Îmi displace foarte mult să mi se bagatelizeze cuvintele. Ține minte asta pe viitor.

Apoi s-a ridicat fără grabă și a împins civilizat scaunul la loc, fără să mă mai scutească de o privire de sus.

— Fiindcă este prima dată când faci o asemenea greșeală, să o considerăm un avertisment, a spus el, apoi s-a întors spre gemeni, care erau încă aplecați deasupra farfuriilor lor, privind la spectacolul pe care îl jucasem pentru ei în mod gratuit. Iar voi veți sta cu ochii pe ea la școală.

Gemenii au dat din cap, amândoi la fel de alene. Știau și ei că nu avea nici cel mai mic sens să discute cu fratele lor mai mare.

— Și gata cu șederea în bibliotecă, a adăugat el, întorcându-se cu spatele spre mine. În zilele în care Shane are antrenament, îl poți aștepta în sală. Unde te va putea vedea bine. Sau să te duci direct acasă, cu Dylan și Tony.

M-am uitat la el cu o sfidare tăcută. La urma urmei, îmi plăcea această bibliotecă. Mi-a părut rău că nu mai puteam merge acolo. De câtva timp, numai asta așteptam toată săptămâna.

Vincent a ieșit în sfârșit din bucătărie, măturând-o la plecare cu încă o privire de gheață, iar eu am rămas cu gemenii, neîndrăznind nici măcar să mă mișc de pe scaun. Această conversație mă costase mulți nervi, iar acum, lacrimi fierbinți, poate de furie sau poate pur și simplu de tristețe, au început să-mi curgă pe obraji și, deși le tot ștergeam, șuvoiul lor refuza cu încăpățânare să se oprească.

— Termină de mâncat, mi-a făcut Shane cu ochiul. Tonul lui nu era poruncitor, ci mai degrabă blând. Ba chiar s-a ridicat ușor de pe scaunul său și s-a aplecat peste masă ca să mute farfuria înapoi sub nasul meu.

Până când mi-am revenit și am reușit să înghit mai mult de două îmbucături, a trecut destul timp pentru ca băieții să termine de mâncat, iar Tony reușise și el să se facă nevăzut. În acest timp, nimeni nu mai vorbise cu mine, deși după plecarea lui Vincent între gemeni s-a înfiripat o conversație lejeră.

Plănuisem să nu mai vorbesc cu Shane niciodată, după ce Vincent aflase de la el că îi dădeam meditații lui Jason. Din nefericire, când am rămas singuri, a început să mă nedumerească. Îmi părea rău că nu plecase, pentru că mai aveam încă o grămadă de mâncare în fața mea de care voiam să scap cât mai repede. Dar să mănânci după ce ai plâns mi se părea ceva dezgustător. El însă era un gurmand, așa că și-a pus o porție dublă de mâncare.

— Nu te necăji, Hailie, a intervenit el, mângâind cu degetul mare mânerul furculiței de argint. Știu că Vince poate fi înfricoșător. Și pe mine mă sperie uneori, serios. Dar este așa cu tine pentru că îi pasă de siguranța ta.

A tăcut o clipă, apoi a adăugat mai încet:

— Tuturor ne pasă de asta. Încearcă să înțelegi.

Am scuturat din cap, reținându-mi un pufnit disprețuitor; în caz că l-ar fi auzit altcineva din casă, ar fi putut să creadă că am înghițit o îmbucătură.

— Nu am chef să vorbesc, am mormăit.

— Jason… nu este un coleg potrivit pentru tine.

De data aceasta m-am uitat la el cu neîncredere.

— Și se presupune că tu ești cel care decide cine este potrivit pentru asta și cine nu?

Acestea fiind spuse, m-am ridicat. Am strâns repede după mine și am plecat din bucătărie fără să mă las antrenată de Shane în această discuție. Mi-am frecat mâinile cu furie, am urcat scările la etaj, dar revolta mi-a trecut foarte repede. În locul ei a venit tristețea și din nou am vărsat câteva lacrimi, chiar înainte de a reuși să închid ușa în urma mea.

Credeam că Shane era în regulă și îl consideram geamănul cel bun. Acum, însă, mă gândeam în sinea mea că toți frații Monet sunt la fel.

9

CEL MAI ÎNTUNERIC ESTE SUB FELINAR

La ora de franceză, Jason îmi făcea de obicei cu ochiul din celălalt capăt al clasei ori de câte ori îmi prindea privirea. Îmi plăcea relația subtilă pe care o aveam. Întotdeauna zâmbeam și îmi întorceam privirea înapoi spre doamna Dubois, care explica ceva, pentru ca nimeni să nu mă poată acuza de nimic, dar simțeam în interior o căldură plăcută. Acum, acest sentiment îmi fusese răpit, iar absența lui era de-a dreptul dureroasă.

Din când în când mă uitam în direcția lui Jason, dar acesta nota cuvintele profesoarei mai sârguincios ca oricând. Ochii lui se plimbau de la tablă la caiet și nici măcar o singură dată nu încercau să arunce pe furiș o privire în direcția mea. La început am acumulat toate emoțiile negative pe care mi le trezise purtarea lui indiferentă și le-am direcționat către frații mei, pentru care, în acel moment concret nutream o ură autentică. Apoi am trecut la Jason, pe care l-am numit în mintea mea un laș. Apoi m-am descărcat din nou pe frații mei, iar când a sunat clopoțelul, am simțit cum energia aceea dăunătoare mă istovise. Începuseră chiar să mi se îngreuneze pleoapele, dar când l-am observat pe

Jason grăbindu-se să iasă din clasă, m-am trezit imediat. Oh, nu, la asta nu mă așteptam.

— Ce, acum nici măcar nu vrei să mă privești în ochi?

Era deja cu un picior pe coridor, dar după ce mi-a auzit mârâitul, a ezitat, s-a uitat în jur și a revenit înapoi în clasă. Făcându-și loc printre elevii care se înghesuiau să iasă pe coridor, a suspinat greu. M-a tras deoparte și a aruncat o privire tăioasă spre cele două fete, care încetiniseră intenționat și își ciuliseră vizibil urechile, entuziasmate de perspectiva unei drame, mai ales una care o implica pe sora fraților Monet.

— Nu pot să mă uit la tine, Hailie, darămite să vorbesc cu tine, a șoptit Jason, aplecându-se peste mine.

Am ridicat o sprânceană, iar când nu a mai spus nimic, lacrimile au început să-mi inunde ochii. Să aud asemenea cuvinte din gura unui băiat, a cărui companie îmi adusese bucurie și alinare în ultimele câteva săptămâni, era un sentiment cu adevărat îngrozitor. Mi-am întors capul într-o parte ca să ascund de el primele semne de plâns, dar trebuie să le fi observat, pentru că și-a mușcat buzele, s-a uitat în jur și și-a ridicat ochii panicat, ca și cum ar fi căutat disperat o soluție la problema noastră, chiar și pe tavan.

— Bine, bine, hai să ne întâlnim la toaletă. Cea de lângă vestiar, a sugerat el și și-a pieptănat buclele, adăugând fără chef: Cea a fetelor.

Și a dispărut, iar eu am strâns din pleoape ușurată, încercând să-mi controlez tremurul corpului. Era îngrozitor cât de speriată eram că îl pierdusem pe Jason, singura persoană care mă putea îmbrățișa fără un motiv anume și căruia îndrăzneam să-i mărturisesc temerile legate de frații mei. Mi-am șters lacrimile și m-am pregătit mental pentru această conversație importantă pentru mine. Am ieșit pe coridor, îndreptându-mă spre baia indicată de Jason. Baia fetelor, probabil pentru a minimiza posibilitatea ca frații mei să apară acolo, și lângă vestiare, pentru că aceasta era cel mai puțin frecventată.

Mă așteptam ca Jason să mă aștepte deja, dar când am intrat înăuntru, nu era nici țipenie. Abia după câteva secunde ușa s-a deschis și băiatul a intrat în grabă, ca și cum cineva l-ar fi aruncat acolo cu forța. S-a uitat înapoi, temându-se să nu fie prins, nu doar de frații Monet, ci și de oricine altcineva care ar putea să se întrebe ce căuta în baia fetelor.

— Ascultă, Hailie, îmi pare rău că a ieșit așa, a început el, după ce s-a mai calmat. S-a sprijinit de perete, dar a rămas tot timpul aproape de ușă, ca, pentru orice eventualitate, nimeni să nu-i taie calea de scăpare.

— Nu, eu îmi cer scuze, am spus repede, folosind formula pe care mi-o elaborasem deja în minte. Pentru Shane. S-a comportat ca un idiot, nu știa nimic despre relația noastră.

— Dacă trebuie să arăt cu degetul spre cineva, atunci Tony a fost cel care a întrecut măsura.

— Tony? Ce ți-a făcut Tony?

— Nimic încă, dar m-a oprit în această dimineață și mi-a spus că, dacă mai vorbesc cu tine sau dacă mă mai uit la tine, o să-mi rupă ceva. Cel mai probabil o falcă, dar dacă e într-o dispoziție bună, mă va lăsa să aleg.

M-am agățat de chiuveta albă și unghiulară în timp ce genunchii mi se îndoiau sub mine.

— Ce? Cum poți să spui asemenea lucruri cuiva! Eu... eu... trebuie să vorbesc cu ei. Trebuie să lămuresc chestia asta.

Nu aveam putere să fac față acestor frați. Nu se poate să-mi amenințe prietenii în felul acesta, și nici pe oameni, în general! Ce e în neregulă cu ei?

— Hailie, gândește! a strigat Jason. A intrat în panică văzând reacția mea. Dacă le spui asta, vor ști că am vorbit din nou. O să fiu terminat, și tu la fel.

Avea dreptate. La urma urmei, ultimul lucru pe care mi-l doream era să risc să am altă discuție cu Vincent. Am oftat adânc, încercând să mă liniștesc. Jason, văzând că renunț, s-a sprijinit din nou de perete și s-a relaxat puțin.

— E foarte nasol că a ieșit așa, a murmurat el după un moment de tăcere.

Mi-am sprijinit acum ambele mâini pe marginea chiuvetei și m-am privit în oglindă. Nu-mi plăcea expresia epuizată emoțional de pe chipul fetei pe care o vedeam în fața mea. Chiar și privirea ei era cumva pustie.

— Da, e chiar rău de tot.

— Sincer, pe scurt, oricum ar suna, nu mă așteptam la asta de la sora fraților Monet, dar chiar ești... tare.

— Mulțumesc... cred. Am zâmbit trist spre imaginea mea din oglindă. Și mie mi-ai plăcut, deși nu mă așteptam...

Jason s-a mișcat, s-a îndepărtat de perete și a făcut câțiva pași spre mine. În același moment, mi-am luat mâinile de pe chiuveta rece și m-am întors. Se uita la mine cu ochii aceia rotunzi de pe chipul înconjurat de bucle. Nu voiam să pierd atenția pe care acei ochi puteau și voiau să mi-o ofere. Atracția pe care o simțeam față de Jason în acel moment era mai mare decât oricând. Știam că, probabil, era alimentată de faptul că era fructul interzis pentru mine. Dacă mă întâlneam cu el, sfidam voința lui Vincent. Poate că în sinea mea îmi doream aprobarea fratelui meu mai mare, dar, în același timp, voiam să-mi dovedesc mie însămi că nu-mi păsa de ea. Cel mai interesant era că și Jason însuși simțea în mod clar ceva pentru mine. Altfel, câteva secunde mai târziu, nu am fi stat în baia fetelor, îmbrățișându-ne atât de strâns, de parcă de asta ar fi depins însăși viața noastră.

Bineînțeles, în mintea mea se zbătea gândul că este numai o chestiune de timp până voi fi prinsă din nou de frații mei că nu am fost ascultătoare. Era cea mai probabilă și, în ultimă instanță, cea mai corectă linie de raționament, dar, înainte să fie scris acest scenariu negru, câteva săptămâni frumoase care au urmat, am stat nepăsătoare cu Jason într-o baie părăsită a fetelor.

Aici nu prea venea nimeni, pentru că fix alături, la vestiare, erau toalete de un standard mult mai ridicat. Și chiar dacă nimerea câte o persoană pe aici, de obicei când ne vedea fugea cât mai repede. Jason se simțea din ce în ce mai în largul lui în toaleta fetelor, fapt pentru care la început l-am tot tachinat, dar în cele din urmă niciunul dintre noi nu se putea gândi la nicio ascunzătoare mai sigură în incinta școlii. Teoretic, am fi putut să ne ascundem undeva în tufișuri, însă această idee ar fi funcționat mai repede vara sau primăvara, dar cu siguranță nu în noiembrie, când Pennsylvania se transforma încet-încet în Antarctica.

Suportam iarna la noul meu domiciliu destul de greu, pentru că eram obișnuită cu frigul, dar în mod sigur nu mai fusesem nevoită să mă obișnuiesc ca acesta să mă pătrundă până în măduva oaselor, nici să simt că îmi va cădea nasul. Noroc că în gerul acesta îmi mai rămăseseră măcar mici plăceri, cum ar fi să beau ciocolată caldă cu bezele (singurele dulciuri pe care le băgam în mine fără să mă gândesc, și asta doar pentru că aveau calitatea de neînlocuit de a mă încălzi imediat) sau să privesc zăpada prin ferestrele bibliotecii, în timp ce stăteam ascunsă într-un fotoliu, sub o pătură călduroasă și cu o carte interesantă în poală... Într-o zi, Will mi-a dat computerul lui și m-a pus să fac cumpărături mari de iarnă. Am ales o grămadă de pulovere, haine călduroase, cizme și cel puțin două jachete zdravene. Când am văzut cât de mult costă, mi s-a făcut rău.

Poate că nu era cazul să reacționez așa, știind că familia mea avea un imperiu, a cărui valoare nu fusese evaluată de nimeni din afară. Știu acest lucru pentru că în timpul următoarelor întâlniri cu Jason am căutat pe internet informații despre familia Monet. Cel puțin asta credeam până atunci. În cele din urmă am încetat să mă mai entuziasmez în legătură cu fiecare articol pe care îl găseam, când, într-o zi, Jason m-a făcut să realizez ceva.

— Știi, Hailie, a început el, în timp ce stăteam pe pardoseala de gresie, sprijiniți de ușa unei cabine. A început să se joace cu șapca lui de baseball, așa cum făcea întotdeauna când se întâmpla să o aibă pe cap și îi era greu să-și exprime gândurile în cuvinte.

— M-am gândit în ultima vreme că aceste articole... Toate sunt cam la fel, nu crezi?

Am ridicat din umeri, aruncând o privire la ecranul telefonului lui mobil, pe care mă lăsa întotdeauna să-l țin în mână pe durata investigațiilor mele.

— Crezi că toate aceste tipuri de articole sunt similare? am reluat eu.

— Nu știu, acestea par a fi scrise după același șablon. Pentru că, vezi tu, informațiile sunt practic aceleași, nu există nicăieri detalii. Cumva mi s-a părut puțin ciudat.

Jason a abandonat subiectul și m-am concentrat din nou asupra lecturii, dar am observat că de atunci încolo am devenit mai critică față de conținutul pe care îl găseam. Din păcate, în cele din urmă a trebuit să recunosc că avea dreptate. Articolele continuau să prezinte la nesfârșit aceleași informații și chiar și imaginile erau aceleași, câte două sau trei la rând.

— Crezi că este posibil ca ei... l-am întrerupt, lăsând în jos telefonul.

— Ce? Să controleze ce se află pe internet despre ei?

Am ridicat din umeri, iar mâna lui, care de obicei mă îmbrățișa, m-a mângâiat ușor.

— Hm... a ezitat. E greu de spus.

Eram gata să mă mulțumesc cu acest răspuns fragmentat, când Jason a adăugat:

— Dar, ei bine, într-o familie ca aceasta, este inevitabil să nu existe ocazional și un scandal. Nu-mi vine să cred că nimeni nu scrie nimic despre Dylan, Shane sau Tony. Știi, sunt niște subiecte destul de bune... Și... Jason a făcut o pauză timp de o clipă, privindu-mă confuz. De ce nu scrie nimeni despre tine?

Am înghițit în sec, întorcându-i pentru o clipă privirea. Apoi, aproape automat, am ridicat telefonul mobil, am deblocat ecranul și am tastat codul pe care mi-l dăduse chiar el, iar în câmpul de căutare am introdus propriul meu nume. Lucru pe care, din anumite motive, nu îndrăznisem să-l fac până atunci. În timp ce așteptam să se încarce pagina, mi s-a părut că ecoul bătăilor puternice ale inimii mele ricoșa în pereții din baie și ajungea chiar și la urechile lui Jason.

Fără rezultate.

Fraza specificată nu a fost găsită.

Încearcă din nou.

— Se pare că nu exiști.

— Nu e... ciudat? am întrebat sincer îngrijorată.

— Se presupune că nu ai niciun cont pe rețelele de socializare, așa că poate că nu... Deși este puțin suspect că despre tine, sora fraților Monet, nu există nici măcar o mențiune. Mai ales că a fost un subiect important când te-au găsit, nu-i așa?

Mi-am frecat fruntea. Începea să mă doară capul.

— Cu siguranță cineva are grijă ca informațiile despre tine să nu apară în căutări, a continuat Jason. Poate că ai putea să-i întrebi pe frații tăi despre asta.

Am lăsat mâna în jos.

— Atunci vor ști că m-am căutat pe Google.

— Și ce dacă, toată lumea se caută pe Google.

— Vor ghici de ce și că am căutat informații și despre ei. Știu asta.

Jason m-a mângâiat din nou pe braț, într-un gest liniștitor.

— Dar te-ai uitat prin casă?

— După ce să mă uit? am oftat.

— Nu știu... Documente, tăieturi din ziare, jurnale vechi, prăfuite...

— Nu mai glumi.

— Dar vorbesc serios. Uită-te prin casă. Cel mai întuneric este întotdeauna sub felinar.

— Nici măcar nu știu de unde să încep.

Mi-am plimbat degetul fără să mă gândesc de-a lungul chitului murdar dintre gresie și faianță.

— Dacă într-adevăr ascund ceva, cu siguranță se află în partea casei în care lucrează Vincent și la care eu nu am acces.

— Cum crezi.

Am abandonat subiectul, încă neconvinsă. Și tot nu eram nici când, mai târziu în acea zi, m-am așezat pe un scaun în bibliotecă, conform tradiției, cu o carte în mână. Astăzi în mod excepțional îmi era greu să mă concentrez asupra textului. Lectura era moderat de captivantă. Iar cuvintele lui Jason îmi stăruiau în minte. Din când în când, ochii îmi fugeau dintr-o parte în alta, spre bibliotecă, spre pian sau spre raftul cu cărți. Aruncam o privire spre ușă, apoi din nou în jos, spre pagini. Și așa mai departe mereu.

Citeam romane despre case vechi în care, cu ajutorul unui buton ascuns, rafturile se dădeau la o parte și apărea un pasaj către o încăpere separată și încercam să-mi scot din cap probabilitatea ca reședința Monet să ascundă undeva un mecanism similar.

În adâncul minții mele, știam că, din moment ce Vincent deținea o întreagă aripă separată de lucru, nu avea nevoie să instaleze astfel de lucruri în bibliotecă, dar poate că într-adevăr - așa cum spusese Jason - cel mai întuneric este sub felinar?

La un moment dat, am lăsat cartea să-mi alunece din poală și, parcă fără să vreau, m-am ridicat în picioare. Am pus-o pe măsuță, m-am întins, am oftat și am aruncat o privire prin fereastra mare care dădea spre curtea întunecată și apoi spre ușa închisă. M-am îndreptat apoi spre cel mai apropiat perete cu cărți. Am urmărit cu degetul cotoarele celor care erau așezate mai mult sau mai puțin la nivelul ochilor, apoi am ocolit fotoliul, sprijinindu-mă de spătarul lui. Am trecut pe lângă pianul pe care se afla o fotografie cu două femei vesele. M-am oprit la alt raft și am întins mâna spre una dintre cărțile mai vechi și groase. Am deschis-o. Nu știu pentru ce. Nu a căzut din ea nicio hârtie îngălbenită sau vreun cod de la seif. Și nici nu am găsit niciun buton misterios sub figurina mică și albă a unui înger fără cap care stătea pe dulap. Iar în caietul din dulap cu o copertă neagră și uzată, nu era nici măcar o singură pagină scrisă.

Căutam cu tot mai multă înverșunare. Am cercetat cu tot mai mult curaj suprafața bibliotecii, știind în sinea mea că aveam puține șanse să găsesc ceva aici. Vincent nu era unul dintre cei mai neglijenți oameni. Nici nu puteam să răspund foarte clar la întrebarea ce căutam. Și totuși, în cele din urmă am deschis fără șovăială sertarele biroului, unul câte unul. Am găsit în ele obișnuitele rechizite de birou - plicuri goale, pixuri, agrafe de hârtie. Altul era plin până la refuz cu teancuri de bancnote, ceea ce m-a făcut să înghit în sec. L-am închis imediat. Atâția bani depozitați într-un asemenea loc la întâmplare îmi produceau o mare nedumerire.

Dar încă și mai tare m-a surprins conținutul următorului sertar. Era excepțional, deoarece lângă mânerul sculptat se afla o mică gaură de cheie. M-aș fi așteptat ca aceasta să fie un semn care să sugereze existența unui secret, dacă în ea nu ar fi fost o cheie mică, placată cu aur, ca și cum cineva mi-ar fi oferit-o pe tavă. Nici măcar nu a trebuit să o răsucesc. Așa că am crezut că stătea acolo doar pentru decor și am tras sertarul indiferentă, fără prea multe speranțe. Primul lucru pe care l-am văzut a fost un plic mare și alb. L-am ridicat ușor cu un deget, ca să examinez cu privirea obiectele de sub el. Și, deși scopul spionajului meu era, teoretic, să găsesc ceva suspect, cu siguranță nu mă gândeam că soarta îmi va da cu tifla și mă va face să găsesc încă o armă.

Nu se poate!

M-am uitat la ea încremenită pe moment, apoi, ca și cum m-aș fi opărit, mi-am retras mâna și plicul a acoperit din nou obiectul descoperit. M-am uitat panicată prin cameră, lăsând să iasă aerul din plămâni, și imediat m-am uitat din nou sub plic, de data aceasta ridicându-l cu o grijă exagerată.

Această armă, care stătea liniștită pe fundul sertarului, era puțin diferită față de pistolul pe care îl găsisem la Tony - avea o formă mai zveltă și era mult mai mică. Foarte potrivită, chiar ideală, pentru a fi aruncată în poșeta unei femei, de exemplu.

Am fost surprinsă de cât de repede creierul meu a început să se apere de o nouă traumă și, în loc să cred ce vedeam cu ochii, am început să pun la îndoială ceea ce vedeam. Poate că este doar o jucărie, încă din copilăria băieților Monet? Sau o recuzită? Poate că unul dintre frați era interesat de actorie? Tony, de exemplu, care, la urma urmei, avea ceva de artist în el? Oricât de jalnice erau aceste explicații, le-am înghițit uimitor de ușor, dorind pur și simplu să găsesc un motiv rezonabil pentru faptul că în încăperea mea preferată din casă se afla un pistol. Ca să mă conving și mai mult că este inofensivă, chiar am întins mâna spre ea. Cu foarte mare atenție, pentru că îmi era teamă că s-ar putea declanșa de îndată ce o ating. În timp ce o ridicam, am avut grijă să nu îndrept țeava spre mine și să-mi țin degetele departe de trăgaci. Voiam să văd dacă era grea.

Abia puteam să o țin. Răceala ei îmi îngheța mâinile, deși nu de asta tremurau. Cu siguranță că atârna greu, așa că nu aveam cum să continui să-mi spun că era doar o jucărie. Țineam în mână o armă adevărată și când, deodată, am conștientizat lucrul acesta, am pus-o brusc la loc. Am făcut un mic zgomot și m-am întors panicată, pentru că, din cauza unei sensibilități excesive, mi s-a părut că am simțit prezența cuiva în spatele meu. Din fericire, eram tot singură aici, iar senzația de spaimă fusese probabil provocată de imaginația mea.

Am acoperit pistolul la loc cu plicul și am închis sertarul, m-am îndreptat și m-am îndepărtat de birou. M-am dus la fereastră, dar nu vedeam mare lucru, doar întuneric și propria mea imagine reflectată. M-am uitat în ochii mei, erau mari și temători. M-am uitat fix în ei o clipă, neputând nici măcar să înghit în sec. Căutam în ei ceva mai mult decât frică. Voiam să găsesc curaj sau hotărâre, ceva care să facă în așa fel încât să nu mi se mai ridice firele de păr de la ceafă și de pe brațe.

Descoperirea armei lui Tony îmi ridicase multe întrebări, iar răspunsurile pe care le primisem mă satisfăcuseră doar parțial. Vederea unei alte arme m-a derutat din nou, de data asta cu o forță dublă. Oare aveam să aflu, din nou, că era doar un echipament de la poligonul de trageri? Dacă aș fi fost mai puțin îngrozită, acum aș fi pufnit ironic.

Oricum, dacă nu voi ridica problema cu niciunul dintre frații mei – cu Vincent cel mai bine –, atunci cu atât mai mult nu voi găsi o explicație. Mă voi bălăci în propria supă de suspiciune și îngrijorare, până când, în cele din urmă, voi fierbe până la moarte în ea. Dar dacă vorbesc, dacă fac acest pas, dacă voi fi sinceră cu frații mei și le voi împărtăși îndoielile mele, poate voi câștiga, poate că mă vor lua în serios și poate că voi afla de ce îi bârfesc oamenii și de ce au pistoale ascunse prin casă?

M-am bucurat să văd o strălucire în pupilele mele reflectate în fereastră. Sau cel puțin așa mi-am spus, că era acolo și dovedea că era timpul să acționez. Sunt frații mei, așa că nu cred că ar trebui să se întâmple nimic rău dacă îi întreb despre câteva lucruri. Vincent însuși a spus să nu-mi bat capul cu presupuneri inutile – e mai bine să mă duc la el. Așa că asta voi face. O să mă duc la el.

M-am îndreptat și mi-am dat părul pe spate. Am respirat adânc și, uitând de cartea neterminată, am ieșit din bibliotecă. Am urcat scările cu pași hotărâți. Pentru prima dată după mult timp, am simțit că, în sfârșit, luasem o decizie concretă, matură și m-am bucurat de puterea pe care mi-o dădea.

Am simțit un fior când am pășit în coridorul misterios, care era lung și curbat spre dreapta. Pășeam hotărâtă, pas cu pas. Înainte de curbă, m-am oprit și m-am aplecat cu prudență dincolo de ea. Un alt coridor, la capătul căruia se vedea o ușă. Tot acolo era și un fel de nișă, doar atât de mare încât să încapă două canapele mici din piele și o plantă mare într-un ghiveci. Verdele ei înveselea în mod plăcut austeritatea de coșmar. Holul, ce-i drept, se întindea și mai departe și, din câte am reușit să văd, existau și mai multe uși, dar nu știam ce se ascundea mai departe în acea aripă. Lumina zilei nu ajungea până aici, singurul lucru pe care mă puteam baza era lumina slabă a lămpilor. Acest lucru în sine era ciudat. Am rămas acolo un timp și nu știam ce să fac în continuare.

Ușa cea mai apropiată de mine era dublă, iar mânerele sculptate îi dădeau un plus de măreție. Acestea sugerau astfel că duceau spre o încăpere importantă, așa că am presupus că aici se afla biroul lui Vincent. Apoi am ezitat, pentru că, deși venisem aici hotărâtă să vorbesc cu fratele meu, mi-am amintit brusc de avertismentul lui că totuși este preferabil să nu vin aici. Că, dacă se întâmpla ceva, trebuia să sun, să scriu sau să rog pe altcineva să mă ajute.

M-au cuprins îndoielile. Poate că nu ar fi trebuit să mă grăbesc să vin aici? Dintr-odată m-am gândit că fusese o prostie din partea mea, nu o dovadă de curaj. Ca de obicei, luasem o decizie greșită. M-am holbat la ușa masivă. Ar trebui să mă apropii și să bat, acum că tot sunt aici, sau să mă întorc pe călcâie și să fug cât timp încă nu m-a prins nimeni?

Pe neașteptate am constatat că am numai o fracțiune de secundă ca să mă decid, deoarece liniștea sumbră a fost tulburată de vocile înăbușite de după ușa solidă. Pe frunte mi-au apărut broboane de sudoare. De mult nu mai fusesem atât de stresată ca acum, nici măcar atunci când dădusem peste alt pistol. Am văzut cum mânerul de la ușa biroului lui Vincent începe să se miște și apoi, într-o clipită, mi-au trecut prin cap o sută de gânduri. Să fug înapoi, să stau pe loc sau să mă așez pe canapea și să mă prefac că aștept aici politicoasă de o veșnicie până când fratele meu va găsi un moment pentru mine?

Ușa a început să se deschidă, așa că m-am hotărât pentru ultima opțiune și m-am grăbit frenetic spre una dintre canapele, iar apoi mi-am dat seama că nu avea niciun sens și am vrut totuși să fug naibii de acolo, așa că în ultima clipă am schimbat direcția și am luat-o spre partea de locuință a reședinței.

Din păcate, era prea târziu pentru asta și am plătit prețul șovăielii. Mișcările mele nu au fost foarte precise, drept urmare am alunecat și am căzut. Am reușit să mă sprijin cu mâinile de podea, așa că nu am pățit nimic, dar am pierdut timp prețios pentru a-mi recăpăta echilibrul. Dacă aș fi pierdut și mai mult ca să mă ridic, Vincent m-ar fi prins cu siguranță, așa că am făcut o altă prostie și am decis să rămân pe jos și, dintr-un salt, m-am aruncat în spatele canapelei.

Da, venisem aici mândră de puterea mea și hotărâtă să vorbesc cu tutorele meu legal ca un adult și ajunsesem să șchiopătez lamentabil în spatele unei mobile. Dacă nu aș fi fost prea ocupată să mă rog cerului să nu se uite în spatele canapelei, aș fi luat foc de rușine. Ce situație penibilă!

S-a auzit zgomot de pași, care s-a stins curând, și am înțeles că Vincent și invitatul său se opriseră în fața biroului. Asta însemna că se aflau chiar lângă mine, deci cu siguranță auziseră bătăile inimii mele, altă variantă nu vedeam. Probabil că eu însămi surzisem din cauza asta, pentru că îmi vâjâia cumplit în urechi și aproape că nici nu l-am auzit pe fratele meu când a spus la revedere cu o voce foarte răgușită.

— Mulțumesc că m-ai ascultat, Vincent.

— Sonny, condu-l pe domnul.

Vincent a rostit aceste cuvinte cu atâta răceală, încât au sunat ca un ordin aruncat de conducătorul lumii, iar dacă îmi închipuiam că în conversațiile cu mine era excesiv de formal și de sobru, tocmai îmi schimbasem părerea. Mă bucuram că din ascunzătoarea mea nu puteam să-l observ, pentru că dacă l-aș fi văzut nu știu dacă nu m-aș fi prăbușit. Eram și așa cocoșată incomod și amorțită de tot.

— Vă rog să mă urmați, a spus altcineva calm și clar.

Acest cineva a apărut însoțit de sunetul celei de-a treia perechi de pași, care păreau mai moi, indicând poate un alt fel de pantofi? Dacă aș fi vrut să știu neapărat ce fel de pantofi avea sus-numitul Sonny, oricine ar fi fost el, aș fi putut să mă uit la ei din spatele canapelei, dar, împotriva tuturor aparențelor, nu aveam tendințe suicidale. Chiar deloc. Situația în care mă aflam era rezultatul unui moment de pierdere a minții, o decizie proastă, o greșeală.

Până la un anumit moment, nu am crezut că voi ieși nevătămată din asta. Și totuși, am scăpat cu bine – se poate spune așa. Oaspetele a plecat, însoțit de Sonny, care, am dedus că trebuie să fie vreun angajat al fratelui meu. Am așteptat cu nervii încordați dureros să se trântească ușa de la biroul lui Vincent, semn că fratele meu se întorsese la lucru. Dar înainte de aceasta, l-am auzit vorbind din nou și m-au trecut transpirații reci, pentru că am crezut în prima secundă că vorbea cu mine. Mă pregăteam deja să sar din spatele canapelei și să îl copleșesc cu o ploaie de scuze întâmplătoare și total incoerente. Din fericire, m-am abținut și am constatat că pur și simplu răspunsese la telefon.

— Da? Vocea lui nu și-a pierdut concentrarea. A tăcut o clipă, ascultând ce avea de spus interlocutorul, apoi a răspuns: Am înțeles. Ține-mă la curent.

Apoi s-a auzit sunetul ușii care se închidea – pe care îl așteptam –, Vincent a dispărut în biroul lui, iar eu am rămas singură pe coridorul care îmi era interzis. Sfârșit. Am închis pleoapele, mi-am dus mâna la gură. Am simțit o senzație inimaginabilă de ușurare. Doamne, s-a terminat, s-a terminat. Nu s-a întâmplat nimic.

Am rămas înțepenită o clipă în spatele mobilei; nu numai că mă temeam să plec, dar eram și fizic incapabilă să mă ridic după o gimnastică atât de intensă. Dar nu puteam rămâne aici mai mult timp. Mi-era teamă că Vincent va ieși din nou din birou sau că se va întoarce acel Sonny, așa că în cele din urmă m-am forțat să efectuez o misiune rapidă de întoarcere în zona de locuință a reședinței Monet.

Am privit mai întâi cu precauție din spatele canapelei, apoi m-am ridicat în genunchi și m-am clătinat când m-am ridicat prea repede în picioare. De îndată ce mi-am recăpătat echilibrul, am țâșnit ținându-mi respirația în direcția camerei mele și am dat drumul aerului din plămâni doar când am fost în siguranță în spatele ușii.

Tremuram de ușurare, dar mă și strâmbam de rușine. Regretam că nu aveam o gumă magică cu care să șterg amintirea călătoriei mele pe coridorul interzis. Acum mă voi tortura cu ea o noapte întreagă în gând, ba poate chiar mai multe. Mă bucuram, bineînțeles, că nu fusesem surprinsă, dar mi se făcuse rău. Trebuia chiar să mă țin de perete.

Idioată, idioată, idioată!

De ce te-ai băgat acolo?

Am avut un noroc porcesc nu numai pentru că nu mă prinsese Vincent, dar și pentru că, strecurându-mă pe furiș, nu mă lovisem de niciun alt frate al meu. Misiunea mea fusese extrem de idioată; cu cât mă gândeam mai mult la ea, cu atât mai mult simțeam că îmi vine să-mi dau palme. Ce e în capul meu? Ce caut? Ce mă așteptam să găsesc?

Puțin îmi pasă de pistolul ăla stupid din bibliotecă. Nu e pentru nervii mei. Trebuie să încetez să mai scotocesc. Nu sunt detectiv și viața mea nu este un roman polițist. În coridorul interzis, Vince lucrează pur și simplu. Într-adevăr, își primește clienții, am fost martoră chiar eu. Și este ocupat. Abia a plecat o persoană de la el și deja a sunat altcineva. Muncește din greu ca să-și permită lucruri precum mașini de lux, o casă mare sau să-și întrețină sora mai mică.

Iar eu sunt o nerecunoscătoare.

10

DYLAN CEL PUTERNIC ȘI GĂLĂGIOS

A doua zi încă mă chinuiam să-mi alung din cap amintirea purtării mele copilărești, de care mă simțeam extrem de jenată. Așa cum bănuisem, excursia până la biroul lui Vincent nu-mi adusese decât o noapte albă. Detestam faptul că mă frământam întotdeauna așa de mult pentru orice. În plus, era pentru prima dată când auzeam lătratul câinilor de afară. Zgomotul lor mă tulbura foarte mult, pentru că îmi imaginasem că acum căutau un intrus pe teritoriul familiei Monet, adică pe mine, și evident că aceasta nu mă ajuta deloc în încercarea de a adormi.

M-am simțit ceva mai bine la școală, pentru că am reușit să scap de o parte din vinovăția care îmi apăsa pe suflet în timp ce vorbeam cu Jason. Acesta a râs când i-am spus că tot ce a trebuit să fac a fost să deschid primul sertar mai bun și am găsit în el o armă.

— Nici măcar nu se ascund, a pufnit el. Dacă ai vrea cu adevărat să afli secretul familiei tale, ai putea să o faci fără efort, sunt convins de asta.

Începea să mă enerveze puțin, pentru că sfaturile lui de până acum nu-mi făcuseră deloc bine. În plus, nu părea să-i pese deloc de faptul că spionajul la care mă îndemna m-ar fi pus în pericol. Frații mei posomorâți erau imprevizibili și mi-aș fi dorit ca Jason să înceapă să-i ia măcar un pic în serios. Poate că avea dreptate că descoperirea secretului lor nu trebuie să fie neapărat ceva complicat, dar cu siguranță minimaliza faptul că, deși și ei erau neglijenți uneori, cu siguranță nu erau deloc proști, ceea ce de altfel s-a confirmat chiar în după-amiaza aceleiași zile.

Stăteam în fața televizorului. Profitam de ocazie, pentru că văzusem că gemenii plecaseră undeva, Dylan nu se vedea nicăieri, nu-mi făceam griji că mă voi întâlni cu Will, iar Vincent oricum lucra mereu. Așa că nu mă așteptam că mă va deranja în timp ce mă uit la televizor.

Stăteam întinsă pe canapeaua confortabilă, fericită să am sufrageria numai pentru mine. Recunosc, îmi era greu să mă stăpânesc și să nu privesc mereu într-o parte și în alta, pentru că încă nu mă simțeam chiar în largul meu în această casă și, de fapt, orice fleac m-ar fi alungat imediat de aici.

Am dat drumul la un anumit serial spaniol de pe Netflix și m-am lăsat absorbită de el, când, deodată, Vincent a apărut lângă mine. Am sărit în sus când a pronunțat numele meu pe un ton rece. Am oprit imediat televizorul, ca la o comandă care nu fusese rostită, și i-am acordat supusă toată atenția. Îl vedeam pentru prima dată după excursia de ieri în zona interzisă a casei, iar acest lucru m-a făcut să mă simt și mai intimidată pentru că aveam pe conștiință ceva ce făcusem pe la spatele lui. Mai mult, aveam senzația că asta se vedea perfect pe mine. Ca un copil care, cu fața mânjită de ciocolată, încearcă să ascundă părinților săi faptul că a mâncat o prăjitură.

— Vreau să-ți arăt ceva, a spus Vincent și, cu eleganța lui obișnuită, a binevoit să se așeze lângă mine.

M-am îndreptat rapid ca să-i fac loc și m-am întrebat ce Dumnezeu ar fi putut Vincent să vrea să văd. Abia atunci am observat că ținea în mână o tabletă.

Era foarte aproape de mine, iar când Vince era atât de aproape de mine, întotdeauna corpul mi se încorda stresat. În schimb, el era complet relaxat. Stătea ca de obicei plin de grație și mi-a înmânat dispozitivul, apăsând imediat pe butonul de redare.

Prea confuză pentru a fi intrigată sau curioasă, m-am concentrat la ecran, încercând să-mi dau seama ce îmi arăta de fapt. Un fel de coridor. Văzut de sus, dintr-un unghi ciudat. Uși, lămpi, un hol lung...

Am înțepenit.

Chiar atunci a apărut pe ecran o fată și mi-au trebuit două secunde bune până mi-am dat seama că eram eu. Hailie din videoclip se uita de după colț. S-a uitat la ușă și apoi o clipă s-a oprit chiar în fața ei. Când s-a întors și a fugit în spatele canapelei, a dispărut din ochiul camerei. Se știa, totuși, că este tot acolo, chiar și atunci când în câmpul vizual a apărut Vincent cu un tip scund și chel, care s-a înclinat adânc în fața lui.

Am simțit că încep să tremur. Apropierea de adevăratul Vincent nu mă ajuta. Eram mai mult ca sigură că urmărea atent reacția mea. Începusem să mă înfierbânt. Știam ce urma mai departe în filmare, dar am continuat să mă uit la ea, fără să am, de fapt, altă opțiune.

Un al treilea bărbat a apărut în înregistrare. Sonny – așa cum am bănuit – era un bărbat blond, înalt și lat în umeri. Era îmbrăcat în costum, iar când s-a oprit din profil în fața camerei, am văzut că avea o cască în ureche. Vedeam acum tot ce atunci nu putusem decât să ascult. Vince a rămas un timp în fața biroului său, însoțindu-și oaspetele afară cu privirea, în timp ce el pleca escortat de Sonny, apoi și-a scos telefonul și l-a dus la ureche.

Atunci Vince s-a aplecat spre mine și mi-a explicat:

— În acel moment, unul dintre oamenii mei, un agent de pază, a sunat și mi-a spus că era o fată care stătea chiar în spatele canapelei.

Am strâns din pleoape, incapabilă să fac față sentimentului de jenă provocat de această situație stupidă.

Bineînțeles că avea camere de luat vederi acolo. Și, evident, și un agent de pază, care urmărea îndeaproape imaginile pe care le transmiteau.

Așa că, dacă Vince ar fi vrut să mă prindă în flagrant, ar fi putut s-o facă cu ușurință. Atunci de ce mă lăsase să scap?

Incapabilă să mă mișc, am așteptat ca filmul să se termine.

Vince mi-a luat cu amabilitate tableta din mână la câteva momente după ce camera mi-a înregistrat evadarea. A pus-o deoparte. M-am uitat în jos la degetele mele împletite.

— Te ascult.

— Eu... am început, dar nu știam deloc ce să spun.

Fratele meu aștepta cu răbdare. Aș fi dat orice să pot să mă îndepărtez de el. Mă simțeam intimidată de lipsa de distanță dintre noi, dar nu prea aveam cum să mă mișc, deoarece stăteam înghesuită între el și o pernă imensă.

— Mă simțeam prost, am strâns din gură, iar sprâncenele lui Vince s-au ridicat în sus.

— Ce fel de explicație e asta?

— Mi s-a descărcat telefonul și mă simțeam rău, am vrut să cer o tabletă. Mi s-a părut că nu mai era nimeni altcineva acasă... De aceea m-am dus acolo, la tine.

— Și de ce nu ai ajuns la mine?

— Ei bine... când am ajuns acolo, m-am răzgândit... M-am gândit... M-am gândit că poate, de fapt, n-ar fi trebuit să mă duc acolo.

Asta a sunat bine, pentru că eram sinceră.

— N-ar fi trebuit, a fost el de acord cu răceală. În acel moment, Dylan era în garaj, iar Tony la el în cameră. Dacă i-ai fi căutat, i-ai fi găsit.

A tăcut o clipă, apoi am simțit privirea lui dezaprobatoare asupra mea.

— Nu înțeleg de ce prima ta alegere a fost biroul meu, mai ales când e clar că ți-am cerut să nu te apropii de el.

— Eu... eu... ăăă... nu știu, am gemut, rupându-mi până la os cuticulele de la degetul mare. Oh, dacă aș putea da timpul înapoi, nu m-aș fi dus acolo de la bun început. Îmi cer scuze, nu mă mai duc acolo fără motiv, pe cuvânt.

A urmat din nou un moment de tăcere și am așteptat, presupunând că Vince se gândea cum să mă pedepsească, să-mi interzică televizorul sau ceva de genul ăsta. Totuși, nu părea să aibă astfel de planuri, iar eu m-am simțit prost că îl mințeam din nou. Nu cred că aș fi îndrăznit să-i spun adevărul, dacă nu mi-ar fi trecut brusc prin minte un gând.

Dacă erau camere de luat vederi și în bibliotecă?

Dacă Vincent știe că găsisem pistolul cu câteva momente înainte de încercarea de a-i invada biroul? Poate că așteaptă să recunosc eu singură? Pentru că altfel de ce mai stă aici?

— Mai vrei să-mi spui ceva?

A pus această întrebare pe un ton rece și calm. Mi-am dat seama că mă privea cu atenție, văzând, probabil, urmele unei lupte interioare pe fața mea. Îmi era greu să-mi dau seama dacă știa deja despre pistol sau dacă de abia acum descoperea că ascund ceva.

— Hailie, nu am toată ziua la dispoziție.

— Nu, nu e nimic.

Am încercat să zâmbesc, ceea ce a fost o greșeală, pentru că din cauza stresului mai mult m-am strâmbat.

Acum știa cu siguranță că este vorba de ceva. A mijit ușor ochii, sfredelindu-mă cu privirea. Cu cât stătea mai mult timp nemișcat, cu atât eram mai convinsă că făcusem o greșeală și că nu avea niciun sens să continui să neg.

Am respirat adânc și am dat din cap, neputând pentru nimic în lume să-l privesc în ochi.

— Ei bine, poate că ar trebui să-ți spun ceva.

— Te ascult.

Apoi, cu o voce liniștită, i-am povestit cum seara trecută, în bibliotecă, mă oprisem din citit la un moment dat și, în timp ce mă uitam prin sertare, am dat peste un pistol. I-am aruncat o privire timidă și din nou am constatat că încă îmi era greu să-mi dau seama dacă știa adevărul dinainte sau abia acum îl aflase.

— Stai, ce spui acolo?

Vincent avea o față de piatră și era prea stăpân pe sine, așa că nici măcar nu a trebuit să-l privesc ca să știu că strigătul nu venea de la el. Din nefericire, spre ghinionul meu, la explicațiile mele era martor și Dylan, care tocmai apăruse în sufragerie. Avea părul umed și ciufulit și un prosop peste umeri. Nu se deranjase să își pună un tricou, dar mă obișnuisem deja să-l văd cum se plimba adesea prin casă pe jumătate dezbrăcat. Terminase probabil un antrenament la sală și fusese nevoit să se oprească în hol.

Aș fi vrut să-i reproșez că trage cu urechea, dar nu aveam curaj, și probabil că nu era un moment potrivit. În cele din urmă, Vince a reacționat la ceea ce spusesem – și-a încruntat fruntea, evident nemulțumit de ceea ce auzea de la mine. De asemenea, l-a ignorat pe Dylan și asta era o altă abilitate pentru care îl invidiam, pentru că eu nu puteam să mă prefac că nu văd că fratele meu mare și rău se uită la mine furios.

— Vorbești despre pistolul din bibliotecă? s-a asigurat el, făcând câțiva pași bruști înainte.

Speram să nu se vadă cum mă chirceam în mine. Am încuviințat din cap și, cu coada ochiului, m-am uitat la Vincent, implorându-l în tăcere să mă salveze de furia lui Dylan. Nu înțelegeam de ce era atât de supărat.

— Bănuiesc că tu l-ai lăsat acolo, a spus tutorele meu cu un calm relativ către Dylan, fiind evident că apariția acestuia nu-l impresionase în mod deosebit.

— Chiar și așa, nu era la vedere, ci într-un sertar și cu o nenorocită de cheie.

A mai făcut câțiva pași mari, ajungând astfel în mijlocul sufrageriei, ca un actor care intră pe scenă în momentul perfect pentru a-și rosti replica.

— Cred că ți-ai băgat nasul peste tot pe acolo, nu-i așa?

Am înghițit în sec și mi-am coborât privirea, speriată de seriozitatea și de furia vizibile în pupilele lui întunecate.

— Îmi pare rău, nu am vrut să pară așa...

— Dar exact așa pare.

— Calmează-te, Dylan. Înțeleg că ai uitat să iei cheia și ai lăsat-o în încuietoare? Dacă e așa, nu poți să te învinovățești decât pe tine, a spus Vincent, apoi s-a întors spre mine: Sper că ai lăsat pistolul acolo unde l-ai găsit.

Am dat repede din cap.

— Și nu te-ai atins de ea?

Am ezitat.

— Îți bați joc de mine! a răcnit Dylan, iar prosopul i-a alunecat de pe umeri. L-ai luat în mână? Pentru ce motiv, mă rog?

Vocea mi s-a oprit în gât și m-am uitat cu coada ochiului la Vincent.

— Dylan, l-a admonestat el.

— Ce este? Vreau să știu ce-i trece prin cap surioarei noastre. S-a uitat la mine. Ce a fost în capul tău?

— Nu știu... am șoptit, iar vocea mi s-a frânt.

Dylan, atât de mare și de gălăgios, mă speria îngrozitor.

— Nu știi? Nu mă lua cu prostii acum! Nu ai niciun drept să pui mâna pe astfel de lucruri și ar fi bine să ții minte asta. Știi măcar cum să le folosești? Pistoalele? Știi? Ei bine, asta am crezut și eu! Asta nu e o jucărie pentru copii!

— Dylan!

— De mult nu m-a mai enervat cineva în halul ăsta... Ai noroc că ești sora mea, pentru că îți jur...

— Dylan, a șuierat Vincent, de data aceasta cu o voce de gheață și tunătoare, apoi a adăugat ceva mai calm, când fratele nostru a tăcut în sfârșit: Ajunge.

Dylan clocotea de furie, iar eu, la rândul meu, nu suportam bine agresivitatea lui. Am izbucnit în lacrimi, de data aceasta fără să mă mai preocup să-mi păstrez calmul în prezența fraților mei. Suportam întotdeauna foarte greu când cineva țipa la mine. Mai ales atât de tare și de vulgar. Mai ales când era vorba de fratele meu mai mare, pe care nu-l cunoșteam foarte bine și de care îmi era un pic teamă. Și mai ales când știam că are dreptate. N-ar fi trebuit să pun mâna pe pistolul acela.

— Hailie, ceea ce ai făcut nu a fost înțelept. Acum, uită-te la mine, mi-a poruncit Vincent.

Era uimitor cum de putea să se controleze și să fie atât de calm tot timpul, în timp ce Dylan exploda ca o bombă. Mi-am ridicat privirea spre fratele mai mare, iar imaginea chipului său sever s-a estompat printre lacrimile din ochii mei.

— Dacă vreodată mai găsești vreo armă în această casă, și nu fac niciun secret din faptul că este foarte posibil, oricât de mult am încerca să prevenim acest lucru, nu trebuie să o atingi sau, de preferință, nici măcar să te uiți la ea. Trebuie să o lași unde este și să ne informezi pe unul dintre noi, ai înțeles?

Am dat din cap, trăgându-mi nasul și evitând să mă uit la Dylan.

— Te-aș ruga să folosești cuvintele, dragă Hailie. Mă interesează ca răspunsul tău să fie cât se poate de clar atât pentru mine, cât și pentru tine.

— Da, am înțeles, am murmurat abia auzit, frecându-mi obrajii.

— Deduc că nu ai vrut deloc să mă vezi ieri pentru că nu te simțeai bine?

— Am vrut să vorbesc cu tine despre ceea ce văzusem, dar m-am speriat, am recunoscut.

— Mhm, deci ai mințit?

Nu am ridicat capul.

— Înțeleg. Un moment de tăcere. Așa cum te-am rugat de la început, să nu mai vii în aripa în care lucrez.

— Nu mai vin.

— Nu am de gând să mă repet, așa că ține minte aceste reguli simple, pentru că dacă nu le poți respecta, voi avea grijă să te supravegheze cineva. Și probabil că ești deja prea mare ca să ai o dădacă, nu-i așa?

Mi-am încleștat maxilarul, frustrată de cuvintele lui condescendente. Și încă rostite în fața lui Dylan, care stătea aplecat deasupra noastră, de parcă ar fi așteptat doar o ocazie să mai țipe puțin.

— Da, am confirmat eu.

— Atunci e bine. Ține minte, te rog, că eu nu arunc cuvinte în vânt, a concluzionat Vincent fără patimă. S-a îndreptat și s-a ridicat în picioare, apăsând tableta la piept cu o mână și îndesând-o pe cealaltă în buzunar. Mi-a aruncat o privire de sus, apoi a mutat-o spre Dylan și a șuierat încet: Și tu să fii mai atent pe viitor.

Am ignorat fiorii care îmi coborau pe șira spinării, bucuroasă că, într-o situație atât de neplăcută, Vince măcar nu mi se adresa mie. Reacția lui Dylan la cuvintele fratelui său mai mare a fost să iasă demonstrativ din sufragerie cu pași apăsați. Vincent nu s-a sinchisit de asta și a pornit demn în urma lui.

— Vince? am strigat înainte de a mă putea opri.

S-a oprit în prag.

— Da?

— De fapt... de ce te-ai prefăcut că nu știi că stăteam în spatele acelei canapele? M-am înroșit de jenă, dar curiozitatea a învins. Și abia acum ai venit să vorbești cu mine despre toate astea?

Pentru prima dată în acea după-amiază, colțul gurii lui s-a ridicat, indicând un ușor amuzament.

— Ei bine... să spunem doar că eram curios să văd cum te descurci. Și meritai un pic de stres ca pedeapsă.

Cu aceste cuvinte m-a lăsat singură în sufragerie, iar eu mi-am confirmat convingerea că Vincent avea stofă de sadic. Și, deși dintre toți frații el era cel care mă înfricoșa poate cel mai mult, am fugit în camera mea mai ales de teama că Dylan ar putea să se întoarcă iritat în sufragerie.

11

TIMPUL

Sfârșitul lunii noiembrie a însemnat mai multe lucruri. În Pennsylvania a venit iarna și nu a cruțat pe nimeni. Temperaturile au scăzut dramatic, cerul a devenit mohorât și vântul sufla amenințător aproape în fiecare noapte. Trezitul dimineața pentru a merge la școală a devenit cu adevărat dureros.

De asemenea, se apropia Ziua Recunoștinței, despre care am aflat din întâmplare, când Mona și Audrey vorbeau entuziasmate de perspectiva unui weekend prelungit. Auzisem de ea, dar, firește, nu o sărbătorisem niciodată. Singurul lucru pe care îl puteam spune despre această sărbătoare, pe baza filmelor și a cărților, era că oamenii mulțumesc pentru anumite lucruri în acea zi și se servește un curcan la cină. În afară de faptul că nici măcar nu știam dacă îmi plăcea curcanul, cel mai important și mai alarmant lucru era că nu aveam absolut nicio idee pentru ce trebuie să mulțumesc. După ce trecusem recent printr-o tragedie atât de cumplită, nu mă puteam forța să simt niciun fel de recunoștință.

Mona mi-a spus că e o sărbătoare plăcută de familie. Audrey a subliniat că frumusețea ei stă în faptul că îi aduce împreună în această zi pe toți americanii care, de fapt, sunt atât de diferiți în viața de zi cu zi prin origine sau religie. Când l-am întrebat pe Will despre acest lucru, mi-a prezentat contextul istoric, iar Shane mi-a promis pur și simplu un munte de mâncare delicioasă.

Astfel, speranțele mele că această zi nu era sărbătorită în casa Monet s-au năruit. Dimpotrivă, așa cum spusese Audrey, a patra joi din noiembrie era o zi care într-adevăr avea o semnificație specială în această țară, literalmente pentru toată lumea. Atmosfera de bună dispoziție a ajuns astfel chiar și la reședința fraților mei. Tony și Shane se înghiontiseră jucăuși unul pe celălalt încă de dimineață, ba chiar și Vincent părea mai puțin încordat. Dylan m-a întrebat vesel „Ce mai faci?" când, după antrenamentul de dimineață, a dat peste mine în bucătărie. Mi-a luat apoi aproximativ o jumătate de oră ca să-mi revin din șoc, mai ales că încă îmi aminteam cum țipase la mine pentru problema cu arma.

Eugenie a făcut o treabă excelentă pregătind pentru noi un adevărat ospăț; și-a adus și fiica să o ajute în acea zi. Mi-am petrecut toată prima jumătate a zilei alături de ele, fascinată de compania femeilor din reședință. Fiica lui Eugenie a fost tot timpul destul de timidă; se fâstâcea mai ales atunci când unul dintre frați venea în bucătărie, dar am avut și câteva discuții amicale. Am învățat cum să fac o tartă cu dovleac și singurul lucru care m-a întristat cât am stat cu ele două a fost să văd cât de tandră era Eugenie cu fiica ei. Știam că nu voi mai avea parte niciodată de așa ceva și asta mă durea foarte tare.

Mi-a fost teamă să stau la aceeași masă cu frații mei și să avem o cină atât de formală. Eram obișnuită cu faptul că ei, ca motanii, își au fiecare drumul lui și chiar îmi plăcea asta, pentru că cel puțin puteam să fiu ignorată în liniște de Tony sau să scap de rânjetul răutăcios al lui Dylan sau de privirea scrutătoare a lui Vincent. Uitasem deja cum, în trecut, fusesem surprinsă plăcut atunci când ieșisem la restaurant – și de Ziua Recunoștinței am avut parte de o surpriză similară.

Ne-am așezat cu toții la masa festiv aranjată în bucătărie, unde, pe lângă o mulțime de feluri de mâncare, în mijlocul mesei se afla un sfeșnic înalt impresionant, cu un picior gros sculptat. În timp ce fraților mei le lăsa gura apă la vederea unui curcan uriaș și proaspăt rumenit, eu înghițeam în sec discret, iar Vincent lua un cuțit imens ca să taie curcanul. Nu credeam că va dispărea aproape în întregime în acea zi, dar am subestimat voracitatea fraților mei. Mi-a plăcut și mie. Am ciugulit din carnea fragedă, din piureul de cartofi și sosul de afine și i-am ascultat pe băieți cum sporovăiau. Începusem să înțeleg din ce în ce mai mult umorul lor și expresiile americane pe care le foloseau. Mă simțeam de asemenea ușurată că nimeni nu m-a pus să mărturisesc cu voce tare pentru ce vreau să mulțumesc.

Chiar dacă era prima mea Zi a Recunoștinței, îmi voi aminti de ea cu un zâmbet și cu ușurare. Din nefericire, timpul zbura mai departe și mi-am dat seama că, de fapt, în curând va veni Crăciunul - sărbătoarea pe care o știam și pe care o petreceam în fiecare an în compania celor mai importante două persoane din viața mea, iar ele, pentru prima dată în această perioadă specială, nu aveau să fie alături de mine.

Bombardamentul neîncetat de Moși Crăciuni și brazi de Crăciun la fiecare pas a început mai devreme decât ar fi trebuit. Era ceva vizibil chiar și pentru mine, în ciuda faptului că în cea mai mare parte a timpului stăteam la reședința Monet, care, din fericire, constituia o excepție și pe care multă vreme nimeni nu s-a obosit să o atingă cu farmecul Crăciunului. Nici măcar nu știam cum se petrece această sărbătoare deosebită aici, dar nu aveam de gând să întreb. Ziua Recunoștinței era ceva de care mă temeam, pentru că nu o știam. Dar Crăciunul, dimpotrivă, îl știam, chiar prea bine.

Tremuram numai la gândul că va trebui să împodobesc un pom de Crăciun, să fac un tort, să mă arunc în căutarea cadourilor și să mă așez iarăși la masă împreună cu noua mea familie. Să nu fiu înțeleasă greșit, de regulă ador sărbătorile. Acum îmi aminteau doar de realitatea tristă că anul acesta Crăciunul va fi fără mama.

Când vedeam reclamele de pe telefon îmi venea să plâng, iar luminițele și ornamentele de la școală mă făceau să vomit. Și ca și cum această suferință nu ar fi fost de ajuns pentru mine, ziua de 30 noiembrie implica încă o ocazie specială, dar tristă pentru mine.

Era ziua mea de naștere, împlineam cincisprezece ani.

Mai demult adoram ziua de naștere nu mai puțin decât Crăciunul. Mama avea grijă întotdeauna să fiu tratată special în acea zi și făcea tot posibilul ca fiecare moment să fie cât mai plăcut. Nu mă așteptam ca și frații mei să mă poarte pe palme. Mai degrabă aș fi preferat ca toată lumea să uite de eveniment.

Cu toate acestea, aș fi putut face zece filme despre felul în care mi se amestecau în cap părerile despre frații Monet. Nu știam ce să cred despre ei, cum să-i tratez. Când mă aborda Will, sau chiar Shane, de multe ori reușeam să simt simpatie pentru noii mei frați și îmi ziceam că băieții nu sunt chiar atât de răi. Apoi de obicei apăreau Tony sau Dylan care, cu răutățile lor, mă făceau să mă îndoiesc din nou de apartenența mea la această familie. Și apoi, în cele din urmă, era Vincent, ale cărui gânduri adevărate nimeni nu le putea ghici.

Din cauza acestui val sinusoidal nesfârșit de suișuri și coborâșuri, mă temeam și mai mult de ziua mea de naștere, mai ales când Will mi-a spus să nu-mi programez nimic pentru acea seară.

Nu că agenda mea ar fi fost deja plină. Singura persoană de la care mă așteptam să primesc un mesaj de felicitare era Roxane. Eram de fapt hotărâtă să ascund de lume faptul că împlineam cincisprezece ani în ultima zi din noiembrie. Inițial, reușisem să mă ascund chiar și de Mona și Audrey, care, în ciuda atitudinii lor prietenoase, nu știau mai nimic despre mine. A existat totuși o singură persoană, căreia i-am mărturisit de bunăvoie că urma să fie ziua mea de naștere.

Jason a făcut ochii mari, iar brațul lui, care stătuse aruncat lejer peste umerii mei, a căzut ușor când s-a aplecat să mă privească în față.

— Oh, pe bune? Nu ai spus nimic.

— Îți spun acum, i-am răspuns eu cu privirile pironite pe gresia din baie. Dar nu vreau să fac mare caz din asta.

— Nu? Jason a zâmbit malițios. Atunci de ce mi-ai spus?

I-am aruncat o privire surprinsă, iar el a râs, aducându-și fața puțin mai aproape de a mea și făcându-mă să-mi pierd concentrarea.

— Ai vrea să primești un cadou de la mine? m-a întrebat el în șoaptă și obrajii mi-au roșit instantaneu; mi-am tras capul departe de el atât de violent, încât, dacă peretele din spatele meu ar fi fost numai puțin mai aproape, m-aș fi lovit destul de tare.

— Jason! am strigat. Încetează, nu e adevărat. Știi bine că nu e vorba deloc despre asta. Cum ai putut să crezi că...

— Haide, a râs, iar mâna lui mi-a atins obrazul, ca și cum ar fi vrut să vadă dacă era la fel de fierbinte pe cât era de roșu. Am glumit.

— Cam slăbuțe glumele astea.

— Haide, nu mai fi așa de sensibilă!

— Nu vreau niciun cadou stupid.

— Bine, fără cadouri stupide, a fost de acord. Dar o mică întâlnire stupidă e în regulă?

Inima mi-a bătut mai repede la auzul cuvântului „întâlnire". Poate că îmi suna atât de matur și de exotic pentru că nu fusesem niciodată la o întâlnire? Asociam întâlnirile cu cina și lumânările, cu rujul de buze roșu și muzica clasică. Totuși, niciunul dintre aceste lucruri nu mi se potrivea, nici mie și nici măcar lui Jason.

— Ei bine, ce te uiți așa? a glumit el. Vrei să ne vedem tot restul vieții la toaletă?

— Nu, am protestat eu, încercând să mă adun și să răspund la propunerea lui Jason cu ceva mai multă grație decât cu o gură căscată. Nu, însă există un motiv pentru care suntem aici. Frații mei, îți amintești?

— Nu văd care e problema.

— În schimb, eu văd cinci.

— Uite ce este, nu trebuie să le spui totul. Ne întâlnim la mall, de exemplu. Ai putea foarte bine să spui că te duci acolo cu prietenele tale.

— Nu am nicio prietenă.

— Dar Mona și cealaltă? Aubrey?

— Audrey, am oftat. Nu am ieșit niciodată cu ele nicăieri. De când... de când m-am mutat cu frații mei, viața mea socială a fost inexistentă.

— Ei bine, ar fi timpul să o refaci, nu?

Jason m-a apucat de umeri și s-a aplecat spre mine, cu ochii lui rotunzi care străluceau de emoție. Și mi-a venit foarte greu să protestez.

— Poate... am răspuns evaziv.

— Știu ce facem, o să mergem la cinema, pentru că acolo e întuneric și nimeni nu ne va recunoaște, a plănuit el pe loc, zâmbind din ce în ce mai larg deciziei sale.

— Dar... Să le invit și pe Mona și pe Audrey acolo? Am încruntat sprâncenele.

— Hailie, asta trebuie să fie o întâlnire, nu o reuniune de clasă. Ele urmează să fie doar o acoperire. Lasă-le să se plimbe prin mall, iar noi vom merge la un film. Singuri. E un plan foarte bun, nu poate ieși nimic prost cu el.

— Nu știu dacă sunt dispusă să-i mint în felul ăsta... am murmurat.

— Nu trebuie să minți, m-a convins Jason. Acum stătea îngenuncheat în fața mea și mă ținea de încheieturile mâinilor, iar îndrăzneala lui ușor arogantă mă făcea să regret că îi spusesem despre ziua de naștere.

— Spune-le că vrei să te vezi cu fetele și chiar te vei vedea. Unde este minciuna? Vei spune că te duci la cinema. Nu trebuie să precizezi cu cine. Sau că voi fi acolo. Și ce, nu sună genial? După părerea mea, da.

Am suspinat oarecum învinsă. O parte din mine credea că entuziasmul lui Jason este încântător. O altă parte chiar îl împărtășea sincer. Mi-am imaginat timp de cel puțin o secundă cât de minunat ar fi să stau cu Jason într-un alt loc decât în toaleta asta nu foarte curată. M-am lăsat purtată prea mult de fantezia întâlnirii și, ca urmare, mi-a fost greu să renunț la ea.

Misiunea care mă aștepta în legătură cu aceste decizii era foarte stresantă, începând cu implicarea Monei și a lui Audrey în planul meu rușinos. Nu voiam să le mint, așa că am decis să-mi asum un risc și să dau cărțile pe față la prânz. Le-am mărturisit că uneori mă văd cu Jason, la care au început să chițăie de parcă ar fi fost anormale. Cred că la nimic din ceea ce le mai spusesem vreodată până atunci nu au reacționat atât de energic și de zgomotos. A trebuit să le potolesc, ca să nu atragă priviri curioase, de pildă de la masa fraților Monet.

— Jason? Jason, serios?

— Frații tăi l-ar face bucăți dacă ar ști!

— Tocmai de aceea nu vreau să știe, am șuierat, încercând să le reduc la tăcere cu o privire amenințătoare. Cu toate acestea, nu am reușit să le șterg cu ea zâmbetele prostești de pe fețe.

— Vorbești serios, chiar Jason?

— Cum de reușiți să vă vedeți fără ca ei să știe?

— Și de ce nu el? Păi... ne ascundem bine, am răspuns eu, în timp ce aruncam priviri puțin prea nervoase în spate.

— Jason are o reputație dubioasă, m-a informat Mona imediat pe un ton expert.

— După părerea voastră, toată lumea din această școală are o reputație dubioasă.

Chiar dacă asta a sunat un pic cam nepoliticos, fetele nu au părut să observe, pentru că în același timp Audrey a tresărit, ca și cum și-ar fi amintit ceva, apoi s-a întors spre Mona:

— El a fost cel care s-a holbat la sânii tăi atunci? Atunci, la ora de sport?

— Nu știu, poate că da. Mona și-a mușcat buza, uitându-se la mine nesigură. Nu mai țin minte.

— Ei, nu-i nimic, a spus repede Audrey și a făcut semn cu mâna nepăsătoare spre prietena sa. Ca și când ar fi vrut să spună nu contează, toată lumea se holbează la sânii ei, sunt uriași. Probabil că nu a fost Jason.

Am coborât privirea, regretând oarecum că adusesem subiectul în discuție. Aceste fete nu îmi erau suficient de apropiate ca să fac asta. Nu-mi plăcea nici nodul care mi se strângea în stomac la gândul că Jason se uita la Mona. În cele din urmă, însă, le-am prezentat planul pe care îl pusesem la cale, pentru că, din moment ce mărturisisem deja că ne vedeam, am vrut măcar să profit de aceasta. Fetele au reacționat cu un țipăt și mai puternic când le-am informat fără prea mare tragere de inimă despre ziua mea de naștere. Se pare că nu-și făceau prea multe probleme pentru că voiam să profit de ele. Erau încântate că le apăruse perspectiva unui plan interesant pentru weekend. Spre nemulțumirea mea, au făcut și ele un pas mai departe și au început să se gândească la o petrecere în pijamale comună pe care am putea să o aranjăm după întâlnirea mea. Mai încercaseră să mă convingă de asta și, bineînțeles, eu întotdeauna mă eschivasem. De data aceasta nu era corect să refuz, având în vedere ce mare favoare îmi făceau. De altfel, așa cum a subliniat pe bună dreptate Mona, atunci mi-ar fi fost și mai ușor să ascund adevărul de frații mei.

Iar apoi am ajuns la punctul cel mai greu al acestei misiuni, după cum simțeam. M-am dus la Will, după ce m-am asigurat dinainte că voi vorbi numai cu el singur. M-am jucat cu degetele, rugându-l să mă lase să-mi petrec weekendul cu prietenele mele, iar gura mi se uscase nu numai de stres, ci și de remușcările care m-au atacat imediat ce minciuna mi-a ieșit pe gură.

Will părea bucuros că aveam totuși o viață în afara școlii. Nu am scăpat fără întrebări despre Mona și Audrey și despre programul ieșirii noastre, dar, în general, nu a avut nicio problemă cu planurile mele de sâmbătă. Dar mi-a recomandat să-l informez și pe Vincent cât mai curând posibil. Am făcut și acest lucru și a fost cu siguranță o experiență și mai stresantă decât conversația cu Will.

Vincent mi-a aruncat o privire serioasă și intensă. Nu a zâmbit, ceea ce mi-a întărit convingerea că ar fi preferat mai curând să mă închidă în casă cu trei lacăte și să nu mă mai lase să ies niciodată. Dacă aș ieși mai des, poate că asta m-ar enerva, dar așa, i-am ignorat mica lui nemulțumire, mai ales că, în cele din urmă, nu mi-a interzis nimic, ba dimpotrivă, chiar mi-a dat și permisiunea de a petrece noaptea cu fetele.

Discuția despre ziua mea de naștere s-a dovedit a fi o bună monedă de schimb. După cum am aflat în curând, în familia Monet aceste ocazii erau abordate oarecum altfel decât eram obișnuită. Nu am primit niciun cadou de la frații mei și poate că Hailie în versiunea de la vârsta de nouă ani, care scria o listă lungă de cadouri dorite, ar fi fost dezamăgită, dar Hailie cea de azi era în mod sigur încântată de această stare de lucruri. Mă scutea de stânjeneală, de zâmbete forțate și de o mie de mulțumiri politicoase, care în cele din urmă mi-ar fi stat cu siguranță în gât.

Will a fost singurul care a simțit nevoia să-mi explice tradițiile lor și – trebuie să spun – obiceiurile noii mele familii au reușit în mod sigur să mă fascineze, ca să nu spun mai mult.

— Nu am primit niciodată lucruri cu nicio ocazie. În schimb, sărbătorim toate evenimentele împreună. Tatăl nostru a considerat întotdeauna că cel mai bun cadou pe care îl putem oferi cuiva de ziua lui sau de Crăciun era timpul nostru.

Undeva, în lăuntrul meu, mi-a zvâcnit inima și din nou am început să mă chinuiesc cu imaginile lui Camden Monet, un om care, la urma urmei, era și tatăl meu. Cum a fost posibil ca el, un om atât de devotat familiei sale și cu valori atât de profunde, să ignore cu desăvârșire faptul că avea o fiică? Cum rămâne cu timpul pe care ar fi trebuit să mi-l ofere mie? Asta mă măcina cumplit. Camden mă fascina și mă dezgusta în același timp.

Ceea ce m-a surprins în mod plăcut a fost desfășurarea efectivă a petrecerii de ziua mea. Așa cum anunțase Will, am petrecut-o împreună cu frații mei. M-au lăsat să aleg dacă vreau să ies la un restaurant, sau dacă aș prefera să rămânem acasă, iar eu am fost mai mult decât fericită să aleg cea de-a doua opțiune, având în vedere că a doua zi mă aștepta o întâlnire cu Jason. Să ieși prea mult în oraș într-o singură săptămână este nesănătos.

Da, știu, sunt plicticoasă.

Mi se cerea să iau prea multe decizii și nu știam ce să sugerez, atunci când Will m-a întrebat de unde aș vrea să comand mâncare. Nu știam ce le plăcea și ce nu le plăcea băieților și încă ezitam, chiar și atunci când Will a jurat că frații noștri ar devora absolut orice este comestibil. În cele din urmă, însă, am decis că, în opinia mea, toți iubesc pizza, așa că am ales doar această mâncare neutră.

După umila mea părere, a fost un succes, pentru că frații mei s-au împrăștiat în sufragerie cu cutiile de pizza într-un mod atât de firesc, încât chiar mi-a făcut plăcere să mă uit la ei, pentru prima dată.

Will ne-a adus băuturi din frigider, Tony a cules ciupercile din pizza lui, Shane a împăturit o felie în două și a înghițit-o dintr-odată, Dylan s-a mânjit cu sos de roșii și a început să înjure, iar Vince a aruncat cu o rolă de prosoape de hârtie în el.

Până și el s-a relaxat, pe cuvânt. Nu se mai uita mereu la ceas și nici nu stătea pe telefon. Timpul petrecut împreună a fost sută la sută dedicat sărbătoririi zilei mele de naștere, ceea ce m-a făcut să mă simt importantă și apreciată, iar pentru acest sentiment i-am fost cât se poate de recunoscătoare.

Nu mă puteam abține și în mintea mea îmi tot imaginam cum ar fi arătat ziua mea dacă aș fi fost acum cu mama și cu bunica mea. Aceasta din urmă mi-ar fi făcut un tort extraordinar și mi-ar fi pregătit multă mâncare delicioasă, eu și mama am fi jucat probabil un joc și, bineînțeles, aș fi primit un cadou, unul material. Nici acesta nu era cel mai rău scenariu. La urma urmei, mama îmi acordase întotdeauna timpul ei. Numai că acum, din păcate, nu-l mai avea.

Din când în când, asaltată de astfel de gânduri, mă întristam, dar apoi Shane spunea o prostie sau Dylan făcea ceva amuzant și îmi permiteam să izbucnesc în râs.

La desert a apărut un tort cu cincisprezece lumânări și căpșune proaspete aranjate deasupra. L-a adus Eugenie, care îl și făcuse, iar eu am fost atât de emoționată de această priveliște, încât cu greu mi-am putut stăpâni lacrimile. Poate că este prostesc să recunosc acum, dar chiar că nu mă așteptasem de la frații mei înfricoșători la o asemenea atenție. Mi-au rostit urări formale și le-am mulțumit tuturor, suflând în lumânări la sfârșit și, sedusă de o clipă de emoție, mi-am dorit în gând să simt că fac parte din familia Monet.

După ospățul cu desertul, ne-am apucat din nou să terminăm de mâncat pizza, de data asta în acompaniamentul unui film, care, cu permisiunea mea, a fost ales de gemeni. Era un fel de film de groază stupid, iar eu m-am prefăcut că nu sunt deloc speriată. Dylan ricana din când în când la scenele idioate, iar Vince își dădea ochii peste cap de parcă nu-i venea să creadă că, în loc să fie la muncă, se uita la o asemenea aiureală.

Spre sfârșit, deja moțăiam, pentru că atunci când somnul a început să mă învăluie am preferat să-l accept, decât să-mi distrug psihicul deja fragil din cauza altor traume. Frații mei mai mari, însă, au avut grijă să nu-mi fie chiar atât de ușor, pentru că la un moment dat am adormit chiar de tot, dar atunci cineva m-a ciupit violent, strigându-mi ceva în ureche.

Am țipat cu voce tare și am deschis ochii, înspăimântată de această trezire, apoi imediat m-am simțit jenată. M-am uitat la fețele fraților mei, majoritatea înroșite după hohotele de râs provocate de purtarea mea comică.

— Nu aveți niciun haz, am protestat supărată, mângâindu-mi mâna pișcată, pe care mi se făcuse pielea de găină.

— Ba da! a spus Shane, care încă mai hohotea.

— Chiar așa! a repetat Tony.

— Ești foarte nostimă, fetițo, a adăugat Dylan, iar eu am tăcut neconsolată, văzând cu coada ochiului că până și Vince ridicase ochii în tavan amuzat de reacția mea.

Atunci am știut că era timpul să mă duc la culcare. Eram foarte obosită, filmul începuse să depășească limitele decenței, frații mei căzuseră într-o dispoziție răutăcioasă, iar eu nu aveam de gând să fiu victima lor în continuare. Mi-am luat la revedere de la toți și le-am mulțumit sincer pentru această seară, pentru că, deși mă temeam de ziua mea de naștere, trebuie să recunosc că o petrecusem într-un mod surprinzător de plăcut. Nu știam că acești băieți sunt în stare de așa ceva.

Nu a fost deloc vina lor că, după ce mi-am pus pijamaua și m-am acoperit cu o plapumă, am adormit plângând. Tristețea și singurătatea mă însoțiseră cumva în tot acest timp și trebuia pur și simplu să le dau frâu liber.

12

CRETINUL

A doua zi m-am trezit binedispusă. Nu-mi mai aminteam tristețea care mă cuprinsese înainte de culcare. Am retrăit în gând aspectele pozitive ale sărbătoririi zilei mele de naștere cu frații mei și așteptam cu bucurie întâlnirea cu Jason care se profila la orizont. Eram atât de încântată de perspectiva întâlnirii mele, încât nu mi-am putut ascunde entuziasmul la micul-dejun, pe care l-am luat în compania lui Will. Fratele meu preferat mi s-a alăturat în bucătărie de îndată ce s-a întors de la alergarea de dimineață, iar ochii i s-au luminat când a văzut cât eram de binedispusă.

Mustrările de conștiință au început să mă strivească ca o talpă uriașă de abia când Will m-a dus la centrul comercial. Simțeam cum mi se strânge gâtul, în timp ce răspundeam la întrebările lui despre ieșirea mea, fiind doar pe jumătate sinceră cu el. E drept că am manevrat în așa fel încât să nu-l mint direct, dar pe cine păcăleam! Mama îmi spunea că ascunderea adevărului este egală cu minciuna, întotdeauna și oriunde.

Mona și Audrey așteptau deja la locul stabilit și, jucându-și rolurile cât se poate de bine, mi-au făcut cu mâna și i-au zâmbit lui Will. I-am aruncat o privire neliniștită, întrebându-mă dacă nu cumva începea să bănuiască ceva, dar nu părea să mă suspecteze de nesinceritate. M-am simțit cu atât mai rău din cauza deciziilor mele.

Eram deja pe punctul de a coborî din mașină, când am simțit cum mâna lui mă apucă de cot și am încremenit, iar panica din inima mea a ajuns la zenit. Într-o fracțiune de secundă, mi-au trecut prin minte o mie de scenarii și chiar și explicații gata pregătite, dar când am întâlnit ochii lui Will, nu am văzut în ei dezamăgire sau furie. Dimpotrivă, mă priveau cu bunăvoință, iar după o clipă a arătat cu degetul în jos. I-am urmărit privirea și atunci am văzut că în cealaltă mână ținea un teanc de bancnote verzi.

— Poate îți vor prinde bine, nu? a chicotit și mi-a făcut cu ochiul, iar eu am zâmbit timid, bătându-mă pe frunte în gând.

Chiar că ești proastă, Hailie.

Am dat din cap și am luat banii, realizând imediat că era mult prea mult pentru o simplă ieșire la cinema și la mall. Cu toate acestea, era puțin probabil ca Will să aibă probleme cu număratul și, în mod deliberat, îmi dăduse suma corectă de bani după părerea lui. La sfârșit, mi-a urat petrecere frumoasă, le-a zâmbit amabil prietenelor mele și a plecat.

— Doamne, Hailie, acela era unul dintre frații tăi, nu-i așa? Unul dintre cei mai mari, dar nu cel mai mare, nu? a șoptit emoționată Mona, înainte să reușesc măcar să o salut.

— Ăăă, da. Da, al doilea, Will, am dat din cap. Este cel OK.

Mona și-a făcut vânt cu mâna, deși pe fața lui Audrey roșeața era mai vizibilă.

— Kim mi-a pomenit de el, știi? Sora mea, a spus Mona. A fost la școală cu el un timp, probabil că era cu vreo doi ani mai mare. Îi plăcea la nebunie de el, acum știu de ce.

I-am aruncat un zâmbet forțat, mi-am ridicat mânecile de la geacă și am mormăit ceva la întâmplare, dar lăsând clar să se înțeleagă că nu prea aveam chef să ascult astfel de lucruri. De altfel, chiar nu aveam. Eram entuziasmată de perspectiva întâlnirii cu Jason și numai la el mă puteam gândi acum.

— Hailie, apropo, arăți trăsnet.

M-am bucurat că Audrey a dat dovadă de reținere și a încercat să schimbe subiectul. Am apreciat și faptul că m-a complimentat, deși trebuie să recunosc că eram oarecum sceptică. Înfățișarea mea nu mă satisfăcea pe deplin. Adică, nu că ar fi fost ceva în neregulă, dar nu aveam nici produse cosmetice pentru a mă face să arăt bine, nici haine elegante. Nu găseam nici măcar un fier de ondulat părul în reședința Monet. Acest lucru poate fi adăugat la lista de dezavantaje ale faptului că locuiam doar cu bărbați. Dar poate că a fost chiar mai bine că nu m-am gătit prea mult. În felul ăsta nu trezeam suspiciuni.

Trebuia să mă întâlnesc cu Jason la casa de bilete. La început, încercând să nu fiu atentă la decorațiunile de Crăciun și la melodia enervantă *Jingle Bells* care răsuna din difuzoare, menită probabil să facă experiența cumpărăturilor mai plăcută, m-am uitat neliniștită în jur să văd dacă nu cumva era cineva cunoscut prin preajmă. Nici măcar nu știam cine ar putea să ne surprindă, dar, cum sunt o persoană anxioasă din fire, nu puteam să scap de un presentiment rău. Dacă mă urmărește cineva? În acel moment eram convinsă că mintea mea surescitată amplifica mustrările de conștiință. Gândeam așa pentru că eram convinsă că am fost mai deșteaptă decât toți frații mei și că planul lui Jason chiar funcționase.

Nivelul meu de paranoia a scăzut considerabil de îndată ce am zărit chipul angelic al partenerului meu. Jason stătea la coadă, iar când m-a văzut buzele i s-au rotunjit într-un zâmbet. Am pornit în direcția lui, iar el și-a scos mâinile din buzunarele jachetei ca să mă îmbrățișeze. Am savurat acest sentiment la fel de plăcut ca și prima înghițitură de ciocolată caldă în timpul iernii. Nu m-am mai uitat în jur la fețele celorlalți oameni. Tot ceea ce conta acum era cea din fața mea, cu acele gropițe dulci.

Am ignorat chiar și mirosul persistent de nicotină. Știam că fumează, dar chiar și așa, în ochii mei, era aproape ideal. Și purta chiar și cămașă, ceea ce m-a dat complet pe spate. Totul la el era cumva atât de minunat, încât puteam să trec cu vederea detaliul legat de fumat.

Filmul pe care ne-am dus să-l vedem era o comedie romantică, de care nici măcar nu auzisem până atunci. L-a ales Jason, care a spus că era o opțiune bună pentru o întâlnire. Eu fusesem la cinema ultima dată cu mult timp în urmă, așa că îmi era indiferent la ce ne uitam. Și apoi, nu venisem aici de dragul repertoriului. Cu toate acestea, intenționam să mă concentrez asupra filmului, dar nu a fost o sarcină ușoară, pentru că Jason îmi abătea mereu atenția. Locurile pe care le rezervase erau în cel mai întunecat colț al sălii de cinema și la început am vrut să sugerez să ne mutăm mai în centru, deoarece majoritatea locurilor erau goale, dar am înțeles repede logica din spatele alegerii lui. Foarte repede, pentru că, exact înainte să se termine reclamele, i-am simțit mâna pe coapsa mea.

M-a surprins cu îndrăzneala lui și la început mi-am ținut respirația și mi-am încordat mușchii. Eram obișnuită cu atingerea lui Jason, dar de obicei doar ne îmbrățișam și niciodată niciunul dintre noi nu ducea mângâierea la nivelul următor. Mi-am afundat degetele în floricelele de porumb, o cutie mare pe care o țineam la piept. M-am simțit dezorientată – cred că ar fi trebuit să-mi placă asta, nu? Jason îmi plăcea, în fond. Ar fi trebuit să mă relaxez.

Jason și-a mișcat mâna – a alunecat de la mijlocul coapsei până la genunchi și după aceea înapoi în sus. De asemenea, mi-a mângâiat o bucată din partea interioară și asta mi-a făcut stomacul să se strângă. Încă nu știam dacă îmi plăcea senzația, dar aveam sentimentul că analizam prea mult toată chestia. Jason nu este un tip pe care îl văd pentru prima dată, este un băiat pe care am reușit să-l cunosc și pe care îl plac puțin. Am încercat să mă relaxez.

Am tresărit automat când degetele lui mi-au atins firele de păr din spatele urechii. Jason a schimbat mâna, pentru că acum una era pe genunchiul meu, iar cealaltă îmi mângâia părul. M-am pierdut total când nasul lui mi-a atins senzual obrazul, apoi i-am simțit respirația pe urechea mea, în timp ce șoptea:

— Îți place?

Filmul? Dacă îmi place filmul, sau se referea poate la gesturile lui? Orice ar fi fost, am dat din cap afirmativ, iar el a râs liniștit, mi-a depus un sărut umed pe lobul urechii și în curând i-am simțit și dinții pe el. Nu m-a mușcat, din fericire, dar m-a ciupit ușor și delicat, ceea ce era destul de ciudat, așa că am chicotit nervos. Și-a îndepărtat fața de lângă mine la o oarecare distanță și a zâmbit și el. Înainte să apuc să fac ceva, s-a apropiat din nou de mine, de data aceasta punându-și două degete pe maxilarul meu din partea opusă. În felul acesta m-a întors cu capul spre el și mi-a depus un sărut adevărat pe buze.

Știu că trebuie să se fi gândit la asta din momentul în care ne-am ocupat locurile în sala de cinema, dar tot a reușit să mă surprindă. Am clipit din pleoape, încercând să țin pasul cu ceea ce se întâmpla. Corpul meu a înghețat, iar boabele de popcorn au început să se împrăștie din cutia care se răsucise în poala mea. Cei doi actori de pe ecran tocmai interpretau o scenă senzuală, dar eu eram preocupată de propria poveste de dragoste, care mă asaltase absolut pe neașteptate aici.

Lui Jason nu îi era suficientă simpla atingere a buzelor noastre și, deși pentru mine a fost ceva important – primul meu sărut! –, a făcut imediat un pas mai departe și s-a lipit din nou de ele, de data aceasta cu intenția de a le despărți. I-am simțit limba în gura mea și nu știam deloc ce să fac cu ea. I-am răspuns șovăielnică la mângâiere, nefiind nici măcar sigură dacă o făceam corect. Am încercat să mă bazez pe instinct, pentru că în această situație oricum nu aveam ce altceva să fac.

După un moment mai lung, Jason s-a îndepărtat de mine și am văzut cum îi sclipesc în întuneric dinții într-un alt zâmbet rapid. În cele din urmă, m-a mai sărutat o dată pe buze și apoi s-a lăsat pe spate, oferindu-mi spațiul pe care mi-l acaparase pe neașteptate mai înainte. Și-a luat și mâna de pe genunchiul meu, pe care îl tot strânsese în timp ce ne sărutam.

Complet șocată, m-am uitat fix la ecran. M-am bucurat că era întuneric și că majoritatea reacțiilor mele nu erau vizibile. Aveam frisoane prin tot corpul și simțeam cum îmi ardeau obrajii.

— Gura ta are gust de bomboane... și de popcorn, mi-a șoptit Jason cu o voce răgușită și a râs când mi-am lins fără să vreau buzele. Indiferent ce arome or fi fost, probabil că el le linsese pe toate, pentru că am simțit doar gust de salivă.

Dacă cineva, la ieșirea din cinematograf, mi-ar fi spus să scriu o recenzie a filmului pe care tocmai îl văzusem, n-aș fi fost în stare să povestesc probabil nici măcar o singură scenă. Pe niciuna dintre ele nu am urmărit-o și nu am înțeles-o în totalitate. Am părăsit sala de cinema în compania lui Jason, care acum se relaxase și mânca popcornul rămas, aparent mulțumit de rezultat, deși eram sigură că nici el nu aruncase nicio privire la ecran. În schimb, m-a mai sărutat și m-a îmbrățișat de câteva ori. La un moment dat, cred chiar că a început să-mi placă.

Desigur, după atâta timp petrecut în sala cu aer condiționat și întunecată, luminile artificiale ale centrului comercial m-au orbit. Mă simțeam goală și nu voiam să mă întorc spre Jason, care mergea în spatele meu, pentru că, dintr-un motiv oarecare, îmi era rușine de ceea ce putea citi pe fața mea. Cu toate acestea, a trebuit să o fac până la urmă și, din fericire pentru mine, nu s-a interesat de emoțiile mele, în schimb, cu un zâmbet satisfăcut, mi-a prins privirea și, după ce a aruncat cutia de popcorn, și-a pus brațul în jurul umerilor mei.

— Mai vrei să facem și altceva? a întrebat el, iar eu mi-am căutat telefonul în geantă. Aveam câteva mesaje necitite de la Mona, însă nu păreau urgente. Mă întreba dacă suntem cuminți și mă avertiza să nu facem prostii.

Doamne, doar eu sunt atât de naivă, încât chiar am crezut că mergem să vedem un film?

— Nu cred că mai avem timp... Trebuie să le găsesc pe Mona și pe Audrey, depind de ele, știi, am răspuns, ridicând din umeri.

— Sigur, e clar.

M-am uitat la el ca să mă asigur că a înțeles cu adevărat. Nu voiam să-l refuz, pentru că știam că făcuse un efort. În cele din urmă, mă dusese la prima întâlnire din viața mea, înfruntându-i pe frații mei. Ei bine, și m-a sărutat. Aveam sentimentul ciudat și supărător că nu l-am apreciat suficient.

— Mulțumesc că m-ai adus aici, i-am spus sincer, pentru că, orice s-ar spune, mă scosese în oraș la prima ieșire socială de care avusesem parte după luni de zile. Cred că mi-a făcut bine.

Colțurile gurii i s-au ridicat din nou – Jason era în mod clar foarte mulțumit de el însuși. Părea un pic diferit față de cum era de obicei. Era mult mai îndrăzneț decât în toaleta fetelor.

— Stai liniștită, a fost mișto să ne întâlnim undeva în afara școlii.

— Da. Deși, ca să fiu sinceră, nu-mi amintesc prea mult din film.

A chicotit, iar eu am zâmbit, pentru că în sinea mea speram să-l fac să râdă.

Ne-am oprit în afara zonei cinematografului, nu departe de scările rulante și de două magazine ale unor lanțuri de modă cunoscute. Lângă fântâna din mijloc se aflau un brad de Crăciun împodobit și sania lui Moș Crăciun, pe care puteai să te așezi și să te fotografiezi. Pe acolo se plimbau o mulțime de oameni, iar eu știam că, la despărțire, Jason va dori din nou să mă sărute și, chiar dacă mie deja mi se învârtea capul de îngrijorare la gândul că, într-un loc atât de aglomerat, cineva ar putea fi accidental martor al pasiunii noastre, l-am lăsat să mă sărute. De data asta eram pregătită și știam deja la ce să mă aștept. Sărutul mi se părea ridicol și necunoscut, dar recunosc că am simțit și o mică scânteie de plăcere. Oricum ar fi fost, era frumos să am pe cineva suficient de apropiat, încât să facem ceva atât de intim ca un schimb de salivă.

Ceea ce era grozav la Jason, în general, era faptul că nu mă trata ca pe o fetiță. Și nici ca pe un copil. Mă trata ca pe o fată matură, o femeie chiar. M-a luat cu el la o întâlnire și ne-am sărutat ca un cuplu dintr-o comedie romantică și m-am simțit mai matură ca niciodată.

I-am făcut cu mâna lui Jason până când am urcat pe scările rulante. Stătea lângă lifturi și în mână ținea o țigară deja pregătită. Și când a dispărut din câmpul meu vizual, am suspinat în sinea mea, complet năucită de evenimentele de dinainte. Poate că trăiam totul de două ori mai intens, pentru că acestea erau primele mele experiențe amoroase, sau poate pentru că era prima mea ieșire în oraș de când începusem o viață nouă sub acoperișul fraților mei.

Gândul la ei m-a întristat. Dacă m-ar fi prins la cinematograf, n-ar fi fost încântați. Vincent spusese foarte clar: fără întâlniri cu băieți. Am simțit o înțepătură de vinovăție și m-am și tulburat puțin. Mi-am scos din nou telefonul ca să mă uit la ecran, ca și cum aș fi așteptat un mesaj de reproș din partea tutorelui meu. Nu primisem însă nimic de genul acesta și am respirat ușurată. Trebuia să mă relaxez serios.

Le-am găsit pe fete la supermarket. Stăteau la coadă cu niște oranjadă, chipsuri și bomboane cu jeleu, care urmau să servească drept gustări la petrecerea noastră în pijamale. Când m-au văzut, s-au înviorat imediat și mi s-a transmis emoția lor chiar și mai tare decât m-aș fi așteptat până nu de mult și am început să le povestesc cum decursese întâlnirea mea.

Mă întrebau despre Jason și despre sentimentele mele, iar eu le răspundeam cu sinceritate, pentru că simțeam nevoia să vorbesc cu cineva. Și, în afară de urechile lor, nu cunoșteam niciuna potrivită pentru a asculta acest gen de relatare. Fetele analizau comportamentul lui Jason în felul lor exagerat, iar eu le ascultam, hotărâtă ca în această seară să mă las copleșită de atenția lor. Întotdeauna am încercat să stau în umbră, dar poate că nu era un lucru chiar atât de rău să ai prietene atât de vorbărețe?

Mama lui Audrey a venit să ne ia de la mall. Zâmbea foarte mult și nu mi-a scăpat că se uita des la mine în oglinda retrovizoare, cu o curiozitate nedisimulată și oarecum intimidantă.

Când am ajuns acasă, ne-a arătat rapid unde ne pregătise cina și a întrebat de două ori ca să fie sigură că nu am alergii, după care și-a luat rămas-bun de la noi și a plecat la serviciu pentru că lucra în schimbul de seară. Tatăl lui Audrey era plecat într-o călătorie de afaceri și, tocmai când credeam că suntem singure în casă, în bucătăria unde stăteam noi a intrat un băiat.

Mi-am dat seama imediat că este Jerry, fratele mai mare al lui Audrey. Deși se pare că mergeam la aceeași școală, nu-l cunoșteam nici măcar din vedere. Nu-l văzusem niciodată vorbind cu Audrey la cantină sau pe coridor. L-am recunoscut acum doar pentru că am fost imediat izbită de asemănarea dintre el și sora lui. Jerry avea, ce-i drept, părul scurt ca de șoricel, nu negru ca al ei, dar era la fel de palid, slab și osos. Acum, aspectul lui anemic era și mai accentuat de blugii uzați și de tricoul decolorat cu logoul unui joc pe calculator, dacă nu mă înșel.

Audrey se plângea adesea de el și nu cred că aveau cele mai bune relații. Nu că aș judeca relația cuiva cu frații săi, pentru că nici eu nu eram expertă în acest domeniu, dar prietena mea spunea că Jerry stă toată ziua în fața calculatorului, este stângaci în viața reală și câteodată exagerat de îngâmfat. În ciuda acestor caracteristici nefavorabile, am încercat să nu am prejudecăți față de el chiar de la început, dar nu era deloc o sarcină ușoară. Mi-a aruncat imediat o privire disprețuitoare din spatele ochelarilor groși cu rame negre. S-a strâmbat, apoi a luat rapid un pachet de chipsuri și a plecat fără să spună nimic.

— Bună, Jerry, și eu mă bucur să te văd! a exclamat Mona, răsucindu-se în spatele lui pe scaunul pivotant.

Audrey, obișnuită cu lipsa de politețe a fratelui ei, nu a făcut decât să strâmbe din nas cu dispreț, ocupată să pună lasagna mamei sale în cuptor.

— S-a strâmbat când m-a văzut, sau mi s-a părut mie? am întrebat eu.

Mona și-a mușcat buza și i-a aruncat o privire nesigură lui Audrey, care a suspinat și apoi, după ce a pregătit deja cuptorul, s-a îndreptat și s-a sprijinit de dulapuri.

— Nu o lua personal, Hailie. Jerry este ciudat. Are niște convingeri prostești.

— Ce convingeri?

— Păi, știi tu... a început ea șovăitoare, dar privirea mea a forțat-o să continue explicația. De exemplu, când i-am întrebat pe părinții mei dacă pot să te invit aici, a intervenit prostul ăsta, că... că e periculos să o aducem pe sora fraților Monet sub acoperișul nostru.

Mi-am îndreptat spatele pe scaunul înalt, cu mâinile sprijinite pe blatul mesei.

— Poftim? Cum așa? am spus cu voce tare.

Audrey a făcut semn cu mâna.

— Jerry e un cretin. Chiar nu trebuie să-l bagi în seamă.

S-a îndreptat spre frigider și a scos cutii de Coca-Cola, ca și cum ar fi căutat orice activitate pentru a evita să mă privească în ochi, dar nici nu s-a oprit să-mi dea explicații:

— Are prejudecăți împotriva fraților tăi. Asta este. Le-a spus părinților că nu știi la ce să te aștepți de la ei și că e mai bine „să nu te joci cu focul". A pus băuturile pe bar și a ridicat din umeri, concluzionând: Un cretin.

— Chiar îi cunoaște bine pe frații mei? am întrebat eu cu o voce ștearsă.

— Ăăă, păi... E de aceeași vârstă cu Shane și Tony. Cred că au câteva cursuri împreună... Merge la aceeași școală cu ei dintotdeauna, așa că, ei bine, se cunosc de mult timp și a reușit să-și formeze o părere despre ei. Audrey și-a mușcat buza. Dar trebuie să ții seama că e vorba de Jerry. Și el chiar este un cretin.

— Și tu ești o cretină.

Jerry auzise conversația noastră pentru că se întorsese în bucătărie să ia ceva. Acum stătea în fața ușii și o fulgera pe sora lui cu privirea. Vârfurile urechilor i se înroșiseră și ochelarii îi alunecaseră de pe nas.

— Da? Cum altfel pot să explic comportamentul tău prostesc față de Hailie? a șuierat Audrey.

Credeam că prietena mea este o eternă oază de calm, dar fratele ei știa, în mod evident, ca nimeni altul, cum să o facă să-și iasă din minți.

Jerry m-a săgetat cu o privire ostilă. M-am simțit foarte stânjenită și neajutorată, căci eram în prima vizită unde unul dintre membrii casei îmi arăta în mod deschis atâta antipatie, dar în rest nu mi-am bătut prea tare capul cu comportamentul lui. Locuiam cu cinci frați mai mari care puteau să ucidă cu o simplă privire atunci când erau furioși. Privirile cvasi amenințătoare ale lui Jerry nu prea mă impresionau.

— Acum îi spui „comportament prostesc" pentru că sunteți mari prietene.

A rostit și ultimul cuvânt în bătaie de joc, uitându-se cu milă la sora lui. Mâinile lui se strângeau mereu în pumni.

— Așteaptă. Într-o zi vei înțelege că e mai bine să stai departe de familia Monet.

— De ce nu oferi măcar un singur argument rezonabil?

Jerry a făcut un pas spre ea, iar eu m-am crispat. Am văzut că Mona încruntase sprâncenele.

— Sunt periculoși! Se cred mari mahări, abuzează de violență, cred că banii rezolvă întotdeauna tot, sunt convinși de propria lor măreție, nemiloși... a început el să înșire, și fiecare cuvânt era ca un foc de pușcă. Am simțit cum mi se ridică un nod mare în gât, căci fiecare acuzație a lui era un gând rostit cu voce tare care răsărise și în mintea mea de multe ori înainte. Nu face pe proasta, știi și tu că familia asta este un dezastru.

— Cum poți să spui astfel de lucruri, mai ales de față cu Hailie? a intervenit Mona indignată.

— Oh, sărmana ta Hailie cade mereu în picioare cu frații Monet de partea ei. În această pseudo-prietenie a voastră, dacă va fi un conflict, veți plăti scump.

Am făcut ochii mari și gura mi s-a căscat de la sine de șocată ce eram, așa că mi-a fost imposibil să scot un cuvânt în apărarea mea.

— Despre ce vorbești? Ce conflict? Nici măcar nu o cunoști pe Hailie! Ar trebui să te tratezi! a strigat Audrey, acum nu numai rumenă în obraji, ci roșie ca o tomată coaptă.

— Va trebui să te tratezi chiar tu, dacă frații Monet îți tăbăcesc fundul!

— Nu ești normal.

— Ce vrei să spui? a mârâit Mona, clătinând din cap scârbită.

M-am bucurat că mă apărau amândouă cu atâta înverșunare.

— Într-o bună zi o să vă convingeți, a spus Jerry și și-a îndreptat ochelarii. O să vedeți.

S-a făcut liniște timp de o secundă literalmente (deși atmosfera grea nu a încetat să ne apese nicio clipă), apoi, deodată, în bucătărie a răsunat râsul sec al lui Audrey.

— Știu, a spus ea, deja calmă, dar și cu venin. Știu de ce ai probleme cu Hailie. De ce nu-i povestești cum Tony aproape că ți-a băgat capul în toaletă?

Mona și cu mine am înghețat amândouă. Jerry, pe de altă parte, se uita fix la sora lui, cu buzele atât de strânse, încât i se albiseră. Era o lovitură sub centură pentru el, iar Audrey, cu bărbia ridicată, îl sfida răspunzându-i cu o privire la fel de ostilă.

— De unde știi despre asta? a întrebat el în cele din urmă cu voce scăzută.

Mi se părea că nu sunt acolo. În acel moment, în bucătărie erau prezenți doar Jerry și Audrey. Aveau o dispută frate-soră, în care nu avea voie să se amestece nimeni altcineva.

— I-am auzit pe părinți vorbind.

— A fost cu ani în urmă.

— Doi.

Jerry gâfâia și arăta de parcă ar fi avut nevoie de un inhalator, dar și-a revenit brusc și i-a aruncat surorii sale o privire plină de dezgust. Îmi era cu adevărat rău și m-am gândit că, dacă vreunul dintre frații mei s-ar fi uitat așa la mine, cred că aș fi izbucnit în plâns pe loc. Chiar și Tony era deja mai drăguț cu mine. Mi-a fost milă de Audrey pentru că avea o relație atât de urâtă cu cineva cu care crescuse împreună dintotdeauna.

— De ce aduci în discuție treaba asta? Jerry a mijit o clipă ochii, apoi și-a ridicat sprâncenele și a continuat: Știi ceva, nu contează. De fapt, chiar bine că ai adus vorba, pentru că asta dovedește cât de josnici sunt... - Jerry a arătat brusc cu degetul spre mine - ... superfrații încă de mult, de foarte mult timp.

— Chiar așa? De ce nu spui toată povestea? Audrey a zâmbit răutăcios. Nu i-ai făcut temele la matematică lui Tony timp de un semestru întreg în primul an?

Nu cunoșteam acest detaliu.

— Pentru că m-a obligat să o fac!

— Aiurea! Ai vrut să-l impresionezi ca să fii prieten cu el!

Ascunși în spatele ochelarilor de vedere, ochii lui Jerry aruncau sclipiri de fulgere. Audrey a îndurat cu curaj privirea, așteptând un fel de contraatac, care nu a urmat. Jerry a ridicat din umeri ca și cum ar fi încercat să se scuture de toată tensiunea de pe ei, apoi și-a îndreptat ochelarii și și-a frecat mâinile de blugi.

— Știi ce, n-ai decât să faci ce vrei, nu-mi pasă. O să vezi singură oricum, a spus el cu răceală, apoi s-a întors și a ieșit din bucătărie.

Ne-a lăsat într-o tăcere mormântală. M-am uitat la mâinile mele, fără să îndrăznesc să vorbesc. De la început nu fusesem foarte încântată de toată această petrecere în pijamale, dar nu mă așteptasem la o asemenea neplăcere.

— Uf! a răsuflat Mona cu voce tare. Și-a dat ochii peste cap și a dat din mână, încercând în mod clar să destindă atmosfera.

— Îmi cer scuze pentru el, a spus Audrey. Era în continuare serioasă. E îngrozitor și nu-mi vine să cred că s-a comportat așa.

Și asta de față cu tine! Ești oaspetele nostru! A scuturat din cap cuprinsă de un nou val de furie. Dacă l-ar fi auzit mama...

— Nu contează, nu face nimic, am întrerupt-o, ridicând capul. I-am oferit un zâmbet palid ca să o liniștesc. În mod clar are o problemă, dar nu cu mine, ci cu frații mei.

Personal, mi se părea că Jerry fusese total nedrept, punându-mă într-o lumină atât de proastă doar pentru că el avea amintiri neplăcute asociate cu frații mei. Mi-a stricat puțin dispoziția cu acuzațiile lui, dar, din fericire, mi-am recăpătat-o chiar în aceeași seară ceva mai târziu. Mai întâi am primit un mesaj de la Jason, în care îmi ura noapte bună și care mi-a adus un zâmbet pe față. De asemenea, m-a făcut să încep din nou să vorbesc cu fetele despre el, să analizez întâlnirea, ceea ce ne-a ajutat să uităm incidentul supărător.

În dimineața următoare, mama lui Audrey a făcut vafe la micul-dejun, la care ne-am așezat cu toții împreună. Cu toți înseamnă chiar toți, pentru că a apărut și Jerry, dar în prezența mamei sale nu a mai avut chef să se ia de mine, așa că a mestecat doar în tăcere, cu o mutră vizibil bosumflată, evitând toate privirile, mai ales pe a mea.

La masă, mi-am amintit că încercase să-i monteze pe părinții lui Audrey împotriva mea, sau cel puțin asta se înțelegea din ceea ce spusese prietena mea, așa că mi-a fost puțin teamă că, din această cauză, era posibil să simt o oarecare ostilitate din partea mamei lor, dar ea era cum nu se poate mai binevoitoare. Aș spune chiar că exagera. O cunoștea deja pe Mona și era prietenoasă cu ea, dar mi s-a părut că exagera în privința mea. Din când în când, mă întreba dacă mai vreau ceai, avea grijă ca farfuria cu fructe și cana cu sirop de arțar să fie la îndemână și vorbea mai ales cu mine, absorbind fiecare cuvânt care ieșea din gura mea cu un interes exagerat.

Cel mai mare disconfort l-am simțit atunci când a sosit Vincent. Mai întâi am primit un mesaj de la el care m-a făcut să intru în pământ. Mi-a scris că se întorcea din oraș, așa că plănuia să mă ia pe drum și că ar trebui să mă pregătesc deja. Bineînțeles, nu lăsa loc de discuții inutile. Am fost puțin surprinsă că venea tocmai el dintre toți băieții să mă ia. De obicei părea prea ocupat să aibă de-a face cu astfel de chestiuni banale.

Dar disconfortul cel mai mare nu mi-a fost provocat de fratele meu, ci de reacția mamei lui Audrey când l-a văzut. Se făcuse palidă, ochii îi ieșeau din orbite, clipea fără oprire și toate gesturile ei erau exagerat de violente. Și cum să nu mă mir de ea? Vincent a apărut în pragul ușii casei lor, de altfel destul de înstărite, totuși banale, și chiar de la intrare s-a văzut că nu se potrivește în peisaj. În costumul lui negru elegant, cu părul negru dat pe spate, ca de obicei, cu ochii reci și tenul deschis, contrasta cu atmosfera caldă a casei cu pardoseală de lemn, cu tapet floral și tablourile reprezentând naturi moarte - unele dintre ele adevărate kitsch-uri de coșmar. Și dacă mai adăugăm la toate acestea statura tutorelui meu, grația lui și ceasul scump care îi ieșea de sub mânecă... Să spunem doar că persoana lui făcea o impresie de neuitat.

La început, mama lui Audrey a rămas încremenită ca înfiptă în pământ, dar trebuie să recunosc, și-a revenit repede și l-a invitat la o cafea, iar Vince a refuzat scurt, politicos și ca un gentleman. Nu mi-a scăpat faptul că din când în când privirea ei se îndrepta spre mâna fratelui meu, atrasă ca de un magnet de inelul cu sigiliu de pe deget.

Iar când am plecat, și-a luat rămas-bun de la noi cu un zâmbet vizibil forțat.

13

DOUĂ INIMI FRÂNTE

Mașina neagră și elegantă a lui Vincent strălucea în lumina soarelui și contrasta cu zăpada albă de pe peluzele din jur. Mâna fratelui meu a apăsat mânerul portierei din partea pasagerului, ca să mi-o deschidă, într-o mișcare aparent rapidă și nepăsătoare, totuși nu lipsită de grație.

A pornit din loc doar după ce a verificat dacă mi-am pus centura de siguranță. Între timp, a dat drumul la încălzire, lucru pentru care i-am fost cât se poate de recunoscătoare, pentru că frigul de afară și cel care emana de la fratele meu mă înghețaseră până în măduva oaselor. Am început chiar să mă simt neliniștită, dar am încercat să mă conving în mintea mea că era doar felul tipic de a fi al lui Vincent și că nu voi fi cu adevărat serios îngrijorată decât dacă ar începe brusc să sporovăiască cu mine vesel.

Am încercat să mă concentrez pe ceva pozitiv. Mi-am petrecut noaptea cu prietenele mele. Nu mai fusesem la o petrecere în pijamale de mult timp, chiar și când mama era încă în viață. De când Roxane, singura mea prietenă, se mutase în Grecia, nu mai fusesem atât de apropiată de nimeni și mă simțeam puțin singură. Uitasem cât de plăcut este să te îndopi cu mâncare nesănătoasă și să râzi de lucruri prostești. Nici nu știu măcar de ce eram atât de reticentă când era vorba să petrec timpul cu Mona și cu Audrey. Nu erau chiar deloc rele. În afară de fratele sălbatic al lui Audrey, care în loc de bună ziua mă jignise pe mine și familia mea.

Dacă nu ar fi fost fetele, n-aş fi avut cu cine să vorbesc despre prima întâlnire cu Jason. Mona chiar a scos un țipăt când i-am descris sărutul. Văzând cât este de încântată, mi-am confirmat convingerea că a fost un lucru natural și bun și reacționasem ciudat doar la început, probabil din cauza lipsei mele de experiență.

— Aș vrea să te invit la bibliotecă, bine?

M-am uitat la Vincent, surprinsă că vorbise atât de brusc. Fără să se uite la mine, și-a desfăcut centura de siguranță. Nu mai avea mâinile pe volan și abia atunci mi-am dat seama că mă lăsasem atât de mult în voia gândurilor mele, încât nici măcar nu am observat că intrasem deja în garaj.

— Mm, acum? am întrebat prostește, înghițind în sec.

— Da, acum, a răspuns el scurt și a plecat, trântind ușa în urma lui.

Am început și eu să mă târăsc imediat afară din mașină, deși aş fi preferat să rămân înăuntru și poate m-aş fi târât mai degrabă sub scaun. Cererea lui Vincent m-a făcut să intru în panică. Ce ar putea să vrea de la mine în bibliotecă? Tocmai petrecusem peste douăzeci de minute singuri în mașină. Dacă voia să stăm de vorbă, de ce nu vorbiserăm acolo?

Nu am lăsat să se vadă pe mine că am emoții în timp ce îmi desfăceam eșarfa de la gât și îmi scoteam geaca. Am încercat să-mi controlez mâinile care îmi tremurau în timp ce mă luptam cu fermoarul unuia dintre pantofi. Oricare ar fi fost intențiile lui Vincent, probabil că nu merita să-mi fac nervi, dar dacă privirea lui ageră va observa comportamentul meu paranoic, va deveni suspicios, așa că m-am certat în gând ca să mă calmez.

În drum spre bibliotecă, nu s-a întors nici măcar o dată să vadă dacă îl urmam. Priveam fix la cămașa neagră de pe spatele lui drept, întrebându-mă de-a ce naiba avea de gând să se joace cu mine. Oare o să-mi arate din nou vreun filmuleț? Oh, Doamne, și dacă a făcut rost de înregistrările camerelor de supraveghere de la mall? Asta ar fi oribil. Simțeam că amețesc.

Am încetinit pasul pentru o clipă, când Vincent s-a oprit în pragul sufrageriei, de unde se auzea sunetul televizorului.

— Tony, vino, te rog, a rostit poruncitor, iar inima mea s-a oprit în loc.

O discuție cu Vincent e una, dar o discuție cu Vincent... și cu Tony presupune un nivel superior de angoasă.

— Ia loc, Hailie, mi-a poruncit și mie, în timp ce intram în bibliotecă.

Tânjind după siguranță, m-am așezat în locul meu preferat, în fotoliul confortabil în care citeam întotdeauna. Nu m-am instalat în el la fel de confortabil ca de obicei, ci m-am așezat țeapănă, împletindu-mi mâinile pe burtă. Inima a început să-mi zvâcnească și mai repede când Tony, convocat mai înainte, a intrat și el în cameră. Avea o mutră plictisită și obosită, așa cum se întâmplă atunci când stai prea mult timp în fața ecranului, dar a zâmbit ușor când m-a văzut. Totuși, nu am găsit nimic prietenos în expresia lui, zâmbise așa cum făcea el, cu răutate. S-a frecat la ochi, ca și cum s-ar fi pregătit să urmărească un alt program interesant și s-a prăbușit pe canapea.

Vincent, între timp, reușise să se uite la telefon. A dat click pe ceva de pe el, iar în clipa următoare l-a lăsat pe o măsuță scundă și a mormăit ceva, desfăcându-și ușor cravata. Apoi s-a dus spre canapea și s-a așezat și el acolo, dar chiar pe marginea ei, păstrând o distanță rezonabilă față de Tony, care stătea întins. Privind la cei doi frați, nu-mi venea să cred cât de asemănători și de diferiți erau în același timp.

Vince ședea cu picioarele depărtate, cu mâinile sprijinite pe coapse și vârfurile degetelor apropiate și a tăcut un moment ca și cum s-ar fi gândit înainte de a vorbi. A reușit să creeze în felul acesta o atmosferă insuportabil de densă, iar eu eram sigură că, dacă va continua așa, voi începe să mă sufoc aici. Ar fi fost cu adevărat frumos și tragic dacă aș fi murit în bibliotecă.

— Cum a fost în weekend? a întrebat în cele din urmă fratele meu cel mai mare, cu ochii lui albaștri și palizi, care observau cu atenție chiar și cea mai mică reacție din partea mea. Mă întreb dacă observase că tremur.

Am înțeles brusc că știe despre întâlnirea cu băiatul. În mod sigur, altfel nu mi-ar fi pus pe un ton fals nepăsător o întrebare atât de banală. Știe.

Oare?

Cu siguranță știe. De ce altceva aș fi aici?

Zâmbetul de pe buzele lui Tony se lățea cu fiecare secundă de tăcere din partea mea. De ce ne însoțea?

— Bine, i-am răspuns liniștită, când mi-am dat seama că tăcerea se prelungea îngrozitor de nefiresc.

Vince a dat din cap, acceptând răspunsul meu.

— Așadar, recomanzi filmul... Aici a făcut o pauză și și-a frecat tâmpla pentru o clipă, ca și cum l-ar fi ajutat să-și recapete un gând pierdut. ... *Două inimi frânte*?

Pentru o clipă nici măcar nu mi-am dat seama că fratele meu rostise chiar titlul acelei comedii romantice stupide pe care o văzusem ieri cu Jason. În gura lui suna excepțional de amuzant. Dar mie nu-mi venea deloc să râd. Cum naiba de știa că am fost la acel film? Nu vorbisem despre asta cu niciunul dintre frații mei. Nici măcar nu le spusesem că mă duc la cinema!

Oh, Doamne, m-a văzut cineva, nu-i așa?

Cu siguranță că nu le-am spus eu însămi, pentru că voiam să le ascund cât mai multe detalii despre întâlnirea mea. În afară de mine, doar Mona și Audrey știau despre asta. Și Jason, dar era în interesul lui să păstreze secretul, așa cum era și în interesul meu. Ne-a văzut cineva? Poate la coadă la casierie? Sau după proiecție? De ce nu am fost mai atentă?

Calmează-te, Hailie.

Mi-am mutat greutatea de pe un picior pe celălalt, ascunzându-mi în continuare mâinile sub coapse. Nu știu ce aș fi putut face mai bine cu ele în acel moment.

— Nu știu, cred că nu ți-ar plăcea... am răspuns, hotărându-mă să fac pe proasta.

— A, da? a spus Vincent cu interes. Ce anume crezi că nu mi-ar plăcea? Filmul, sau poate faptul că te-ai dus să-l vezi împreună cu...

S-a întrerupt și a pocnit din degete de două ori, închizând ușor pleoapele.

— Jason Evegreen, s-a grăbit Tony să-i vină în ajutor.

Vincent a deschis ochii și a dat din cap țeapăn, coborând mâna.

— Exact.

Am înghițit în sec la auzul acestui nume în gura lui Tony. Acesta este rolul pe care trebuie să-l joace în conversația noastră? Să completeze piesele lipsă din puzzle-ul lui Vince? Mi-am încruntat sprâncenele și am lăsat privirile în jos. Cum ar trebui să ies din asta?

— E același puști cu care se vedea înainte?

Vince a aruncat o privire întrebătoare către Tony.

— Același căruia i-am explicat ce se va întâmpla dacă nu o lasă în pace, a încuviințat el din cap.

— Aha.

Doamne, Dumnezeule! Ce să fac? Ce să le spun? Știam că trebuie să încep să mă apăr, dar singurul lucru pe care aveam curajul să-l fac era să mă joc nervos cu degetele. Era chiar un succes faptul că reușeam să le mișc.

— Deci, Hailie, cum e? m-a întrebat Vince pe tonul lui monoton, în care răsuna mult prea evident o notă sinistră.

M-am hotărât să inspir adânc și să vorbesc pe față. Acum sau niciodată.

— Da, am spus sincer, ridicând ochii cât de curajoasă puteam. M-am dus la cinema cu Jason. A fost o întâlnire amicală, pentru că ne plăceam unul pe celălalt și voiam să ne vedem. Nu v-am spus pentru că știam că atunci probabil nu m-ați fi lăsat să ies în oraș.

Speram că, lămurind lucrurile, aș putea să am parte de o oarecare înțelegere, dar cu siguranță nu am găsit niciun dram din ea în ochii lui Vincent. Dimpotrivă, aceștia s-au întunecat și mi-au răpit orice speranță.

— Hailie, ești o fată deșteaptă, așa că raționamentul tău - sau mai degrabă lipsa lui - este extrem de surprinzător. Din moment ce îți interzic ceva, înseamnă că nu ai voie să faci acel lucru. Exact așa.

— Ați spus că Jason este rău, iar asta nu e adevărat. L-am cunoscut și știu că e de treabă... am explicat.

Încercam să par rezonabilă, dar vocea îmi tremura prea tare. Tony a scos un mârâit zgomotos.

— Mucosul ăsta e un virgin excitat care vrea doar să ți-o tragă.

M-am uitat la el cu gura căscată și cu ochii ieșiți din orbite.

— Tony, s-a răstit Vincent la el, aruncându-i o privire dezaprobatoare, pe care apoi a mutat-o înapoi la mine și, cu un mormăit, a tradus într-un limbaj decent: Fratele tău a vrut să spună că băieții tineri cu fețe frumoase pot foarte ușor să manipuleze fetele de cincisprezece ani.

— Dar... Jason nu este așa!

— Jason este exact așa, a spus Tony disprețuitor, uitându-se fix în tavan.

Deschisesem deja gura ca să iau încă o dată apărarea acestui băiat pe care ajunsesem să-l cunosc și să-l plac cu adevărat în cele din urmă, dar în acel moment Vince a arătat cu degetul spre Tony.

— Iar tu trebuia să stai cu ochii pe ea la școală și să te asiguri că individul va sta departe de ea.

— Una e să stau cu ochii pe ea, dar nu m-am ținut după ea pas cu pas ca un nenorocit de cățeluș, a răcnit Tony.

— Te rog, Jason este un băiat bun și aș vrea să continui să mă văd cu el... am început din nou, dar m-am oprit, când amândoi frații mei s-au uitat la mine ca și cum aș fi căzut din spațiul cosmic.

— Termină odată, acest nătărău nespălat se holbează la orice fund îi iese în cale.

— Minți, i-am șuierat lui Tony, scoasă din pepeni de felul în care stătea tolănit leneș pe pernele canapelei, dându-și mereu ochii peste cap și strâmbându-și gura batjocoritor. Nici măcar nu-l cunoști.

Tony a râs și a clătinat din cap.

— Ești chiar atât de naivă...

Îmi tremurau buzele și nu știam ce să răspund, așa că mi-am permis să fac singurul lucru de care eram în stare în acel moment. Mi-am lăsat lacrimile să mi se scurgă dramatic pe obraji, regretând imediat că am arătat acest semn de slăbiciune în fața fraților mei.

Dar Tony a continuat:

— Se pare că ne evită, dar Shane și cu mine îl mai vedem câteodată în pauze, când se duce să fumeze o țigară. Fumează niște țigări ieftine. Își face semne din cap cu prietenele lui curve. Îi curg balele după orice minoră...

— Și tu fumezi și te uiți după fete, am subliniat eu cu gâtlejul uscat.

Voiam atât de mult să spun ceva care să-l facă să tacă.

— Nu e vorba de ceea ce fac eu, ci de faptul că cineva ca el nu este prietenul potrivit pentru tine, fetițo.

Mânia a crescut în mine auzind cum îmi zice „fetițo" și, în același timp, nu puteam să neg faptul că de fapt mă purtam în fața lor chiar ca o fetiță. Îmi părea rău și îl uram pe Tony. Îl uram. Și pe Vincent. Și pe toți frații mei. Mă simțeam mai bine cu Jason decât cu ei, iar ei voiau să-mi răpească bucuria aceasta și să mi-o distrugă. În plus, nu spuneau adevărul despre el. Se bazau numai pe bârfe.

Dacă ei consideră că simplele zvonuri sunt o sursă atât de valoroasă, ar trebui să le spun ce vorbesc oamenii despre ei?

Deocamdată nu eram însă în stare să formulez nimic coerent, așa că mi-a venit brusc să fug de aici, să fug, să fac orice. Abia mi-am stăpânit acest instinct și m-am ghemuit și mai mult în spătarul fotoliului, uitându-mă în podea.

Vincent asculta schimbul de cuvinte dintre mine și Tony, mângâindu-și bărbia. Se uita la mine tot timpul. Știam asta, chiar dacă nu mă uitam la el. Simțeam privirea lui asupra mea foarte clar.

— Și eu ce ar trebui să fac acum, Hailie? a întrebat el în cele din urmă calm, fără să aștepte un răspuns.

Cel mai bun lucru de făcut este să mă omori, m-am gândit cu amărăciune, enervată deja de felul lui de a fi.

Am întors capul enervată, de data aceasta în lateral, și a început încet să-mi fie cu adevărat indiferent. Chiar nu-mi păsa. Și când mă gândesc că frații mei făceau atâta tevatură pentru că îmi găsisem un prieten. Era uimitor cu câtă libertate își permiteau asemenea reacții exagerate. Mama mea nu s-ar fi comportat niciodată așa în viața ei.

— Nu știu cum aș putea să subliniez mai apăsat acest lucru, a mărturisit Vincent, oftând. Îți interzic să-l vezi pe acel băiat. Cum îl cheamă...

— Jason, a mormăit Tony.

— Jason, a rostit Vincent încet, ca și cum i-ar fi gustat numele în gură, și s-a strâmbat ușor, ceea ce am văzut întâmplător, când mi-am ridicat ochii plini de lacrimi spre el. Nu te uita așa la mine și nu te preface surprinsă. În primul rând, nu e compania potrivită pentru tine. În al doilea rând, ai cincisprezece ani, adică este mult prea devreme să îți dai întâlniri. Îți este clar?

— Cine a spus că la cincisprezece ani e prea devreme?

— Eu spun asta. Și nu trebuie să fii deloc de acord cu mine, dar trebuie să accepți.

Mi-am strâns buzele în linie dreaptă, refuzând să accept ceea ce îmi cerea. I-am susținut privirea lui Vincent, fără să mă gândesc prea mult la consecințe. Voiam doar să-i arăt că și eu am dreptul să-mi exprim opinia. Dar nu acesta era modul corect de a o face. Să stârnesc nemulțumirea tutorelui meu legal nu putea fi calea cea bună.

— Dragă copilă, poți să te revolți cât vrei, dar până la urmă va fi cum vreau eu. Ar fi bine să te obișnuiești cu asta de pe acum.

Acum mă uitam undeva în lateral, cu obrajii umeziți de lacrimi. Îmi strângeam buzele cu putere, un pic ca un copil încăpățânat, care refuză să mănânce. În sinea mea eram îngrozită. Nu voiam să-l pun la încercare pe Vincent, dar sentimentul că mi se face o nedreptate care pusese stăpânire pe mine era mai puternic.

— E clar? a repetat el întrebarea anterioară.

— Și dacă eu spun că nu este? am întrebat eu oarecum sfidătoare, adunându-mi în cele din urmă puterea de a-i întoarce privirea. Mă săturasem de tonul ăsta autoritar și de felul în care mă punea mereu la zid.

Vince a zâmbit pentru prima dată astăzi. A zâmbit. Și nu era deloc un zâmbet acru, ci unul oarecum amuzat. Și-a pus amândouă coatele pe coapse și și-a sprijinit bărbia pe mâinile cu degetele împletite, înclinându-se ușor spre mine. A zâmbit și m-a privit pe sub pleoapele întredeschise.

— Mă provoci, Hailie?

— Și ce o să faceți, o să mă bateți? O să mă închideți în cameră pentru totdeauna? am întrebat eu. Voiam să par batjocoritoare, dar vocea tremurătoare m-a trădat.

— Dacă este necesar, a intervenit celălalt frate.

Nu mă uitam la el, dar auzeam perfect batjocura din vocea lui.

— Liniște, Tony, l-a admonestat Vincent, fără să-și ia ochii de la mine. Nimeni nu te va bate, pentru că nimeni nu are dreptul nici măcar să te atingă, dragă Hailie, iar acesta este un privilegiu de care te poți bucura, fiind sora mea mai mică. Cu toate acestea... de ceilalți nu-mi pasă prea mult. De colegul tău, de exemplu.

Am înghețat.

— Tony, îți amintești ce i-ai spus când l-ai avertizat să stea departe de sora noastră?

— Ceva de genul că îl fac praf, nu știu exact.

Vince încă se uita la mine.

— Înțelegi despre ce vorbesc?

Înțelegeam chiar prea bine. Ochii mei larg deschiși, înspăimântați s-au umplut din nou de lacrimi. Curajul m-a părăsit la fel de repede cum apăruse. Întotdeauna se întâmpla așa. Venea, mă convingea să iau atitudine, apoi fugea, iar eu rămâneam singură cu toată mizeria.

— N-aveți de gând să-i faceți rău, nu-i așa?

— Poftim? Vince a întors o ureche spre mine.

— Vă rog să nu-i faceți rău, am repetat mai tare.

— Nu te vei mai vedea cu băiatul acela și nici cu altul, în niciun caz nu la cincisprezece ani. Este clar?

— Da, e clar, am răspuns slab.

— E bine că, în sfârșit, ne-am înțeles, a conchis fratele meu, sprijinindu-se în sfârșit de spătarul canapelei. Pentru prima dată de la începutul conversației noastre, s-a așezat confortabil.

— Stai puțin, dar cum rămâne cu tipul ăsta? Că aici nu este vorba doar de Hailie, ci și despre faptul că el nu ne-a ascultat. Ar trebui să-i dăm o lecție, a spus Tony și chiar s-a ridicat în șezut.

— Ei bine, atunci, să o primească.

Alarmată, am ridicat brusc capul.

— Cum așa, dar stai puțin, ai spus că...

— Trebuie să fie admonestat, a spus Vincent, iar când Tony și-a aruncat pumnii atât de sus încât am tresărit, a adăugat apăsat: Nu prea mult.

— Dar trebuie să mă țin de cuvânt.

— Mhm, tu, pe de altă parte, ar fi bine să înveți să te mai stăpânești, auzi? a mârâit Vince, încruntându-se la fratele său mai mic. A venit timpul să începi să-ți controlezi aceste izbucniri de agresivitate fără sens. Ne-am săturat cu toții de ele.

— Dar știu să mă controlez.

— Băiatul ăsta trebuie să-și cunoască locul, dar e un copil și mă aștept să nu fie nevoie de prea mult pentru a-l speria. De fapt, el nu va fi deloc problema ta, Tony, pentru că o să vorbesc cu Dylan despre asta. Îți mulțumesc pentru ajutorul pe care l-ai dat deja, pentru că ne-ai lămurit asupra persoanei...

— Jason, i-a suflat Tony zâmbind.

Vince a dat din cap.

— Exact.

Mă simțeam ca într-o altă realitate. Oare chiar am auzit bine? Vince a spus ce cred eu că a spus? Imaginea din fața ochilor mei s-a transformat într-o pată neclară. Mi-am stăpânit un suspin, ca să nu par o victimă și mai jalnică, dar îmi venea să plâng în hohote. Nu mai știam ce să spun, ce să fac, cum să-i opresc pe frații mei. Neputința mă omora. Nici nu mai puteam să ascult cum vorbeau cu nonșalanță despre cum să-i facă rău lui Jason. Îmi venea să-i numesc psihopați, dar nu puteam decât să plâng.

— Cred că e timpul să punem capăt acestei conversații, a intervenit Vincent. Eu o duc la culcare, iar tu du-te și caut-o pe Eugenie. Să-i fiarbă niște ierburi și să o ajute să se calmeze.

Apoi am simțit o strângere pe umăr. Instinctiv am vrut să mă scutur de atingerea tutorelui meu fără suflet, dar degetele lui mă țineau strâns și nu mi-au dat drumul nici chiar atunci când m-am smucit. Înainte să renunț, mi-am adunat puterile pentru un protest verbal:

— Stai! Stai! Nu!

Încă nu voiam să plec de aici. Voiam să mai rămân și să-l conving pe Vincent să-l ierte pe Jason. Conversația noastră se îndreptase în mod tragic într-o direcție atât de greșită! Dar nimeni nu mă mai asculta și nu se străduia să înțeleagă bolboroseala mea plângăcioasă. Vincent m-a condus fără efort spre coridor și apoi pe scări. M-aș fi prăbușit pe ele dacă nu ar fi fost el, căci încă nu prea vedeam altceva decât forme estompate. Fără ajutorul lui n-aș fi putut ajunge în camera mea. Nu că m-aș fi simțit foarte recunoscătoare pentru asta. Când m-am prăbușit în sfârșit pe pat, am simțit un pic de fericire că puteam să mă cuibăresc în așternut și că nu mai trebuia să mă bazez pe sprijinul fratelui meu.

Nici măcar nu știu când a dispărut și a fost înlocuit de Eugenie. Ea m-a mângâiat pe cap, mi-a adus apă și un ceai, apoi mi-a oferit mâncare. Nici măcar nu am avut puterea să-i răspund. Am refuzat doar scuturând din cap și am rămas privind în gol și trăgându-mi nasul din când în când. Când plânsul meu s-a transformat într-un suspin liniștit, mi-a lăsat o senzație de pulsație în craniu. Singura ofertă a Eugeniei pe care am fost de acord în cele din urmă să o accept a fost un calmant.

Îmi amintesc că, la un moment dat, a venit Will. Ochii lui albaștri mă priveau cu îngrijorare. Cum era posibil să semene atât de mult cu ochii lui Vincent și totuși să fie atât de diferiți de ei? Afirmația conform căreia ochii sunt oglinda sufletului nu avusese niciodată atât de mult sens până atunci.

Will s-a așezat pe marginea patului. Mi-a zâmbit ușor și chiar mi-a îndepărtat o șuviță de păr rebelă de pe față și mi-a pus-o după ureche.

— Cum te simți?

Am închis ochii, savurând vocea lui blândă și moale. Pentru mine era o mare provocare să fiu în stare să scot vreun sunet articulat. Voiam să împărtășesc cuiva durerea, iar Will părea persoana potrivită pentru asta, așa că am făcut un efort pentru a rosti măcar un cuvânt.

— Rău.

— Ei bine, ca după o criză de isterie, hm?

I-am aruncat o privire, îngropându-mi un obraz în pernă.

— Ai grijă de tine, micuțo, altfel te vei îmbolnăvi și mai tare, a spus el și m-a sărutat pe tâmplă.

M-a surprins nu numai cu gestul, ci și cu diminutivul alintător. Deși suna infantil, mi-a făcut o plăcere neașteptată. Dar nu am lăsat să se vadă.

— Will? am întrebat după un moment de tăcere.

— Da?

— Ce... se va întâmpla cu Jason?

Dacă nu mi-aș fi epuizat toată rezerva de lacrimi, cred că mi-ar fi curs din nou.

A suspinat și mi-a masat umărul cu mișcări circulare și liniștitoare.

— Nu-ți face griji în privința asta.

— Nu i se va întâmpla nimic rău? Te rog, nu-i lăsa să...

Rămăsesem în pană de cuvinte potrivite, așa că mi-am luat obrazul de pe pernă ca să fiu sigură că Will a înțeles cât de important era acest lucru pentru mine.

— Nu, Hailie. Nu va păți nimic, a spus el repede.

Mi-a pus cu blândețe capul la loc. L-am lăsat să facă asta, dar nu am simțit nicio ușurare.

— Nu vreau să-i faceți rău.

— Nu va păți nimic, a repetat el. Hailie, haide. Ce tot spui, la urma urmei, Jason este un copil, Vincent ține seama de asta. Nu-ți face griji.

Eram încă îngrijorată, desigur, dar trebuia să recunosc că prezența lui Will era foarte liniștitoare. Era atât de bun cu mine, încât tânjeam după compania lui, chiar dacă era în mare parte tăcut.

— Hailie, știu că acum gândești altfel, dar Vincent nu este așa de rău. Ține la tine, chiar dacă nu știe încă cum să se poarte cu tine. Străduiește-te să nu-l urăști.

În acest moment, rugămintea lui părea prea greu de îndeplinit. M-am gândit la toate ocaziile în care Vince apăruse în fața mea ca să-mi țină o predică. La toate acele conversații pe care le conducea în așa fel, încât amenințau să-mi provoace un atac de cord și care nu făceau din el tutorele anului.

Așa că am ignorat comentariul lui Will, în schimb mi-a venit în minte o altă întrebare.

— Cum a aflat Vincent despre cinema?

— Asta... nu-ți face griji nici pentru asta.

Am strâns din dinți. Răspunsurile lui erau inutile și regretam sincer că nu pot să mă cert cu el. Am oftat liniștită și, uitându-mă la peretele slab luminat de lampa de noapte, am spus pe neașteptate visătoare:

— Vreau la mama.

Nu știu de unde îmi venise acest gând și de ce îl rostisem cu voce tare, mai ales în fața lui Will. Poate creierul meu și-a amintit că, de fiecare dată când mă simțeam atât de cumplit ca acum, mama mea era alături de mine, gata să mă aline și să aibă grijă de mine ca nimeni altcineva? Un alt val de durere m-a inundat când mi-am dat seama că mama nu mai putea să mă țină de mână. Niciodată nu voi mai avea parte de o astfel de mângâiere.

Și apoi m-am gândit că, dacă ar fi trăit, la urma urmei, așa-numita mea „criză de isterie" nici nu ar fi avut loc. Ea nu ar fi amenințat niciodată să-i facă rău lui Jason sau altcuiva. Era un om bun.

Mâna lui Will, cu care mă mai mângâia din când în când, a încremenit.

— Știu, micuțo, știu, a șoptit el și a depus din nou un sărut ușor pe tâmpla mea.

Nu știu când am reușit în sfârșit să adorm. Dar Will a stat lângă mine până când am adormit.

14

DULCEAȚA CIOCOLATEI

Luni dimineață a ajuns la mine informația că Jason căzuse pe scări. S-a lovit puțin și pentru restul zilei a fost scutit de la ore și s-a dus acasă, dar nu i s-a întâmplat nimic grav.

Am ascultat vestea cu fața împietrită, iar apoi am plecat la toaletă și m-am încuiat într-una din cabine. M-am așezat pe toaletă și mi-am vârât unghiile în cap, țipând în tăcere de frustrare și de neputință.

Toată prima jumătate a zilei am fost deprimată, tristă și literalmente jenată de ceea ce îi făcusem primului băiat din viața mea care îmi plăcuse atât de mult. Nu aveam chef să mă uit la frații mei, pentru care, în afară de ură nu mai simțeam nimic în acel moment. Bineînțeles, nu credeam că lor le păsa în vreun fel. În pauza de masă, chiar de la intrarea în cantină, Shane m-a invitat, ca și cum nimic nu s-ar fi întâmplat, la celebra masă Monet.

— Astăzi stai cu noi, a anunțat el, împingând în spate un scaun. La recomandarea lui Vince.

Nu am spus nimic și nu m-am uitat la nimeni. M-am așezat pe locul indicat, născocind în minte zeci de scenarii ale modurilor în care să dispar. Am scuturat din cap către Audrey și Mona care erau derutate, încercând să le comunic că sunt eu însămi supărată că nu pot să stau cu ele. Adevărul era că, în acel moment, îmi era indiferent, pentru că ultima dată când vorbisem cu ele, chicotisem despre Jason, iar acum situația se întorsese atât de neașteptat cu o sută optzeci de grade, încât nu aveam chef să le explic totul.

Stăteam înghesuită între Shane și Tony și mă uitam fix la tava mea cu mâncare, de care oricum nu aveam poftă. Preferam totuși să mă uit la ea decât la ceilalți membri ai suitei de adoratori ai fraților mei care ocupau locurile de la masă și îmi aruncau priviri indiscrete. Nu m-am concentrat deloc asupra acestor oameni.

Nici măcar nu ascultam despre ce vorbeau, până la un moment dat.

— Ce este?

Întrebarea răsunase nefiresc de tare în spatele meu. M-am întors cu indiferență, dar am încremenit de uimire când am văzut că exact în spatele meu se afla o fată. Părul ei lung și negru era împletit într-un milion de codițe. După această coafură am recunoscut-o pe însoțitoarea lui Shane. Nu știu cum aș putea să o numesc altfel. Pentru că prietena lui cu siguranță nu era, judecând după privirea plictisită pe care tocmai i-o aruncase.

— Ăsta e locul meu! și-a desfăcut brațele în semn de reproș, iar buzele ei roz ca guma de mestecat s-au răsucit într-o strâmbătură urâtă.

— Regret, Marge, nu azi, i-a aruncat Shane peste umăr și s-a întors la mâncarea lui.

— Ceee? a strigat ea, săgetându-mă cu o privire ostilă. Tu, asta! Dispari de aici!

— Spune-i să se care de aici sau o car eu, a mârâit Dylan calm către Shane, care a suspinat enervat că cineva îl tot împiedica să-și mănânce cartofii prăjiți.

— Marge, am spus că nu astăzi. Nu mai e loc. Pleacă de aici.

— Ba tocmai că este un loc. Cățeaua aia stă pe el.

Am ridicat din sprâncene.

Shane a lăsat furculița jos, și-a îndreptat spatele și a măsurat-o pe Marge cu o privire care nu mai era plictisită, ci rece și dezgustată.

— Este sora mea, târfă idioată.

— Cară-te dracului de aici, a adăugat Tony.

Am fost surprinsă să sesizez disprețul în vocea lui și mâna tatuată încleștată în pumn pe masă atât de strâns, încât probabil că i-ar fi făcut cunoștință cu fața lui Marge, dacă aceasta din urmă nu ar fi fost fată.

Buzele roz strălucitoare ale fetei tremurau, siguranța de sine îi dispăruse. O duruseră cuvintele fraților mei și mi-ar fi fost și mai mult milă de ea dacă nu m-ar fi insultat ea însăși mai devreme. Într-adevăr, ea ar fi trebuit să stea aici, nu eu. Membrii acestei companii erau demni unul de celălalt.

Marge, roșie de rușine și conștientă de eșecul ei, s-a întors cu spatele și codițele îi săltau pe spate în timp ce ieșea cu pași grăbiți din cantină.

— Cu cine te înhăitezi? a pufnit Dylan spre Shane și a scuturat din cap cu un aer scârbit, după care și-a concentrat din nou atenția pe mâncare.

— Mereu are o problemă, a ridicat Shane din umeri. Dar altfel uneori ne înțelegem. Este inofensivă.

— Adică nu mușcă, ci doar latră tare? a chicotit unul dintre prieteni, iar eu am tresărit.

— Se știe când se aude cel mai tare! a glumit altul.

— Exact ca o cățea.

— În regulă, acum, taci din gură, a ordonat în cele din urmă Dylan, aruncând o privire supărată colegilor săi, care afișau un simț al umorului de o calitate îndoielnică. Niciunul dintre frații mei nu râsese de fapt de aceste glume idioate, deși Tony avea pe buze zâmbetul lui răutăcios obișnuit.

— Îmi pare rău pentru tine, Hailie, că trebuie să asculți asta, s-a întors spre mine un băiat care stătea lângă Dylan și pentru care aveam o oarecare simpatie, pentru că își dădea ochii peste cap la glumele stupide care se spuneau aici. Dar nu mi-a plăcut că în felul acesta îndreptase atenția tuturor celor de la masă asupra mea, lucru pe care până atunci încercasem să-l evit cu orice preț.

Dylan a pufnit din nou pe nas.

— Dacă nu ar fi făcut prostii, nu ar fi fost nevoită.

— Oh, las-o în pace, a spus același prieten simpatic al fraților mei. Ba mi-a făcut chiar și cu ochiul când a prins privirea pe care i-o aruncasem, uimită că cineva de aici îndrăznește să-mi ia apărarea. Ce, voi nu vă mai amintiți cum a fost cu doar câțiva ani în urmă? Prima dragoste și toate alea...

— Poate vrei să spui prima partidă de sex, a mormăit Shane, la care s-au auzit câteva chicoteli.

— Ei bine, ne amintim cum a fost, tocmai de aceea puștiul a încurcat-o, iar tânăra stă cu noi, a răspuns Dylan.

— Și pe mine m-a frapat. Dar nu s-a întâmplat nimic, nu-i așa?

— De asta e aici, pentru că a făcut tărăboi, a explicat Shane, împingându-mă ușor cu umărul. În mintea lui era probabil că a vrut să fie un ghiont glumeț, dar eu m-am tras imediat într-o parte și l-am măsurat cu o privire ostilă.

— Dar ca să fiu drept cu frații tăi, Hailie, trebuie să recunosc că Jason este din ce în ce mai ticălos, a spus unul dintre membrii sectei Monet.

— În plus, este cum nu se poate mai laș, a adăugat Tony, iar Dylan a încuviințat din cap.

— Exact. S-a scăpat pe el imediat ce m-a văzut că vin spre el.

Mâna mi-a căzut pe blatul mesei atât de violent, încât toate tăvile de pe ea au zăngănit. Nu era nici măcar o singură pereche de ochi care să nu se uite la mine în acel moment.

— Oh, uau, ai bătut un băiat mai mic decât tine, ce impresionant! am sâsâit eu, vorbind pentru prima dată aici în forum.

Mi s-a părut că insultele adresate lui Jason fuseseră extrem de nedrepte și se pare că eram singura persoană de aici care simțea astfel.

— Nu am bătut pe nimeni, a răspuns Dylan cu răceală. Dacă ar fi fost așa, nu ar fi ajuns de unul singur la cabinetul medical. Eu doar l-am admonestat, surioară.

Ne-am luptat într-un scurt duel de priviri – a mea era plină de ură, iar a lui impasibilă și de avertizare. De ce mă avertiza? Nu știam și nici nu-mi păsa. Am întrerupt această luptă tăcută, clocotind de furie. Am lăsat prânzul aproape neatins și am plecat dintre gemeni, înainte ca ei să apuce să reacționeze. Fierbând de furie, m-am îndreptat spre ieșirea din cantină cu un pas chiar mai rapid decât cel al lui Marge mai devreme.

— Hei, unde te duci? a strigat Shane în spatele meu.

L-am ignorat și m-am repezit în prima toaletă mai bună și, din fericire, goală, unde am zăbovit deasupra chiuvetei și m-am spălat pe față cu apă rece, dorindu-mi să fiu acasă, unde puteam să mă arunc sub un duș relaxant.

Nu-i mai suportam. Mental nu-i mai suportam, jur. Am respirat adânc de câteva ori și am încremenit când mi-am văzut imaginea din oglindă. Obrajii mei acum umeziți erau roșii de furie, iar pupilele parcă mi se lărgiseră puțin, umflate de emoțiile reprimate din sufletul meu. Îmi venea să răcnesc de neputință, dar era și o furie care clocotea în mine și parcă mă ajuta să-mi blochez lacrimile. Mă bazam în totalitate pe ea atunci când, în sfârșit, mi-am revenit suficient cât să ies din baie.

M-am hotărât să nu mă întorc la cantină, ci să mă duc spre sala de biologic, unde aveam ora următoare, și să citesc o carte acolo până la sfârșitul pauzei. Dar, în mod ciudat, pașii grei și deciși care exprimau starea mea actuală de răzvrătire m-au purtat până în partea principală a școlii, iar apoi spre ieșire.

Nu plănuisem să fug și nici nu știam încotro merg. Dar arătam sigură de mine și cred că ăsta e singurul motiv pentru care nimeni din personalul școlii nu m-a oprit și nu m-a controlat. Am reușit să părăsesc incinta academiei fără nicio problemă, din cauza transei bizare în care mă aflam – acest lucru nu m-a surprins și nici nu m-a bucurat.

M-am plimbat o vreme de-a lungul zidului înalt care înconjura perimetrul școlii, care s-a terminat după un timp, și am intrat în pădure. M-am deplasat pe un drum care ducea printre copaci denși. M-am ținut pe marginea drumului, pentru că aici nu exista nici măcar un trotuar. Se pare că nimeni nu mersese pe jos pe aici. De asemenea, nici prea multe mașini nu treceau pe lângă mine. Sigur că traficul creștea la orele de vârf, dar acum mașinile treceau sporadic și eram sigură că toți șoferii întorceau capul după mine derutați când vedeau un trecător rătăcit. Mai ales în uniformă școlară și fără geacă. Căci, mânată de impulsul meu genial, nu mă gândisem că merita să mă ocup măcar de confortul meu și să mă duc la vestiar ca să-mi iau geaca.

Și era frig, mult prea frig pentru astfel de plimbări. Ce dacă soarele strălucea, vântul nu bătea și nu ningea, când era o mulțime de zăpadă în jur și era frig?

Am avut noroc, pentru că mă încălzea sângele clocotind de furie din venele mele. Nu glumesc, mergeam înainte fără să-mi pierd atitudinea de răzvrătire, deși ar fi trebuit mai degrabă să mă panichez, pentru că nu numai că fugisem de la școală, dar mai și mergeam pe un drum nu foarte sigur și eram îmbrăcată necorespunzător pentru acea vreme. Ei bine, și încă o dată încălcam regulile sacre ale lui Vincent.

Numai la gândul ăsta, aproape involuntar mi-am strâns degetele în pumn, apoi am început un calcul rece. Am cincisprezece ani, așa că voi fi dependentă de el cel puțin următorii trei ani. Trei ani fără compromisuri și fără posibilitatea de a-mi exprima propria părere. Nu accepta cuvântul „nu“ și nici nu lua în considerare negocierile. Nici măcar cu propria lui soră. Cum să suport asta? Ca să nu mai vorbim de faptul că nici ceilalți frați ai mei nu erau cu nimic mai buni. Am ajuns sub acoperișul a cinci aroganți dictatoriali. Bine, poate cu excepția lui Will și Shane, ei nu erau chiar atât de îngâmfați. Dictatoriali da, dar nu aroganți.

Am suspinat, clătinând din cap. Mi-am pus brațele în jurul meu, trăgându-mi sacoul de la uniformă ca să mă încălzesc cât mai mult.

Dar ce puteam să fac? La urma urmei, nu puteam să îi schimb, pentru că, cu cât mă împotriveam mai violent, cu atât deveneau mai neplăcuți, iar eu eram prea lașă ca să fug o dată pentru totdeauna. Adică să evadez. Întotdeauna mă miram când auzeam despre adolescenți rebeli care au fugit de acasă. Nu pentru că aș fi pus la îndoială motivele lor, ci pentru că eu însămi nu mi-am putut imagina unde aș putea eventual să fug și cum aș supraviețui dacă aș fi în locul lor. Mai ales acum, în situația mea actuală. Nu aveam familie, iar dacă aș fi vrut să rămân la un cunoscut (pentru că aveam o mână de cunoscuți), ar fi fost foarte ușor să mă găsească. În afară de restul nesemnificativ pe care îl primisem pentru prânzul neconsumat, nu aveam fonduri pentru a supraviețui. Aș fi ajuns pe stradă.

Exact ca acum. Dar am mers înainte fără țintă în peisajul tăcut al pădurii de iarnă. Zăpada se topea urât și nu mai acoperea asfaltul umed, dar rămășițele ei tot se mai adunau în grămăjoare mici la marginea drumului. O dată m-am împiedicat și mi-am înfipt piciorul într-una dintre ele, și mi-am udat șoseta. Senzația a fost teribil de neplăcută și acela a fost probabil primul moment în care am început să mă îndoiesc de rostul micii mele excursii. După un timp, de asemenea, am descoperit că și copacii golași și întunecați și pustietatea omniprezentă au început să mă sperie. Atunci mi-am pus pentru prima dată întrebarea: cât timp aș mai putea continua așa?

Nici măcar două ore. Acesta a fost răspunsul. Atât mi-a luat să parcurg distanța de la școală până la cel mai apropiat oraș, după ce am pornit pe drumul din partea de sud a campusului. Nu mă grăbeam, e adevărat, dar am fost totuși surprinsă pentru că, în ciuda neplăcerilor avute din când în când, avusesem impresia că trecuse mult mai puțin timp.

Când am văzut primele clădiri, m-am simțit foarte ușurată. Când plecasem de la școală, mă îndreptasem inconștient în direcția opusă față de cea din care veneam mereu cu frații mei. În consecință, nu cunoșteam aceste zone și trebuie să recunosc că deja începusem să mă cam tem că acesta era unul dintre acele drumuri nesfârșite, care, în cel mai bun caz, mă va duce într-un stat vecin, direct în Ohio, de exemplu. Când am ajuns în micul centru al orașului, la început m-am simțit ușurată, pentru că era bine să mă regăsesc în mijlocul civilizației. Înainte de a avea timp să-mi fac griji serioase cu privire la faptul că acel orășel nu prea conta în situația mea, pentru că oricum nu aveam unde să mă duc și era probabil cufundat în hibernare, ochii mi s-au aprins când am văzut o cafenea. Înghețasem de frig și eram foarte obosită, așa că intrarea într-un local cald și confortabil era cel mai bun lucru care mi s-ar fi putut întâmpla în acel moment.

Am ignorat privirea suspicioasă pe care mi-a aruncat-o barmanița din spatele tejghelei. Probabil că se întreba ce caută aici o adolescentă în uniformă școlară și fără geacă. Am încercat să nu mă comport ciudat, ca să n-o ajut să își construiască în minte o teorie fără îndoială nefavorabilă pentru mine.

M-am așezat la o masă într-un colț discret al cafenelei cu o ceașcă mare de ciocolată caldă în mână. Am cheltuit pe ea toți banii pe care i-am găsit în buzunar. Crezusem că aveam ceva mai mulți și asta pentru că încă îmi era greu să mă obișnuiesc cu faptul că în America existau bancnote cu o valoare atât de mică cum este un dolar. Din această cauză, încă nu reușeam să scap de impresia înșelătoare că aveam mai mulți bani decât posedam de fapt. Îmi lipseau chiar câțiva cenți pentru frișcă și fulgi de ciocolată, dar nu aveam de gând să disper. Îmi doream cel mai mult să mă încălzesc.

Atunci mi-am scos telefonul. Voiam mai ales să știu cât e ceasul, dar după ce am deblocat ecranul, în afară de oră, în fața ochilor mei au apărut o serie de notificări.

Optsprezece apeluri ratate de la Dylan.

Șase apeluri ratate de la Will.

Unul de la Vincent.

Pe ultimul l-am privit cel mai mult timp. Era ca și cum ar fi fost cireașa de pe tortul amar al eșecului meu. Cred că Vincent nu mă mai sunase niciodată. Și, pentru ca lucrurile să fie și mai amuzante, aveam telefonul pus pe vibrații, altfel aș fi auzit sau cel puțin aș fi simțit în buzunar că cineva mă sună de atâtea ori. Am dedus că, în acest caz, în timpul plimbării mele probabil că nu avusesem semnal.

Mi-am mușcat buza, întrebându-mă dacă ar trebui să-i sun înapoi.

Și ce le vei spune?

O să le spun unde mă aflu. Oricum trebuie să mă întorc de aici cumva, nu?

Mi-am imaginat iritarea lor. Dylan care mă va boscorodi pentru că nu am răspuns la telefon, Tony cu răutățile lui și, în sfârșit, momentul meu preferat, conversația cu Vincent. În ciuda reticențelor mele, abia îmi puteam stăpâni dorința de a-mi da ochii peste cap.

În cele din urmă, am decis să ignor toate aceste apeluri ratate până când îmi voi termina ciocolata. Abia atunci intenționam să iau din nou telefonul și să-l sun pe unul dintre băieți. Probabil că ar trebui să formez numărul lui Vincent, dar nu eram sigură că aveam suficient curaj. Will era o variantă bună, deși apoi m-am gândit că ar putea fi neplăcut să-i aud vocea dezamăgită de comportamentul meu.

Mi-am băut ciocolata foarte încet, încercând să amân conversația care mă aștepta. Mi-era teamă să ating telefonul și de faptul că, dacă aș fi făcut ceva cu el, aș fi fost imediat sunată din nou de unul dintre frați și că aș fi răspuns din greșeală. Prin urmare, am dat telefonul la o parte și m-am uitat pe fereastra cafenelei, privind strada goală de afară.

M-am gândit puțin la Jason, la rudele mele amatoare de violență și la cum ar fi fost lucrurile dacă mama mea ar fi trăit.

Ea l-ar fi invitat pe Jason acasă la cină și l-ar fi întrebat despre materiile lui preferate de la școală. Ne-ar fi lăsat să mergem la cinema, cerându-mi doar să mă întorc înainte de lăsarea întunericului. După aceea ar fi stat cu mine în sufragerie la un ceai și am fi discutat despre detalii, pe care, în cea mai mare parte, i le-aș fi ascuns, iar ea ar fi știut despre ele, dar ar fi zâmbit oricum, amintindu-și de vremea când ea însăși avea vârsta mea.

Sau cel puțin îmi place să cred că așa ar fi făcut.

Amețită de această viziune, mi-a luat ceva timp să realizez că o mașină de poliție oprise pe strada din fața cafenelei. Mașina se oprise cu două roți pe trotuar, aproape blocând intrarea, iar când din ea au coborât doi polițiști, inima a început să-mi bată mai tare.

Oare ei...?

Nu, nici nu putea fi vorba de asta. Este imposibil ca acești doi bărbați să fie aici în legătură cu mine. Ar fi fost o exagerare. Polițiștii au intrat în cafenea, mândri și drepți în uniformele lor. Unuia dintre ei, mai scund și îndesat, i s-au aprins imediat ochii la vederea dulciurilor expuse. Celălalt părea încordat și ușor iritat. Era mult mai tânăr decât partenerul său și foarte înalt, la fel ca Dylan, deși mult mai puțin musculos. Stătea cu brațele încrucișate în timp ce polițistul mai în vârstă, într-o manieră relaxată, s-a apropiat de ghișeu și a salutat-o pe barmaniță ca pe o prietenă veche. Îi urmăream acțiunile, strângând tare ceașca în mâini ca să nu-mi trădez tremurul.

Polițistul reflecta cu voce tare la ce gogoși să aleagă, lăudând fiecare fel, iar colegul lui, plictisit că dura atât de mult să comande, a început să scruteze cu privirea încăperea. În afară de mine, nu mai erau decât două femei în vârstă cufundate într-o conversație confidențială, așa că nu am reușit să trec neobservată, dar am încercat să mă prefac că nu eram deloc o adolescentă în uniformă care chiulea de la școală și care în plus se temea și de propria umbră. Am adoptat o expresie indiferentă, uitându-mă puțin pe fereastră și puțin la ecranul telefonului, ca și cum aș fi așteptat vreun mesaj important. Cred că am reușit să joc bine, pentru că privirea tânărului polițist a alunecat peste mine fără prea mult interes.

La început am fost ușurată că apariția polițiștilor era doar o coincidență și nu era vorba de o acțiune de căutare. Iar când am reușit să-mi calmez nervii, mi-am înghițit saliva în timp ce în cap mi-a germinat o nouă idee.

Dar dacă...

Ce-ar fi dacă aș încerca să mă eliberez de frații mei?

Îmi trecuse prin minte să vorbesc cu cineva despre situația mea, dar mi se părea foarte dificil să găsesc persoana potrivită, având în vedere că doream să-i denunț pe frații Monet, care erau destul de cunoscuți aici. Primele persoane care mi-au venit în minte au fost profesorii. Doamna Roberts, cu firea ei blândă, câștigase atât de multă încredere și afecțiune din partea mea, încât aș fi putut rămâne cu ea în clasă după ore să-i povestesc despre situația mea sumbră, dar apoi mi-am dat seama că va trebui să raporteze undeva mai sus. Directoarei școlii, probabil, cea care încasa din când în când cecuri grase de la Vincent.

Să informez poliția despre cazul meu mi s-a părut o mișcare prea drastică, dar privind acum la cei doi bărbați în uniformă, am început să mă gândesc la asta.

M-am cutremurat numai la gândul ce s-ar întâmpla dacă m-aș apropia de ei acum și le-aș mărturisi că locuiesc cu oameni de care îmi era frică. Le-aș produce lor necazuri sau m-aș băga pe mine însămi în necazuri? Și la fel de importantă, dacă nu chiar mai importantă, era întrebarea – chiar voiam să fac asta? Vincent nu era tutorele pe care îl visasem și ceilalți frați erau și ei foarte departe de imaginea familiei ideale, dar nu puteam să neg faptul că erau alături de mine, iar Vince avea el însuși grijă să nu-mi lipsească nimic. Ori de câte ori aveam nevoie de ceva, primeam imediat.

Așadar, chiar voiam să-l reclam la poliție?

Stăteam acolo cu ciocolata mea deja răcită și îi priveam pe polițiști ca hipnotizată.

Acum își așteptau cafeaua, iar cel mai în vârstă îi spunea ceva vesel partenerului său morocănos. Îi flutura pe sub nas punga de hârtie cu gogoși, îndemnându-l să-și cumpere și el câteva. L-am privit, imaginându-mi că mă duc spre el. Mă prezint mormăind apoi îi cer ajutorul. Ar fi fost suficient să mă ridic de la masă și să fac literalmente câțiva pași.

Brusc, sprâncenele i s-au ridicat, urmate imediat de colțurile gurii, curbându-se într-un zâmbet larg. În același moment, polițistul mai tânăr a înțepenit și mai mult.

— Oho-ho, bună dimineața, bună dimineața! a strigat prietenos polițistul mai în vârstă, văzându-l pe bărbatul care apăruse în ușa de la intrare.

O singură privire și inima mea a încetat să mai bată. În cafeneaua din acest orășel mic a intrat însuși Vincent.

În palton și cu părul dat pe spate, arăta la fel de demn ca întotdeauna, iar aura care emana din el era la fel de impunătoare ca și cum ar fi fost proprietarul acestui stabiliment și venise aici pentru a-i pune pe toți la colț. Și-a plimbat privirea prin încăpere până când ochii lui cu irisuri de gheață s-au oprit asupra mea, dar numai pentru o clipă. Apoi s-a întors spre polițist și i-a făcut semn cu capul, dar tot cu un aer sever.

— Bună ziua, domnule șerif.

S-a oprit lângă el și și-au dat mâna. Pe degetul lui Vincent a strălucit inelul cu sigiliu, iar polițistul mai tânăr a rămas cu ochii lipiți de el.

— Și ce naiba faci aici, hm? a întrebat prietenos șeriful, foșnind punga de hârtie.

— Mă întâlnesc cu sora mea, a răspuns simplu Vince, arătând spre mine cu o mișcare rapidă a mâinii.

Am înghițit în sec sub privirea scrutătoare a șerifului.

— Dar nu ar trebui să fie la școală?

— Ba da.

Apoi, barmanița a strigat: „Cyrus!“, iar polițistul s-a repezit la tejghea, să-și ia comanda. Partenerul lui stătea tot lângă el, încordat ca o strună, evitând în același timp în mod clar privirea fratelui meu.

— Ei bine, trebuie să fugim. La revedere, Vincent, a spus Cyrus, clipind, apoi s-a mai uitat la mine o dată și mi-a făcut semn cu mâna în care ținea gogoșile. Salutări surorii!

Apoi, privind lacom la cafeaua lui, a ieșit afară, iar partenerul lui l-a urmat, vizibil mulțumit că în sfârșit putea să plece de aici.

Apoi am lăsat capul în jos și mi-am înfipt privirea în ceașca de ciocolată pe jumătate goală. Am auzit pașii moi și foarte silențioși ai lui Vincent. Cum se apropie de masa mea, cum împinge scaunul înapoi și se așează în fața mea. Își descheie haina, își ridică manșetele. Nu se grăbea deloc.

— Îți amintești când ți-am spus la început că sper să nu dai de necazuri?

Am dat din cap. Îmi aminteam foarte bine prima noastră conversație.

— Atunci ce înseamnă asta? a întrebat el, încrucișându-și brațele.

Eram aproape gata să mormăi automat niște scuze, dar m-am abținut. *Nu te lăsa intimidată, Hailie. Nu este nimic din vina ta. Ei sunt cei care i-au făcut rău lui Jason.*

Poate sună alarmant, dar recunosc că aveam curaj și pentru că ne aflam într-un loc public.

— Aveam nevoie de un moment de singurătate, i-am răspuns calmă.

Vince s-a aplecat ușor spre mine.

— Așadar, ar fi trebuit să găsim un loc mai ferit la noi acasă, a rostit el cu o voce de gheață.

Am luat o înghițitură de ciocolată. Dulceața ei mi-a oferit alinare.

— Jason a căzut pe scări...

— Nu vreau să mai aud numele băiatului ăluia, m-a întrerupt el ridicând mâna.

Am sorbit din nou din ceașca mea.

— De unde ai știut că sunt aici?

Vince s-a îndreptat și m-a privit în tăcere o clipă. Apoi și-a ridicat încet mâna și a întins-o spre telefonul meu, care era pe măsuță. La început am crezut că voia să mi-l ia, dar el doar a atins ecranul cu degetul arătător.

Mi-a trebuit o clipă până să înțeleg ce însemna asta. Am deschis ochii larg.

— Mă urmărești!

Eram indignată, dar când mă adresam lui Vincent, nu puteam niciodată să vorbesc pe un ton prea amenințător, oricât de mult m-aș fi străduit.

Expresia de pe fața lui a rămas complet impasibilă.

— Bineînțeles.

— Nu ai niciun drept!

— Bineînțeles că am.

Rămăsesem fără cuvinte. Noua descoperire nu contribuise la schimbarea atitudinii mele deja negative față de fratele meu cel mai mare.

— Pe viitor, te rog să ții minte că atunci când te sun mă aștept să răspunzi imediat, m-a avertizat.

— Nu pot să cred că mă urmărești.

Și-a înclinat capul, așteptând să diger această informație.

— De unde ai știut că sâmbătă m-am întâlnit cu Jason? am întrebat încet.

Furia era probabil singurul combustibil care îmi alimenta curajul în discuțiile cu Vincent. Pentru o clipă am simțit chiar că eu eram cea care împărțea cărțile aici și aveam dreptul să îi pun întrebări. Era un sentiment iluzoriu, absolut fals. Vincent hotăra singur când și ce voia să spună.

M-a privit o clipă, ca și cum s-ar fi întrebat dacă merită să mă informeze, până când, în cele din urmă, mi-a răspuns:

— De la bodyguardul tău.

15

JOCUL CU MIZA CEA MAI MARE

Tocmai duceam ceașca la buze, când am realizat sensul cuvintelor lui. Am scăpat-o din mână și s-a auzit un clinchet zgomotos. În mod miraculos, nu s-a spart, dar restul ciocolatei s-a vărsat pe masă. Am atras atenția celor câțiva oameni prezenți în cafenea, dar nu-mi păsa câtuși de puțin, pentru că în acel moment rămăsesem cu gura căscată la fratele meu.

Vince, cu eleganța lui caracteristică, a întins mâna după șervețelele de la dozatorul din mijlocul tejghelei și le-a pus în fața mea, îndemnându-mă să curăț mizeria.

Am vrut să-i pun o întrebare fără sens, cum ar fi: „Despre ce vorbești?“ sau „Ce bodyguard?“, dar în loc de toate acestea am rostit încetișor o altă întrebare, care îmi fusese dictată de subconștient.

— De ce am nevoie de un bodyguard?

Vincent mă privea cu atenție. Vedeam pe fața lui că se gândea cât de mult poate să-mi dezvăluie din secretul lui. I-am susținut privirea și am încercat să-i arăt prin atitudinea mea că eram gata să aud adevărul sau cel puțin o parte din el. În plus, am încercat să-l forțez discret să mi-l spună, strângând din buze. Știam că am acest drept.

Fratele meu și-a mângâiat bărbia cu mâna, iar pe unul din degete inelul cu sigiliu a strălucit din nou amenințător. Chiar înainte să vorbească din nou, mi-a trecut prin minte gândul că poate nu voiam să știu deloc ceea ce urma să-mi spună.

— Ce știi tu despre ceea ce fac eu în viață?

A vorbit cu o voce clară și răspicată, dar și suficient de încet, astfel încât să îl aud numai eu. Am stat o clipă să mă gândesc la răspuns.

— Will a spus că aveți o afacere de familie, am răspuns eu nesigură.

O umbră de zâmbet a apărut pe buzele lui Vincent.

— Will a spus-o foarte frumos.

— Deci nu este adevărat?

— Ba este adevărat.

Am tăcut. Vince părea serios, dar eu nu puteam scăpa de senzația că era de fapt puțin amuzat. Asta era ceva nou.

— Ce altceva ți-a mai spus Will?

Apoi am ezitat, încrețindu-mi fruntea și încercând să-mi mobilizez celulele cenușii.

— Că... după ce... tatăl vostru a murit, tu i-ai luat locul în companie, iar băieții te ajută cumva?

Era absolut tot ce știam despre afacerile lor. Adică, practic nimic. Nu mi-era deloc ușor să vorbesc indiferent despre acest subiect cu frații mei, cu care era într-adevăr greu să am vreo conversație serioasă. Chiar și Will îmi reteza întrebările.

— Este și tatăl tău, Hailie.

Am dat din cap, ferindu-mi privirea de el. Nu credeam că este nevoie să-l recunosc oficial pe acest om ca tatăl meu. Nu aveam deloc chef să fac asta, dar nici nu voiam să-i dau explicații lui Vincent.

— Bine, a suspinat fratele meu și s-a lăsat pe spate în scaunul lui. Mâinile lui se odihneau pe cotiere și, deși stătea la o masă dintr-o cafenea obișnuită, arăta ca un rege într-o sală a tronului. Cum reușea asta, nu am nici cea mai mică idee.

— Istoria familiei noastre este lungă și interesantă, draga mea Hailie. Bunicul și străbunicul nostru au muncit din greu pentru a ne asigura statutul pe care îl avem acum.

Toate acele articole de pe internet mi-au apărut din nou în fața ochilor. „Imperiul Monet", așa se numea afacerea de acolo sau poate mai degrabă afacerile despre care vorbea acum Vince...

— Nu toate activitățile în care s-au angajat erau legale. Înțelegi ce vreau să spun? a întrebat încet.

— De exemplu? am răspuns la întrebare cu o întrebare și am înghițit în sec în timp ce gâtul mi se usca de emoție.

Vincent a clătinat din cap.

— Îți spun toate acestea ca să-ți faci o idee despre trecutul familiei noastre. Nu intenționez să intru în detalii.

— Dar...

— Nu.

Am strâns din dinți nerăbdătoare ca să nu murmur ceva care cu siguranță nu i-ar fi plăcut. Trebuia să mă stăpânesc, ca să nu-i stric dispoziția. În plus, chiar dacă devenise temporar atât de vorbăreț, tot mai credeam că pășesc pe o pojghiță de gheață. Era ușor de uitat, totuși stăteam împreună la o masă într-o cafenea dintr-un orășel necunoscut doar pentru că mă hotărâsem să fug de la școală. Cu siguranță că mă așteptau niște consecințe.

— Pe măsură ce familia noastră urca în ierarhia socială, pe măsură ce obțineam tot mai multe succese, creștea și concurența noastră. A devenit din ce în ce mai serioasă și necruțătoare, a continuat fratele meu. Acesta este prețul pe care trebuie să-l plătești pentru succes.

— Ce fel de concurență? Mai există?

— Hailie, încetează, te rog, acesta nu este un interviu. Îți voi spune cât de mult cred eu de cuviință.

S-a uitat discret în jur, apoi s-a uitat imediat la mine dezaprobator, în timp ce eu suspinam tare și demonstrativ. Apoi s-a îndreptat brusc și a ordonat:

— Plecăm.

Eram nedumerită de această turnură bruscă a conversației. Nu voiam să se întrerupă. Voiam să continue pentru că era pentru prima dată când simțeam că mă inițiază în ceva. Chiar dacă era o impresie iluzorie, deoarece, așa cum subliniase chiar el, îmi împărtășea doar informații selective, era totuși un progres incontestabil în relația noastră.

Vince nu a pierdut timpul. Fără nici o clipă de ezitare, s-a ridicat și a început să-și încheie paltonul elegant. Abia atunci mi-a trecut prin minte că pierdeam șansa de a descoperi cel puțin o parte din secretul fraților. Și acesta era, la urma urmei, un lucru pentru care mă luptam de luni de zile.

— Nu! am strigat repede. Nu, așteaptă încă o clipă. O să tac, o să ascult, doar o vorbă. Mai spune-mi ceva, te rog.

— Ridică-te, mi-a poruncit el pur și simplu, uitându-se la mine sever.

M-am ridicat, dar numai ca să mă îndrept spre el și să-l apuc de mână, împiedicându-l să încheie ultimul nasture. M-am mirat singură că îmi permisesem un gest atât de intim cu Vincent, dar asta nu făcea decât să dovedească cât de mult îmi doream să aflu mai multe.

— Te rog, am scâncit eu, dându-mi capul pe spate și privind rugător în ochii lui, care păreau indiferenți. El a cercetat din nou cu privirea cafeneaua și a clătinat din cap.

— Plecăm, a repetat el în cele din urmă, iar când am deschis înverșunată gura ca să încerc să protestez în continuare, a adăugat: Vom termina discuția în mașină.

La început mi-am slăbit strânsoarea ușurată, apoi mi-am lăsat mâinile să alunece de la sine spre încheietura mâinii lui. Așadar, nu era încă totul pierdut. Eram atât de bucuroasă, că nu mi-am ratat șansa. Vince a profitat de neatenția mea și cu o mișcare rapidă a luat de pe masă telefonul meu. Fără un cuvânt, l-a strecurat în buzunar. Nu am comentat.

L-am urmat până la ieșire, iar afară ne-am îndreptat imediat spre mașina lui. Începea din nou să ningă încet și Vince mi-a examinat cu o altă privire de dezaprobare hainele prea subțiri. Mi-a deschis repede ușa de pe partea pasagerului și am alunecat la fel de repede pe scaun, tremurând în vântul înghețat. În timp ce șezusem în cafenea, fie că emoțiile mi se domoliseră, fie că scăzuse temperatura de afară – sau poate și una, și alta. Cu siguranță simțeam frigul mai mult decât în timpul plimbării prin pădure. Mi-am înfășurat și mai strâns sacoul în jurul trupului în timp ce priveam prin parbriz cum Vince înconjura mașina și se urca la volan lângă mine. În picioare, în mica parcare se aflau mai mulți bărbați în vârstă, probabil locuitori din zonă. Stăteau înghesuiți cu țigări în mâinile înghețate și vorbeau, strigând zgomotos unul către altul. Au amuțit toți fără excepție când l-au văzut pe Vincent și s-au holbat până când acesta a pornit motorul și a plecat.

Aceasta este o descoperire destul de recentă a mea – apariția mea în locuri publice împreună cu fratele meu mai mare atrăgea atenția tuturor celor din jur. Cei care îl cunoșteau sau aveau vreo legătură cu Vincent voiau să se asigure că era el, iar pe cei care nu-l cunoșteau îi interesa oricum, pentru că, în fond, Vincent arăta sclivisit și răsfățat ca un milion de dolari.

Eram nerăbdătoare. Doream să continue, dar nu l-am grăbit, ca să nu-mi distrug șansele de a afla măcar o parte din adevăr. Tocmai când începusem încet-încet să cred că mă păcălise, că nu-mi va mai spune nimic altceva și că ne îndreptam direct spre casă, Vincent a tras pe dreapta la marginea drumului, unde era suficient de mult loc pentru a staționa în siguranță. La fel ca peste tot în zonă, acest drum destul de pustiu mergea printre copaci dens plantați, cu coroane desfrunzite. Cu un peisaj atât de dezolant în fața ochilor, m-am gândit că aș fi preferat de o sută de ori să fiu într-o cafenea sau în orice alt loc public și m-a străbătut un fior.

— Sunt oameni cărora nu le place ceea ce fac, a spus Vince brusc, ca și cum ar fi lăsat mai întâi să ne îmbrățișeze de jur împrejur liniștea ideală care se așternuse după ce oprise motorul, iar apoi, cu un efect de surpriză, să o spargă cu răceala din vocea lui. Stătea și privea în față cu o mână sprijinită pe volan și cu cealaltă pe cotieră. M-am uitat la ea și am oftat la vederea inelului cu sigiliu. Avea culoarea oțelului, cu un „M" mare gravat și câteva sculpturi mai mici în jur. Ca să le văd mai bine, ar fi trebuit să mă aplec foarte mult. Fără să știu de ce, inelul îmi producea o neliniște stranie.

— Te referi la poliție? am întrebat naivă, ridicând ochii ca să-l privesc în față.

A zâmbit ca și cum i-ar fi fost milă de mine, dar a continuat să se uite prin parbriz spre pădure.

— Oh, nu, Hailie, am o relație excelentă cu poliția. E bine să ții minte asta.

Am fost șocată și inundată de un val de rușine amestecat cu oroare, pentru că mi-am amintit că doar cu o clipă mai înainte mă gândisem să-l denunț polițiștilor. Dar ce greșeală ar fi fost! Vincent și toată echipa șerifului păreau să fie în termeni extrem de buni. Nu știu dacă nu cumva fratele meu era în stare să-mi citească gândurile și ghicise ce îmi trecuse prin minte înainte sau dacă era numai un avertisment pentru viitor. Tot ce știu este că aveam de gând să țin bine minte acest avertisment.

— Avem mulți prieteni, prieteni foarte puternici, dar nu numai. Nu îmi place cuvântul „dușmani", pentru că are o conotație infantilă, iar acestea sunt chestiuni serioase la care vreau totuși să te sensibilizez, deoarece, indiferent cum ar fi, pur și simplu așa se caracterizează relația pe care o avem cu anumite persoane. Sunt oameni diferiți, cu motivații și limite diferite, stabilite în locuri diferite. Nu poți prevedea niciodată la ce să te aștepți de la ei. Acesta este motivul pentru care, de fiecare dată când ești undeva singură în afara școlii, am un om care veghează la siguranța ta. Nu am vrea ca cineva să te răpească de lângă noi.

— Stai puțin, am auzit bine? Cineva vrea să mă răpească? am gemut eu slab.

— Oh, mulți oameni.

— Dar de ce, eu nu am făcut nimic, în fond...

— Numele tău, Hailie. E de ajuns.

Vince nu se uita la mine nici cu îngrijorare, nici cu simpatie, chiar dacă sunt sigură că a văzut cât de rău mă speriaseră cuvintele lui. Dar eu eram departe de calmul lui și nici măcar nu am observat când panica a început să câștige teren în fața rațiunii.

— Asta trebuie raportat la poliție!

Vince a clătinat negativ din cap.

— Jocul pentru cea mai mare miză se desfășoară întotdeauna dincolo de raza de acțiune a poliției.

Mi-am mușcat buza cu furie, gândindu-mă la o soluție simplă, crezând în naivitatea mea că există una, pe care Vince însuși nu o găsise până acum.

— De ce vor să mă răpească doar pe mine? Cum rămâne cu tine și cu restul băieților? am întrebat eu în liniște. Toți avem același nume.

— Este evident, Hailie, a răspuns el. Tu ești ținta cea mai ușoară. Faptul că nu ai fost crescută dintotdeauna în familia noastră te face și mai valoroasă în ochii potențialilor oameni cu intenții necurate. Ești o fată tânără și drăguță și, lucrul cel mai important, nu ești familiarizată cu lumea noastră, ceea ce te face vulnerabilă și naivă...

— Nu sunt deloc naivă.

Vince a strâns buzele, nemulțumit că îi tăiasem vorba. M-a privit o clipă în tăcere, lăsându-mă să înțeleg că nu trebuia să mai fac asta. Am murmurat încet o scuză ca să-l liniștesc, iar el a continuat.

— Dar bineînțeles că ești naivă. Și ai tot dreptul să fii așa, deoarece nu ai nicio idee despre nimic. Prin urmare, trebuie să respecți regulile pe care ți le dictez eu. Pentru că sunt foarte multe lucruri pe care nu le știi. Este posibil ca pe cele mai multe dintre ele să nu le afli niciodată.

Nu mi-a plăcut tot ce a spus. Cu toate acestea, în loc să mă concentrez pe reacțiile negative, am încercat să-mi mișc capul și să-mi organizez întrebările care îmi treceau prin minte. O grămadă de întrebări.

— De ce nu mi-ai spus mai devreme că am un bodyguard?

— Ca să nu te sperii.

— Atunci de ce îmi spui asta acum?

— Ca să te sperii.

Am ridicat din sprâncene, așteptând o explicație, iar Vince a tras aer în piept și și-a încleștat mâna pe volan.

— Hailie, nu poți să părăsești pur și simplu incinta școlii. În general, nu trebuie să pleci nicăieri fără să mă informezi mai întâi pe mine sau pe unul dintre frați. Dacă ai fi dat din greșeală peste cineva răuvoitor astăzi, s-ar fi putut sfârși rău.

Chipul lui Vincent s-a întunecat în timp ce privea în depărtare, apoi s-a uitat la mine și a adăugat:

— De aceea, dacă mai chiulești încă o dată, nu te vei mai duce la școală. Dacă va fi nevoie, îți voi angaja profesori individuali și te voi închide acasă, nu glumesc. E clar?

Ultimele cuvinte au sunat ca o amenințare în toată regula și am tremurat numai când mă gândeam ce s-ar fi întâmplat dacă s-ar fi adeverit. Atunci nu aș mai avea chiar niciun fel de viață.

— Foarte clar.

Pentru o clipă, niciunul dintre noi nu a vorbit. Vince a scos telefonul și a aruncat o privire la mesaje.

— Mergem acasă, a anunțat el, băgându-l la loc.

— Doar un moment, te rog. Poți să-mi spui cu ce anume te ocupi? am întrebat eu, brusc animată.

Nu voiam să încheiem încă discuția și doream să storc din ea cât mai mult posibil.

— Nu.

A fost un răspuns scurt, dar rostit atât de apăsat și într-un mod atât de ferm, încât făcea imposibilă orice insistență, așa că am tăcut și l-am acceptat cu inima grea. Vince a pornit motorul și nu a mai deschis gura. Nici eu nu am spus nimic până când am parcat în garajul reședinței Monet. În tot restul drumului am analizat informațiile pe care mi le împărtășise fratele meu, iar acum mă durea capul din cauza supraabundenței lor.

— Vince, te rog, vrei să-mi mai spui ceva? am strigat eu.

Ultima dată când mi-am încercat norocul a fost când și-a desfăcut centura de siguranță și a deschis portiera, cu un picior deja afară din mașină. S-a întors spre mine și pentru o clipă m-a privit, iar eu - un pic inconștient și un pic intenționat - am încercat să îl fac să răspundă uitându-mă frumos la el.

— Poftim, Hailie?

Succes.

— Și dacă cineva chiar mă răpește?

Analizasem tot ce îmi spusese Vince, dar la această chestiune reveneam mereu și era cea asupra căreia aveam cele mai multe îndoieli. Mi-era teamă să aud răspunsul.

Vince m-a săgetat cu privirea ochilor lui palizi.

— Atunci îl voi ucide personal.

A coborât, a închis portiera mașinii în urma lui și a dispărut în partea de locuință a casei.

Iar eu am mai rămas în mașină câteva minute, așteptând să se potolească frisoanele care îmi străbăteau tot corpul.

16

SURIOARA CEA MICĂ

Când am pășit în bucătărie, îmi simțeam încă picioarele ca de vată. Nu știu de ce mă duseseră tocmai aici, căci nu mi-era foame. Cred că pur și simplu nu voiam să merg imediat după Vincent, așa că am decis să aștept jos un timp înainte să mă duc la mine în cameră.

Mi-am cules câțiva struguri din castronul sculptat de lângă aparatul de cafea și i-am mestecat încet, sprijinindu-mă de blat. Priveam în gol pe fereastra care dădea în curtea cenușie. Nu aveam în cap decât conversația cu Vincent și nu mă puteam opri să mă gândesc la ea, mai ales la ultimele lui cuvinte. Cu toate acestea, nu mi se făcea pielea de găină.

Și chiar atunci mi s-a alăturat nimeni altul decât Dylan. A apărut ca din senin, nici măcar nu i-am auzit pașii. M-am uitat în sus la el, când a intrat în încăpere și am simțit cum mi se crispează fața. Nici el nu m-a ignorat ca de obicei, ci doar s-a oprit foarte aproape de mine și a dat drumul la espresorul de cafea. Nu mi-a plăcut privirea plină de reproșuri cu care m-a țintuit.

— Ce a fost cu evadarea asta a ta, ei? a întrebat el.

Am mestecat încet ultimul strugure.

— Nu mai puteam să vă ascult, am mărturisit sincer.

S-a auzit un zgomot de boabe de cafea măcinate, iar Dylan s-a apropiat și mai mult de mine, silueta lui masivă invadându-mi în mod semnificativ spațiul.

— Dacă trebuie să stai cu noi, trebuie să stai cu noi, punct. Nu contează dacă îți place sau nu.

Mi-am îndreptat spatele și am ridicat din sprâncene.

— Da, dar... Nu - mai puteam - să - vă - ascult, am repetat.

Am încercat sincer să nu par prost crescută. La urma urmei, știam foarte bine că nu are rost să mă cert cu Dylan. Nu era cazul să intru în conflicte cu el acum. Am vorbit normal, poate doar puțin defensiv.

A mai făcut un pas spre mine și, dacă aș fi avut unde, aș fi făcut un pas înapoi.

— Atunci data viitoare astupă-ți urechile.

— Scuze, ar trebui să mi le astup și acum?

Bine, asta mi-a scăpat. Știam că mersesem prea departe, chiar în momentul în care mi-au ieșit din gură primele cuvinte, dar speram să mă pot strecura pe sub brațul lui Dylan și să ajung în camera mea. Din nefericire, am fost oprită de mâna lui de pe cotul meu.

— Ai început să dai din gură, fetițo, nu-i așa?

— Dă-mi drumul!

— Hai să lămurim ceva mai întâi...

Am plesnit din limbă într-un acces brusc de iritare.

— Am vorbit deja cu Vince.

— Excelent. Acum o să vorbești și cu mine.

— N-am de gând.

Am încercat să mă smulg din strânsoarea lui, dar nu eram pentru el un adversar pe măsură.

— Ți-e atât de frică pentru băiețașul tău? a întrebat el batjocoritor.

Am început să tremur de indignare.

— Dă-mi drumul!

— Să sperăm că pe viitor va avea grijă pe unde merge, da? Ar fi păcat să se împiedice din nou pe scări.

Nu, n-a spus asta.

Ce fel de om poate spune astfel de lucruri?

M-am uitat la el și nu-mi venea să cred. Ce nemernic arogant! Semnele mele anterioare de furie erau simple înțepături, ca și cum doar câteva albine m-ar fi atacat, dar acum, după ultimele cuvinte, aveam impresia că am intrat într-un roi întreg.

— Dă-mi drumul, dă-mi drumul, dă-mi drumul!!! am strigat și de data asta mi-am pus toată forța în încercarea de a mă elibera și l-am împins în același timp cu pumnii, începând curând să-l acopăr cu o ploaie de lovituri.

Dylan s-a uitat la mine total nedumerit la început, apoi și-a încruntat sprâncenele, ca și cum ar fi încercat să înțeleagă ce naiba făceam. Nu aveam destulă putere ca să-l rănesc cu atacurile mele, sau să-i provoc cea mai mică durere. Nici măcar nu s-a dat înapoi, dar la un moment dat s-a clătinat ușor. În cele din urmă, când una dintre loviturile mele țintite orbește a lovit periculos de jos, Dylan m-a împins de lângă el.

Am zburat spre dulapuri și aș fi căzut pe jos dacă acestea nu ar fi fost atât de aproape. M-am sprijinit cu un cot de blat, iar cu cealaltă mână m-am ținut de mânerul sertarului, care se desprinsese puțin. Am simțit o ușoară durere la nivelul omoplatului și am scos un „auci“ șoptit. Aceasta m-a ajutat cu siguranță să mă scutur de transa în care tocmai căzusem. Am ridicat capul ca să-l privesc pe Dylan, care stătea aplecat deasupra mea cu gura întredeschisă de uimire.

— Ce se întâmplă aici?

Nu puteam decât să presupun că Will apăruse în pragul bucătăriei, atras de strigătele mele. Ignorându-i întrebarea, am continuat să-l sfredelesc pe Dylan cu privirea. Acesta, la rândul lui, se uita fix la mine ca hipnotizat, până când, în cele din urmă, a suspinat.

— Ridică-te, a spus el.

Am aruncat o privire dezgustată la mâna pe care mi-a întins-o și m-am uitat în altă parte, adunându-mi puterile ca să mă ridic singură.

— La naiba, a mârâit el. S-a aplecat, m-a apucat de braț și m-a tras în sus. După ce m-am ridicat în picioare, m-am îndepărtat de el cât mai mult posibil, frecându-mi cotul unde mă lovisem.

— Hailie, ce s-a întâmplat cu tine?

De data asta, tonul lui Will era scăzut și aspru.

Eu tot nu am răspuns și, privind încruntată pe sub sprâncene, l-am provocat pe Dylan să vorbească. Acesta își mângâia ceafa și, în mod surprinzător, se calmase. S-a uitat undeva în lateral și în cele din urmă a răbufnit fără chef:

— Am îmbrâncit-o.

— Ai îmbrâncit-o? a repetat imediat Will, cu toată atenția concentrată asupra fratelui său mai mic, care s-a mulțumit să ridice din umeri, desfăcând brațele în lături.

— Nu am știut că va zbura așa de repede.

Will se holba la el ca și cum nu i-ar fi venit să creadă că gândise așa. Timp de o clipă, cred că a uitat că eram încă aici și că și-a concentrat toată furia spre Dylan, ceea ce nu m-a deranjat deloc.

— Îți dai seama că ea nu e ca Shane sau ca Tony, cu care poți să te ici la bătaie ca să te distrezi? Uită-te la ea, și apoi la tine. Bineînțeles că atunci când ai îmbrâncit-o a căzut, a mârâit el.

Nuanța azurie a ochilor lui a devenit neobișnuit de rece și în acel moment semăna un pic cu Vincent. Doar un pic, desigur, pentru că Vince este unic în felul lui.

— Știu, dar ea a fost prima care s-a repezit cu pumnii la mine.

Acum Will se uita la mine, iar eu încă fierbeam de furie, așa că reacția mea a fost potrivită cu starea în care mă aflam.

— Pentru că ai început să înșiri tâmpenii despre Jason!

Am fost uimită de cuvintele pe care le rostisem. Niciodată până atunci nu-mi trecuseră prin minte astfel de lucruri și nu puteam decât să ghicesc de la cine le luasem.

— Hei, fii atentă cum vorbești! a șuierat Dylan, ridicând un deget spre mine.

— Vocabularul, Hailie, m-a admonestat în același moment și Will.

Acum se uitau amândoi la mine. Și din nou eram doar eu singură contra fraților. Am simțit că această întorsătură a evenimentelor era extrem de nedreaptă și am trăit din nou frustrarea cunoscută pe care mi-o provoca usturimea din ochi. De ce sunt mereu eu cea care trebuie să plângă?

Am rămas tăcută și, după câteva secunde lungi, Will a vorbit din nou.

— Nu vreau să aud astfel de cuvinte din gura ta, bine?

De obicei, Will era pentru mine fratele cel bun și blând, dar în momente ca acesta îmi arăta că și el are un comportament ciudat, pe care nu-l înțelegeam foarte bine. Era și el tot unul dintre frații Monet și părea mai bine să nu-mi stric relațiile cu el cu niște certuri prostești. Din păcate, eram într-o dispoziție prea bătăioasă în acel moment, așa că am decis să continui discuția.

— În această casă cineva înjură tot timpul.

— De asemenea, în această casă se mai întâmplă și multe alte lucruri pe care tu nu ai voie să le faci, a ripostat Dylan.

— Ce drept ai tu să-mi spui ce am voie să fac? Doar Vincent este tutorele meu legal.

Ăsta e adevărul, Dylan nici măcar nu era cu mult mai mare decât mine. Iar după felul în care se purta s-ar fi putut spune că este chiar mai tânăr. Faptul că unul ca el putea să-mi dicteze condiții era cu adevărat bizar.

Din nefericire pentru mine, de data asta, argumentul meu nu a fost nici pe placul lui Will, care a ridicat sprâncenele.

— În acest caz, ar trebui să-l chem aici?

Pentru o clipă ne-am măsurat din priviri. Will arăta cu degetul mare în spatele lui, spre scări, iar eu am pierdut repede lupta cu albastrul intens al privirii lui. Mi-am coborât privirea, scuturând din cap. Will nu glumea. Chiar era gata să-l aducă aici pe Vincent, iar eu mă săturasem de discuții cu fratele cel mai mare pentru acea zi. În plus, eram sigură că ar fi luat partea băieților.

— Sunt obosită, vreau să mă odihnesc, am murmurat eu în cele din urmă.

Speram că cel puțin Will se va îndura de mine și așa s-a și întâmplat. M-a privit încă o clipă, apoi a dat din cap și m-a lăsat să mă strecor pe lângă el. Înainte de a părăsi bucătăria, însă, m-a oprit încă o clipă.

— Ești bine? Nu te-ai lovit?

— Nu.

Nu i-am onorat nici pe el, nici pe Dylan cu o altă privire. Am urcat scările și am simțit doar o mică, foarte mică undă de satisfacție când l-am auzit pe Will cum îl certa pe fratele său mai mic. Faptul că cel puțin lui Dylan i s-a reproșat ceva m-a mai liniștit puțin.

Ajunsă în camera mea, m-am bucurat să-mi revăd patul. Dar nu mi-a fost dat să mă relaxez, pentru că după scurtul episod din bucătărie creierul meu a început din nou să digere informațiile pe care mi le împărtășise Vincent.

În primul rând, frații mei fac niște afaceri dubioase cu oameni periculoși, iar asta nu mai era doar o bârfă prostească sau presupuneri auzite la școală – era un fapt confirmat chiar de Vincent însuși.

În al doilea rând, eram în pericol. Nu știu cât de mare. Cu siguranță suficient de mare încât să am nevoie de un bodyguard și de un dispozitiv de urmărire în telefon. Doar gândul la asta mă făcea să tremur de frică. Până în acel moment, nu cunoscusem acest gen de probleme decât din cărți, pe care le citisem fascinată. Nu mi-am imaginat, însă, niciodată că voi deveni eu însămi protagonista unui thriller.

În al treilea rând, am încercat din toate puterile să mă conving că ultimele cuvinte pe care Vincent mi le spusese în mașină fuseseră doar o glumă ca să mă descurajeze să-i mai pun alte întrebări, deși totul - expresia lui facială, privirea și tonul vocii - arătau că era sută la sută serios.

În al patrulea rând, Dylan este un nemernic periculos.

Mi-am îndreptat furia în mod special spre el, și asta pentru situația de mai înainte. Și, de asemenea, pentru faptul că, în final, el a fost cel care s-a ocupat de Jason. Săracul Jason, știam că nu i se întâmplase nimic grav și nici nu pot descrie cât de ușurată mă simțeam, dar în același timp sufeream din cauza impactului pe care această situație îl va avea asupra relației noastre. Nu știam încă cum va arăta acum, dar nu eram optimistă.

Nici măcar nu mi-a scris nimic. Am vrut automat să mă uit la telefon, apoi mi-am amintit că Vincent mi-l luase și am oftat. Dar nu eram supărată pe el.

Oamenii nu au decât o cantitate limitată de furie în ei, iar în acest moment, așa cum am menționat, a mea era concentrată împotriva lui Dylan.

Spre seară mi-am schimbat brusc părerea despre el. Îmi făceam lecțiile de la orele la care lipsisem, stăteam la birou, concentrându-mă peste caietele mele, însoțită de stickere colorate și markere, când am auzit o bătaie în ușă. Mă așteptam să fie Eugenie sau poate Will, dar cel care tocmai intrase în camera mea era Dylan. Am regretat imediat că îl invitasem să intre și m-am încordat. M-am prefăcut că sunt extrem de absorbită de un capitol din cartea de istorie și aveam de gând să-l expediez pe nesuferitul meu frate cât mai curând posibil, înainte să mă scoată din nou din pepeni.

S-a apropiat de biroul meu și s-a sprijinit lejer de el, uitându-se în jur prin cameră.

— Nu ai nicio păpușă aici? s-a mirat el.

— Am cincisprezece ani, nu mă mai joc cu păpuși, i-am răspuns.

I-am simțit privirea ațintită asupra mea.

— Hei, Hailie, îmi cer scuze.

A spus-o atât de simplu, încât, câtva timp sensul simplu al cuvintelor lui nu a ajuns la mine. În mintea mea, Dylan era incapabil să rostească asemenea cuvinte magice, așa că atunci când mi-am dat seama că veneau într-adevăr din gura lui, mi-am ridicat cu precauție privirea spre el. Mă așteptam să văd un zâmbet răutăcios pe fața lui, care să sugereze sarcasmul afirmației, dar fața lui era serioasă.

Să fie acesta al șaselea frate al meu? Geamănul lui Dylan, care îi este complet opus? Era o prostie, dar eram dispusă să cred mai degrabă o astfel de poveste, decât că Dylan venise să-mi ceară sincer scuze.

— Nu pentru ce i-am făcut prietenului tău, ca să fie clar, a subliniat el. Ei bine, poate că este totuși Dylan până la urmă. Dar pentru că m-am purtat urât cu tine. Am simțit că vreau să tachinez pe cineva și a căzut măgăreața pe tine. Și ești o țintă ușoară, fetițo.

Am făcut o mutră acră, ceea ce a făcut ca colțurile gurii lui Dylan să se ridice în sus. Este a doua oară astăzi când mi se spune că sunt o țintă ușoară.

— Nu trebuie să chiulești. Mi-am cam ieșit din fire când am aflat că ai plecat așa, pur și simplu, de la școală. E periculos pentru tine să umbli pe aici de una singură. De aceea m-am răstit la tine în bucătărie.

Am rămas tăcută, așa că atunci când, după un timp, nu a mai avut nimic de adăugat, s-a îndepărtat de la birou și a pornit spre ieșire.

— Dylan... am șoptit eu încetișor.

S-a oprit la jumătatea drumului și s-a întors spre mine.

— Da?

— Cred că sunt un pic... speriată.

Vocea mi-a tremurat, ochii au început să mi se umezească din nou și am scăpat chiar și pixul pe jos. Toate astea pentru că, dintr-un motiv oarecare, autocontrolul meu se spărsese ca un balon de săpun. Nu mai puteam să-mi reprim sentimentele, trebuia să scap de ele. Din anumite motive, vizita lui Dylan declanșase acest proces.

Ar fi putut să râdă de mine, să mă ridiculizeze, să mă ignore sau să mă consoleze și chiar nu știam ce va alege, dar în acel moment nu-mi păsa de asta. Voiam să-mi eliberez emoțiile.

M-a privit o clipă, a suspinat și a ezitat, apoi s-a întors la mine, și-a scos mâinile din buzunare, și-a dat părul înapoi de pe frunte și și-a întins ușor brațele.

— Hai, vino aici.

Mai întâi mi-am ridicat capul ca să mă asigur, privindu-i fața, că nu mi se pare și că descifrasem corect mesajul lui, iar apoi, împinsă de nevoile profunde de apartenență și de acceptare, m-am ridicat în picioare.

Brațele lui Dylan mi-au înfășurat silueta măruntă și m-au cuprins într-o îmbrățișare puternică și stabilă. Un astfel de gest a dat automat undă verde lacrimilor din ochii mei, căci am început să plâng și nici măcar nu m-am jenat că o făceam în prezența lui. Ceream urgent orice fel de consolare și nu-mi păsa de la cine o voi primi.

M-a îmbrățișat atât de strâns, încât fruntea mea s-a sprijinit pe pieptul lui musculos și i-am udat cămașa cu lacrimile mele. Apoi a început să mă mângâie pe spate, iar eu, în primul moment am început să plâng și mai tare, din recunoștință pentru alinarea pe care mi-o oferea și de care aveam o atât de mare nevoie.

— De ce îți este frică?

De tine, printre altele. De voi.

— Că cineva mă va răpi, de exemplu...

În general, aș putea scrie o carte despre toate lucrurile de care îmi era frică. Îmi era frică de frații mei, îmi era frică să nu fiu în pericol, că îi vor face rău lui Jason, că au afaceri dubioase cu oameni dubioși, ba chiar și de faptul că folosesc arme de foc.

Dylan m-a îmbrățișat mai strâns.

— Nu vom lăsa pe nimeni să-ți facă rău, a promis el încetișor. Ești surioara noastră mai mică.

— Sunt o străină pentru voi. De sub pleoapele mele a țâșnit o fântână și mai abundentă. Tocmai spusesem cu voce tare ceea ce gândisem cu timiditate chiar de la început.

Atunci Dylan s-a aplecat înapoi, m-a apucat de bărbie și a ridicat-o, forțându-mi ochii plini de lacrimi să-l privească în față.

— Hailie, tu ești sora noastră. Faci parte din familia noastră, iar noi prețuim familia mai presus de orice.

— Eu nu sunt una dintre voi.

Dylan și-a strâns mâna pe umărul meu. Și-a încrețit și sprâncenele, iar ochii lui negri erau mai serioși ca oricând.

— Ei, bineînțeles că ești.

— Întotdeauna vor fi cea care a venit la voi după zece ani. Eu nu voi avea niciodată cu voi relația pe care o aveți voi între voi.

— Prostii, fetițo. Ai dispărut de lângă noi pentru o vreme, ei bine, ce-i cu asta? Mare lucru! Te-am regăsit deja, așa că e în regulă.

Torentul de lacrimi de pe obrajii mei nu se mai sfârșea. Dădeam din cap și simțeam că îmi plâng toate durerile.

— Sunt o străină.

— Ești o comoară.

Mi-am ridicat privirea spre el, șocată și nesigură dacă nu cumva tocmai auzisem greșit. Dylan zâmbea ușor și protector.

— Pierdută și regăsită, ești o comoară. Și-a trecut degetul mare peste obrazul meu umed. Și așa ar trebui să te simți, fetițo. Specială. E clar?

Bărbia îmi tremura atât de tare, încât aproape că am început să scrâșnesc din dinți. Am dat din cap, agățându-mă cu lașitate de speranța că poate totuși Dylan chiar spune toate astea cu sinceritate.

— Mi-ai umplut toată cămașa de muci!

Am suspinat încet, trăgându-mi nasul.

— Știi... am început după o clipă, când mi-a revenit în sfârșit vocea. Ar fi frumos dacă ai fi mereu atât de drăguț cu mine.

— Poți să visezi în continuare!

Am suspinat. Mai erau încă un milion de întrebări și incertitudini care mă frământau. Dar discuția cu Dylan îmi adusese ușurare. În sfârșit puteam să fiu ceva mai liniștită.

Ciudat, cu doar câteva ore în urmă îmi venea să îi scot ochii, iar acum eram atât de dornică să caut alinare în brațele lui. Nu-mi păsa cum se vede asta din afară. În acel moment, cel mai important lucru pentru mine era să-mi mențin echilibrul psihic, iar Dylan m-a ajutat neașteptat de mult în acest sens.

Și cine ar fi crezut că, dintre toți membrii noii mele familii, tocmai el va fi cel care, în câteva propoziții, va reuși să îmi transmită un mesaj atât de valoros.

17

TONY ESTE UN PROST

Mai exista un băiat în această lume care era încă important pentru mine, dar care, datorită „bunăvoinței“ fraților mei, îmi devenise inaccesibil. Aici a început conflictul meu interior. Ori de câte ori îmi permiteam să cred că poate totuși frații mei nu erau chiar atât de răi, îmi aminteam că îl puseseră pe fugă pe prietenul meu doar pentru că îndrăznise să mă ducă la o întâlnire. Nu avusesem niciodată o asemenea încâlceală în cap.

Chiar în dimineața următoare, Vincent mi-a dat înapoi telefonul, iar eu am avut sentimentul că nu o făcea atât de mult de dragul meu, ci mai curând din cauza dispozitivului de urmărire de care știam. Mă simțeam ciudat știind că aveam asupra mea un dispozitiv de spionaj, dar se pare că era un subiect extrem de important și nenegociabil pentru Vincent, așa că nu m-am opus. Ei bine, și am acceptat argumentul că era o măsură suplimentară pentru siguranța mea. Nu aveam de gând să protestez, mai ales după ceea ce auzisem ieri de la Vincent.

Mă stresa mersul la școală. Îmi părea rău de relația cu Jason, dar după conversațiile cu Vincent și Dylan am înțeles în cele din urmă că nu prea aveam de ales. Nu eram de acord cu frații mei, încă îmi era ciudă că mă obligaseră să pun capăt relației cu prietenul meu în acest fel, dar probabil că nu puteam face nimic pentru a-i convinge să îl accepte.

Așa că eram gata să mă sacrific. Am decis să fiu o soră cuminte și să nu-i mai provoc pe frații Monet pentru binele tuturor celor din jurul meu. M-am transformat într-o martiră și, luând această decizie, m-am simțit pentru o clipă ca o eroină națională. De ce să nu încercăm să ne reluăm relația, eu și Jason, altădată? Poate în altă clasă? Poate că atunci când voi avea șaisprezece ani, conform lui Vincent, va fi deja momentul potrivit să am întâlniri? Iată ce aveam de gând să-i spun lui Jason în ultima noastră conversație deocamdată, pe care voiam să o am cu el. Bineînțeles, mă pregăteam să îi cer scuze pentru reacția lui Dylan și să îl liniștesc că, per total, cu cât ne așteptăm mai mult unul pe celălalt, cu atât mai incitantă va fi eventuala perspectivă a reconcilierii noastre. Iar dacă cumva el nu va vrea să aștepte, atunci e bine și așa. Eram pregătită și pentru o despărțire definitivă. Mi-am imaginat că atunci voi plânge nu doar eu, ci și el.

O, cât de mult mă înșelam!

Mona și Audrey mă așteptau încă de dimineață, curioase să afle ce se întâmplase ieri. După petrecerea noastră în pijamale, simțeam că ne apropiaserăm un pic mai mult, așa că le-am spus totul, mulțumită că, în sfârșit, vocea mea suna stabilă și încrezătoare după ce reușisem să-mi fac ordine în minte.

Fetele au absorbit fiecare cuvânt al meu, le-am spus că îmi vine greu să închei prietenia cu Jason, dar acest lucru este inevitabil și nici nu știu ce cuvinte să folosesc ca să nu-i rănesc sentimentele. Eram sigură de acele sentimente. Eram convinsă că, după săruturile noastre și după atâtea ore petrecute împreună, ele trebuiau să fie acolo, undeva.

Fețele prietenelor mele erau ațintite asupra mea în timp ce le explicam totul, așa că am observat imediat când și-au schimbat expresia. Mi-am încruntat sprâncenele când au pălit brusc și buzele lor s-au despărțit îngrozite. Nu se mai uitau la mine, ci la ceva din spatele meu, așa că m-am întors cât de repede am putut și am fost și eu șocată.

Mai întâi am simțit cum inima mi se prăbușește undeva în zona stomacului, apoi am înghițit în sec cu mare dificultate, permițându-mi să descifrez ceea ce văzusem.

Jason, cel despre care tocmai vorbisem, pășea pe coridorul școlii, fără să-și desprindă nici măcar o clipă mâna de pe talia unei blondine, pe care a tras-o brusc și mai aproape de el. Aceasta a început să chicotească și aproape că și-a pierdut echilibrul. Însă nu a căzut, din păcate, pentru că el a sprijinit-o.

Am clipit din ochi, pentru că nu-mi venea să cred ce vedeam, gata să-mi acuz propriii ochi de minciună. Jason nici măcar nu s-a uitat la mine, dar aveam un sentiment ciudat că știa că mă uit la el. Avea un plasture lipit deasupra sprâncenei, dar în afară de asta nu părea să fi suferit nicio rană gravă după întâlnirea cu Dylan. Deși cred că totuși trebuie să se fi lovit puternic la cap, deoarece la un moment dat și-a sărutat partenera fără niciun pic de jenă și cu mare delectare.

Eram aproape sigură că deliram și aveam nevoie de cineva care să-mi confirme ceea ce vedeam, așa că m-am uitat la fete. Tăceau și am simțit că încep să tremur și să transpir. Mi-am pierdut concentrarea și mi s-a părut că, în toată această buimăceală, eram pe punctul de a-mi părăsi propriul corp și de a mă retrage undeva alături. Eram speriată de această reacție și, cu o mișcare panicată, mi-am scos telefonul ca să am ceva la care să mă concentrez. Am început să deschid aplicații la întâmplare, prefăcându-mă că vreau să verific ceva, dar vedeam ca prin ceață din cauza lacrimilor care începuseră să-mi curgă din ochi.

Când Jason s-a îndepărtat, le-am anunțat pe fete cu o voce gâtuită că trebuie să mă duc la baie și m-am îndepărtat de ele cu un pas rapid, prefăcându-mă până la sfârșit că totul era în regulă, chiar dacă se vedea pe mine că nu este adevărat.

M-am năpustit în prima cabină mai bună, unde mai întâi mi s-a făcut atât de tare greață, încât m-am ghemuit lângă toaletă, pentru orice eventualitate. Nu am reușit să vomit, dar am rămas așa pe jos. M-am așezat, mi-am tras genunchii sub bărbie și mi-am șters lacrimile cu hârtie igienică. Ușa de la baie s-a deschis cu un clic când cineva a intrat înăuntru, iar eu am încercat să-mi înăbuș plânsul, până când le-am auzit pe Mona și pe Audrey. Mai întâi m-au strigat și apoi s-au oprit la ușa cabinei în care mă încuiasem și m-au rugat încetișor să deschid. După câteva încercări de a le asigura cu o voce înăbușită că sunt bine, m-am lăsat în cele din urmă convinsă.

Mona a îngenuncheat lângă mine, iar Audrey s-a sprijinit cu un șold de perete. Amândouă fetele își încrețeau sprâncenele de îngrijorare și se vedea că își găsesc cu greu cuvintele cu care să îmi aline durerea și dezamăgirea. Eu, însă, mă simțeam atât de copleșită de umilință, încât nu puteam să le privesc în ochi.

— Se vede că l-au speriat serios frații Monet, a intervenit liniștită Audrey.

— Asta nu e o scuză, a replicat Mona pe un ton tăios.

— Sigur că nu este, dar spuneam și eu. Se poartă ca un nesimțit pentru că doar cu câteva zile în urmă a fost la o întâlnire cu Hailie! Ce repede și-a găsit o parteneră nouă!

— Nu chiar atât de nouă. A mai flirtat deja cu Lavinia înainte. Chiar foarte mult, mai ții minte?

— Nu-mi amintesc.

— Doar că ea e cu un an mai mare și cred că asta nu i-a convenit pe atunci.

— Se pare că s-a răzgândit.

— Se pare că da.

Am ridicat capul. Era greu și creierul meu era atât de năucit, de parcă aș fi luat droguri. Nu luasem niciodată, dar îmi puteam imagina senzația. Nu-mi mai ascundeam lacrimile de prietenele mele, nu mai avea rost. Chiar și părul de lângă față mi se umezise din cauza lor.

— Lavinia? am întrebat cu voce gâtuită.

Mona și-a mutat privirea de la Audrey la mine și în ochii ei a apărut o sclipire de compătimire.

— Lavinia Linden, mi-a răspuns ea imediat, adoptând tonul ei de expertă. Și-a încrețit fruntea și a părut că își sortează în minte cele mai importante informații pe baza dosarelor și a biblioraftfurilor cu date despre fiecare persoană pe care o întâlnise în viața ei.

— Este un fel de... vedetă. Dansează admirabil și cred că a câștigat chiar și niște medalii sau ceva de genul ăsta. Și are cea mai subțire talie din toată școala. Am văzut-o odată schimbându-se în vestiar, și...

— Iisuse, Mona, asta este irelevant, a întrerupt-o Audrey.

— Hailie a întrebat... Îi răspund, nu?

— Hailie nu a întrebat despre talia ei.

Mona a deschis gura ca să argumenteze în continuare, dar de data aceasta am întrerupt-o eu.

— Și e... drăguță? am întrebat, trăgându-mi nasul.

— În general, este foarte drăguță și îmi place de ea, dar pot să nu o mai plac, dacă asta te face să te simți mai bine...

Am oftat și am scuturat din cap, ascunzându-l în mâini.

— Nu cred că e vina ei, a spus Audrey. Nimeni nu știa că voi doi vă întâlneați și probabil că nici ea nu știa. Jason este cel care se poartă ca un porc. S-a folosit de tine și acum va profita și de ea.

Fetele vorbeau între ele în timp ce eu încercam să-mi suflu nasul, care se înfunda din nou într-o secundă, iar și iar.

— Ne-am sărutat chiar în weekendul ăsta! am explodat brusc. L-am sărutat! Și-a ținut mâna pe genunchiul meu și pe coapsă și... Și ne-am sărutat!

Cu o mișcare furioasă m-am prăbușit și am aruncat în vasul de WC de alături hârtia igienică îmbibată de lacrimi.

— Azi e marți, au trecut mai puțin de trei zile. Trei zile! Și el îmbrățișează o altă fată pe coridor? Ce se întâmplă?

Eu îmi făceam griji să nu-i rănesc sentimentele lui Jason și că frații mei îi făcuseră rău, iar între timp el se pare că era într-o dispoziție foarte bună. Își tratează tristețea cu o nouă prietenă. Cum de și-a revenit atât de repede? Ieri a lipsit aproape toată ziua de școală, iar astăzi defilează cu această Lavandă sau Lavinia?

Eu nu mă plimbasem niciodată pe coridor cu el. Nu mă ținuse niciodată de talie în timp ce eu chicoteam, fără să fiu atentă la nimeni din jurul meu. Nu am putut fi atât de încântător de lipsiți de griji.

— Credeam că va fi trist. Sau furios. Furia ar fi fost, de asemenea în ordine. Dar el... - am ezitat - nu dă doi bani pe mine.

Adevărul avea un gust amar și m-am strâmbat în timp ce îmi înghițeam saliva. Fetele au încercat să nege, poate ca să nu mă rănească mai rău, deși confirmarea cuvintelor mele încă mai rătăcea acum undeva pe coridoarele școlii.

În cele din urmă, a trebuit să mă adun. Am găsit puterea să fac acest lucru și le-am liniștit și pe prietenele mele, convingându-le că eram bine, ba chiar am și glumit că, hei, era chiar o situație ideală, pentru că îmi era teamă că va trebui să-l fac să sufere pe Jason, iar acum problema se rezolvase de la sine.

Totuși, în adâncul sufletului, nu am reușit să mă concentrez până la sfârșitul orelor la nimic. Mă chinuiau gândurile despre situația actuală. Jason mă ura. Dacă reușise să o facă atât de repede, atunci mă plăcuse vreodată cu adevărat? Probabil că da, la urma urmei, petrecusem atât de mult timp în toaleta aceea, ascunzându-ne de frații mei. Acum probabil că îi este frică să vorbească cu mine. Sau orgoliul lui de mascul fusese rănit și încearcă să-și salveze obrazul din toată această poveste. Poate că vrea să adoarmă vigilența familiei Monet, afișându-se cu o altă fată? Dar dacă e așa... de ce nu m-a informat și pe mine despre planul lui?

Întrebare, răspuns, îndoială - așa s-au desfășurat în continuare orele mele în acea zi. Nu m-am putut concentra asupra unui singur cuvânt ieșit din gura profesorilor, dar nimeni nu m-a băgat în seamă. Doar domnul Dalton mi-a trimis poate câteva priviri, atunci când nu m-am alăturat salvelor de râs ale clasei ca reacție la glumele lui. Toată lumea pur și simplu știa că sunt o elevă bună, așa că, atunci când se întâmpla să nu fiu o elevă bună și într-o zi eram distrată, mi se permitea să plec cu gândurile oricât de departe doream.

Abia în drum spre casă, în mașina sport a lui Shane, am reușit să articulez câteva gânduri mai concrete. La început, perspectiva de a petrece aproape o jumătate de oră cu unul dintre frații mei în spațiul restrâns al unei mașini nu mi-a surâs deloc, deoarece creierul meu îmi transmitea fără milă o mulțime de motive de a-i învinovăți pe frații mei pentru aventura lui Jason. Cu toate acestea, când m-am târât până în parcarea școlii și am văzut din nou undeva în depărtare brațul acelui băiat care îmbrățișa talia subțire ca o nuia a Laviniei Linden, sentimentul de tristețe pur și simplu a învins furia.

M-am așezat la locul meu obișnuit, lângă Shane, și nici măcar nu am reacționat la gluma veselă pe care mi-a aruncat-o. În mintea mea era o asemenea confuzie, încât îmi venea să urlu la el și în același timp să plâng pe umărul lui, așa că am decis că cel mai bine era să tac.

— De ce ești atât de îmbufnată? m-a întrebat el, când și-a luat ochii de la drum pentru a doua oară ca să se uite la mine.

Am ridicat din umeri. Mă uitam în gol pe fereastra laterală, privind cum trecem pe lângă aceiași copaci ca întotdeauna. Astăzi nu simțeam dorința de a le aprecia farmecul. De fapt, chiar mi se păreau plictisitori și poate urâți, ca orice altceva. Vocea lui Shane era și ea plictisitoare.

El însuși era încruntat.

— Ce, încă mai ești supărată din cauza băiatului ăluia?

— Nu sunt supărată din cauza niciunui băiat! am șuierat brusc cu voce tare.

Fratele meu a ridicat din sprâncene, acum cu siguranță convins că exact din acest motiv eram supărată. Știam că răspunsul meu fusese nejustificat de răstit, așa că am respirat adânc și mi-am închis pleoapele.

— Este un neisprăvit, Hailie, a spus Shane.

Tonul vocii lui părea destul de realist, nu prea autoritar, așa că poate de aceea nu mi-a trezit agresivitatea. Și îmi era greu să-i iau apărarea lui Jason după ziua de azi. Am rămas tăcută, privind la copaci și mă întrebam dacă chiar este un nemernic. Oare explicația pentru comportamentul și acțiunile lui este chiar atât de simplă?

— Zău așa, nici măcar nu știu ce vezi la el, el...

— ... m-a ascultat, am completat liniștită, și am simțit din nou privirea lui Shane pironită pe mine.

Era bine că trebuia să conducă, altfel probabil că ar fi stat cu privirea la mine tot timpul, după ceea ce am spus. Sincer, cuvintele îmi scăpaseră fără să vreau și am regretat imediat că nu am știut să mă stăpânesc.

— Ce vrei să spui că te-a ascultat? a întrebat el, încruntând sprâncenele. Și cine nu te ascultă?

— Era o persoană căreia îi făcea plăcere să vorbească cu mine.

— Și eu pot să stau de vorbă cu tine, în fond...

— Dar el...

— Ei bine, ce e cu el?

— Voia să stea de vorbă.

De astă dată Shane s-a uitat la mine câteva secunde prea mult, pentru că la un moment dat am început să mă îndoiesc dacă mai deținea controlul asupra situației de pe carosabil și eu am strigat tare „Atenție!“ când era cât pe-aici să intre într-o mașină care venea din sens opus.

Fratele meu strângea din buze și privea la drum pe sub sprâncene, concentrându-se disciplinat asupra volanului doar pentru a trage cu prima ocazie pe marginea drumului forestier înzăpezit.

Mi-am amintit imediat de o conversație cu Vincent, pe care o avusesem chiar ieri, în condiții similare, și nu era cea mai frumoasă amintire.

— Ce faci? De ce ne-am oprit?

Shane și-a sprijinit o mână pe volan și s-a întors spre mine.

— Ce vrei să spui?

— Dar tu ce vrei să spui?

— Tu ești cea care a spus că nu vreau... că noi nu vrem să vorbim cu tine. De ce ai spus asta?

— Nu am spus că voi nu vreți, am spus că Jason era gata să mă asculte.

— Nu mai filozofa, da? s-a supărat el. Te-am auzit foarte bine.

Mi-am coborât privirea, frământând cu degetele cureaua care mă înfășura la nivelul șoldurilor.

— Știu că, în general, Vince este dificil, Dylan și Tony în general cam la fel și poate că nici eu nu sunt un sfânt, dar dacă vrei să vorbești, niciunul dintre noi nu te oprește.

Mormăitul încruntat care mi-a scăpat a sunat mult mai batjocoritor decât era cazul.

— Oh, da, Shane, sunt foarte conștientă că voi toți abia așteptați să vorbiți cu mine.

— Hei, ce vrea să însemne asta? Și-a încruntat sprâncenele și s-a aplecat spre mine ușor.

— Înseamnă că nu sunt proastă, am mârâit eu. Știu cine sunt pentru voi.

— Păi sora noastră, nu?

— O problemă! O problemă incomodă de care trebuie să vă ocupați până ajung la maturitate. O problemă care vă tulbură viața liniștită.

— Despre ce vorbești? De unde ai mai scos-o și pe asta? Shane a clătinat din cap.

Știu că încântătoarea conversație cu Dylan ar fi trebuit să-mi schimbe puțin părerea despre locul meu în această familie, dar

Dylan nu putea să vorbească în numele tuturor, asta era una la mână, și a doua - eram suficient de nesigură pe mine și de apartenența mea la familia fraților Monet, încât îmi era foarte ușor să mă întorc la punctul de plecare.

Ei bine, și nu se poate nega, aveam un argument destul de puternic în acest sens.

— Nu te mai preface, am oftat crispată. L-am auzit pe Tony pe balcon.

— Care balcon?

— „Nu e locul ei aici", am repetat, cu o voce incoloră, cuvintele întipărite în memoria mea, rostite cândva de unul dintre cei doi gemeni. „Prezența ei aici ne complică viața."

Shane a clipit de două ori. Foarte încet, ca și cum ar fi vrut să-și amintească acele cuvinte, și a încremenit, când și-a dat seama că nu erau deloc inventate.

A lăsat mai întâi privirile în jos și mâna i-a alunecat de pe volan. Și-a trecut limba peste buze, lăsând impresia că trage de timp. Așteptam cu răbdare să văd ce va spune, știind că, în esență, probabil că nu exista nicio modalitate de a schimba și nici măcar de a îndulci percepția mea asupra acestor cuvinte.

— OK, a început el, respirând adânc. Ascultă, chestia este că...

— Că ce?

— Că Tony este un prost.

Am pufnit pe nas la o scuză atât de penibilă.

— Nu, serios. Tony chiar nu gândește uneori. Era supărat pentru că Vince îl certase rău pentru arma pe care ai găsit-o în camera lui, mi-a explicat Shane. Când e supărat pe mine, de exemplu, Tony spune lucruri mult mai rele, crede-mă.

— Nu e același lucru, am protestat eu, rezemându-mi ceafa de tetiera scaunului.

— E același lucru pentru el, serios, el...

— Shane, putem pleca acum? l-am întrerupt eu. Te rog. Am o mulțime de teme, aș vrea să încep cât mai repede.

— Bine, dar am vrut să-ți spun că, serios, Tony...

— Bine, am înțeles, i-am retezat eu vorba.

Shane a mai rămas cu gura deschisă încă o clipă, dorind cu ardoare să completeze apărarea geamănului său. În cele din urmă, însă, a închis-o, dându-și seama, din fericire, că nu avea rost să încerce să găsească alte argumente. Nu reușeau să ajungă la mine.

Am parcurs restul drumului în tăcere. Regretam că îmi deschisesem sufletul atât de mult în fața lui Shane. Nu putea ieși nimic bun din asta, mai ales judecând după expresia lui tulburată. Părea supărat pe toată lumea, iar mie îmi era teamă că mai târziu vor urma consecințe.

Nu m-am înșelat.

Nu știu dacă a fost răutatea sorții sau o simplă coincidență, dar după ce Shane a parcat în garaj, ne-am dus imediat la bucătărie, unde am fost întâmpinați de Tony. „Întâmpinați" în ghilimele, pentru că nici măcar nu și-a ridicat ochii spre noi din cartea groasă de benzi desenate pe care o răsfoia cu atenție, băgând în gură câte o lingură de chili, iar și iar. Nu a răspuns, nici măcar atunci când eu, singura persoană bine-crescută din încăpere, i-am adresat automat un „bună ziua".

— Ei, a mârâit Shane. Să faci bine să răspunzi.

Tony nu a reacționat.

— Ei, a repetat Shane, de data aceasta trântind cu zgomot pe blat bolul cu mâncare.

Printr-o minune, vasul nu s-a spart, iar Shane a reușit chiar să îi atragă atenția lui Tony, care a ridicat plictisit capul.

— Ce s-a întâmplat?

— Hailie a spus „bună ziua".

Tony mi-a aruncat o privire fugară în timp ce, cu un polonic în mâini, stăteam surprinsă lângă oala cu chili.

— Și ce-i cu asta??

— Ei bine, la naiba, răspunde-i!

Tony s-a încruntat, de parcă Shane l-ar fi deranjat prostește și s-a întors la citit. Nu m-a surprins deloc. M-am uitat în oala plină de mâncare picantă și am simțit o înțepătură în nas, dar niciun pic de ghiorăială în stomac. Cred că nu-mi era prea tare foame, așa că...

A răsunat o pocnitură și m-am întors imediat spre masa peste care se apleca acum Shane. Tony se holba la el uimit; comicsul dispăruse din fața nasului său. Se pare că Shane îi smulsese cartea și o aruncase undeva în aer, iar geamănul lui încă nu înțelegea ceea ce se întâmplase atât de brusc. Dar foarte repede surpriza lui s-a transformat în furie. S-a ridicat repede de pe scaun. Ce naiba!

— Când îți spune naibii „bună ziua", e cazul să răspunzi, nu? a strigat Shane la el, arătând cu degetul direct spre mine, care acum mă ascundeam lângă dulapurile din bucătărie. Nu te mai purta ca un nesimțit!

Tony mi-a aruncat din nou o privire care a durat o secundă și nici măcar nu a făcut vreun efort să ascundă cât de plină de resentimente era.

— Și de ce naiba te agiți atât? a șuierat el către Shane. Nu trebuie să fac drepți când o văd.

— Pentru că acestea sunt elementele de bază ale unei purtări civilizate, îți sună cunoscut?

Răspunsul lui Tony a fost simplu și foarte vulgar. Cu asta a câștigat încă un ghiont din partea lui Shane. Unul ușor, deoarece acesta stătea tot aplecat peste blatul larg al mesei, dar suficient de zdravăn pentru ca Tony să îl ia în serios. Nu a trebuit să aștept prea mult timp pentru ca gemenii să se arunce unul la gâtul celuilalt.

M-am uitat la ei cu groază. Masa s-a înclinat când Shane a agățat-o cu șoldul, iar Tony ar fi zburat afară pe fereastră, dacă geamul de care s-a lovit ar fi fost mai puțin rezistent. Băieții se îmbrânceau unul pe altul, se smuceau și se loveau cu pumnii.

Toate acestea în spațiul relativ mic care era zona de luat masa din bucătărie.

Amândoi încasau, dar amândoi și dădeau o mulțime de pumni, așa că lupta era egală. Poate că Shane lupta mai mult ca un boxer, în timp ce stilul de luptă al lui Tony ar fi putut fi categorisit drept încăierare de stradă, dar spun asta ca o persoană total ignorantă într-ale artelor marțiale. De fapt, am tras aceste concluzii din ceea ce văzusem la antrenamentele lui Shane și nu din propria observație.

— Shane, oprește-te, încetează! am strigat când am observat că bătaia dintre frații mei se încingea. Se împingeau cu furie unul pe altul și niciunul dintre ei nu părea că are de gând să-și bage mințile în cap.

Amuțisem. Nu-mi venea să cred că, într-o clipă, pauza de prânz calmă se putea transforma într-un măcel sângeros. La propriu sângeros, pentru că, atunci când Shane l-a îmbrâncit pe Tony, acesta a zburat mai întâi într-o parte și a înjurat tare când s-a izbit cu stomacul de marginea mesei, iar apoi, furios, și-a strâns degetele în pumn și l-a pocnit pe Shane în față. S-a auzit un trosnet, iar apoi peste gura și bărbia celui mai mare dintre gemeni s-a revărsat un lichid roșu.

— Shane! Tony! am țipat printre degetele mâinii cu care îmi acoperisem fața. Am făcut un pas înainte și m-am oprit imediat. Îmi era teamă să pășesc între ei când amândoi parcă erau în transă. Lui Shane nici măcar nu-i păsa de rană, ci continua să-l atace pe Tony atât în lupta corp la corp, cât și verbal, aruncând în el cu insulte elaborate. Trebuie spus că ambii gemeni aveau un vocabular interesant.

— Hei! a strigat Will, care a aruncat o privire în bucătărie probabil ca să vadă cine tulbura liniștea în care era de obicei cufundată reședința Monet. Când i-a văzut pe frații lui care se luptau, s-a repezit spre ei, chemându-l imediat și pe Dylan.

Amândoi împreună au reușit să-i despartă forțat pe gemeni, admonestându-i cu voci ascuțite și ridicate. Stăteam nemișcată ca lovită de trăsnet, cu inima bătându-mi ca o nebună și cu un sentiment de ușurare că apăruse cineva care să-i oprească pe acești tembeli să se omoare între ei.

— Ce se întâmplă aici?

Vincent a apărut lângă mine atât de brusc, încât am sărit în sus la auzul vocii lui poruncitoare.

— Și eu aș vrea să știu, a mârâit Will, smucindu-l pe Shane cu un gest deloc blând.

— A început să se ia de mine, a răbufnit Tony. La rândul lui, încerca să se desprindă din strânsoarea lui Dylan.

— Pentru că ești un retardat!

— Sunteți amândoi niște retardați, a spus Dylan.

— Cine a început? a întrebat Vincent. A trecut pe lângă mine și s-a apropiat de băieți, iar eu am simțit că tremur de spaimă privind în spatele lui.

— Tâmpitul ăla, a scuipat Tony.

— Ești un idiot neisprăvit...

— Cine a început, întreb, a mârâit Vincent mai tare și mai clar.

Postura spunea multe despre iritarea lui, de m-au trecut fiori reci și pe mine. Îmi curgeau pe șira spinării, de parcă ar fi vrut să ajungă până la picioare ca să le îndemne să se miște și să fugă de aici.

— Tony a început cu bufoneriile lui, s-a plâns Shane și a făcut o mișcare de parcă ar fi vrut să-și șteargă sângele de pe față cu mâneca, dar strânsoarea lui Will l-a împiedicat să facă acest lucru.

— Cine a început bătaia? a precizat Vincent.

— El, a răspuns Tony.

Spre deosebire de geamănul său, Tony se relaxase puțin. Shane stătea în mod sigur mai rău cu autocontrolul, lucru de care am fost surprinsă. Nu-i cunoșteam această latură. Era amețit și, deși Will părea să dețină controlul asupra impulsurilor lui,

Vince își pierduse în mod clar răbdarea, pentru că s-a așezat în fața lui și l-a apucat cu degetele de gulerul cămășii de uniformă.

— Ce naiba e în neregulă cu tine?

E uimitor cum își putea controla vocea. Nu am mai auzit la nimeni nici înainte, nici după aceea un ton atât de puternic și autoritar. Nu trebuia să strige ca să obțină atenție.

M-am emoționat puțin și am făcut câțiva pași mici înapoi cu spatele. Intenționasem să fie silențioși, dar m-am lovit cu șoldul de bufetul pe care era o ceașcă. Aceasta a căzut și a făcut zgomot, ceea ce a atras atenția fraților mei asupra mea pentru o clipă.

— În camera ta, Hailie, a poruncit Vincent.

Am vrut să mă supun și să mă retrag, chiar am vrut. Cu toate acestea, totul s-a întâmplat foarte repede și am simțit că tălpile mi se lipesc de podea. Așa că am rămas țintuită locului, cu ochii mari, urmărind continuarea acestui spectacol brutal.

Tony se uita satisfăcut la Shane, care era dojenit de fratele nostru cel mai mare. Părea amuzat de această priveliște, deoarece a chicotit cu o bucurie răutăcioasă:

— Ce rahat!

Nu era greu să-și provoace geamănul. Shane, drept răspuns, s-a năpustit din nou, cu pumnii pregătiți să lovească, dar a uitat că acum Vince îl ținea imobilizat de perete.

A fost repede oprit de o lovitură puternică, arzătoare pe obraz administrată de Vince cu mâna dreaptă, în timp ce cu mâna stângă îl ținea strâns de haine.

M-am schimonosit auzind răsunetul palmei. Capul lui Shane a zburat imediat într-o parte, iar pe obraz a rămas o amprentă roșie. Vince nu a așteptat, l-a apucat imediat ferm de falcă cu aceeași mână cu care îl lovise și i-a întors capul înapoi spre el. Și-a strâns mai tare degetele pe falca lui, astfel încât privirea împrăștiată a lui Shane să se concentreze asupra lui.

— Nu te mai face de râs.

Îl compătimeam sincer pe Shane. Oricum ar fi, îmi luase apărarea. Poate inutil, dar tot fusese un gest drăguț și demn de admirat. Dacă aș fi fost eu în locul lui, cred că aș fi murit de frică. Chiar și uitându-mă la această scenă de unde stăteam, de la o distanță sigură, simțeam cum mă făceam tot mai mică de fiecare dată când Vince deschidea gura.

S-a făcut liniște. Tony încă mai rânjea, dar nu mai îndrăznea să vorbească.

— Dispari din fața mea și să nu te mai arăți până nu reușești să te stăpânești. Acum, Shane! a ordonat fratele nostru cel mai mare, împingându-l spre ieșire.

Shane și-a strâns mâinile în pumni, dar nu mai dădea dovadă de agresivitate. Se străduia să nu se uite la Tony, dar nici nu s-a grăbit să părăsească bucătăria, așa că Will l-a apucat de braț ca să-l conducă afară, iar când au trecut pe lângă mine, l-am auzit șoptindu-i ceva la ureche.

— Iar tu, a continuat Vincent, în timp ce eu am tresărit, gândindu-mă în primul moment că mi se adresa mie. Din fericire, se uita la Tony. De câte ori ai de gând să te mai lași provocat atât de prostește?

Tony voia în mod clar să răspundă, dar în cele din urmă doar și-a dat ochii peste cap, probabil mulțumit că totuși ieșise victorios din această confruntare. Dylan încetase deja să-l mai imobilizeze, așa că s-a aplecat și a început să-și adune țigările care îi căzuseră din pachet și se împrăștiaseră pe pardoseala bucătăriei, nici nu observasem când anume. Apoi s-a îndreptat și a trecut și el pe lângă mine. Imediat după el a venit Dylan. A fost singurul care mi-a aruncat o privire fugară, dar nu a rostit niciun cuvânt. La scurt timp după aceea, ușa de la intrare s-a închis cu un zgomot ușor, când cei doi bărbați au ieșit afară.

Înainte să mă dezmeticesc, în bucătărie rămăseserăm doar eu și Vince.

18

O ACȚIUNE FĂRĂ SPERANȚĂ

Odată furasem o bucată de cretă. Nu fusese o glumă. Aveam poate vreo cinci ani și am ieșit la o plimbare lungă cu mama mea. Am ajuns la locul de joacă, unde o fată într-o rochie verde și cu o mulțime de agrafe în păr desena pe asfalt. O chema Daisy. Îmi amintesc de invidia care m-a cuprins și care a dispărut pentru o clipă, când Daisy m-a invitat să mă joc cu ea, dar a revenit când a trebuit să mă duc acasă. După ce m-am asigurat că nu mă vedea nimeni, mi-am strecurat o bucată de cretă în buzunarul salopetei. Fata avea o mulțime de crete și nici măcar nu a observat că lipsea ceva. Nu consideram că era un furt.

Mama mea a fost însă de altă părere. S-a supărat foarte tare acasă, când a descoperit că mi-am însușit proprietatea altcuiva. Apoi m-a dus înapoi la locul de joacă, ca s-o găsesc pe Daisy și să-i dau înapoi ceea ce îi aparținea. Tot drumul dus-întors mi-a ținut o prelegere atât de detaliată, încât mi-o amintesc până în ziua de azi. Nu am mai luat niciodată nimic de la nimeni. Până acum.

Și ar fi trebuit să-l ascult pe Vincent imediat când îmi spusese să mă duc în camera mea. Atunci nu s-ar fi întâmplat nimic.

Acum stăteam în picioare, încercând să nu mă mișc, ca să nu fac din nou zgomot inutil și să-i atrag atenția asupra mea.

A suspinat și a clătinat din cap. Cred că era încă supărat. Am observat că Vince nu se înroșea de furie ca majoritatea celorlalți membri ai familiei Monet, ci devenea palid, ceea ce era un alt element de bifat pe lista de lucruri care mă speriau la el.

L-am privit în tăcere cum și-a ridicat mâna dreaptă și a privit-o cu atenție, ușor ironic. Era mânjită cu sângele lui Shane. Probabil că se murdărise când l-a pălmuit. Apoi s-a îndreptat spre chiuvetă să-și clătească mâna. Atunci m-a văzut pe mine, încă la locul crimei.

Dacă privirea ar putea ucide, aș fi moartă acum.

Și-a coborât mâna și și-a încruntat din nou fruntea.

— Ce ți-am spus eu ție?

Am înghițit în sec. Nu eram în stare să rostesc niciun cuvânt. Îmi și imaginam deja cum mă apucă de cămașă și mă plesnește ca pe Shane.

Frica mea era atât de evidentă, încât devenise jenantă. Probabil că și-a dat seama cât de tare mă tem de el și poate că asta l-a făcut să nu mai insiste pe problema neascultării mele. Este bine cunoscut faptul că acesta e un subiect extrem de sensibil pentru el și, deși expresia de pe fața lui nu s-a îmblânzit deloc, a binevoit să nu mai aștepte răspunsul meu.

— Ai mâncat? m-a întrebat, aruncând o privire la oala cu chili și la bolul meu gol de alături.

Am negat din cap.

— Atunci mănâncă acum.

Am întins automat mâna după polonic. Mișcările mele erau rigide, lente, iar degetele îmi tremurau puțin, dar am fost fericită să mă concentrez pe orice activitate, mai ales pe una care îmi cerea să îi întorc spatele lui Vincent. L-am auzit cum deschide și închide robinetul și, până să-mi dau seama, eram deja singură în bucătărie.

Am salutat această singurătate cu recunoștință. Traiul sub același acoperiș cu cei cinci frați nu era o plimbare prin parc. Mai ales dacă acei frați erau frații Monet. Păreau să-și urmeze propriile căi, dar când se intersectau brusc, se ajungea la lupte corp la corp – ca astăzi.

M-am așezat cu un castron de chili pe un scaun de lângă cel pe care stătuse Tony și am început să mestec cu lingura, întinzând mâncarea pe marginea farfuriei fără să mă gândesc la nimic. Îmi pusesem puțin și nici nu am mâncat prea mult. Îmi era greu să înghit ceva, când îmi venea să plâng și să vomit în același timp. Probabil că Tony mă ura acum și mai mult, iar Shane regreta că se bătuse din cauza mea, Vincent e supărat pe mine și, pe deasupra, Jason a început să se întâlnească cu o altă fată la doar câteva zile după prima noastră întâlnire și primul nostru sărut.

Începusem să mă obișnuiesc cu insensibilitatea fraților mei, dar ultima întâmplare mă duruse cel mai tare. Voiam să plâng pe săturate și, pentru că nu voiam să fac asta în bucătărie, unde în orice moment putea să intre cineva, m-am ridicat de la masă cu intenția de a o părăsi. M-am oprit când mi-am dat scaunul în spate și era cât pe-aici să calc pe o țigară care căzuse pe jos. Una dintre cele care alunecaseră din pachetul de țigări al lui Tony.

La început nu aveam de gând să o ating, dar am decis repede că este mai bine să o iau și să o pun pe masă, ca să nu o calce cineva în picioare. Când am luat-o în mână, m-am uitat repede în jur și, îmboldită de un impuls necunoscut, am strecurat-o cu grijă în buzunarul jachetei.

Am aruncat mâncarea la gunoi, simțind că mă înfierbânt tot mai mult de stres, de parcă tocmai aș fi comis o crimă. Este ilegal pentru un minor să dețină o țigară? Țigara nu este drog, dar cine știe cum văd americanii lucrurile. Cu siguranță nu aveam opțiunea de a căuta pe Google.

M-am mai liniștit puțin când, în sfârșit, am închis în urma mea ușa camerei mele. M-am schimbat în haine mai lejere și m-am așezat pe pat, ascunzând țigara lângă pernă, astfel încât să o pot vedea și să mă gândesc la ea, dar în același timp să nu fie la vedere pentru oricine ar putea să intre pe neașteptate în camera mea. Mă uitam la ea și mă întrebam ce făceam și de ce.

Citisem cândva că țigările pot accelera metabolismul. Știam că este o idioțenie și că nu este în întregime adevărat, dar în timp ce mă uitam la bastonașul alb și subțire, gândurile au început să mi se învârtă în jurul taliei Laviniei Linden. Nu puteam să-mi alung din minte imaginea brațului lui Jason care o înfășura ca un șarpe. Aceeași mână care îmi mângâiase coapsa în cinematograf.

Și doar nu eram proastă. Știam foarte bine că nicotina este o otravă și că are efecte nocive asupra organismului uman. La urma urmei, eram de nota zece și la chimie, și la biologie. Aici, însă, era vorba de altceva. Era vocea din capul meu care îmi șoptea că poate merită să încerc și că poate va funcționa.

Nu știu la ce mă gândeam. Că voi fuma, că voi slăbi și apoi Jason o va părăsi pe Lavinia, se va întoarce la mine, iar eu voi avea din nou pe cineva pe umărul căruia să mă plâng de frații mei? Ce fel de gândire perversă mai era și asta, mă întreb?

Haide, Hailie, poate că reușești măcar să mai scapi puțin de stres.

Problema cu țigara era că însuși gândul de a o aprinde m-a costat atât de mulți nervi, încât teoria eliberării de stres a căzut aproape imediat. Dar nu mi-a luat mult timp să ajung la concluzia că făcusem o idioțenie atunci când îmi însușisem obiectul lui Tony. Chiar dacă n-aș fi fost atât de speriată și aș fi avut într-adevăr chef să-mi aprind o țigară, tot n-aș fi avut unde să o fac. În incinta proprietății Monet era exclus. Era prea mare probabilitatea să dau peste băieți sau să fiu filmată. În baie? Nici vorbă, totul ar fi mirosit a fum de țigară și m-aș fi dat de gol. La școală? Din nou – cu ghinionul meu, aș fi fost prinsă de gemeni sau de vreun profesor. Nici nu știam ce e mai rău. În afara școlii? Cu bodyguardul pe urmele mele nici asta nu ar fi înțelept.

Am ascuns țigara în baie, în spatele prosoapelor rulate și curate de pe un raft. În timp ce-mi făceam temele, mă gândeam mereu la ea, iar stomacul mi se contracta dureros din când în când. Eram dezamăgită de incapacitatea mea de a evalua situația. Dar nu era singurul motiv pentru care mă simțeam prost față de mine însămi – știam că acțiunile mele erau dictate de impulsurile pe care mi le trimitea creierul. Dacă aceasta nu era o dovadă că ceva e în neregulă cu psihicul meu, atunci nu știu care putea fi.

Cu cât analizam mai mult acest gând, cu atât mă simțeam mai neliniștită. Trebuia să mă concentrez și să-mi regăsesc vechiul meu eu, pentru că aveam sentimentul că îmi pierdeam personalitatea, sinele meu real. Îi furasem țigara lui Tony! Mama mea ar fi fost dezamăgită de mine. Și dacă află Will? Va fi și el dezamăgit.

Am adormit în chinuri, cu o durere de cap îngrozitoare.

A doua zi, Shane s-a învoit de la școală, din cauza nasului său spart. De fapt, nu avea nimic, dar Vincent nu simțea nevoia să piardă timpul cu discuții inutile cu fratele său mai mic și a lăsat să treacă de la el. Îmi plăcea să cred că avea remușcări pentru că îl pălmuise. În orice caz, din acest motiv am avut neplăcerea de a face drumul până la școală cu Tony. Când l-am văzut m-a luat din nou durerea de cap. Nu doar de nervi, ci și dintr-un sentiment de vinovăție. Poate că e o prostie, pentru că Tony avea o mulțime de țigări, dar și Daisy avea o mulțime de crete.

Am luat țigara cu mine la școală și încă nu mă hotărâsem ce am de gând să fac cu ea. Nu am vrut să o las acasă, pentru că eram paranoică și mă temeam că cineva ar putea da peste ea, de exemplu, Eugenie. M-am gândit că poate o s-o arunc, dar toată ziua încremenisem la vederea unui coș de gunoi.

Privirea mamei mele mă urmărea de sus și încerca să-mi spună că nu este de acord cu o astfel de decizie. De asemenea, mă obseda în permanență impresia că Tony știe totul și că așteaptă ca eu să mărturisesc. La fel cum s-a întâmplat și cu Vincent, când m-am strecurat pe coridorul interzis.

Începusem să-mi pierd mințile în preajma lor.

M-am simțit prost toată ziua la școală. Mă blestemam în mintea mea pentru o altă decizie fatală care acum îmi provoca atât de mult stres. Eram iritată de atitudinea înțelegătoare a Monei și a lui Audrey, care nu știau deloc cum să se comporte în preajma mea. Jason nu ușura nici el situația. Mă ignora total, iar în timpul prânzului a ținut-o pe Lavinia pe genunchi și chiar i-a băgat limba pe gât, de mi s-a făcut scârbă de mâncare.

Eram deprimată și de decorațiunile de Crăciun care atârnau aproape pe toți pereții și pe ferestrele școlii noastre. Mi-am jurat că dacă aud *All I Want For Christmas Is You* îmi pun căștile și voi asculta ceva din lista mea de melancolie. Niște sunete deprimante de pian s-ar potrivi perfect cu starea mea de spirit.

Am încercat să evadez în știință, dar nu a fost ușor, pentru că nu puteam să mă concentrez. La biologie, am luat întotdeauna note de zece ușor. Astăzi, când am răspuns, am fost foarte confuză și apoi stresată, aproape că am izbucnit în plâns, îngrozită că încep să am probleme chiar și cu școala. Doamna Roberts a clipit surprinsă și mi-a spus să stau jos și să mă liniștesc. M-a tratat cu indulgență pentru că nu mi-a pus notă, dar asta nu a schimbat cu nimic faptul că mă simțeam prost și nu puteam decât să fiu recunoscătoare că la această oră nu participa și Jason.

— Te simți bine, Hailie? a întrebat profesoara, când m-a rugat să rămân în clasă după lecție. Fruntea ei de obicei netedă era desfigurată de o cută verticală când m-a privit îngrijorată.

— Da, îmi pare rău, am răspuns repede. Am învățat lecția, jur. Nu știu ce s-a întâmplat. Știam răspunsurile.

— Știu că le știai. Și tocmai asta mă îngrijorează.

— Am fost distrată, am mormăit, jucându-mă cu degetele.

— Ești sigură că te simți bine?

— Foarte sigură, sută la sută.

Doamna Roberts s-a aplecat ușor și și-a trecut mâna pe umărul meu, în timp ce cu degetele celeilalte mâini își ținea pe umeri eșarfa de culoare roz mat.

— Nu uita, dacă ai o problemă, poți să vorbești cu mine.

Am dat ușor din cap, uitându-mă la unghiile ei frumos îngrijite, nu prea lungi, date cu ojă indigo. Mamei mele îi plăcea această culoare.

— Dacă vrei să-l implici și pe fratele tău în această conversație, pot oricând să-l chem...

— Nu, am spus eu un pic prea grăbită. Mi-am luat privirea de la degetele ei. M-a inundat un val de căldură, am încercat să mă calmez. Nu este nevoie.

Doamna Roberts s-a uitat la mine neconvinsă, iar eu eram sincer speriată că va zbura direct la director, care va convoca o întrevedere cu consilierul școlar și cu tutorele meu legal. Nu aș fi supraviețuit la așa ceva, mai ales în acest moment din viața mea, așa că am zărit o stea pictată cu zăpadă artificială pe fereastră și am adăugat:

— Sunt tristă pentru că se apropie Crăciunul.

Abia atunci profesoara a dat din cap în semn de înțelegere, iar trăsăturile ei s-au înmuiat. Și-a exprimat din nou dorința de a mă ajuta, pe care eu am refuzat-o din nou politicos, și în timp ce ieșeam din încăpere mi-am spus că este incredibil cât de atentă trebuie să fiu. Toată lumea se uita la mine. Frații, profesorii, bodyguardul.

Am vrut să scap de țigara lui Tony care mă apăsa.

M-am uitat la coșurile de gunoi din hol pe lângă care treceam și mă întrebam care este cel potrivit, dar în același timp eram obsedată de sentimentul că mă va vedea cineva. Sau cineva o va găsi sau îmi va cădea pe jos de îndată ce o voi scoate din penar. Voi fi înconjurată de profesori, voi merge la director, frații mei vor apărea, mă vor închide în reședința Monet, iar Tony nu va mai vorbi niciodată cu mine, nici măcar pe tonul ăla golănesc al lui.

Așa a trecut toată ziua mea la școală și nu m-am descotorosit de obiectul subtilizat de la fratele meu. Mă simțeam jalnic, atât de speriată de o chestiune atât de banală. La urma urmei, nu-i luasem telefonul, ceasul sau orice alt obiect prețios. Era doar o bucată de hârtie umplută cu tutun. Situația cu creta lui Daisy era diferită. Eram copil.

Tony se sprijinea de mașină și derula cu degetul ecranul telefonului. La început am crezut că, absorbit de activitate, nu observase că venisem și chiar mă urcasem în mașină, dar mă ignora, ca de obicei. Îl aștepta pe unul dintre colegii lui, cel cu părul aproape alb și ciufulit. Când l-a zărit, i-a făcut semn cu mâna și a scos un pachet de țigări din buzunarul pantalonilor. A scos două din el și și-a servit prietenul, apoi s-a aplecat, a deschis portiera mașinii și a aruncat pachetul, împreună cu telefonul, pe scaunul șoferului.

— Așteaptă aici, mi-a aruncat în treacăt, fără să se uite la mine.

Ușa s-a întors la locul ei și am rămas din nou singură, încuiată înăuntru. M-am uitat la pachetul pe care îl lăsase aici, iar în fundal auzeam sunetele înăbușite ale conversației pe care o purta. Brichetele au făcut și ele clic. Tony râdea, iar amicul lui spunea ceva cu voce tare.

Era ca un semn. Țigările se uitau la mine nevinovate, iar eu am început să mă foiesc în scaun, întrebându-mă dacă universul îmi juca feste mie sau lui Tony. Cu ochii fetiței de cinci ani vedeam chipul nemulțumit al mamei, în timp ce îmi explica că nu este voie să iei lucrurile altora și că, dacă faci o astfel de greșeală, trebuie să le dai înapoi cât mai repede posibil.

Dorind să mă eliberez în sfârșit de acest chin, am decis să-mi asum un risc și să fac ceea ce trebuie.

M-am ghemuit în acea mașină joasă, ca să văd prin parbriz dacă Tony era tot ocupat și, în același timp, am scormonit pe orbește în geantă până când am pescuit din ea penarul. Urmăream cu atenție fiecare mișcare a fratelui meu. Fiecare pas pe care îl făcea, fiecare ridicare a mâinii, fiecare întoarcere a capului. Am deschis fermoarul penarului cât am putut de discret și, printre pixuri, creioane și markere colorate, degetele mele au simțit suprafața netedă a țigării. Am privit de jur împrejur ca să fiu sigură că nu se uita nimeni altcineva la mine, apoi, cu mișcări rapide, am strecurat țigara în pachet. Mi-am luat mâinile de pe el cât mai repede, dar după toată această acțiune, mi s-a părut suspect de strâmbă, așa că am îndreptat-o puțin, transpirând atât de tare, încât atunci când Tony s-a urcat în sfârșit în mașină, eram convinsă că vede șiroaiele de sudoare care curg pe mine.

Pielicelele de lângă unghiile mele erau sfâșiate aproape până la sânge, în timp ce îl priveam pe Tony cum apucă pachetul, îl deschide alene cu degetul mare și strecoară înăuntru o brichetă. S-a uitat fix la conținut, și-a încruntat sprâncenele și apoi a pufnit încetișor pentru el însuși, dar eu știam deja că făcusem cu siguranță o mare prostie.

Mi-am ținut răsuflarea în timp ce Tony s-a lăsat pe spate în scaun, cu capul pe tetieră. Și-a închis chiar și pleoapele. După ce a suspinat adânc, s-a îndreptat din nou, s-a uitat în jos și a întins mâna spre mine cu pachetul deschis.

— Vrei?

Mă uitam fix la ceea ce îmi întindea, fără să îndrăznesc să deschid gura.

— Te întreb.

A scuturat pachetul și și-a ridicat ochii spre mine.

Am început să dau din cap cu o expresie sumbră pe față. Știam că am dat de belea și că, evident, Tony avea de gând să se răzbune pe mine.

Nu trecuseră nici câteva minute și își dăduse seama. Ce acțiune fără speranță!

Ce idioată sunt. Cât de umilită mă simt!

— Păi, da, la urma urmei, te-ai tratat deja, a murmurat el și s-a bătut teatral pe frunte.

Am tăcut, simțind fiori în tot corpul. Încet, încet, înțelegeam ce se întâmpla. Am vrut să fac ceea ce trebuia și mi-a ieșit ca întotdeauna pe dos. Trebuia să arunc țigara aia nenorocită în toaletă. Sau să o înghit și să mă înec cu ea. Și n-ar mai fi fost niciun necaz.

Tony și-a retras mâna, și-a tras nasul și și-a trecut mâna liberă prin păr. La auzul următoarelor lui cuvinte am simțit că îmi vine să cobor și să fug orbește în pădurea din apropiere.

— Știi că ești terminată, nu-i așa?

— Tony, eu...

— Asta, a început el, scoțând din pachet exact aceeași țigară pe care o pusesem acolo. A ridicat-o și apoi s-a uitat la mine ca la o idioată, ceea ce, fără îndoială, eram. Asta este alt fel de țigară. Din alt pachet. Geniule!

Tony era fratele cu care aveam de departe cea mai slabă legătură, dacă se poate vorbi despre vreo legătură. Era și cel mai puțin previzibil dintre toți, ceea ce mă făcea să-mi fie aproape la fel de tare frică de el ca și de Vincent. Cu excepția faptului că Vincent era calm și inteligent, în timp ce Tony era impulsiv.

Îmi venea să intru în pământ. Nu-mi venea să cred că făcusem un lucru atât de prostesc. Toate acele țigări ale lui arătau la fel! Erau albe, de aceeași mărime. Mi-am dat seama că erau diferite doar atunci când Tony a răsucit-o pe cea pe care o ținea în mână și a arătat o inscripție abia vizibilă, subțire și înclinată, chiar lângă filtru, pe care se pare că celelalte țigări nu o aveau.

A râs. Probabil că nu-i venea să creadă că intrasem atât de prostește în această capcană.

— Tony, îmi pare rău. Am găsit-o ieri în bucătărie, după ce tu și Shane... Am vrut doar să ți-o dau înapoi.

— Daa? m-a întrebat el. Nu-l mai văzusem niciodată atât de binedispus în timp ce vorbea cu mine. Păcat că pe pielea mea.

— De abia acum?

— Eu doar... nu am știut... am crezut...

— După părerea mea, mi-ai șterpelit țigara ca să o fumezi, dar ți-ai dat seama că n-o să poți scăpa cu asta, ceea ce este de fapt adevărat, așa că acum mi-ai dat-o înapoi.

— Nu voiam să o fumez.

— Ce altceva să faci cu o țigară? a ridicat o sprânceană și apoi a pufnit disprețuitor. Nu cumva încercai să-i faci pe plac acelui băiat?

— Nu era vorba deloc de asta!

— Al naibii să fiu! Tony a râs din nou, mai tare de data asta, și a scuturat din cap. Nu-i rău.

— Tony, îți spun adevărul, eu...

— Dar de ce trebuie să te scuzi? Poftim, ia țigara asta, mi-ar face plăcere să te văd cum te bagi într-un rahat și mai mare.

Spunând asta, mi-a întins o țigară, deja îndoită pe deasupra, pe care am privit-o cu scârbă.

— N-o vreau, de asta ți-am dat-o înapoi.

— Haide, nu te mai fandosi și ia odată! m-a încurajat și a întins mâna și mai mult, iar eu am început să tremur, când a încercat să mi-o îndese în palmă și m-a atins. De ce te ferești așa? Vino-ți în fire, nu am de gând să te omor.

Oh, nu împărtășeam deloc acest amuzament. Aveam impresia că se juca cu mine. Eram deja sigură de asta când, deodată, a pufnit tare și și-a dezgolit dinții albi și drepți.

— Și toată lumea este încântată că ești absolut perfectă, a mormăit el ca pentru sine. Ei bine, vor avea o mare surpriză.

Mi-am lăsat capul în jos sub greutatea eșecului și a prostiei mele, nici eu nu știu care din ele mă apăsa mai tare.

— Tony, te rog să nu le spui, am șoptit.

Fratele meu s-a uitat la mine cu o expresie confuză, dar după un timp, un zâmbet a început treptat să i se lățească din nou pe față.

— Nu se va mai întâmpla, îți promit, te rog.

La încercările mele de a-i stârni milă, și-a dat ochii peste cap.

— Ce copil ești!

Am înghițit remarca, deși nu-mi plăcea. Trebuia să-l liniștesc pe Tony, nu să-l enervez.

— Te rog.

— De ce ți-e atât de frică? De Vince?

Mi-am privit genunchii, iar Tony a ridicat o sprânceană.

— Gândește-te un pic, nu? Ce crezi că o să-ți facă? O să te cicălească cât o să te cicălească și apoi va înceta.

Mi-am mușcat buza. O parte din mine s-a gândit că Tony avea în esență dreptate, și voia să se liniștească, dar cealaltă parte mi-a amintit că toată acea - cum o numea Tony - „cicăleală a lui Vince“ era, de fapt, foarte neplăcută și că era într-adevăr în interesul meu să am o relație bună cu tutorele meu.

— Poți să nu-i spui? am întrebat eu pe un ton rugător.

Tony m-a privit un moment ca și cum stătea pe gânduri. Apoi s-a uitat de jur împrejurul parcării acum goale și în cele din urmă s-a întors din nou spre mine.

— Așa să fie.

Piatra care mi s-a luat de pe inimă trebuie să fi cântărit o tonă. Am respirat adânc, reprimându-mi dorința de a-l cuprinde pe Tony într-o îmbrățișare imensă și plină de recunoștință. Ar fi fost dificil în mașină, și probabil că nu s-ar fi bucurat de criza mea de tandrețe.

— Mulțumesc, am rostit încetișor.

Nu a răspuns, doar și-a aruncat în sfârșit țigările în compartimentul pentru mănuși de lângă cutia de viteze și și-a suflecat mânecile de la geacă. A pornit motorul și am plecat, iar pe drumul spre casă nu mi-a mai vorbit deloc. Nici eu nu l-am deranjat, epuizată de discuțiile anterioare. Nu mă puteam gândi decât la faptul că, într-un fel sau altul, scăpasem cu bine. Și asta tocmai cu Tony. Îmi era cam frig și am fost recunoscătoare că fratele meu a pornit încălzirea. Poate că nu era atât de rău cum îl credeam eu.

Alte gânduri pe care le aveam atunci se învârteau în general în jurul sentimentului de vinovăție. De obicei, îmi aminteam de mama mea când mi se făcea dor de ea sau când nu-mi plăceau anumite decizii ale fraților mei și atunci îmi imaginam cum ar fi rezolvat ea lucrurile. În această situație, știam că nu mi-ar fi trecut nimic cu vederea. Ar fi fost foarte dezamăgită și cu siguranță ar fi vrut să mă pedepsească. Pentru prima dată m-am bucurat că unul dintre frații mei decisese să rezolve lucrurile altfel decât ea.

Am intrat în casă, unde încă din prag am fost întâmpinați de cei doi frați mai mari. Vince stătea la jumătatea scărilor, iar Will la baza lor și erau cufundați într-o discuție. Acesta din urmă mi-a aruncat un zâmbet plăcut, iar eu am pășit politicoasă spre bucătărie ca să iau următoarea masă regulamentară și acolo l-am întâlnit pe Dylan, care stătea deja la masă.

Tony s-a dus mai întâi sus. Cel puțin așa am crezut, dar dintr-odată i-am auzit vocea:

— Ei, nici n-o să vă vină să credeți ce a făcut Hailie!

19

CEVA PLĂCUT

Am încremenit cu un pahar într-o mână și cu degetul de la cealaltă atârnând deasupra butonului de la aparatul de filtrare a apei. Mi-am încordat auzul. Conversația dintre Will și Vincent se întrerupsese.

— Cineva are probleme aici, hm?

M-am uitat la Dylan. Înclinase capul și mă privea cu interes. Își odihnea coatele pe masă, ținând cu ambele mâini un sendviș mare cu unt de arahide în trei straturi. Am clătinat din cap, neștiind nici eu de ce.

— Hailie? Will s-a uitat în bucătărie. Nu îmi mai zâmbea, așa cum făcuse ceva mai înainte. Avea sprâncenele încruntate și în ochii lui albaștri era confuzie.

— Da?

— Tony pretinde că i-ai luat o țigară. Este adevărat?

— Ce ai făcut? a intervenit imediat Dylan. Chiar a lăsat sendvișul jos și a înțepenit, gata să se ridice, nu știa sigur de ce.

— Eu... Nu.

Nu știu dacă mă panicasem din cauza reacției lui Dylan sau a expresiei grave de pe fața lui Will, care devenea din ce în ce mai sumbră. Nu m-am simțit mai bine nici când ni s-a alăturat și Vincent. Când intrasem astăzi în reședință, mi-a plăcut că nu-mi acordase prea multă atenție și nu doream deloc să schimb această situație.

— Minte.

Tony a venit ultimul în bucătărie. M-a privit drept în ochi cu un amuzament bolnav. Mie nu-mi ardea de râs. Cum putuse! Cu doar o secundă în urmă îmi promisese că nu va spune nimic.

— Nu știu despre ce vorbești, am mormăit eu. Paharul gol a zăngănit când l-am așezat amețită pe masă. Mi-am încrucișat brațele pe piept, pregătindu-mă să mă confrunt cu patru dintre cei cinci frați. Mi-am trecut ochii peste fețele lor. Toți stăteau cu privirile pironite la mine. Singurul care lipsea era Shane. Păcat, ar fi fost mai bine să fie Shane decât Dylan, de exemplu. L-aș fi schimbat și pe Tony.

Tony era cel mai rău frate.

Cu mâinile în buzunarele pantalonilor, s-a aplecat spre mine și a spus tare și apăsat:

— Vorbesc despre țigara pe care mi-ai strecurat-o înapoi în pachet, când mă uitam în altă parte, fetițo.

Am simțit un val de regret. Mă înșelasem foarte tare în privința lui. Dar trebuia să-mi revin repede. Will și Vincent așteptau să audă ce am de spus în apărarea mea, iar eu mă hotărâsem să mint, așa că nu puteam să stau prea mult pe gânduri.

— Ce-mi pasă mie de țigările tale?

— Micuță mincinoasă.

Cuvântul meu împotriva cuvântului tău, Tony.

— De ce ar spune Tony un neadevăr? m-a întrebat Will. Nu-mi plăcea că era atât de serios. Situația nu era îmbunătățită de faptul că Vincent stătea chiar lângă el. Și el își încrucișase brațele la piept și părea mult mai sigur pe el în această postură decât mine.

— Pentru că - am înghițit în sec - pentru că nu mă poate suferi?

În sinea mea, deja mă prăbușeam sub greutatea tuturor acelor priviri. Nu știam să mint bine. În general nu știam să mint. De obicei nu făceam așa ceva. Iar dacă trebuia să mint în fața celor patru frați intimidanți, eram deja în poziția de învins.

— Și de ce ar trebui să fie o minciună? am adăugat eu.

Dintre toți frații mei prezenți, tocmai Vince a fost cel care a decis să-mi răspundă.

— De teama consecințelor, bineînțeles. Vocea lui de oțel suna deja ca o prefigurare a tuturor acelor consecințe.

Inspiră, expiră. Nu intra în panică.

— Vino, te rog, la mine, Hailie.

Mi-a făcut semn și cu mâna, îndoindu-și degetele într-un gest lent și plin de grație. Picioarele mele se mișcau ascultătoare, deși în creier totul îmi striga și mă implora să nu mă mișc. M-am oprit de abia la o distanță rezonabilă de Vincent, după calculele mele, și aproape că am gemut când, cu același gest, m-a îndemnat să mă apropii și mai mult.

De îndată ce am fost suficient de aproape de el, m-a apucat de încheietura mâinii. Eram acum mai aproape de el decât cred că fusesem vreodată. Am încercat să joc cât mai bine rolul surioarei inocente, deși eram foarte distrasă de strânsoarea puternică a degetelor lui reci și de privirea lui la fel de rece și iscoditoare.

— Ai furat țigara lui Tony? a repetat el întrebarea.

— Nu.

Vincent și-a apăsat degetul mare pe încheietura mea. Nu mă durea, dar cu siguranță era inconfortabil, așa că am încercat să-mi retrag mâna.

— Atunci de ce ești atât de tulburată?

Abia atunci mi-am dat seama că se referea la pulsul meu care galopa mult peste nivelul normal. Mă emoționasem și mă dezechilibrasem în așa hal, încât acum ritmul lui probabil că se accelerase și mai tare. Am vrut să mai arunc rapid o minciună, dar cum de furie nu mi-a venit nimic în minte, mi-am smucit mâna. De data aceasta m-am îndepărtat de el foarte ușor, pentru că mi-a permis.

— Pentru că mă stresați! am strigat eu.

A făcut un pas spre mine - unul foarte mic, dar suficient. A ridicat mâna și m-a apucat ușor de bărbie, forțându-mă să privesc adânc în ochii lui strălucitori și pătrunzători. Am început să tremur, încercând să suport această privire extrem de intensă.

— Întreb din nou. I-ai luat țigara lui Tony?

Am tăcut, iar buzele mi s-au întredeschis de la sine, pentru a da răspuns fratelui meu mai mare.

— Gândește-te bine înainte de a răspunde, m-a sfătuit el.

Asta mi-a fost de ajuns. Vince mi-a frânt încrederea ca pe o rămurică șubredă și am dat din cap abia perceptibil. Am simțit cum mă inundă un val uriaș de ușurare când am reușit în sfârșit să mă eliberez de sub privirea lui și mi-am coborât ochii spre pământ. O, Doamne, ce sentiment minunat!

Am auzit râsete în spatele meu. Cel puțin Tony se distra. Nu am avut curajul să mă întorc și să mă uit la Dylan și la Will.

Vince a încetat să mă mai țină de bărbie. L-am auzit și pe el cum suspină.

— În ordine. Deci, acum că problema sincerității tale este lămurită, spune-mi de unde ți-a venit ideea.

Părea să vorbească calm, dar eu eram convinsă că - contrar cuvintelor rostite - nimic nu era deloc în ordine.

Și ce era să-i spun? Nu știam nici eu ce mă îmboldise atunci. Așa că am ridicat din umeri, dar, după cum se știe, Vince nu accepta astfel de răspunsuri, așa că a început din nou să cerceteze și să pună întrebări, iar eu am răspuns, evitându-i privirea. Ceilalți frați tăceau, dar prezența lor mă făcea să mă simt și mai stresată. Nici măcar Dylan nu m-a întrerupt, deși atunci când am aruncat o singură dată o privire spre el, am văzut că își încruntase sprâncenele de furie.

În cele din urmă, am mărturisit aproape totul. Începând cu faptul că găsisem țigara pe podeaua bucătăriei după ce Shane se bătuse cu Tony, trecând prin remușcări și ajungând la criza din seara asta. După ce a primit toate piesele necesare pentru puzzle, Vince a tăcut și am simțit cum mă sfredelește cu privirea, ca și cum s-ar fi întrebat ce să facă acum. Dylan i-a venit în ajutor.

— Metoda tatei de a ne dezgusta de țigări este destul de bună.

— Nu, nu e bună, a intervenit imediat Will cu fermitate și a adăugat cu voce joasă, astfel încât abia dacă l-am auzit: Și nu vorbi despre el în fața ei.

— Sunt de acord cu Dylan în această privință, a intervenit Tony.

— Hailie nu are o problemă cu țigările, așa că nu este nevoie de așa ceva, a remarcat Vincent. Nu același lucru se poate spune și despre tine, așa că, dacă îți place atât de mult acea metodă, n-ai decât s-o testezi singur.

Spre satisfacția mea infimă, cu aceste cuvinte și mai ales cu privirea plină de semnificație, i-a închis gura lui Tony.

— Cu toate acestea, trebuie să recunosc, Hailie, că sunt îngrijorat în privința acțiunilor impulsive. Nu este prima dată când iei o decizie necugetată care îți provoacă probleme. Prin urmare, ar trebui să mai lucrezi la reflexele tale.

Am dat din cap, pentru că eram întru totul de acord cu el.

— Mă bucur, de asemenea, că nu ai cedat impulsului de a aprinde țigara. Știu că în această privință unii dintre băieți - și aici s-a uitat din nou la Tony - nu dau exemplu bun, dar tot aș considera că este ceva foarte grav. N-aș vrea să-ți pui sănătatea în primejdie cu astfel de lucruri.

— Nu am de gând, am murmurat.

— Bine.

— Și asta e tot? Tony a strâmbat din nas. Nu poți să o pedepsești ca lumea pentru că e fetiță?

— Pot, dar în situația de față nu văd niciun motiv pentru asta.

— Tu îi treci totul cu vederea. Vorbești cu ea, te joci de-a polițistul rău și apoi o lași în legea ei. Mereu același lucru.

— Și ce, ești gelos? a întrebat Dylan, ridicând o sprânceană.

— Ei, da, gelos pe naiba!

— De ce mi-ai promis că nu vei spune nimănui? am întrebat încet, gândindu-mă că Tony nu-mi va răspunde.

Dar mi-a răspuns.

— Chiar credeai că o să te acopăr? E vorba de țigări, nu de bomboane. Fetițele nu trebuie să se atingă de ele și nu am de gând să te aplaud în situații ca aceasta.

— Nu trebuia să mă păcălești și să mă faci să cred că ești de partea mea, am mormăit. Oricât de mult aș fi vrut să tac, simțeam nevoia să o spun cu voce tare, pentru că, la urma urmei, eram puțin rănită că se hotărâse să-mi trădeze încrederea fără scrupule.

— Ești o proastă, nu știi că, dacă nu aș fi fost de partea ta, aș fi încurcat-o.

Am pufnit în nas și mi-am întors capul ofensată de la el, fără să-i permit să cred că poate Tony încerca să-mi spună ceva drăguț printre rânduri.

— Atunci de ce ai mințit că nu vei spune nimănui? am întrebat din nou, fără să-mi pese că ceilalți frați auzeau și ei totul.

Tony a încetat să mai zâmbească.

— Și tu de ce m-ai turnat la el? a arătat cu capul spre fratele său cel mai mare. În legătură cu pistolul? Și asta după ce ai fost de acord să păstrezi tăcerea?

M-am uitat la el cu gura căscată.

Tony a mai rânjit încă o dată cu răutate.

— Ei bine, acum suntem chit.

Și a ieșit din încăpere.

Și eu aș fi vrut să fug în camera mea, dar probabil că nu aveam această libertate. Așa că am rămas nemișcată în centrul bucătăriei, așteptând un semnal că întâlnirea se terminase.

— Stai puțin, pentru că este un lucru pe care nu-l înțeleg, a intervenit Dylan. Încă își încrețea sprâncenele și era clar că nu pricepea ceva. De ce nu ai aruncat țigara aia la gunoi? La urma urmei, Tony nu ar fi observat că lipsea.

Am tras aer în piept.

— Nu știu, așa mi-a venit, pur și simplu, am răspuns liniștită. Cred că am vrut doar să-i dau înapoi ce era al lui.

Frații s-au uitat unul la altul și probabil că fiecare dintre ei se gândea la același lucru. Will, în ochii căruia nu mai exista nicio urmă din severitatea de mai înainte, s-a apropiat de mine, a întins brațele și m-a strâns la piept, clătinând ușor din cap.

— Ești prea bună, micuțo.

Mi-am permis să accept acest gest de tandrețe și am închis cu plăcere pleoapele, sprijinindu-mi obrazul de cămașa lui.

Will era o dulceață.

20

DIFERENȚA DINTRE UN FRATE ȘI UN PĂRINTE

Am întâmpinat vacanța de Crăciun, în mod surprinzător, cu mare ușurare, deoarece însemna că n-am să-i mai văd un timp pe Jason și pe Lavinia. Vedeam romanța celor doi, care se desfășura pe coridoarele școlii și la cantină, și mă simțeam stânjenită tot timpul. Chiar și atunci când râdeam de ceva cu Mona și Audrey, dacă îl vedeam întâmplător pe Jason cum o pipăie pe Lavinia mă tulbura și trebuia să mă îndepărtez cât mai repede de ei. În timpul orelor pe care le aveam împreună, Jason mă ignora – exact ca atunci după ce Shane ne surprinsese în bibliotecă. Singura diferență era că de data aceasta nici eu nu mă luptam să-i câștig atenția. Mă înșelasem în privința lui și asta mă împiedica să alerg după el ca o idioată. Îmi reprimam toată durerea din suflet și uneori și ura.

Această ură era îndreptată în special spre Lavinia. Fata avea ceea ce eu nu puteam avea. Știam că Jason ar trebui să fie obiectul principal al resentimentelor mele, dar tot timpul simțeam ceva pentru el, un fel de atașament. Lavinia nu-mi producea decât complexe.

Sărbătorile mi-au permis să uit de cei doi. Mai mult, au trecut minunat, atât cât era posibil fără mama și bunica mea. De câteva ori mi s-a făcut dor de ele și m-am simțit extrem de deprimată, dar în astfel de momente nu eram niciodată singură. Întotdeauna era lângă mine cineva care să mă facă să râd sau să mă distragă de la necazuri.

Frații Monet au trecut încă o dată testul. Vedeam din ce în ce mai clar ce familie unită erau. Acest lucru m-a fascinat enorm, pentru că la început am crezut că frații mai tineri nu se prea dădeau în vânt după Vincent, care la rândul său îi disprețuia pe toți, în afară de Will. Abia cu timpul mi-am dat seama că această impresie era greșită și că băieții se simțeau foarte bine unii în compania celorlalți. Nu se prefăceau cu nimic și, Doamne, trebuie să fi fost un sentiment minunat.

Era prima dată când nu am primit un cadou de Crăciun. Will s-a asigurat din nou că am înțeles tradiția lor de familie. Frații Monet, întrucât își puteau permite aproape totul în fiecare zi din an, nu acordau prea multă atenție tradiției de a pune cadouri sub bradul de Crăciun. În sufragerie era un brad mare, și un altul, mai mic, în hol, lângă scări. Sub primul se aflau doar pachete fictive, învelite în hârtie decorativă și legate cu panglici drăguțe, dar în interior erau numai bucăți de polistiren și nimic altceva. Nu m-am întristat, pentru că îmi părea bine că nu trebuia să le mulțumesc fraților mei pentru niciun cadou și nici să mă gândesc ce să le fac eu cadou lor.

În schimb, am copt plăcinte cu carne tocată sub ochii vigilenți ai lui Eugenie. Asta obișnuiam să pregătesc în fiecare an împreună cu bunica pentru Ajunul Crăciunului. Îmi plăcea să le fac și încă și mai mult îmi plăcea să le decorez. Anul acesta, mi se cumpăraseră decorațiuni din belșug, dar trebuia să fac și o mulțime de prăjituri, pentru că la masă urmau să stea doi bărbați adulți și trei adolescenți vorace.

Am început sărbătoarea în camera de zi. La televizor se difuza un meci de fotbal care, acompaniat de un platou mare de brânză, i-a entuziasmat pe toți frații mei, în afară de Vincent. L-am surprins înmânându-i lui Eugenie la plecare un plic gros de culoare crem. Eram aproape sigură că era prima ei de Crăciun și speram că era substanțială, pentru că ne pregătise o masă extraordinară.

Ne-am așezat apoi în sala de mese. La fel ca de Ziua Recunoștinței, și de această dată ne-am servit singuri la masă. Am încercat să ajut ori de câte ori am putut, pentru că erau multe feluri de mâncare și trebuia să ducem și să aducem farfurii. Am fost fericită să fac asta, pentru că astfel evitam să mănânc prea mult.

De platoul cu brânzeturi nu mă atinsesem – nu prea mă atrăgeau, mai ales cele mucegăite; și acum aveam îndoieli asemănătoare în ce privește cocktailul de creveți. Observasem deja că frații Monet erau pasionați de fructele de mare, dar pe mine nu mă încântau și am fost surprinsă că aveau așa ceva în meniul de Crăciun. A venit apoi o salată Caesar, pe care am mâncat-o și eu cu plăcere, deși am refuzat a doua porție. A urmat sorbetul de lămâie, care trebuia să ne clătească cerul gurii, ca să ne putem bucura de gustul nealterat al coastelor fripte cu garnitură de cartofi dulci și sparanghel copt în brânză.

Am făcut schimb de comentarii despre mâncare, băieții au discutat pe scurt despre meci, iar Will m-a întrebat cu blândețe și sensibilitate despre amintirile legate de Crăciun din casa familiei mele și toată lumea m-a ascultat când am povestit despre mâncărurile tipice englezești din perioada Crăciunului. Eu, mama și bunica nu găteam niciodată atât de mult. Pur și simplu nu aveam nevoie, pentru că eram doar noi trei în Ajunul Crăciunului – uneori mai venea și o vecină singuratică.

Shane era „coșul meu de gunoi" personal, căruia îi strecuram discret o farfurie atunci când nu aveam puterea să o termin. Iar el devora totul cât ai clipi din ochi, cu o expresie de încântare pe față. Nu am gustat nici măcar o tartă cu cireșe la desert sau turtă dulce, dar am mâncat câteva dintre prăjiturile pe care le făcusem eu și m-am bucurat în secret când toți băieții mi-au făcut complimente pentru ele. Chiar și Tony a mormăit că au fost „mișto".

După acest lung ospăț, ne-am întors în salon, unde ne-am instalat confortabil pe fotolii și canapele. Dylan a pornit playstationul și am jucat un joc. Am ieșit pe ultimul loc, dar m-am distrat foarte bine, așa că a fost totul în regulă.

În dimineața următoare ne-am întâlnit din nou în salon, unde am stat în pijamale până la prânz. Am luat micul-dejun pe canapea și pe podea, făcând o mizerie teribilă. În trecut, în această zi eram extrem de entuziasmată. Când eram mai mică, mă trezeam la o oră inumană ca să alerg desculță până la pomul de Crăciun și să mă arunc asupra cadourilor. Apoi, mama mă lăsa să iau micul-dejun pe jos, printre jucării noi și hârtie de împachetat ruptă.

La familia Monet a fost asemănător, doar că fără cadouri. Și oricum mi-era dor de mama, atât de mult, încât chiar mi-au dat lacrimile când Will a comandat un maraton de filme de Crăciun. Probabil că Dylan a observat, pentru că mi-a pus imediat în păr o cununiță cu coarne de ren, pe care am purtat-o tot restul zilei.

Vince a dispărut de câteva ori, dar a reapărut întotdeauna imediat, punându-și telefonul în buzunar. Will făcea ordine și ne punea să strângem după noi, Shane tot bombănea ceva, Dylan, în timpul unuia dintre filme, și-a făcut antrenamentul de forță și a adus ganterele în salon, iar Tony s-a relaxat desenând o femeie goală înfășurată în luminițe de pom de Crăciun – sau cel puțin așa mi se părea mie, pentru că a acoperit caietul de schițe și mi-a spus să plec de acolo când am încercat să trag cu ochiul peste umărul lui.

Așa că, de Crăciun, frații mei m-au surprins din nou în mod pozitiv. Și am început să mă întreb dacă frații Monet serbau și Revelionul împreună, pentru că atunci aș fi fost fericită să rămân acasă cu ei, dar am constatat că băieții aveau planuri – fiecare altul. Așa că am acceptat invitația lui Audrey de a întâmpina noul an la ea acasă.

Vincent nu a fost prea încântat de faptul că ieșeam în oraș, dar nu mi-a interzis, așa că, în seara ultimei zile din decembrie,

Will m-a condus acasă la prietena mea. Întrucât acum știam ceva mai mult, eram și puțin mai atentă, așa că am observat că pe tot drumul în spatele nostru a mers o mașină mare de culoare închisă, care a oprit la o mică distanță de aleea casei lui Audrey, unde parcaserăm. După toate evenimentele recente, eram hipersensibilă, așa că l-am întrebat pe Will despre această escortă misterioasă.

— Nu-ți face griji, mi-a răspuns, apoi m-a sărutat pe fruntea acoperită de o căciuliță de lână cu pompon. Credeam că ne vom lua la revedere așa, dar m-a condus spre ușă, și chiar a intrat cu mine înăuntru.

Părinții lui Audrey plecaseră în weekend în vizită la niște prieteni din Philadelphia, unde plănuiau să meargă la un bal, ceea ce nu prea le plăcea fraților mei. Situația a fost salvată de faptul că fratele cel mare al lui Audrey a fost delegat să aibă grijă de noi. Nu cred că știau cât de aiurit era Jerry, iar eu nu le-am corectat părerea. Niciunul dintre băieți nu-l cunoștea prea bine, nici măcar gemenii care aveau câteva ore în comun cu el. E clar că Jerry nu era pentru ei o persoană de care să merite să-și amintească.

Acesta a fost de fapt singurul lucru neplăcut al întâlnirii. După ceea ce auzisem recent de la el, nu putea să-mi fie simpatic. Îmi era teamă că se va purta urât cu mine, mai ales că părinții lui Audrey nu erau acasă, dar prietena mea m-a asigurat că chiar el îi sugerase să mă invite la ea și că se simte prost pentru ieșirea lui anterioară. Îmi venea greu să cred, dar într-adevăr s-a comportat impecabil, cel puțin în fața lui Will, deși mie mi se părea că este un pic cam crispat când vorbea cu fratele meu... Dar, la urma urmei, oamenii erau întotdeauna intimidați când vorbeau cu oricare dintre frații mei.

Când Will a aprobat în cele din urmă condițiile petrecerii noastre, ne-a urat distracție plăcută și un an nou fericit, iar apoi a plecat. Jerry, între timp, dispăruse în camera lui, iar eu, Mona și Audrey stăteam în sufragerie, înconjurate de mult prea multe gustări, băuturi carbogazoase și muzică difuzată de televizor. Râdeam în hohote vorbind despre bârfele prostești de la școală, am tachinat-o puțin pe Audrey în legătură cu pasiunea ei pentru domnul Dalton și chiar l-am blestemat pe Jason. Mona a găsit ritualul potrivit pe internet, așa că de ce nu.

Nici n-am observat când s-a apropiat miezul nopții. Apoi a apărut Jerry și simpla lui prezență m-a făcut să mă simt puțin inconfortabil. În ultima vreme, fusese foarte încordat, dar acum parcă se relaxase. S-a sprijinit cu nonșalanță de o vitrină de sticlă și a dat din cap spre noi.

— Ce s-a întâmplat?

Tocmai râseserăm de ceva, atât de tare, încât Mona a început chiar să sughițe, dar când l-am văzut pe Jerry ne-am potolit și am schimbat priviri bănuitoare.

— Ce vrei? a întrebat Audrey.

— Verific doar dacă totul este în regulă.

— Nu avem nevoie de bonă.

— William Monet mi-a transmis altceva, a ripostat Jerry, iar mie nu mi-a plăcut că rostise numele complet al fratelui meu pe un ton batjocoritor. Poate că exagerez, dar eram sensibilizată în privința lui.

— De când asculți tu de frații lui Hailie? a întrebat Mona răutăcioasă.

— Nu ascult. De fapt, voiam să-ți spun... – Jerry s-a întors spre mine –... că îmi pare rău pentru atunci. M-am purtat ca un cretin, Audrey avea dreptate. De aceea i-am spus să te invite. Am vrut să știi că e în regulă că ești prietenă cu sora mea. La urma urmei, nu e vina ta că frații tăi sunt niște idioți.

Am simțit nevoia ciudată de a-mi apăra frații. Și eu credeam adesea că se purtau ca niște idioți, dar nu-mi plăcea ca Jerry să vorbească despre ei în acest fel. Consideram că nu are dreptul. Cu toate acestea, nu am comentat deloc pentru că am decis să apreciez faptul că Jerry își ceruse scuze. Cam superficial, dar oricum. Nu mă așteptam să le aud deloc.

— Nu-i nimic, Jerry, chiar uitasem deja de asta, am murmurat eu bine-crescută.

Mona a ridicat sceptică dintr-o sprânceană, dar Audrey părea mulțumită.

— Și apropo, a continuat Jerry. Lasă impresia că sunt un pic posesivi, nu-i așa? Will îmi vorbea de parcă ar fi fost tatăl și nu fratele tău. Trebuie să fie obositor, nu?

Am ridicat din umeri. Nu era un subiect pe care eram dispusă să-l discut cu el.

— Pentru că știi foarte bine despre ce vorbesc. Fratele e frate, totuși. A râs și i-a făcut cu ochiul lui Audrey. Ce-ar fi să vă arăt eu care este diferența dintre un frate și un tată?

Jerry ne-a părăsit pentru o clipă, iar noi am făcut un schimb de priviri. Mona și cu mine eram puțin încordate, iar Audrey era vizibil confuză. Nu am avut timp să discutăm nimic, pentru că băiatul s-a întors repede cu o sticlă elegantă de șampanie în mână. Și nu era șampanie pentru copii, mi-am dat seama imediat.

— Ați gustat vreodată?

Mi-am mușcat buza și am observat cu dezaprobare cum Monei i-au sclipit ochii. Audrey, însă, a păstrat distanța.

— Ce faci? a întrebat ea, mijind din ochi.

— Ai cincisprezece ani și e doar o chestiune de timp până când va începe să te intereseze alcoolul. Ar fi mai bine pentru tine să încerci aici, acasă, cu mine, decât de una singură, ascunsă prin tufișuri.

— Nu ar trebui să fii supraveghetorul nostru? am întrebat eu sceptică, căci nu-mi puteam imagina, de exemplu, că Dylan sau Will, sau chiar Shane sau Tony, mi-ar oferi mie și prietenelor mele băuturi alcoolice. Nici nu mai vorbesc de Vincent.

— Tocmai aceasta este diferența dintre un frate și un părinte. Fratele are aceeași răspundere ca și părintele, dar nu este la fel de pisălog.

Dacă Jerry încerca să mă impresioneze, era clar că nu reușise, dar nu puteam spune același lucru despre celelalte fete. Mona rânjea cu gura până la urechi, iar un colț al gurii lui Audrey a schițat o jumătate de zâmbet când a întrebat:

— De ce te străduiești așa, dintr-odată, să fii un frate mișto?

— Mai bine mai târziu decât niciodată. Deci, sunteți gata?

Până să apuc să spun ceva, Mona a încuviințat energic din cap, iar Jerry, fără să mai aștepte, a desfăcut dopul, care a sărit și a ricoșat în tavan cu o explozie puternică. Am țipat cu toții, ascunzându-ne capetele ca să nu ne lovească. Dopul s-a rostogolit undeva sub masă, iar Jerry s-a repezit repede după el și l-a luat. În acest timp, o parte din șampanie s-a vărsat pe jos, iar băiatul a înjurat în bărbie. Probabil că s-a hotărât să nu curețe imediat, pentru că a ocolit balta și i-a strigat lui Audrey:

— Dar să nu le spui părinților, bine?

A zâmbit golănește, a băgat mâna în vitrină, a scos patru pahare alungite și a dispărut cu ele și cu sticla în bucătărie. M-a deranjat faptul că ignorase așa, pur și simplu, băutura vărsată pe jos. De fapt, ar fi trebuit să curețe imediat. Dar aveam acum alte griji, decât să-mi storc creierii cu neglijența lui Jerry.

— Chiar vreți să bem șampanie? am șoptit imediat după ce a plecat din sufragerie.

Nu asta îmi dorisem. Poate că aș fi reacționat altfel, dacă nu ar fi fost fratele lui Audrey inițiatorul planului. Mona a ridicat din umeri, vizibil emoționată, iar Audrey și-a mușcat buza.

— Nu știu ce l-a apucat, dar eu prefer în mod clar această versiune a lui Jerry. Cred că se simte cu adevărat prost după modul în care s-a comportat data trecută, a explicat ea.

Numai de dragul lui Audrey, eram dispusă să o iau mai ușor și am luat cu grijă paharul plin pe care mi l-a întins Jerry. M-am uitat o clipă la bule. Erau drăguțe, dar dădeau băuturii un aspect înșelător.

Cu paharele în mână, am ieșit afară, după ce ne aruncaserăm pe noi gecile în grabă. Cu toată agitația legată de șampanie aproape că am ratat momentul în care a sunat miezul nopții. Jerry ar fi trebuit să o deschidă chiar în acel moment, după părerea mea, cel puțin așa făcuserăm până atunci cu șampania fără alcool. Dar nu am vrut să mă plâng sau să fac mofturi, mai ales că prietenele mele păreau încântate.

— Un an nou fericit, fetelor! a strigat Jerry, în timp ce focurile de artificii străluceau pe cer, și a ridicat paharul.

Audrey locuia într-un cartier rezidențial unde focurile de artificii, deși vizibile, nu erau deloc spectaculoase, așa că ne-am uitat la cer un timp, după care ne-am concentrat asupra experienței noastre alcoolice.

Toată lumea și-a înclinat paharele, așa că am făcut și eu la fel, dar de fapt doar mi-am umezit buzele. Gustul șampaniei era delicat, dar ușor amărui. Aceasta nu a deranjat-o pe Mona, care și-a turnat pe gât tot conținutul paharului dintr-o singură înghițitură.

— Iisuse... a chicotit Audrey, dar a luat și ea o înghițitură destul de zdravănă.

Jerry a observat reticența mea și mi-a făcut semn din cap.

— Toastul nu se pune dacă nu bei până la fund, a spus el, zâmbindu-mi nevinovat.

I-am răspuns la fel, sperând să nu iasă un zâmbet prea fals.

— Beau, am murmurat, și am luat o înghițitură mică pentru a-i demonstra, pe care am scuipat-o imediat înapoi când Mona a atras atenția tuturor punând paharul gol pe masa de piatră din grădină de lângă ea cu prea multă forță. Paharul a făcut un zgomot puternic și s-a spart.

— Te-ai și îmbătat?

Jerry a râs și s-a dus la bucătărie să aducă mătura. Audrey s-a apropiat și ea ca să facă lumină cu telefonul pe jos și să găsească măcar câteva cioburi mai mari de sticlă. Această scurtă agitație a fost exact ceea ce îmi trebuia ca să răstorn paharul și să vărs aproape tot conținutul în iarbă. Iar când Jerry s-a uitat din nou la mine, părea că tocmai băusem restul.

— Probabil că vă ajunge, a apreciat el, cu sprâncenele ridicate, uitându-se la Mona, care se înroșise la față.

M-am simțit ușurată când Jerry a plecat și a luat și sticla aia idioată cu el. Nu eram o sfântă, adică eram un pic, totuși mă gândisem de câtva timp că ar fi frumos să încerc gustul alcoolului. Dar, așa cum am menționat mai devreme, cu siguranță nu în prezența lui Jerry, în care pur și simplu nu aveam încredere. Știam că, dacă frații mei ar fi aflat că am băut, aș fi avut probleme. Deja avusesem parte de destule săpuneli din partea lor pentru țigara furată. Nu voiam să devin din nou victima lor atât de prostește. Mai ales că abia mă lăsaseră să merg aici, iar Will îmi ceruse să mă port ca o persoană responsabilă. Chiar nu voiam să-l dezamăgesc.

Aș fi preferat să nu se fi întâmplat nimic. Jerry ar fi trebuit să ne lase în pace. Ne-a stricat puțin distracția, pentru că Mona a devenit imediat enervantă. Cu siguranță nu s-a îmbătat cu un singur pahar, dar alcoolul îi crease o dispoziție euforică în care îți vine să dansezi și să râzi de lucruri prostești care nu sunt neapărat amuzante. Audrey încerca să țină pasul cu ea, bucurându-se, se pare, de faptul că fratele ei în sfârșit își schimbase puțin comportamentul de idiot fanfaron. Sau, cel puțin, asta credea ea, căci pentru mine era tot un idiot fanfaron.

Am decis destul de repede să punem un film. La cererea mea, fetele au renunțat la vizionarea unui film de groază și au fost de acord să vadă o comedie. Cu toată sinceritatea, a trebuit să recunosc că intriga nu era cine știe ce captivantă, totuși am fost surprinsă când filmul încă nu ajunsese la jumătate, iar Mona deja adormise. Am vrut să o înghiontesc pe Audrey și să fac haz împreună cu ea, dar și ea adormea încet.

Nu-mi venea să cred. Abia trecuse de miezul nopții. Și eu eram puțin obosită, dar speram că vom rezista cel puțin până la ora unu. Cu siguranță că șampania aia stupidă avusese acest efect asupra lor. Am bătut-o pe Audrey pe umăr, dar lipsa de reacție din partea ei mi-a confirmat că distracția se terminase.

Am suspinat și am rămas nemișcată o clipă, privind fără interes la ecranul televizorului.

Apoi am auzit pași ușori. Sunau cu totul altfel decât pașii de mai devreme ai lui Jerry, când pălăvrăgise vesel din bucătărie, în sufragerie și înapoi, turnându-ne șampanie. Știam că el era cel care pândea acum, pentru că am auzit cum tușește. Ultimul lucru pe care mi-l doream era să vorbesc cu el, așa că am închis ochii și am încercat să mă prefac că eram și eu cufundată într-un somn adânc. Speram ca Jerry să arunce o privire în sufragerie și să plece când va vedea că am adormit toate, dar s-a oprit pentru o clipă în pragul ușii.

Am avut nevoie de toată voința ca să mă abțin și să nu-mi încrunt fruntea. Am încercat să-mi controlez respirația și să-mi mențin o expresie naturală a feței, deși simțeam nevoia să despart pleoapele și să văd ce naiba făcea. La un moment dat, am crezut că Jerry nu mai este în sufragerie, dar apoi l-am auzit cum respiră adânc, neliniștit. Fără să știu de ce, mi s-a făcut pielea de găină. Ce face aici de atâta timp? Cască gura la noi sau ce?

Tocmai când mă gândeam serios să deschid ochii și să-i spun ceva neplăcut, am auzit niște foșnete și imediat după aceea semnalul unui apel telefonic. Încet și fără zgomot, Jerry s-a dus în bucătărie. Atunci am îndrăznit să-mi despart pleoapele și i-am văzut umerii slabi. Ținea telefonul apăsat pe ureche.

— Așa cum am promis, Hailie Monet zace inconștientă la mine în sufragerie.

Am simțit că înțepenesc. Încremenisem. Mă străbăteau fiori reci și inima a început să-mi bată atât de tare, încât dacă Jerry nu s-ar fi concentrat la conversație, probabil că ar fi auzit-o.

— Da. Cu siguranță că omul familiei Monet se învârte pe aici pe undeva.

A trebuit să-mi forțez serios auzul ca să înțeleg ce spunea, pentru că după ce intrase în bucătărie nu l-am mai auzit atât de clar.

O, Doamne, ce se întâmplă aici?

M-am uitat panicată în jur. Ferestrele erau acoperite, camera era în semiîntuneric, la televizor era același film și numai din bucătărie venea o lumină puternică.

Am simțit că sunt în pericol. Orice pusese Jerry la cale, intențiile lui nu erau bune, și nu mai era vorba doar de șoaptele intuiției mele, temerile îmi erau confirmate de comportarea lui suspectă.

Nu s-a mirat că adormiserăm, nu a încercat să ne trezească sau să închidă televizorul. În schimb, a sunat pe cineva și a spus că eram inconștientă. Doar eu. Inconștientă.

De ce inconștientă?

Am început imediat să o scutur pe Audrey, implorând-o să se trezească. În zadar. Respira liniștită și părea cufundată într-un somn adânc. Era un coșmar. M-am aruncat spre Mona, încercând să fac cât mai puțin zgomot posibil. Din disperare, aproape că am lovit-o cu piciorul, știind în adâncul sufletului că oricum tot nu aș fi trezit-o. Amândouă prietenele mele dormeau duse.

Pentru că erau inconștiente.

Am aruncat o privire spre podea, unde mai era urma bălții de alcool vărsat.

Șampania.

De astă dată creierul nu m-a mai indus în eroare și am pus repede lucrurile cap la cap. M-am uitat îngrozită și apoi la coridorul spre bucătărie, unde dispăruse Jerry. Nu cumva visam?

Bine, respiră adânc. Cel mai bun lucru pe care îl poți face este să pleci de aici. Și să anunți pe cineva ce se întâmplă. M-am uitat în jur după telefon. Îl lăsasem pe masă. M-am uitat în acea direcție. Da, era încă acolo. Asta mi-a ridicat moralul, pentru că, dacă Jerry chiar încerca să-mi facă ceva rău, nu era foarte inteligent.

Aproape că mi-a venit să râd la acest gând. Aproape, pentru că de fapt m-a speriat. Era posibil ca Jerry să fi vrut cu adevărat să-mi facă un rău? Nu aveam încredere în el, nu-mi plăcea, dar nu credeam că ar fi în stare chiar să mă amenințe. La urma urmei, el este fratele prietenei mele. Trebuie să fie un fel de glumă proastă.

Dar Mona și Audrey chiar erau leșinate. Și cuvintele rostite de Jerry la telefon nu fuseseră inventate de mine.

M-am ridicat în liniște de pe canapea și m-am îndreptat în vârful picioarelor spre masă, fără să-mi iau ochii de la coridorul spre bucătărie. Dacă Jerry ar fi intrat acum pe acolo, ar fi venit după mine. Am întins mâna și, fără să fac nici cel mai mic zgomot, am apucat telefonul mobil. L-am ridicat și m-am îndreptat spre canapea, dar în camera alăturată a foșnit ceva și am încremenit. Jerry a murmurat o înjurătură pe sub nas, dovedind astfel că nu se dusese prea departe, iar eu am luat imediat o altă decizie. Presimțeam clar că va arunca imediat o privire aici, chiar înainte să apuc să mă așez din nou pe canapea și să mă prefac că dorm. Așa că, în loc să mă întorc la locul meu, m-am îndreptat spre ușa care ducea spre hol.

Din sufrageria lui Audrey erau trei posibilități de ieșire. Prin bucătărie - aceasta era ieșirea cea mai convenabilă și cel mai frecvent folosită de locatarii casei, prin terasă - dar mi-am dat seama rapid că aceasta nu era o opțiune în acel moment, deoarece ar fi trebuit să fac prea mult zgomot când deschideam ușa glisantă. A treia cale era pur și simplu să merg spre hol. Exista o ușă care ducea spre acesta, pe care nimeni nu o deschidea prea des, din câte știam eu. Eu însă am decis să risc.

M-am strecurat cât de silențios am putut, dar bătăile inimii îmi bubuiau în urechi. M-am gândit că poate visam toate acestea, dar m-am ciupit de câteva ori și nu s-a întâmplat nimic. Mă simțeam ca un personaj dintr-un film de groază oribil. Degetele palmei mele transpirate se strângeau pe telefon, iar cealaltă mână se întindea spre mânerul ușii. Înainte de a-l apăsa, am ezitat. Am aruncat o privire la fete, dar acestea încă dormeau adânc și nici măcar nu-și schimbaseră poziția. Erau ca moarte, iar eu am tremurat, spunându-mi imediat că așa ceva nu era posibil, pentru că pieptul li se ridica și cobora. Aveam remușcări că le las aici, dar era singura modalitate de a mă ajuta pe mine și pe ele; în plus, era evident că Jerry voia să-mi facă rău în primul rând mie. Nu spusese nimic despre Mona și nu cred că s-ar fi atins de propria soră.

Am deschis ușa cu mare băgare de seamă, dar asta nu mi-a fost de nici un folos, pentru că a scârțâit îngrozitor. Am strâns din pleoape când am auzit scrâșnetul îngrozitor care însemna fără echivoc eșecul încercării mele. Prietenele mele nici măcar nu au tresărit, dar s-a auzit un foșnet brusc în bucătărie și Jerry s-a repezit alarmat în sufragerie. Inima mi s-a oprit în loc pentru o clipă, când m-am întors și ne-am privit în ochi. Ne-am susținut reciproc privirile. Și amândoi păream la fel de îngroziți și panicați.

Am alergat imediat înainte, luând drept țintă ușa din față care se profila în depărtare. Afară trebuia să fie bodyguardul meu, dacă îmi aminteam corect, așa că puteam obține ușor ajutor. Dar înainte să apuc să ies, am simțit cum Jerry mă prinde de spatele bluzei și mă trage spre el.

Am strigat tare, dar el mi-a înăbușit repede țipătul, apăsându-și mâna ferm pe gura mea. Am încercat să o dau la o parte și mi-am înfipt degetele pe ea, dar, deși era un slăbănog, Jerry era totuși băiat și era mai mare decât mine, așa că avea suficientă putere ca să-mi astupe gura. Spatele meu îi atingea pieptul în timp ce mă împingea prin hol. Ne-am zbătut puțin, dar nu prea aveam ce să fac. La un moment dat, l-am mușcat tare de degete, dar m-a tras de păr atât de tare, încât pentru o clipă am încetat să mă mai împotrivesc, mi-au dat lacrimile și am țipat de durere.

— Ține-ți gura, a șuierat Jerry amenințător, și m-a împins într-o încăpere de lângă scări.

Am zburat imediat pe podea gemând fără zgomot și mi-am făcut o vânătaie. Am sărit imediat și m-am așezat în capul oaselor, cu mâinile sprijinite de pardoseala dură. Am ridicat și capul ca să mă uit la torționarul meu, gata să țip încă o dată cât mă țineau plămânii.

Iar acest băiat șters, un adolescent, fratele nătărău al prietenei mele, tocmai scosese un pistol din spatele centurii pantalonilor care îi atârnau pe șolduri și îl îndreptase cu stângăcie în direcția mea.

Țipătul mi-a amuțit în gât.

Mâna lui Jerry care strângea mult prea tare pistolul se clătina periculos, iar băiatul holbase ochii spre mine, cu maxilarul strâns încleștat. Am observat, de asemenea, că pe frunte îi apăruseră broboane de sudoare. Am început și eu să tremur.

— Jerry... am șoptit încet.

— Niciun cuvânt.

Mi-am întins încet ambele mâini în față, vrând să-i spun cu ajutorul limbajului corpului că nu vreau decât să mă așez mai confortabil. Mă durea piciorul și nu mai puteam să mă sprijin pe coapsă. Simțeam cum îmi apare pe el o vânătaie urâtă.

Tocmai când credeam că vom încremeni așa pe vecie – eu stând pe podea într-o cameră care arăta ca un simplu dormitor de oaspeți acasă la Audrey cu fratele ei dezechilibrat aplecat deasupra mea și îndreptând arma spre mine – când a sunat telefonul.

Jerry s-a scuturat ieșind din transă pentru o clipă și a privit nervos în spate, dar, în același timp, mă ținea încă sub amenințarea armei. M-am încordat și mai tare pentru că pur și simplu îmi era teamă că mă va împușca din greșeală chiar fără să vrea.

— La naiba, la naiba, la naiba, repeta aceste cuvinte ca pe o rugăciune, complet panicat, iar eu mă uitam la el îngrozită, așa cum nu mai fusesem niciodată în toată viața mea. Se purta ca un pacient grav bolnav scăpat dintr-un spital de psihiatrie.

Era imprevizibil.

— Este telefonul tău! s-a răstit brusc la mine de am sărit în sus.

Da, era tonul meu de apel care răsuna pe hol. Probabil că scăpasem telefonul mobil acolo în timpul încăierării noastre. Și nici măcar eu nu-mi dădusem seama când. Băiatul care mă amenința cu arma mă debusolase complet.

Jerry ținea în continuare pistolul îndreptat spre mine și a ieșit din cameră cu spatele. Ședeam cuminte, căci nu vedeam nici măcar umbra unei șanse de a scăpa. Nu în acest moment. Cu privirea pironită la mine, s-a lăsat încet pe vine, s-a aplecat și a întins mâna liberă spre locul unde probabil că se afla telefonul meu. Timp de o fracțiune de secundă și-a luat ochii de la mine, dar o clipă mai târziu se întorcea deja în dormitor.

— Răspunde și spune că te distrezi bine, a ordonat el. S-a apropiat suficient de mult ca să-mi dea telefonul, dar în același timp s-a apropiat de mine și pistolul lui, astfel încât țeava era acum la o lungime de braț. Tremuram din toate încheieturile. Am aruncat o privire la ecran.

Era Will.

Acesta era colacul meu de salvare.

— Un singur cuvânt greșit și trag, nu glumesc, m-a avertizat Jerry, ghicind probabil ce aveam în minte.

M-am uitat în ochii lui ca să văd dacă vorbea serios. Dar am văzut în ei doar nebunie pură. Nu puteam să-mi asum niciun risc. Nu cu un pistol practic lipit de fruntea mea. Jerry nu mai gândea rațional. Așa că am încuviințat dând rigid din cap și am întins mâna spre dispozitiv. Jerry a îndreptat atunci pistolul cu și mai multă precizie direct spre fața mea, încercând să facă o mutră amenințătoare. În mod normal, aș fi izbucnit în râs, dar acum nu mă amuzam deloc.

Am apăsat pe butonul verde de pe ecran și am dus telefonul la ureche. Abia mai respiram, darămite să vorbesc calm, dar am făcut tot posibilul să mă controlez.

— Da?

— Bună, micuțo, ești bine? m-a întrebat fratele meu preferat, iar mie mi-au dat lacrimile.

— Mm...

Vocea mi s-a frânt, dar Jerry a agitat frustrat pistolul. Au urmat câteva secunde de tăcere din partea interlocutorului meu.

— Ești sigură?

Will era inteligent și supraprotector, iar vocea mea în mod sigur nu suna așa cum s-ar fi așteptat după ce petrecusem o seară fantastică în compania prietenelor mele.

— Da, am răspuns, forțându-mă să adopt un ton mai sigur pe mine.

— Ți-am trimis un mesaj ceva mai înainte cu urările de Anul Nou. Nu mi-ai răspuns. Am crezut că ai adormit și ai ratat miezul nopții.

— Ăăă... nu, pur și simplu nu am auzit...

— Am fost îngrijorat și de aceea am sunat, a spus el. Hailie, ești... ești sigură că e totul în ordine?

— Da, mă uit la un film cu fetele, tare lacrimogen... am gemut. Am și râs puțin la sfârșit, deși, firește că îmi tremura vocea.

— Foarte bine, atunci, nu vă mai deranjez, a spus el, cu o ușoară ezitare, apoi a adăugat: Nu beți alcool acolo, nu-i așa?

Deschisesem deja gura ca să neg, simțind chiar un val de mândrie că nu fusesem tentată să beau șampanie și că puteam să-i răspund sincer la întrebare cu un simplu „nu", dar apoi am aruncat o privire la Jerry, care își încrețea sprâncenele, străduindu-se să descifreze orice reacție a mea. Uitându-mă la fața fratelui lui Audrey, mi-a venit o idee.

— Ba da, chiar destul de mult.

— Hailie? Îl vedeam cu ochii minții pe Will cum își încrețește sprâncenele.

— Și e suuuper.

Jerry s-a uitat la mine încordat, dar a tăcut și probabil că era doar mulțumit că lăudam petrecerea.

— Hailie, ești beată?

— Eh, un pic obosită, am răspuns, forțând un căscat.

Jerry a început să-mi arunce priviri pline de semnificație și a scuturat nerăbdător pistolul. O sugestie clară că ar trebui să pun capăt conversației.

Will a tăcut, dar aproape că simțeam tensiunea care radia din receptor.

— Acum am să închid, vorbim mâine, bine... pupici! La revedere! am râs artificial și am închis înainte de a auzi răspunsul.

Înainte de a-i înapoia telefonul lui Jerry am ținut apăsat butonul de pe carcasă și am deconectat discret telefonul, pentru ca Will să nu poată suna din nou. Oricum, Jerry nu ar fi fost de acord cu încă o convorbire.

Fratele lui Audrey era vizibil ușurat. A aruncat nonșalant telefonul pe patul frumos acoperit cu o cuvertură kitsch înflorată. Imploram întregul univers ca Will să reacționeze la mesajul meu în cel mai hipersensibil mod cu putință. Speram că se va decide să nu mă ierte și să decidă să nu aștepte până dimineață ca să-mi explice ce înseamnă regula „fără alcool".

Dar nu am avut timp să mă gândesc la asta, pentru că Jerry mi-a atras toată atenția. Ședeam pe jos, uitându-mă la băiatul care mă domina, și mă întrebam dacă era posibil, de exemplu, să mor imediat. Indiferent cât de abstractă putea fi o asemenea situație - fratele adolescent al prietenei mele putea să-mi ia viața așa, dintr-odată.

— De ce... am început eu să vorbesc ca să rup tăcerea, dar Jerry aproape că a sărit în sus de furie.

— Nu vorbi cu mine, să nu vorbești cu mine!

— Bine, bine.

Am ridicat mâna ca să-l calmez. Cred că aștepta pe cineva. Jerry se tot uita la telefon, iar eu eram din ce în ce mai convinsă că din cauza acestei neatenții era pe cale să apese pe trăgaci. Îi tremura piciorul și pieptul i se ridica atât de repede, încât băiatul era probabil în pragul unui atac de panică.

Mă luptam cu gândurile mele, pentru că, pe de o parte, credeam că ar trebui să încerc să vorbesc cu el și poate să-i fac cumva creierul să înceapă să funcționeze, ca să-i scot din cap planul pe care îl avea, dar în același timp îmi era teamă să o fac. Jerry era prea surescitat, iar eu nu eram sigură că existau cuvinte pe care să i le pot spune fără să-l enervez și mai rău.

Jerry se uita tot mai des la telefonul mobil și suspina. O dată sau de două ori și-a lăsat capul pe spate, ba chiar o clipă a încetat să mai țintească cu arma spre mine ca să-și șteargă cu încheietura mâinii sudoarea de pe frunte. Dar în acel moment a fluturat așa de tare pistolul, încât era cât pe ce să se împuște.

În acel moment nu doream să văd pe nimeni mai mult decât pe oricare dintre frații mei. Dar aceștia erau departe și, chiar dacă după convorbirea noastră cu fratele preferat unul dintre ei va veni aici, cu siguranță că asta nu se va întâmpla în următoarele câteva minute. Am oftat zgomotos, iar Jerry s-a uitat iritat la mine și tocmai deschidea gura, precis ca să se răstească din nou la mine, când l-a întrerupt vocea altcuiva:

— Aruncă arma, a tunat aceasta.

Vocea aparținea unui bărbat care tocmai apăruse în hol în spatele lui Jerry. Am înclinat imediat ușor capul ca să-l văd. Era un bărbat în toată firea, mult mai în vârstă chiar decât Vincent. Era intimidant cu fizicul său - aproape la fel de musculos ca Dylan, de aproximativ trei ori mai mare decât Jerry care s-a făcut imediat și mai mic.

— Tu s-o arunci! a strigat drept răspuns fratele lui Audrey, sărind în sus. Încerca să facă pe curajosul, dar vocea tremurătoare îl trăda. Parcă scâncea ca un copil și nu-i făcea nicio impresie străinului.

Dacă aș fi avut și eu vreo armă, aș fi putut să îl atac pe Jerry din spate, căci acum se poziționase perfect, dar nu aveam la îndemână nici măcar o lampă de noapte.

Bărbatul cel zdravăn și-a dat ochii peste cap. Și-a mișcat înverșunat maxilarul, probabil pentru că mesteca gumă și își concentrase toată atenția pe Jerry.

— Băiete, un singur glonț al meu te va perfora mai mult decât tot încărcătorul tău. Să nu faci nicio prostie. Pune-l jos, a spus el calm și, neprimind nicio reacție, a adăugat: Dacă ții neapărat, desigur, putem să ne împușcăm unul pe altul. Doar că eu am o vestă antiglonț. Dar tu?

Un sunet ciudat a ajuns la urechile mele și abia după o clipă mi-am dat seama că era Jerry care gâfâia. Dacă nu ar fi fost atât de tânăr, probabil că de mult ar fi făcut un atac de cord. Am respirat cu o ușurare de neimaginat când Jerry a lăsat în sfârșit din mână pistolul, deși nu-l mai ținuse îndreptat deloc spre mine de câteva momente. Acesta a căzut cu un zgomot asurzitor chiar lângă picioarele lui. Încă mai tremura și lăsase capul în jos. Cred că înțelesese că dăduse greș și părea că e pe cale să înceapă să plângă.

Îmi venea să sar în picioare și să trec în goană pe lângă el și pe lângă zdrahonul ăsta și să fug cât mai departe de casa asta blestemată, dar nu am reușit să mă ridic decât în genunchi, nefiind sigură dacă este mai bine să mă ridic sau să stau liniștită.

— Ridică mâinile în sus și pleacă de lângă ea, i-a ordonat bărbatul lui Jerry.

După aceste cuvinte, mi-a căzut o piatră de pe inimă, pentru că tipul ăsta acționa evident în apărarea mea. Acum eram sigură că acesta trebuie să fie bodyguardul meu. În plus, chiar arăta a bodyguard. Probabil că, după ce vorbise cu mine, Will îl rugase să arunce o privire aici. Oh, Doamne, ce bine!

Mă uitam acum la bărbatul străin cu mai multă îndrăzneală, anticipând momentul când voi putea să-mi exprim recunoștința. Jerry nu mai stătea între noi și bodyguardul a stabilit contactul vizual cu mine, continuând să mestece gumă. A deschis gura să-mi spună ceva, când, deodată, capul i-a zburat înainte, ochii i s-au mărit și buzele i s-au despărțit ușor într-un strigăt mut. Apoi s-a prăbușit cu fața la pământ și a rămas acolo nemișcat, inconștient.

Privirea mea a coborât în jos după el, apoi a revenit imediat înapoi în sus. Încercam să înțeleg ce se întâmplase. Am respirat adânc și mai îngrozită. În ușa de la intrarea în încăpere stătea Audrey, cu fața contorsionată de mânie, de frică și disperare. Ținea cu ambele mâini bâta de baseball cu care tocmai îl izbise și îl doborâse pe bodyguardul meu.

Ce mi-a făcut!

21

OCHI FRUMOȘI

— Audrey!

— E totul în ordine? a întrebat ea, uitându-se la mine, apoi la Jerry, care tocmai se ridica în picioare, clipind nedumerit.

Marele meu bodyguard zăcea la pământ doborât de o adolescentă.

— Nu, nu este deloc în ordine! am răspuns eu. Ce mi-ai făcut!

Audrey a ridicat din sprâncene, surprinsă de ostilitatea mea, iar Jerry ne-a ignorat complet, uitându-se în jur cu vioiciune. De îndată ce mi-am dat seama ce căuta, mi-am revenit și m-am aruncat după el. Ceva mai înainte, la ordinul bodyguardului meu, Jerry lăsase să cadă pistolul suficient de aproape de mine, astfel încât acum am reușit să-l apuc înaintea lui, iar el, văzând aceasta, a scrâșnit furios din dinți.

— Hailie? De unde ai luat asta? a strigat Audrey și a vrut să facă un pas înainte, dar s-a împiedicat de bodyguardul care zăcea în fața ei, așa că s-a mișcat nervoasă de pe un picior pe altul. Spune, Hailie, ce s-a întâmplat!?

Jerry m-a ajuns brusc din urmă și a întins mâna spre mine.

— Ar fi bine să mi-l dai, trebuie să fii atentă cu lucrurile astea.

A făcut un pas spre mine și eu m-am dat înapoi, dar în același timp am ațintit pistolul spre el. Jerry a ridicat mâinile, iar Audrey, care stătea în spate, a făcut ochii mari.

— Hailie!

— Să nu te apropii de mine, i-am șuierat lui Jerry.

Și-a lăsat încet o mână în jos ca să-și îndrepte ochelarii, care alunecaseră foarte jos pe nasul lui transpirat. Era tot roșu și lac de sudoare, de parcă tocmai terminase antrenamentul vieții lui în sala de sport. Am încercat să mă controlez mai bine decât el atunci când ținuse pistolul în mână, dar fără prea mult succes. Și mie îmi tremurau mâinile și mi se părea că degetele care se sprijineau pe armă aparțineau altcuiva. Mă întrebam dacă era suficient să apeși pe trăgaci pentru a trage? Sau trebuie mai întâi să armezi arma pentru ca să funcționeze? Și dacă da, cum se face asta? Oare există gloanțe în interior? De ce nu știu răspunsurile la aceste întrebări? Locuiesc în reședința Monet, unde pistoalele stau împrăștiate peste tot, iar eu nu am nici măcar cunoștințe elementare despre ele.

În fine, am ajuns rapid la concluzia că toate acestea erau irelevante, pentru că pur și simplu nu eram în stare să trag. Nu într-un om care stătea în fața mea, se mișca și se uita la mine. Probabil că Jerry simțise și el acest lucru, pentru că a început să se apropie din nou încet, pe nesimțite, de mine.

— Hailie, dă-i pistolul ăla, mi-a spus Audrey.

Părea îngrozită, dar eu nu m-am uitat la ea pentru că nu-mi luam ochii de la fratele ei.

— Nici nu poate fi vorba.

— O să te rănești pe tine sau pe altcineva.

Jerry a înclinat capul și m-a enervat și mai tare cu tonul lui condescendent.

— El m-a atacat primul! i-am strigat lui Audrey.

— Ce? Jerry?

— Nu e adevărat, a negat el și a arătat cu degetul spre bodyguardul care zăcea în continuare nemișcat. Am vrut să o ajut să scape de acest oaspete.

— Nu este adevărat! Era bodyguardul meu, era de partea mea!

— Bodyguardul tău? spus Audrey uimită. Și ce căuta aici?

— Păi îți spun că voia să-i facă rău. Eu am încercat să o ajut.

— Minte, Jerry a fost cel care a încercat să-mi facă rău! Ne-a pus ceva în șampanie!

— Ce tot spui acolo? Jerry a pufnit.

— OK, încetați! a strigat Audrey. Dar mai întâi pune arma jos, la naiba! Hailie!

— Nu o las jos pentru că o ia el!

— Este țicnită, ți-am spus eu! a strigat Jerry către sora lui, clătinând din cap. O să ne omoare.

— Tu... am rămas fără cuvinte.

— Hailie, ce e cu tine? Audrey s-a uitat la mine dezgustată. Pune arma jos.

— Uite, dă-mi-o mie, o să arunc muniția și astfel vom fi siguri că nimeni nu va fi rănit, bine? a zis Jerry.

— Nu, nu o las în mâna ta, am șuierat.

— Hai, lasă-l să facă asta! a gemut Audrey.

Am scuturat din cap și lacrimile au început să-mi curgă pe obraji. M-a durut că Audrey se uita la mine cu atâta dezamăgire și resentimente. Știam că gândea cele mai rele lucruri despre mine, dar, din păcate, nu puteam să mă conformez cererii ei.

Jerry încercase să ne drogheze și să mă predea cine știe cui. Nu aveam de gând să-i pun o armă în mână.

— Monet din cap până-n picioare, a pufnit Jerry, iar eu m-am uitat la el cu o privire abătută și încruntată. Mă uitam la fața lui ipocrită și josnică și am ratat momentul când Audrey a lăsat jos bâta, s-a lăsat pe vine și a scos arma de sub trupul masiv al bodyguardului meu.

— Lasă arma jos, Hailie, a rostit ea strepezit cu răceală, ridicând-o pe cea din mâna ei și înclinând-o spre mine.

— Audrey? am clipit din ochi.

— Nu știu ce te-a apucat, dar ar trebui să-i dai lui Jerry arma aia.

Mi-am încleștat degetele pe mânerul pistolului.

— Audrey, eu chiar...

— Încetează să ne mai amenințі pe mine și pe fratele meu! Acum!

Auzeam cum îi tremură vocea și o vedeam cu câtă stângăcie ținea arma. Exact la fel ca mine. Noi, două adolescente, stăteam în camera de oaspeți. Bodyguardul meu zăcea întins pe podea, Jerry se zvârcolea sub amenințarea țevii pe care o îndreptam spre el, iar eu mă uitam cu ochii plini de lacrimi la prietena mea, cu care cu doar câteva momente înainte râsesem de fel de fel de fleacuri, dar care acum îndrepta la rândul ei o armă spre mine.

— Dă-mi-l, Audrey, dă-mi-l mie.

Jerry nu se mișcase din loc, dar a dat din cap spre sora lui și spre pistolul mult mai mare al bodyguardului meu pe care îl ținea în mână.

— Nu-i da nimic, Audrey.

— Nu o asculta, Audrey.

— Nu-l asculta pe el! Audrey, știu, cel mai bine este să suni la poliție! am sugerat eu agitată.

Audrey se pare că a luat în considerare această idee, pentru că s-a uitat imediat în jur după telefon, dar Jerry și-a băgat din nou coada.

— Nu, stați așa, nu sunați nicăieri, familia Monet are toată poliția în buzunar!

Mi-am închis pleoapele când am văzut cum se încruntă sprâncenele prietenei mele. Ea chiar îl credea pe fratele ei.

— Dă încoace chestia asta, Audrey, a îndemnat-o din nou, de data aceasta întinzând fără sfială mâna spre armă și desconsiderându-mă tot mai mult. Și-a dat seama că era puțin probabil să trag, și avea dreptate.

— Totuși, ar fi mai bine să mi-l dai mie, bine? a spus tare Will din spatele fetei.

Când l-am văzut pe fratele meu, mai că am căzut la pământ, atât de fericită eram că reușise să ajungă aici. Era îmbrăcat în costum, iar privirea lui ascuțită era fixată pe mâinile lui Audrey, în timp ce scotea ușor arma dintre ele. Audrey nu a opus rezistență, dar a pălit brusc și mai tare. Jerry, pe de altă parte, a făcut câțiva pași în direcția opusă lui Will, strâmbându-se dezamăgit când l-a văzut.

Genunchii mi s-au înmuiat și mai mult când am văzut că, exact în spatele lui Will, a intrat în încăpere și Vincent. Privirea lui de gheață s-a oprit imediat asupra siluetei mele. Timp de o fracțiune de secundă a părut poate surprins, iar apoi privirea lui a întâlnit pistolul, pe care acum, îl îndreptam fără să-mi dau seama direct spre pieptul lui. Creierul meu îmi striga să las pistolul în jos, că este fratele meu, că mă va salva și că totul va fi bine, dar se întâmplaseră prea multe lucruri ca să-l mai pot asculta. Mă uitam fix la el năucită, în timp ce mâinile îmi tremurau.

— Pune-o jos, mi-a spus el apăsat, apropiindu-se încet, ochii mi s-au umplut de lacrimi, când am început să înțeleg că acesta era probabil sfârșitul și un val de ușurare a început să-mi inunde sufletul.

În viața mea nu i-aș fi putut face rău lui Vincent, nu avusesem nicio clipă această intenție. Nu știu de ce trupul meu înțepenit nu reușea să înțeleagă că venise timpul să renunțe.

Vince nu părea impresionat de faptul că nu-i executam ordinul și s-a îndreptat hotărât spre mine, fără să întrerupă contactul vizual. Cu cât se apropia mai mult, cu atât mai sus trebuia să-mi ridic capul. Când a ajuns chiar în fața mea, am înghițit în sec, în timp ce îmi venea încet-încet în minte gândul că nu reușisem nici măcar să-l contrazic vreodată, iar acum, cu o singură lovitură de la o distanță atât de mică, aș fi putut să-l ucid.

Fratele meu mi-a luat pistolul din mâini, la fel de simplu ca și cum ar fi luat telecomanda televizorului. Apoi, cu un gest îndemânatic a scos muniția. Cu un zgomot înfundat, aceasta s-a rostogolit pe podeaua mochetată. Apoi a aruncat indiferent arma descărcată pe pat. A pus o mână pe umărul meu și mi-a examinat cu atenție fața și întregul corp.

— Nu ai pățit nimic? a întrebat el.

Am scuturat din cap, iar câteva dintre lacrimile mele au căzut pe pantofii lui strălucitori. Mă așteptam să fie furios pe mine, dacă nu pentru faptul că ținusem pistolul în mână, cel puțin pentru că îl îndreptasem spre el, dar Vince doar m-a îmbrățișat. Și-a înfășurat un braț în jurul umerilor mei și cu cealaltă mână mi-a apăsat capul pe pieptul lui. Gestul lui m-a surprins foarte mult, dar l-am acceptat imediat cu recunoștință, pentru că nu făceam altceva decât să plâng și să-mi pierd încă o dată controlul asupra mea. Eram acum ca o păpușă de cârpe gata să se prăbușească pe podea dacă se îndepărta de mine.

M-a sărutat în creștetul capului. Așa cum făcea Will uneori. Vince nu-mi arătase niciodată afecțiune, cu siguranță nu așa, de aceea am apreciat și mai mult gestul. Nu s-ar fi purtat așa dacă ar fi fost supărat pe mine, nu?

Aș fi vrut să rămân în acea îmbrățișare pentru totdeauna, dar, deși era extrem de plăcută, a fost din păcate scurtă, așa cum a fost fiecare moment de apropiere pe care l-am împărtășit vreodată cu Vince. Apoi a mormăit, atrăgând atenția tuturor celor din cameră.

— Trebuie să lămurim câteva lucruri, a spus el.

Atunci am observat că în ușă apăruse Dylan. Privea alarmat scena care se desfășura aici, mi-a aruncat o privire în treacăt și s-a oprit la Jerry. Peste bodyguardul inconștient stătea un bărbat care sosise împreună cu frații mei și care tocmai îi verifica pulsul. Will, pe de altă parte, a aruncat o privire spre Audrey, care se făcuse brusc verde la față de emoție și a vomitat chiar lângă pantofii lui.

Will a închis ochii și a făcut un pas înapoi, apoi a aruncat o privire rapidă la pantofii săi și și-a pus ușor brațul în jurul umerilor fetei, ca să o conducă spre cea mai apropiată baie, situată lângă camera de oaspeți. Mi-a părut foarte rău pentru ea că se simțea atât de rău și în fața tuturor. Și nici eu nu mă simțeam prea bine.

— Hai să ne mutăm în altă cameră, aici e cam... aglomerat, a sugerat Vincent cu diplomație.

Toată lumea începuse să strâmbe din nas, pentru că în camera caldă mirosul de vomă proaspătă se răspândea foarte repede.

— Ei, tu, du-ne undeva unde să avem mai mult spațiu, domnule gazdă, a mârâit Dylan la Jerry și chiar s-a apropiat de el în mod special ca să-l înhațe de cămașă.

Jerry era cât pe ce să cadă, dar a reușit cumva să își păstreze echilibrul și a fugit spre bucătărie, iar noi l-am urmat cu pași ceva mai lenți. După cum am constatat, nu exista nicio teamă ca băiatul să scape, deoarece casa lui Audrey era plină de bărbați străini, care în mod evident veniseră aici ca escortă a fraților mei. Cei mai mulți dintre ei se foiau prin hol, dar unul tocmai cobora chiar de la etaj. Altcineva a scos capul de după ușa de la sufragerie și a spus că acolo se afla o fată inconștientă.

Audrey încă se lupta cu greața în baie și am lăsat-o acolo sub supravegherea bărbatului care mai devreme ajutase la resuscitarea bodyguardului. Era probabil medic, judecând după sarcinile care îi fuseseră repartizate. Se pare că a fost eficient, pentru că bodyguardul meu se trezise deja; acum stătea rezemat de perete, masându-și ceafa.

Vincent m-a ținut aproape de el când am mers după Jerry în bucătărie. M-am uitat la toți acești bărbați, uimită de cât de mare era grupul pe care îl aduseseră cu ei frații mei. În bucătărie, Vince s-a așezat confortabil pe un scaun, după ce împinsese mai întâi unul în spate pentru mine. Dylan s-a așezat pe un taburet lângă bar și și-a deschis o cutie de suc care stătea lângă el, fără să-și ia nicio clipă ochii de la Jerry. Acesta se oprise în colț, ca și cum s-ar fi refugiat acolo din fața fraților mei.

Will s-a sprijinit de peretele aflat chiar lângă coridor și și-a încrucișat brațele la piept.

Toată lumea era serioasă, ceva greu plutea în aer.

— Ei bine, acum să vorbim despre ce s-a întâmplat aici în această noapte, pentru că eu încă nu înțeleg foarte bine, a început Vincent pe tonul lui oficial.

Se aștepta în mod clar la o explicație din partea lui Jerry, dar acesta din urmă nu era dornic să vorbească, așa că a sugerat cu blândețe să preiau eu conducerea. Am povestit începutul evenimentului, cât de bine ne distraserăm noi trei fetele, iar apoi cum Jerry ne oferise o băutură alcoolică.

S-a auzit un zgomot înfundat când Dylan a zdrobit în mână o cutie de bere deja goală.

— Trebuia să ai grijă de ele, la naiba, a mârâit Will către Jerry. Nu știu dacă îl mai văzusem vreodată atât de furios.

— Cred că ne-a pus ceva în băutură, am murmurat eu.

M-am uitat la Jerry cu o antipatie nedisimulată. Îmi trezea scârbă. Firește, mi-a evitat privirea. Am continuat să povestesc cum fetele adormiseră una după alta, iar eu rămăsesem trează, pentru că nu băusem ce era în paharul meu. Vedeam aprobarea care strălucea în ochii tuturor celor trei frați ai mei prezenți.

— A fost o atitudine foarte responsabilă din partea ta, m-a lăudat Will.

— Și din partea ta, a fost o prostie cât tine de mare, a adăugat Dylan și a alunecat de pe taburet, îndreptându-se spre Jerry. Și-a încleștat și pumnii și am tresărit, auzind sunetul acela neplăcut.

— Pur și simplu nu știu cum s-a întâmplat că Audrey s-a trezit, am încheiat, încruntându-mi fruntea.

— Poate că nu a băut tot, sau Jerry a avut grijă să-i pună o cantitate mai mică de somnifer, a sugerat Will. Hm, cum e, Jerry? Spune-ne, ți-a fost milă de propria soră și i-ai administrat o doză mai mică?

Jerry privea fix la podea, deoarece vizibilitatea îi era obturată de Dylan, care era de trei ori mai mare decât el, dar a dat din cap abia vizibil.

— Normal, un frate cât se poate de merituos, a comentat Dylan și, înainte să apuce cineva să clipească, a ridicat pumnul și l-a lovit pe Jerry drept în față. Și apoi din nou. Și din nou.

Am întors capul în partea cealaltă. Nimeni nu s-a repezit în ajutorul lui Jerry. N-am ce să spun, și eu eram furioasă pe el și mă gândeam că, după tot ceea ce pățisem din cauza lui, merita o bătaie, dar poate... poate că era de ajuns? Nu mă simțeam în largul meu când îi vedeam pe frații mei cum se bat.

Jerry nu reușea decât să geamă și cred că a încercat să dea și el un pumn o dată, dar a fost prea neîndemânatic ca să-i facă vreun rău lui Dylan. În restul timpului a încercat să se acopere, dar nici măcar asta nu a reușit prea bine, pentru că la un moment dat am auzit un pocnet și m-am uitat la fața lui Jerry, căruia îi curgea sânge din nasul spart, iar sub ochi îi apărea o vânătaie oribilă. Nu a durat mult și pumnul lui Dylan i-a zdrobit și buza, astfel încât acum era crăpată și ciudat de umflată. Arăta îngrozitor. Și nimeni nu-l oprea pe Dylan. Nici măcar eu. În ciuda repulsiei pe care o simțeam față de violență, nu puteam reacționa altfel. Mă cutremuram și în același timp simțeam o mică satisfacție în interior, pentru că Jerry primea ceea ce merita. Merita să fie bătut măr de fratele meu.

— Încetați!

Și totuși, în sfârșit, cineva i-a luat apărarea.

Mi-am mutat privirea de la Jerry care șchiopăta la Audrey, care stătea în ușa bucătăriei. Era trasă la față și avea părul încâlcit, se ținea de tocul ușii, privind cu groază în ochi la scena care se desfășura între frații noștri.

— Audrey... am șoptit, dar probabil prea încet ca să mă audă cineva.

La un moment dat, s-a îndreptat spre Dylan și Jerry, dar Will a apucat-o de braț. A încercat să se elibereze de el, dar nu a reușit, căci el era prea puternic.

— Lasă-l în pace! a strigat ea, fulgerându-l cu privirea pe Dylan, care l-a mai lovit o dată pe Jerry, iar acesta a protestat din nou cu un geamăt.

Nimeni nu-i dădea atenție lui Audrey. Vince nici măcar nu se uita la ea. Will nu părea impresionat de agitația ei.

Dar eu am înțeles că pentru ea trebuie să fi fost o priveliște cumplit de neplăcută. Cineva îl snopește în bătaie pe fratele ei în fața ei. M-am gândit imediat că trebuie să fac ceva.

— Dylan, am șoptit. Nu cred că m-a auzit nimeni, așa că am tușit și am repetat mai tare: Dylan, încetează, te rog.

De data asta am văzut că a ezitat, așa că vocea mea ajunsese cu siguranță la urechile lui, și totuși nu prea avea chef să înceteze să-l tăbăcească pe Jerry. Așa că l-am privit semnificativ pe Vince, știind că un singur cuvânt din partea lui ar fi putut să îi oprească înflăcărarea. Dar el îl privea neclintit pe Jerry, care zăcea acum pe jos implorând milă.

Îmi mai rămăsese o ultimă opțiune. Am întors capul spre Will, rugându-i din priviri să treacă de partea mea. Mi-a răspuns la privire. Nu era atât de indiferent, în orice caz, nu la rugămințile mele. Dar cât de minunați erau ochii lui! Toți frații mei aveau ochi frumoși, dar ai lui Will erau cei mai frumoși, pentru că se vedea bunătatea din ei. Cel puțin atunci când se uitau la mine.

— Will, te rog, e fratele lui Audrey...

Will a auzit durerea care se ascundea în cuvintele mele simple. M-a înțeles ca nimeni altul și a dat încet din cap.

— Dylan, ajunge, a spus cu vocea lui autoritară, pe care o folosea rar, dar la care trebuia să facă apel în acest caz, ca să se facă auzit de fratele nostru aflat în transă.

Dylan s-a oprit cam împotriva voinței lui, cu o mână încă încleștată pe gulerul cămășii lui Jerry, care era deja semiconștient. Arăta de parcă ar fi fost pe cale să îngroașe rândurile celor care în acea noapte își pierduseră cunoștința sub acest acoperiș. Se pare că Dylan nu se săturase încă, deoarece s-a uitat la Vincent, cerându-i permisiunea să-și continue lucrarea. Mi-am pironit privirile în ochii fratelui meu cel mai mare, încercând să-l forțez cu puterea minții să ia decizia corectă.

Vince a dat din cap abia perceptibil. Apoi Dylan i-a dat drumul fără chef lui Jerry, care căzuse deja inert la pământ, acoperindu-și cu mâinile fața plină de vânătăi, gemând și văicărindu-se încetișor. Dylan, pe de altă parte, s-a dus la chiuvetă ca și cum nu s-ar fi întâmplat nimic și, fără să-i pese că murdărește robinetul, a dat drumul la apă și și-a clătit de pe mâini sângele victimei sale.

Audrey a alergat imediat la Jerry – era singura persoană care simțea compasiune pentru el în acel moment. Will considerase firește că nu mai era nevoie s-o sprijine și îi dăduse drumul.

Audrey plângea. Nu știa ce să facă, voia să îl ajute pe Jerry, să îl ușureze cumva, dar nu putea.

— Plecați de aici, cu toții! plângea ea, îngenunchind deasupra lui și privind în jur cu ură.

Nimeni nu s-a mișcat, iar Dylan s-a așezat din nou pe taburetul din spatele barului.

— Este casa mea, ieșiți afară! a strigat ea din nou.

Și eu voiam ca toată lumea să plece. Îmi părea foarte rău pentru ea și voiam să o ajut. Trebuia să îl îngrijim pe Jerry și să facem curățenie. Părinții lor urmau să se întoarcă mâine, iar într-una din camere era o baltă de sânge, în alta, alcool, iar în a treia, vomă.

M-am ridicat de la masă și m-am îndreptat spre ea, ignorând faptul că toată lumea se uita la mine. M-am apropiat de Audrey și m-am lăsat pe vine lângă ea, punându-i un braț în jurul umerilor.

— Nu mă atinge! a șuierat ea, împingându-mă mult mai agresiv decât m-aș fi așteptat vreodată de la ea. Mi-am pierdut echilibrul și am zburat înapoi, uitându-mă la ea șocată.

— Audrey...

— Ia-ți frații de aici și pleacă din casa mea!

Am înghițit în sec, simțind cum îmi ard obrajii. Îmi venea să plâng. Audrey s-a ridicat în picioare, a luat o cârpă din bucătărie și a udat-o, apoi s-a lăsat din nou pe vine lângă Jerry și a început să îi spele sângele de pe față. Am privit-o un timp în tăcere, apoi am făcut singurul lucru pe care îl puteam face pentru a o ajuta. M-am împins în podea și m-am ridicat încet în picioare. M-am îndreptat spre Will, care, dintre cei prezenți aici, era cel mai dispus să-mi îndeplinească rugămințile. L-am apucat cu ambele mâini de geacă și l-am privit în față.

— Te rog, să mergem de aici.

Will nu m-a dezamăgit nici de astă dată. A dat din cap, m-a mângâiat pe păr și a aruncat o privire spre frații noștri. Păreau să fi ajuns la o înțelegere tăcută. Will mi-a spus să-mi iau lucrurile, ceea ce am și făcut, exprimându-mi pe drum îngrijorarea pentru Mona. Medicul care venise împreună cu băieții o examinase și îi lăsase o aspirină, deoarece prevedea că se va trezi cu o durere de cap, dar în rest nu ar trebui să aibă nimic altceva mai grav. Audrey, între timp, a confirmat cu voce aspră că prietena ei era în continuare, bineînțeles, binevenită la ea acasă.

Am plecat de-acolo împreună cu Will, care mi-a promis că și ceilalți vor pleca în curând. Vincent încă mai voia să-i pună câteva întrebări lui Jerry, dar nu mi-a spus concret ce anume.

— Micuțo, sunt foarte mândru de tine, mi-a spus Will, odată ce ne-am așezat în mașină.

Am zâmbit cu tristețe.

M-a făcut să mă simt bine, dar numai pentru o clipă, deoarece știam că probabil tocmai îmi pierdusem una dintre puținele prietene.

Ei bine, și tocmai avusesem parte de cel mai oribil Revelion din viața mea.

22

BUNICUL VINCE

Îmi priveam chipul în oglindă.

Fața mea părea surprinzător de odihnită. Dormisem aproape douăsprezece ore. Când m-am trezit, mi-a fost greu să cred că evenimentele din noaptea trecută nu fuseseră un vis urât.

Dușul lung pe care îl făcusem mă ajutase să mă trezesc suficient pentru a-mi aminti fiecare detaliu monstruos din noaptea precedentă.

Mi-am terminat de uscat părul. Crescuse atât de mult! Acum era proaspăt, lejer și perfect drept. Aș fi putut face multe lucruri cu el, dar am decis să îl las în pace. Mi-am pus pantalonii de trening, pentru că aveam de gând să mă relaxez astăzi, chiar dacă mintea epuizată nu mă lăsa.

Mă uitam mereu la telefon. I-am trimis câteva mesaje Monei întrebând-o ce mai face, dar nu mi-a răspuns mult timp. Am presupus că, până s-a trezit și și-a dat seama că tot ceea ce îi spunea Audrey nu era deloc o glumă, trecuse mult timp și trebuia să se obișnuiască cu starea actuală a lucrurilor. De asemenea, i-am scris și un mesaj lamentabil lui Audrey, dar, după cum probabil că ați ghicit, m-a ignorat.

Ei bine, a fost frumos să am și eu prietene un timp.

M-am așezat în sufragerie cu o carte în mână, dar nu am reușit să citesc nici măcar o pagină, când m-au găsit frații mei.

M-au luat imediat în brațe și mi-au stors până și cel mai mic detaliu din noaptea trecută. De data aceasta nu au lipsit nici Shane și Tony. După petrecerea din noaptea de Anul Nou, erau mahmuri și leneși, dar s-au înviorat imediat când le-am descris cum îndreptase Jerry pistolul spre mine.

Dylan m-a speriat, pentru că tot timpul cât am povestit, s-a mutat dintr-un loc în altul, numai ca să se ridice apoi furios și să se plimbe cu pași agitați de jur împrejur și să spună ceva cu o voce mânioasă. Mi-am amintit că pumnii lui veșnic încleștați îl loviseră ieri pe Jerry până îl lăsaseră aproape inconștient.

Și eu care credeam că Tony era cel care avea o problemă de agresivitate!

Nu s-a uitat la mine nici măcar o dată, cel puțin nu atunci când mă uitam eu la el. În schimb, l-am văzut strângând din fălci, mai ales când am amintit cum, în timpul primei mele vizite la Audrey, Jerry se plânsese de el.

— Nici măcar nu știu cine este acest Jerry, a mormăit el, când i s-a cerut să comenteze.

— Stai puțin, Shane l-a înghiontit pe geamănul său în umăr.

Amândoi și-au încrețit sprâncenele într-un mod identic.

— Mă, nu e vorba de tocilarul ăla slăbănog care nici măcar nu are dreptul să se numească tocilar pentru că este un elev slab la învățătură?

— Ah, ăla care nu nimerește la pisoar?

Tony a pufnit pe nas și a rânjit arătându-și dinții.

— Da!

— Sper că vă amuzați bine, a mormăit Vincent, cu vocea lui de gheață, tăindu-le gemenilor cheful de zeflemea. Noaptea trecută băiatul ăsta s-a răzbunat pe sora noastră.

Mi-am coborât privirea și ei au devenit serioși.

— Idioților!

Dylan a clătinat din cap și a arătat cu degetul spre mine, strigând dintr-odată:

— A amenințat-o cu o armă!

— De unde era să știm că gunoiul ăsta este dezechilibrat mintal? s-a indignat Shane.

— Poate că pe viitor ar trebui să vă gândiți de două ori înainte să vă luați de un copil de la școală, da? a intervenit Will, care se afla lângă canapea, lângă mine. Mă bucuram că îl aveam atât de aproape, pentru orice eventualitate. Nu știi niciodată ce e în capul oamenilor.

Eu însămi m-am simțit inconfortabil la vederea celorlalți frați, care îi fulgerau cu privirile lor dezaprobatoare pe gemeni.

— Dar Jerry nu a acționat de unul singur, nu-i așa? am intervenit eu, frământând în degete pătura cu care mă acoperisem. A sunat pe cineva, apoi cred că a scris un mesaj. Aștepta pe cineva.

— Așa este, a recunoscut Will fără chef și a adăugat repede: Dar nu-ți face griji, micuțo!

— Se știe pentru cine lucrează?

— Nu încă. Nici băiatul nu are habar cine l-a contactat. Persoana a avut mare grijă să nu-și dezvăluie identitatea.

Dylan, care se așezase pe brațul fotoliului cu o secundă în urmă, a sărit din nou în sus și a rămas în picioare.

— Și bine face, pentru că dacă aflu cine este, voi...

— Nu vei face nimic, l-a întrerupt Vincent. I-a aruncat o privire severă și plină de semnificații, apoi s-a întors spre ceilalți, inclusiv spre mine: Persoana care se află în spatele acestui lucru este mai inteligentă decât acest adolescent. Vom afla cine este, dar niciunul dintre voi nu are dreptul să acționeze pe cont propriu. Siguranța voastră, mai ales a ta, Hailie, este prioritară.

Conversația nu-mi făcea plăcere, așa că m-am înfășurat mai strâns în pătură și mi-am plimbat privirile peste podea; nu-mi venea să cred că doar cu puțin timp în urmă Vincent făcuse aluzie la o posibilă răpire, iar acum cineva chiar încerca să o pună în practică. Mi-am amintit și de modul în care fratele meu mai mare spusese că va reacționa, dacă cineva ar reuși să mă răpească, și am ridicat ochii alarmată.

— Ce se va întâmpla cu Jerry? am întrebat.

Vince s-a uitat la mine.

— Ce este cu el?

— Este... fratele prietenei mele.

— E un gunoi, a intervenit Shane.

— Dar...

— Lui Jerry i s-a propus să părăsească acest stat pentru totdeauna, a răspuns Vincent calm.

Mi-am încruntat sprâncenele.

— Stai, adică i-ai spus să se mute?

A încuviințat din cap rigid.

— Dar... probabil că nu are încă optsprezece ani!

— Va împlini vârsta majoratului anul acesta, până atunci se descurcă.

— Dar are o familie aici, o casă...

— Dacă e atât de apropiat de familia lui, sunt sigur că îl vor ajuta să supraviețuiască până când își va găsi un loc de muncă, a bolborosit Dylan.

— Și școala? am insistat îngrijorată. Nici măcar nu a terminat școala.

S-a uitat la mine neîncrezător.

— Și ce ai vrea, să-l alungăm numai după ce termină liceul, universitatea și își găsește o slujbă bună? Nu e un concert la cererea publicului, fetițo. Tipul a încercat să-ți facă rău, așa că ar fi bine să plece naibii de aici și să se bucure că mai are ambele picioare, pentru că, dacă ar fi fost după mine, i le-aș fi rupt ieri.

— Dylan, ai grijă cum vorbești, a șuierat Vincent și s-a întors spre mine. Nu mă interesează câtuși de puțin studiile acestui băiat, Hailie. Având în vedere gravitatea infracțiunii lui, exilarea din stat este un lux. Acum fie se va scufunda la marginea societății, fie se va ridica din nou, va suferi consecințele greșelilor sale idioate și poate că va putea să-și salveze viața de la un eșec total.

— Pariez pe prima variantă, a murmurat Shane.

Vincent a ridicat din umeri.

— După cum am spus, asta nu mă interesează.

— Dar este fratele lui Audrey, am șoptit eu încet.

— Halal frate care și-a drogat sora mai mică și pe prietenele ei, a pufnit Dylan.

Mi-am coborât din nou privirea, dar am ridicat-o imediat spre Will, când am simțit mâna lui pe umărul meu.

— Voi spune din nou. Suntem foarte mândri de tine, că nu ai băut șampania aia, micuțo. Poate că asta ți-a salvat viața.

— Nu, nu, a început Shane, și mi s-a părut că vocea îi tremura ușor. Se uita cu ochi mari la fețele fraților săi și clipea mai des decât ar fi trebuit. Până la urmă nu ar fi pățit nimic, nu-i așa? Adică lucrurile s-ar fi complicat, desigur, dar nu e ca și cum... ar fi putut muri. Nu se știe ce ar fi vrut de la ea și apoi... avea un bodyguard, nu?

— Halal bodyguard! a pufnit Dylan batjocoritor și a început să aplaude. Grozav bodyguard, un adevărat erou. Bravo!

— Ei bine, a cam dat-o în bară în acțiunea asta...

Shane a ridicat din umeri, iar Dylan s-a oprit din aplaudat și s-a aplecat înainte.

— Doborât de o adolescentă! Cu o bâtă de baseball! a răcnit el. L-aș fi dat afară din stat împreună cu nătărăul de Jerry!

— Ei bine, Dylan, îți mulțumesc că ne-ai împărtășit această opinie, a intervenit în cele din urmă Vincent, dorind probabil să pună capăt strigătelor care încet-încet scăpau de sub control. Și-a masat rădăcina nasului și a continuat:

— Bodyguardul, firește, și-a pierdut slujba. Am să-ți repartizez altul, Hailie. Ca și până acum, te va însoți atunci când ești plecată de acasă și nu ești la școală.

Am dat din cap. După evenimentele recente, nu eram împotriva ideii de a avea un bodyguard. Ba chiar și doi.

— Cred că putem încheia această conversație deocamdată, a anunțat Vincent și s-a ridicat încet. El și Will ieșeau în evidență printre noi deoarece amândoi purtau costume croite pe măsura lor. Eleganți ca întotdeauna. Aveți grijă de voi cu toții. Mai ales tu, Hailie. Și, deocamdată, să nu intrăm în panică și să ne trăim viețile în mod normal.

Frații mei au dat din cap, iar eu am încuviințat împreună cu ei.

— Hei, dacă tot trăim normal, rezervarea pentru mâine este valabilă? a întrebat Shane, relaxându-se puțin.

Tony s-a aplecat în jos ca să ajungă la cele două manete de la PlayStation care zăceau împrăștiate sub televizorul atârnat în ramă pe perete.

Vince și-a dat ochii peste cap și a părăsit sufrageria fără să scoată un cuvânt, dar Will a zâmbit ușor și a dat din cap.

— Bineînțeles că da.

— Ce rezervare? am întrebat în liniște după ce și el a plecat de lângă noi.

Shane a clipit malițios, așezându-se pe scaun cu blocnotesul său, în timp ce Tony a pornit jocul.

— La restaurant. Mâine e ziua de naștere a lui Vince.

M-am întors spre ieșirea din sufragerie, pe unde dispăruse Vince, ca și cum aș fi simțit brusc nevoia să îl văd cu ochii mei încă o dată și să mă asigur din nou că cineva ca el putea sărbători ceva atât de banal precum propria zi de naștere. Mi se părea cumva ciudat de fermecător.

O clipă mai târziu, m-au alungat din sufragerie zgomotele puternice ale jocului gemenilor. Mai întâi m-am întrebat dacă nu cumva m-aș putea relaxa în stilul fraților Monet și să încerc în sfârșit sauna din zona de sport a reședinței, dar când m-am gândit ce efort ar trebui să fac, m-am hotărât, totuși, să mă întorc la lectura cărții mele. Așa că am evadat în bibliotecă, unde mi-am petrecut timpul până seara.

Nici Audrey și nici Mona nu-mi răspunseseră până la sfârșitul zilei, iar eu mă împăcasem cu gândul că îmi pierdusem noile prietene. Dacă frații Monet chiar îl dăduseră afară pe Jerry din Pennsylvania, atunci Audrey probabil că nu suportase vestea asta chiar foarte bine. Bineînțeles, se pare că îi scăpa din vedere faptul că fratele ei nu era lipsit de vină, dar puteam să i-o iau în nume de rău? Și mie îmi era destul de greu să-i critic în mod deschis pe frații mei, care și ei naiba știe ce mai făceau...

Problema asta m-a măcinat tot timpul și nici în ziua următoare nu m-am simțit mai bine. Nu aveam chef să mă duc la restaurant și probabil că aș fi încercat să scap cumva de asta, dacă nu ar fi fost vorba de ziua de naștere a lui Vincent. Ei bine, conform tradiției familiei Monet, cel mai potrivit cadou pe care i-l puteam face era să-i dăruiesc timpul meu.

Băieții au făcut rezervare la un restaurant pe care îl cunoșteam deja – cel plin de farmec la care mă duseseră pentru cina de bun-venit. În acel moment nu-mi mai aminteam decât că era foarte luxos, așa că am încercat să mă îmbrac elegant. Era o adevărată provocare, pentru că garderoba mea era dominată de treninguri și uniforme, poate și câteva pulovere. Singura mea rochie de sărbătoare fusese deja purtată o dată și chiar la acest restaurant. Eram destul de sigură că nimeni nu ar fi observat dacă m-aș fi îmbrăcat la fel, dar, ca să mă simt mai bine, m-am hotărât să mă îmbrac altfel.

Am ales cu ezitare o rochie galbenă, cu carouri mici albe. Nu eram foarte convinsă că este o ținută potrivită, deoarece era o rochie sută la sută de vară, dar m-am străduit să-i adaug accesorii asortate pentru o zi de ianuarie. Mi-am aruncat un pulover alb lejer peste umeri și m-am întors în fața oglinzii, surprinsă să constat că nu arătam chiar atât de rău. Recunosc că dresurile de culoarea pielii nu prea se potriveau cu această rochie mai curând de vacanță, dar chiar nu aveam de ales, așa că m-am bucurat că găsisem totuși ceva. Înainte de a pleca, m-am răsucit în fața oglinzii ca să fiu sigură că nu mi se văd chiloții.

Mi-am mușcat buza și am tras și mai mult rochia în jos apoi, apoi am coborât scările cu pași precauți. Aveam ghete în picioare și eram din ce în ce mai conștientă de faptul că toaleta mea era nepotrivită. Ușa de la garaj era deschisă, așa că mi-am luat și paltonul și am intrat, dar am fost întâmpinată imediat de cuvintele lui Shane:

— Schimbă-ți rochia!

Se sprijinea de mașina neagră a lui Vincent și stătea aplecat asupra telefonului. Era îmbrăcat într-un costum clasic. De ce au bărbații nevoie de atât de puțin ca să arate elegant? Chiar dacă nu mi-ar fi spus nimic, tot m-aș fi simțit prost îmbrăcată lângă el, ceea ce nu înseamnă că remarca lui directă nu m-a luat prin surprindere. Complet debusolată, m-am întors chiar să văd dacă nu cumva se adresează cuiva din spatele meu.

— Cu tine vorbesc, Hailie. Du-te și te schimbă.

Apoi m-am gândit că poate glumea, dar avea o expresie cât se poate de serioasă.

— De ce?

— Pentru că e prea scurtă.

— Poftim?

— Rochia. A arătat cu telefonul spre tivul acesteia. Este prea scurtă.

M-am uitat în jos, am clipit și am ridicat din nou capul.

— O am de mult. Am mers cu ea toată vara trecută.

Shane nu a mai spus nimic, dar în garaj tocmai intrase Vincent. Se îndrepta spre noi cu cheile de la mașină în mână și mă privea intens. Eram sigură că auzise schimbul nostru de cuvinte. Mai mult, era clar că împărtășea opinia lui Shane. Tăcea, dar privirea lui spunea totul. Mi-am coborât capul și m-am dus înapoi în casă.

Ca să-mi exprim furia de care clocoteam, am urcat pe scări cu pași exagerat de zgomotoși. E drept că rochia mea era strâmtă și scurtă, dar să o respingă imediat? Mergeam la un restaurant, nu la un club de noapte. Trebuia să stau la o masă în cea mai mare parte a timpului. Ce prostie!

Stăteam din nou în fața șifonierului și oftam cu voce tare. Zău așa, dacă nu ar fi fost ziua de naștere a lui Vincent, m-aș fi scuzat fără scrupule de la această ieșire în oraș și aș fi spus că mă simt prost. Îmi venea să plâng pentru că nu aveam nimic de îmbrăcat. Shane și Vince se învârteau deja la parter îmbrăcați ca niște staruri de cinema, iar eu am întins mâna după aceeași rochie bleumarin pe care o îmbrăcasem data trecută. Pur și simplu nu aveam altceva. În afară de aceasta, cel mai elegant articol din garderoba mea era probabil uniforma de școală.

Am înghițit un nod amar din gât. Teoretic, nu-mi păsa cum arăt, pentru că știam că nu aveam nicio șansă de a fi la nivelul fraților Monet. Dar faptul de a fi obligată să port aceeași rochie pentru a doua noastră ieșire împreună în oraș mă afecta într-un fel ciudat. Și încă în situația în care prima mea alegere fusese respinsă fără milă.

M-am oprit o clipă ca să-mi dau cu luciul de buze. Nu mă machiez, nici măcar nu am prea multe produse cosmetice, dar speram că poate măcar acest luciu va face o diferență, dar nu a fost așa. Ba mai mult, m-am simțit ciudat de stânjenită și, în cele din urmă, m-am întors în baie ca să mi-l șterg de pe buze cu un șervețel.

Când am intrat în garaj pentru a doua oară, am fost însoțită de Will și de mirosul puternic al parfumului său, pe care îl simțeam deja pe scări. Chiar în urma noastră venea Dylan, aruncându-și sacoul pe spatele său lat. Vincent tocmai terminase de vorbit la telefon. Deja mă gândeam că se va lega din nou de mine, pentru că privirea pe care mi-a aruncat-o era și mai atentă și mai cercetătoare decât înainte. Am fost fericită să mă ascund de el în mașină.

— Nu ai de ce să te superi, Hailie. Rochia aceea era pur și simplu nepotrivită, a spus Shane, care, ca să-mi facă în ciudă, s-a așezat lângă mine pe bancheta din spate a mașinii lui Vincent. S-a aplecat ușor și a adăugat: În schimb, asta e minunată.

Am tras aer în piept. Eram mulțumită de compliment, chiar dacă nu era complet sincer. Cu coada ochiului, am aruncat o privire la croiala costumului lui făcut la comandă. Cu siguranță că nu era sincer.

M-am încruntat și mai tare.

— Ce era atât de nepotrivit la ea?

— Ți-am spus: era prea scurtă. Nu ar trebui să porți astfel de rochii.

— Nu e treaba ta cu ce mă îmbrac și nu înțeleg de ce crezi că ar trebui să mă îmbrac altfel.

— Am motivele mele, a murmurat el calm.

Am ridicat din sprâncene.

— Ce fel de motive?

Nu a răspuns, iar eu am pufnit iritată. Așa credeam.

Între timp, în față, Vincent și Will își ocupaseră locurile. Dylan și Tony aleseseră o altă mașină și era de mirare că Tony nu insistase să se urce pe o motocicletă în costumul lui. E drept că era iarnă, dar el părea atât de atașat de motocicleta lui, încât o pornea în fiecare zi care părea puțin mai caldă, iar astăzi era neobișnuit de însorit afară. Pe de altă parte, e ciudat; m-aș fi așteptat ca de ziua lui Vincent să fie un ger de crapă pietrele sau să se dezlănțuie viscolul.

Pe drum, Will și Vince au discutat ceva cu voce înăbușită, o conversație, iar Shane se uita la telefon, iar când din greșeală am aruncat o privire la ecranul lui, m-am înfuriat și mai tare. Nu m-am putut abține să nu comentez ce văzusem pe el.

— Fusta ei nu este prea scurtă pentru tine?

Shane a ridicat capul, surprins la început. S-a uitat la mine și apoi la telefonul mobil. Tocmai examina profilul unei fete de pe el. Avea un număr cosmic de urmăritori, iar cele mai multe dintre fotografii îi expuneau cele mai feminine părți ale corpului. Am ridicat din sprânceană șocată de ipocrizia lui.

— Hailie... a început el liniștit, apoi a oftat. Cu fata asta am de gând să mă culc, poate chiar la noapte. N-aș vrea ca cineva să se gândească la tine așa cum mă gândesc eu acum la ea.

Am clipit și am privit în altă parte, stânjenită de sinceritatea lui. Nu am mai spus nimic după aceea. Tot restul drumului am încercat să mă calmez în timp ce simțeam că mă roșesc toată. Când am intrat în restaurantul exclusivist, eram convinsă că alături de frații Monet, chipeși și cât se poate de sclivisiți, eu arătam ca o pătlăgică roșie cu o fustă ponosită.

Mai mult, când ospătarul, îmbrăcat într-un costum alb, mi-a întins meniul, mi-am amintit că veniserăm aici ca să mâncăm și m-am simțit din nou stresată. Nu voiam să irosesc mâncarea, mai ales că eram convinsă că aici trebuie să coste o avere. Nu știam cât, pentru că nu era niciun preț pe meniu, dar nu trebuie să fii un geniu ca să-ți dai seama că era un loc unde plătești prea mult chiar și pentru apă.

Prima jumătate a serii a fost, până la urmă, un succes. Starea de spirit mi s-a îmbunătățit puțin - când stăteam la masă, ținuta mea era mai puțin vizibilă, așa că m-am simțit un pic mai încrezătoare și, datorită bufoneriilor băieților, am râs așa cum nu mai râsesem de mult timp. Aproape că îmi revenisem din depresia în care căzusem după evenimentele din ajunul Anului Nou. Frații mei erau chiar foarte amuzanți și am constatat că în astfel de momente îmi făcea o nespusă plăcere să fiu împreună cu ei. Felul în care se simțeau în largul lor unul în compania celuilalt era uimitor. Era o legătură magică între ei. Puteau să se tachineze unul pe altul, dar se și înțelegeau fără cuvinte. Le ascultam discuțiile și glumele aproape cu fascinație. Chiar și Vince parcă lăsa garda jos în unele momente.

— La mulți ani, bătrâne! a strigat Dylan.

Apoi și-a aruncat brațul greu peste umerii drepți ai lui Vincent, care tocmai ridicase un pahar de vin roșu la buze și a fost cât pe-aici să-și păteze cămașa albă imaculată. Dylan s-a ales cu o privire de gheață pentru asta, dar nu a făcut absolut nimic.

Apoi fratele nostru cel mai mare m-a fulgerat și pe mine cu o privire asemănătoare când am râs prea tare.

— Câți ani duce acum în spinare, patruzeci? s-a întrebat Shane.

— După cum arată, cel puțin șaizeci, a murmurat Tony.

— Se vede clar că este deja cu un picior în groapă.

— Ai cumva păr alb, bunicule Vince? a întrebat Dylan, aplecându-se să se uite la părul închis la culoare, dat pe spate, al lui Vince. S-a clătinat când acesta l-a îmbrâncit puternic înapoi.

— Dacă aș fi în locul tău, mi-aș aminti cine deține deocamdată custodia conturilor voastre bancare, a spus el, ridicându-și colțurile gurii într-un zâmbet răutăcios.

Vince glumea! Uau!

— Nu și a conturilor mele, a intervenit Will, al doilea dintre frații Monet, și s-a aplecat să șoptească: ...Bunicule Vince.

Mi-a făcut cu ochiul în timp ce eu râdeam din nou.

Vincent și-a dat ochii peste cap, dar le-a permis băieților să se amuze pe seama lui, sorbindu-și liniștit vinul. În curând toată lumea a terminat oricum cu tachinările, în timp ce ni s-au adus comenzile, care au absorbit toată atenția fraților Monet.

Curând, toată lumea a terminat de mâncat, doar eu mai ciuguleam neîndemânatică din ravioli. Luasem câteva îmbucături și nu puteam să mănânc mai mult, dar credeam că trucul meu cu ciugulitul din mâncare mergea destul de bine, până când, la un moment dat, mi-am dat seama că Vince se uita cu atenție la mine. Așa cum făcuse mai devreme în garaj.

M-am uitat repede în altă parte, dar fără folos.

— Cât timp mai ai de gând să te joci cu mâncarea aia? m-a întrebat fratele meu cel mai mare, atrăgând atenția tuturor celor de la masă mai întâi la el și apoi imediat la mine.

— Dar... mănânc, am scâncit, înfigând furculița într-un ravioli ca dovadă. Aceasta tremura odată cu mâna mea.

— Arată-mi, te rog.

Vince a luat o înghițitură de vin, fără să-și desprindă ochii de mine.

Simțeam privirea fiecărui frate asupra mea și îmi venea să intru în pământ.

Ravioli mei nu arătau prea ispititori. Erau serviți frumos, dar pentru mine erau mai mult un ornament decât o mâncare. În plus, scurmasem prin farfurie, stricasem compoziția bucătarului și, în acest moment, nici măcar mirosul nu mă încuraja să mănânc. Mi se strângea stomacul la gândul de a mai băga un ravioli în gură. Am înghițit în sec cu nervozitate.

— Ce e cu tine? a întrebat Dylan, încruntându-și fruntea.

— Ei bine, ia doar o înghițitură, a adăugat Shane, la fel de dezorientat.

Au început să-mi tremure buzele. M-am uitat fix la presupusa mea masă delicioasă și pregătită cu mare grijă, simțind că ar fi putut la fel de bine să mă îndemne să mănânc o bucată de carton.

— Nu vreau. Încercam să par hotărâtă. Uneori omul nu are poftă de mâncare, iar aceasta a fost o astfel de zi pentru mine. Cred că am acest drept, nu?

Ei bine, Vincent nu era de aceeași părere.

— Nu întreb dacă vrei.

— Hailic, cc sc întâmplă? a întrebat Will cu blândețe, după un moment de tăcere.

O scuză, aveam nevoie repede de o scuză.

— Mă doare stomacul.

Fratele meu preferat s-a uitat îngrijorat la mine și deja deschidea gura ca să mă întrebe cum mă simt, dar Vince i-a luat-o înainte.

— Vreau să te văd mâncând, a repetat el sever.

Cu puțin timp în urmă râdeam cu toții de gluma lui Tony; cum se face că dintr-odată am ajuns într-o astfel de situație? Era prea mult pentru mine să suport toată atenția concentrată asupra mea. Neputința pe care o simțeam mă omora și, cu cât băieții se uitau mai intens la mine, așteptând să fac ceea ce cerea Vincent, cu atât mai mult îmi venea să dispar. Am înghițit încă o dată în sec, mi-au dat lacrimile și nici măcar nu am încercat să le controlez. În cele din urmă, am șoptit pur și simplu:

— Nu pot.

— Stai puțin, cum adică nu poți? s-a enervat Dylan.

Nu aveam niciun răspuns la asta.

— Copilă dragă, spune-mi, de ce te înfometezi? a întrebat Vince, luând încă o înghițitură de vin.

— Nu mă înfometez.

A suspinat obosit.

— Când a fost ultima oară când vreunul dintre voi a văzut-o pe Hailie mâncând ceva?

Întrebarea era adresată fraților mei, așa că nu puteam face altceva decât să stau liniștită și să le privesc fețele, care au exprimat mai întâi consternare și apoi nedumerire, când și-au dat seama că nu puteau răspunde. Asta însemna că trebuia să mă apăr.

— Asta nu înseamnă că mă înfometez! Doar că noi mâncăm rareori împreună.

— Mhm. De aceea ai slăbit?

Am strâns din ochi în ciuda lacrimilor.

— Nu am slăbit deloc.

S-a lăsat pe spate în scaun, ridicându-și ușor bărbia, și m-a privit fix, mângâind cu degetele mâinii drepte piciorul paharului. Aveam impresia că, cu cât îi răspundeam cu mai multă îndrăzneală, cu atât era mai puțin îngăduitor cu mine.

— Atunci de ce rochia aceasta, pe care după cum îmi amintesc ai purtat-o la prima noastră ieșire, atârnă astăzi pe tine ca un sac?

Eram de-a dreptul buimăcită.

Mi-am coborât privirea spre creația mea. Rochia, într-adevăr, era largă, dar oare chiar fusese mai strâmtă înainte? Poate că într-adevăr fusese mai strâmtă în talie? Ar putea fi acesta un semn că slăbisem?

La urma urmei, nu plănuisem să țin nicio cură de slăbit, dar în subconștient simțeam că îmi atinsesem un obiectiv despre care nici măcar nu știam că îl aveam, așa că pe buzele mele a apărut un zâmbet larg. Emoționată, am ridicat capul doar ca să întâlnesc privirea rece a lui Vince, care cu siguranță nu intenționa să mă felicite pentru succesul meu.

— Ei bine, și de ce ești așa de fericită? a întrebat Shane, ridicând sprâncenele.

— Este adevărat? Ai slăbit? Vocea lui Will a tremurat.

— Eu doar...

— Îți bați joc de mine! a strigat Dylan.

Câteva persoane de la mesele vecine au aruncat o privire în direcția noastră, dar fraților mei nu le păsa câtuși de puțin.

— La urma urmei, ești atât de slabă... Shane a clătinat din cap și și-a încrețit fruntea.

— De ce ai vrea să te înfometezi?

Mi-am coborât privirea la auzul tuturor acelor voci pe care nu voiam să le aud deloc.

— Nu, nu, trebuie să mănânci nenorociții ăia de ravioli chiar acum, s-a răstit Dylan la mine. Și-a încordat mușchii ca și cum s-ar fi pregătit pentru o bătaie și și-a încruntat atât de tare sprâncenele, încât mă speria din ce în ce mai mult. Era turbat de furie.

— Nu pot, am gemut.

Privirea mea imploratoare nu l-a impresionat, căci s-a ridicat brusc de pe scaun și s-a uitat la mine de sus, gata să se apropie de mine.

— Să te hrănesc cu forța?

M-am uitat la el îngrozită, fără să pot răspunde.

— Stai jos, Dylan, a intervenit Vincent, calm, dar rece ca gheața.

M-am simțit puțin ușurată când, după o clipă, Dylan a respirat adânc și s-a așezat înapoi la locul lui. Cu toate acestea, mă privea tot încruntat. M-am cutremurat la gândul că îmi va băga mâncarea pe gât cu forța. Vedeam pe fața lui că era gata să o facă.

— Ce înseamnă asta, că nu poate? a mormăit el pe sub mustață.

— Înseamnă că tocmai și-a băgat în capul ei mic chestia asta, iar acum simte repulsie la simpla vedere a mâncării. Am dreptate, Hailie? a explicat Vincent.

— Ei bine, grozav, atunci îi vom scoate imediat ideea asta...

— Dacă încerci să o hrănești cu forța, probabil că va începe imediat să vomite.

— Ce naiba? a izbucnit Shane. S-a uitat la mine, apoi la Vincent. Chiar și Tony se uita la noi cu uimire.

Mă jucam cu mâinile pe sub masă. Vince avea dreptate, pentru că doar la gândul de a înghiți chiar și numai o bucățică de ravioli simțeam că mi se face rău.

Spre ușurarea mea, în cele din urmă a poruncit să fiu lăsată în pace. Băieții au revenit încet la glumele și discuțiile lor, deși exista o ușoară tensiune în aer, care nu fusese acolo mai înainte. Mi-am șters discret lacrimile cu un șervețel, iar Dylan mi-a mai aruncat priviri din când în când. Will, pe de altă parte, se uita la mine cu îngrijorare. Nu am mai vorbit și m-am limitat să refuz timid oferta de desert, doar dând din cap.

Mă simțeam ca o creatură ciudată și aveam impresia că exact asta era și părerea pe care o aveau despre mine frații mei. Nu fusesem în stare să savurez masa de astăzi așa cum făcuseră ei și, pe deasupra, lipsa mea de încredere în mine însămi ieșise la iveală, ceea ce – cu cât mă gândeam mai mult la asta – mi se părea cât se poate de umilitor.

23

FRUMOASĂ ȘI INTELIGENTĂ

Frații mei nu au vorbit cu mine pe drumul de întoarcere și nici măcar după ce am ajuns acasă. Eram sigură că, imediat ce vom coborî din mașină în garajul familiei Monet, Vincent mă va convoca la una dintre acele conversații îngrozitoare, în timpul cărora îmi va impune și mai multe reguli, dar nu s-a întâmplat așa, cel puțin nu imediat.

Am reușit să mă strecor în camera mea, unde am început să mă răsucesc timid în fața oglinzii, căutând schimbările pe care le observase la mine Vince. Când m-am culcat, am simțit că amețesc din cauza nenumăratelor probleme care mi se învârteau prin cap. Eram aproape sigură că Jerry, fluturând pistolul în fața nasului meu, îmi provocase o traumă serioasă. De asemenea, mă temeam de ziua de mâine de la școală, unde urma să le înfrunt pe Mona și pe Audrey. Am început să mă întreb cu cine aș putea să stau la masa de prânz, dacă nu mă lăsau să mă așez la masa lor. Și în plus, frații mei mă vedeau acum în mod sigur ca pe o păpușă răsfățată care se îneacă în complexe până la urechi.

Nu e de mirare că nu puteam să adorm. Deși m-am culcat relativ devreme, nu am reușit să adorm până la ora două. Și am auzit din nou lătratul înfricoșător însetat de sânge al acelor dulăi blestemați de pe proprietate. Eram frustrată de faptul că dimineața voi fi nedormită și la un moment dat chiar am gemut tare într-o pernă, lovind cu pumnul în cealaltă.

În viața mea de dinainte, problemele se limitau la stresul examenelor. Astăzi mă aflam într-un loc atât de diferit, încât uneori nu-mi venea să cred că sunt tot aceeași persoană. În jurul orei două și jumătate, m-am ridicat din pat, mi-am băgat picioarele goale în papuci și am început să mă plimb prin cameră. M-am apropiat de fereastra balconului, dar când am deschis-o, am simțit o pală de vânt rece care se strecura înăuntru, așa că m-am zgribulit și am închis-o repede. Nu este o perioadă a anului în care să stai noaptea pe balcon. Așa că m-am dus la baie, mi-am stropit fața cu apă rece și apoi am vrut să beau ceva, așa că am decis să mă duc la bucătărie.

Am aprins lumina de pe coridor și m-am simțit imediat mai în siguranță, când întunericul a încetat să-l mai devoreze. Am trecut în liniște pe lângă ușile de la camerele fraților mei, apoi am coborât scările, unde ca de obicei lumina era aprinsă. Am trecut pe lângă tabloul cel straniu și nu știu de ce m-am oprit să mă uit mai mult la el. Chipul bărbatului din prim-plan era frumos, poate chiar ciudat de reușit. Deși nu semăna cu niciunul dintre frații Monet, avea ceva în comun cu ei, poate privirea intensă, sau poate același tip de demnitate și de atitudine mândră. De aceea mă înspăimânta și mai mult peisajul din spatele lui. Un ghem de culori estompate, care se transforma într-un coșmar ciudat. Întindea spre bărbat un fel de mâini, ca și cum ar fi vrut să-l apuce de gât, dar el nu părea să observe.

Deodată, la urechile mele au ajuns sunete de pian și la început am crezut că înnebunisem. Imaginea din tablou mă absorbise atât de mult, încât mi se părea că sunt în ea, în fața acestui bărbat. Voiam să strig, să-l avertizez că îl pândește un monstru. Chiar am deschis gura și am întins mâna spre el, dar degetele mele au atins pânza și mi-am dat seama că nu mă aflam deloc în tablou, că era doar imaginația mea stupidă care își bătea joc de mine.

M-am scuturat și m-am îndepărtat repede de tablou, privind în altă parte. Dar tot mai auzeam pianul, iar înainte să apuc să mă îndoiesc din nou de sănătatea mea mintală, mi-am dat seama că era într-adevăr cineva care cânta. Sunetele înăbușite veneau din bibliotecă și, în loc să mă duc la bucătărie, m-am îndreptat într-acolo. Pășeam încet, încă nu aveam încredere deplină în simțurile mele, șovăiam, neștiind ce alte secrete mai ascunde reședința Monet. Cu palma deschisă, am atins ușa bibliotecii, apoi mi-am lipit urechea de ea. Muzica era foarte delicată, dar din când în când era punctată de un ton mai grav, mai amenințător, care contrazicea toată blândețea și inocența piesei.

Mânată de o curiozitate de neoprit, am apăsat ușor pe clanță, am deschis ușa și mi-am strecurat capul înăuntru. Atmosfera din încăperea scufundată în semiîntuneric era și mai îmbietoare ca de obicei. Nimic nu se putea potrivi mai bine cu cărțile de aici decât această melodie. Am aruncat o privire în colțul în care instrumentul își avea locul său permanent și am fost uimită să-l văd acolo pe Vincent. Era întors cu spatele spre mine, dar i-am recunoscut cu ușurință silueta zveltă și dreaptă. Chiar și acum, în toiul nopții, purta o cămașă, iar părul îi rămăsese în perfectă ordine, pieptănat ascultător pe spate.

Muzica pe care o cânta acum m-a impresionat și mai tare, când am văzut cu ochii mei că o crease chiar el. Am simțit cum mi se face pielea de găină și am scrutat încă o dată camera cu privirea. Dincolo de fereastra mare și neacoperită, se vedea o negură tulburătoare, iar lumina slabă din bibliotecă dădea impresia de siguranță, dar oarecum iluzorie, din păcate.

— Pot să te ajut cu ceva, Hailie?

Mi-am mutat din nou privirea spre fratele meu. Nu am auzit când se oprise din cântat. Acum stătea întors spre mine, cu capul ușor înclinat. Nu părea supărat, așa că m-am simțit ușurată. Părea relaxat, cel puțin într-o oarecare măsură.

— Am venit după apă, am răspuns, deschizând ușa mai larg.

— La bibliotecă?

— Te-am auzit cântând.

Vincent se uita la mine și aveam impresia prostească că iar îmi analiza silueta și am regretat că nu-mi pusesem un halat de casă pe mine.

— Credeam că stă aici doar ca decor, am spus, arătând cu bărbia spre pian.

— A fost al mamei noastre.

— Oh.

— Hm, acum sunt de fapt singurul care cântă la el. Vince a mângâiat clapele cu degetele.

— Vii des aici așa, noaptea? am întrebat.

— Când simt nevoia să mă relaxez.

Mi-am lăsat capul în jos.

— Îmi pare rău dacă ți-am stricat ziua de naștere, am murmurat, iar Vince a mijit pleoapele.

— Vino la mine.

Am închis ușa în urma mea cam fără chef și m-am apropiat de fratele meu. Acesta s-a întors în așa fel încât să nu mai stea cu fața la pian, ci într-o parte, și s-a uitat la mine în timp ce eu m-am oprit timidă în fața lui. Am tresărit când m-a apucat ușor de încheietura mâinii.

— Hailie, copilă dragă, spune-mi, înțelegi ce îți faci?

Am clipit din ochi. Privirea lui era atât de rece, încât, chiar și atunci când ochii noștri erau la același nivel, aveam impresia că mă privea de undeva de deasupra mea. Aproape inconștient, am scuturat din cap.

— Așa mă gândeam și eu.

Am tăcut, iar el a continuat să vorbească:

— Tulburările de alimentație nu sunt o glumă, Hailie. Vrei să ajungi în spital?

Uram spitalele. Recent, bunica mea fusese într-un spital și nu se mai întorsese niciodată.

— Nu, am șoptit.

— Acolo nimeni nu glumește. Dacă un pacient refuză să mănânce pe cale naturală, îl hrănesc printr-o sondă. Știi ce înseamnă asta?

Vocea lui devenea din ce în ce mai sumbră. Nu i-am răspuns, continuam să mă uit în podea.

— Un tub lung este introdus în esofag, prin nas. Foarte, foarte neplăcută senzație. Uită-te la mine, Hailie... Dacă nu îți revii, nu voi ezita să te trimit la un astfel de tratament. Vrei așa ceva?

Acum îmi tremurau și bărbia, și buzele, iar ochii mi se umpluseră de lacrimi.

— Nu vreau, Vince.

Degetele care îmi cuprinseseră încheietura mâinii s-au strâns mai tare.

— În acest caz, vreau să văd că ai grijă de tine. Înțeleg că te-ai îmbolnăvit și aveai tot dreptul să o faci, mai ales dacă ne gândim prin ce ai trecut la o vârstă atât de fragedă, dar nu am de gând să privesc cum îți distrugi corpul. De aceea vreau să-ți văd hotărârea. Vreau să văd că te așezi la masă și că faci tot posibilul să mănânci ceea ce ai în farfurie. Poți să-mi promiți că așa va fi?

Am dat din cap și mi-am șters obrajii umezi cu mâna liberă.

— Folosește cuvinte.

— Da, mă voi strădui.

Vincent mi-a dat drumul la mână, iar eu am ridicat-o imediat și acum mă ștergeam de lacrimile care încă îmi curgeau pe față cu ambele mâini.

— Ți-am făcut o programare la un psiholog.

— Cum? mi-am încruntat sprâncenele.

— Mâine, după ore. Shane te va duce cu mașina. Will va veni să te ia.

— Stai puțin, nu am nevoie de psiholog. Serios, nu am făcut nimic.

— Știu că nu ai făcut nimic. Te trimit la psiholog, nu la închisoare.

— Nu am nevoie de un psiholog, am repetat.

— În ordine. Poți să-i spui asta mâine, după ore.

M-am uitat în altă parte.

— Dacă nu-ți place calitatea mâncării pe care o face Eugenie, nu șovăi și spune-i ce ai vrea să schimbe în meniul nostru. Sunt sigur că va ține seama de sfaturile tale.

— Nu este vorba despre Eugenie, gătește admirabil...

— Dacă, pe de altă parte, te îngrijorează caloriile, te invit să mergi la sală. Într-o astfel de situație, nu înfometarea este soluția, ci exercițiile fizice. În limite rezonabile. Ai frați activi din punct de vedere fizic, profită de asta. Sunt sigur că vor fi bucuroși să-ți îndrume antrenamentele dacă dorești.

Cu siguranță.

— Hailie?

— Hm?

— Ești frumoasă și inteligentă. Și nu spun asta doar pentru că ești sora mea. Vreau să ții minte că, dacă vreodată mai aud că îți faci iarăși rău, îți promit că voi lua măsuri mai radicale ca să pun capăt unei asemenea situații. Mă înțelegi?

Privirea lui era severă și tăioasă, la fel și vocea, totuși am reușit să disting o notă de afecțiune în amândouă. Bine ascunsă, dar era acolo și de data aceasta eram sigură de ea. Mi-am mușcat buza ca să nu plâng în hohote.

— Da, am șoptit încet.

— Și încă ceva, a adăugat el cu răceală. Nu mi-ai stricat ziua de naștere. Trebuie să nu-ți mai faci griji cu astfel de prostii. A fost o ieșire în oraș foarte reușită. Data viitoare sper doar că vei mânca cu plăcere și nu vei ciuguli doar din obligație.

Am zâmbit slab și a urmat un moment de tăcere. Mă întrebam dacă să mă retrag deja, deoarece cred că, încet-încet, tocmai mă cuprindea acel val de somnolență mult așteptat, dar înainte de a lua această decizie, m-am mișcat timid de pe un picior pe altul, aruncând o privire pe sub gene spre Vince.

— Dar tu... ai de gând să mai cânți?

A mârâit și s-a uitat la ceas.

— De fapt, aveam de gând să mă duc să mă antrenez. De ce întrebi?

— Voiam să ascult. Am ridicat din umeri.

— E aproape trei, ar trebui să fii în pat. Mâine vei fi amețită.

— E aproape trei și tu vrei să faci mișcare?

Vince a ridicat colțul gurii.

— E singurul moment în care sunt sigur că nu voi nimeri peste Dylan.

Am râs, iar Vincent a zâmbit puțin mai larg. Un pic.

— Cânți la pian noaptea, faci exerciții noaptea... am calculat eu, după care am întrebat într-o șoaptă teatrală dramatică:

— Vince, ești vampir?

— Du-te la culcare, Hailie, a spus el și și-a dat ochii peste cap.

— Deci... nu mai cânți?

M-a privit o clipă și apoi a suspinat.

— Un singur cântec.

De data aceasta am zâmbit chiar larg, arătându-mi dinții și mă pregăteam să mă instalez în fotoliul meu favorit, dar Vince s-a tras pe neașteptate într-o parte și mi-a făcut loc pe scaunul dreptunghiular pe care stătea. M-am ghemuit lângă el, iar ezitarea mea s-a transformat rapid în fascinație, când am văzut cum îi pluteau degetele pe deasupra claviaturii și cum au început să alerge agil pe ea. Din când în când, inelul lui mare cu sigiliu îmi sclipea în fața ochilor. Avea mânecile de la cămașă suflecate, ceasul fixat la încheietura mâinii, unghiile tăiate uniform și îngrijite.

Melodia pe care o cânta era mai liniștită decât cea de dinainte. Suna mai blând și simțeam un fior plăcut în piept, la gândul că o compusese chiar el și că stăteam atât de aproape de el. Totuși, nu m-am putut abține să nu-l suspectez că alesese în mod deliberat un astfel de cântec pentru a mă face să mă simt somnoroasă și astfel să mă întorc în pat. În cele din urmă, chiar a reușit, deși, când mâinile lui s-au oprit și muzica a amuțit, primul sentiment pe care l-am avut a fost de dezamăgire.

— La culcare, a poruncit el, închizând cu grijă capacul pianului.

M-am ridicat căscând, și atunci privirea mi-a căzut pe fotografia celor două femei, care mă interesase încă de când începusem să locuiesc la familia Monet.

— Vince, cine este aceea? am întrebat fără să mă gândesc, iar apoi creierul meu somnoros a pus lucrurile cap la cap și am adăugat rapid: E mama voastră?

Fratele meu a aruncat o privire rapidă la fotografie și a încuviințat din cap.

— Cea din stânga, a murmurat el. Împreună cu sora ei.

— Frumoasă.

Vince s-a uitat fix la fotografie și apoi și-a întors brusc privirea, ca și cum ar fi ieșit dintr-o transă momentană.

— Noapte bună, Hailie.

24

GESTUL

Oh, ce flușturatic!

Shane a suspinat așa toată dimineața. E clar că Marge, fata de la școală cu care avea o relație complicată, îi trimisese o serie de mesaje dramatice chiar înainte de micul-dejun.

— Ce s-a mai întâmplat? s-a încruntat Dylan, sorbind un shake de proteine dintr-o cutie.

— Plânge că nu-mi pasă de ea.

— Ei bine, și iți pasă?

— Păi, nu. Adică nu în felul în care și-ar dori ea.

— Atunci scrie-i că are dreptate, și ai terminat povestea.

— Nu e așa de simplu cu Marge. Și-a făcut speranțe prea mari.

— Poate că tu i-ai dat speranțe prea mari, am intervenit eu, căscând.

Shane și-a ridicat privirea din telefon spre mine și și-a încruntat sprâncenele.

— Cum așa? Am lămurit lucrurile chiar de la bun început.

— De ce dormi la masă? s-a răstit la mine Dylan.

Nu știu de ce, dar tot mai era supărat pe mine pentru ceea ce se întâmplase ieri la restaurant.

— Ridică-te și ia-ți micul-dejun.

Mi-ar fi plăcut să-i spun să-l ia naiba, dar, în primul rând, acesta era Dylan și, dacă ți-era dragă viața, nu era cazul să-i vorbești în felul acesta și, în al doilea rând, îi promisesem ceva lui Vincent și știam că trebuie să mă țin de cuvânt.

M-am ridicat și am clipit din ochi, pentru că, după o noapte aproape nedormită, încă mi se lipeau pleoapele. Adormisem abia după ce vorbisem cu fratele meu cel mai mare. Îmi amintesc cum îmi răsunau în urechi cuvintele lui: „frumoasă și inteligentă". Mi s-a părut un compliment uriaș, mai ales de la cineva ca Vince.

M-am străduit să nu mestec prea mult cu lingura în bolul de cereale, pentru că simțeam privirea atentă a lui Dylan ațintită asupra mea și știam că, dacă trag de timp în felul acesta, îl enervez și mai mult. Mă uimea chiar și pe mine faptul că mâncarea își pierduse pur și simplu gustul pentru mine. Cândva îmi plăceau cerealele, mai mult cu miere și când erau crocante. De aceea, întotdeauna turnam mai întâi laptele în castron. Astăzi, astfel de lucruri îmi erau cum nu se poate mai indiferente. Am îndesat în mine cât de mult am putut, iar când Dylan a început să mârâie că nu e suficient, Will a venit în ajutorul meu.

— Să mănânce cât poate. Hei, important este să încerce, a spus el și apoi s-a așezat lângă mine, m-a mângâiat pe cap și a adăugat: Dacă nu te simți în stare să mergi la școală astăzi, rămâi acasă, da?

— Mulțumesc, Will, i-am făcut cu ochiul și i-am zâmbit ușor. Dar vreau să vorbesc cât mai repede cu Audrey.

— Cum dorești, micuțo. Shane, nu uita unde mergeți după școală.

— Știu, a răspuns geamănul, bătând furios în ecranul telefonului.

Nu eram deloc entuziasmată de perspectiva de a începe terapia și am lăsat privirile în jos. Poate că într-adevăr ar fi fost mai bine să urmez sugestia lui Will și să nu mă duc la școală, dar știam că atunci m-aș fi chinuit cu ruptura încă neexplicată dintre mine și fete. Trebuia să vorbesc cu ele cât mai repede. Dacă mă urau, voiam să știu.

Îmi imaginasem în minte numeroase scenarii ale viitoarei conversații dintre noi, dar în cele din urmă niciunul dintre ele nu a funcționat, pentru că Audrey pur și simplu nu voia să mă vadă, cu atât mai puțin să discute cu mine. Nu mi-a răspuns la mesaje, iar când am zărit-o dimineață în fața școlii și i-am făcut semn cu mâna, a întors ostentativ privirile în altă parte și a grăbit pasul. În timp ce stăteam acolo și priveam cum dispărea în mulțime, întrebându-mă dacă ar trebui să alerg după ea, am simțit deodată mâna cuiva pe umărul meu.

— A spus că nu are de gând să vorbească cu tine, m-a informat Mona, apucând strâns cureaua genții de umăr și a continuat șovăielnică: Că nu aveți despre ce să vorbiți. Și că nici eu nu ar trebui să vorbesc cu tine.

— Dar... sunt atâtea lucruri de explicat, am protestat.

Mă uitam acum la fața ei întristată.

— Înțeleg că este supărată, dar lucrurile stau în realitate altfel decât crede ea.

— Tu cum crezi? Mona a înclinat capul. Mi-a spus cum au venit frații tăi. Am văzut fața lui Jerry. Doar nu s-a lovit singur așa!

— Așa e, Dylan l-a bătut. Imediat după ce a aflat că Jerry a încercat să-mi facă rău.

Mona și-a încruntat sprâncenele, a privit în jur, apoi s-a încruntat și mai tare. M-a apucat ușor de cot și m-a tras spre un colț retras, unde era mai puțin probabil să ne audă cineva.

— Jerry a încercat să-ți facă rău?

— M-a amenințat cu un pistol!

— Audrey spune că tu l-ai amenințat pe el cu un pistol. Și tu nu ai vrut să-i dai drumul.

— Jerry s-a prefăcut în fața ei! A vrut să-i dau pistolul înapoi. Bineînțeles că nu am vrut să-l dau!

— Audrey a spus că era un tip cu tine care l-a amenințat pe Jerry și că a trebuit să-l doboare cu o bâtă de baseball.

— Tipul ăsta era bodyguardul meu care a venit să vadă dacă sunt în siguranță. Și a reacționat când a văzut că nu eram.

Mona a început să se frece la tâmplă cu o mână și să dea din cap, sprijinindu-se cu cealaltă mână de pervazul din apropiere.

— Stai puțin, stai puțin, cum așa, Jerry te-a atacat așa, fără niciun motiv?

— Mona, avea un plan. Ne-a drogat cu șampanie.

Fata a făcut ochii mari.

— Ce-a făcut!?

— A pus droguri în paharele noastre, a recunoscut în fața fraților mei. Audrey s-a trezit mai devreme pentru că i-a pus o doză mai mică. Eu...

— ... ai vărsat-o.

— Ce?

— Ai vărsat paharul când stăteam afară. Te-am văzut, dar nu am spus nimic.

— Da, am confirmat. Tu ai fost singura care a băut tot. La ce oră te-ai trezit?

— A doua zi, la... la ora paisprezece? Mona a pălit. Doamne, de aceea mă durea atât de tare capul! Am mai băut șampanie și înainte, sora mea mă servește întotdeauna cu șampanie, dar nu am mai avut o asemenea mahmureală de la ea în viața mea. Iisuse, acum înțeleg totul!

— Când Jerry a descoperit că eram trează, a început să se răstească la mine și m-a amenințat cu un pistol. Dacă nu ar fi apărut frații mei, cine știe ce s-ar fi întâmplat.

Mâna cu care Mona își acoperise gura se îndepărta acum de ea și se strânsese pe încheietura mâinii mele.

— Iisuse, Hailie, îmi pare atât de rău. Te simți bine?

Am ridicat din umeri cu un oftat.

— M-am simțit cândva și mai bine. Audrey mă urăște, nu-i așa?

— Frații Monet i-au dat lui Jerry douăsprezece ore ca să plece din Pennsylvania. L-am văzut când își făcea bagajele. Era atât de zdruncinat, încât ar fi izbucnit în plâns, dacă nu l-ar fi durut prea tare toată fața. Și-a sunat părinții să le ceară bani, s-au certat la telefon... Audrey alerga de colo-colo, înnebunită... Nici nu ai idee cât de fericită am fost când tata a venit în sfârșit după mine și am putut să mă întorc acasă...

— Știu cum te simți și îmi pare foarte rău că frații mei l-au snopit pe Jerry în felul ăsta, dar nu au făcut-o fără motiv. Mi-am desfăcut brațele în lături, oftând zgomotos. Nu știu, înțeleg că Audrey a rupt-o cu mine... Toată povestea asta nu ar fi trebuit să se întâmple deloc. Îți mulțumesc că măcar ai fost de acord să mă asculți.

Mona tăcea, uitându-se în podea și luptându-se cu gândurile ei. A durat un timp, dar în cele din urmă și-a acoperit fața cu ambele mâini.

— Nu pot!

Am privit-o nedumerită. Am aruncat o privire discretă în josul coridorului. Unii întindeau gâtul ca să vadă sau să audă ceva, dar eram la o distanță destul de mare și nimeni nu avea un pretext suficient de bun ca să se apropie.

— Te cred, Hailie, a spus Mona.

Surprinzându-mă pe mine însămi, am simțit cum mă luminez puțin la față.

— Înseamnă foarte mult pentru mine...

— Nu înțelegi, a suspinat ea. Audrey mi-a spus să aleg.

— Ce anume?

— Mi-a dat un ultimatum. A spus că nu mai are de gând să aibă relații cu nimeni din familia Monet, în frunte cu tine, și că, dacă voi continua să stau de vorbă cu tine, atunci prietenia noastră nu va mai avea niciun sens. Pentru că am o... știi tu, o relație prea apropiată cu tine...

Mi-a aruncat o privire timidă, iar eu am dat din cap, încercând să-mi păstrez o expresie neutră pe față.

— Ei bine, da, am îngânat eu. Înțeleg. Adică... are sens din perspectiva ei.

— Hailie, nu sunt încântată că mă pune să aleg. În plus, eu cred versiunea ta, nu a lui Jerry. Știi ce înseamnă asta?

Mona s-a uitat într-o parte și a strâns din buze, apoi a răspuns: Înseamnă că tocmai am pierdut o prietenă veche...

— Mona...

— O cunosc de la grădiniță. Nu-mi vine să cred!

— Mona, e în regulă, nu trebuie să mă alegi pe mine... Am dat din cap. Noi două nu ne cunoaștem atât de bine. Dacă rămâi cu Audrey, îți jur că o să înțeleg!

— La naiba, păi tocmai despre asta e vorba! Trebuie să te aleg pe tine! Pentru că, dincolo de orice altceva, nu voi alege pe cineva care mă obligă să aleg.

Mona a strâns din nou buzele, ochii i s-au umplut de lacrimi și a ridicat privirile în sus ca să nu le lase să curgă. A început chiar să-și facă vânt cu mâna, ca și cum ar fi vrut să le usuce, iar eu m-am apropiat încet de ea, am întins brațele și am cuprins-o într-o îmbrățișare. Am simțit imediat cum brațele ei se înfășoară în jurul meu și am zâmbit tristă în sinea mea.

Am avut ocazia să mai discutăm din nou în timpul prânzului. A fost foarte ciudat, pentru că se pare că Mona reușise deja să-i comunice lui Audrey decizia ei și pentru prima dată ne-am așezat la o masă doar noi două. Deși am apreciat gestul Monei și faptul că încă mai voia să fie prietenă cu mine, m-am simțit oarecum stânjenită. Ca și cum aș fi distrus o prietenie de lungă durată. Nu-mi plăceau astfel de lucruri și detestam faptul că mă aflam în această situație.

Credeam că acest prânz nu putea fi mai rău. Mona nu a vorbit prea mult, iar Audrey m-a văzut undeva la coadă și a întors din nou demonstrativ privirile în altă parte. Dar iată că acesta nu a fost sfârșitul nenorocirii. În timp ce desfăceam hârtia sendvișului meu cu pui, cineva s-a trântit pe scaunul de lângă mine și nici măcar nu a trebuit să mă uit acolo ca să-mi dau seama că era Dylan.

A pus o cutie de suc pe masă în fața lui și a început să se ocupe de propriul sendviș, de două ori mai mare decât al meu. Se uita fix la el ignorându-mă, ca și cum ne-am fi petrecut întotdeauna pauza de prânz împreună.

— Ce faci aici? am întrebat, uitându-mă cu precauție la Mona. Nu voiam să o fac să se simtă și mai stânjenită. Încheieturile lui Dylan erau încă ușor julite de la bătaia pe care i-o aplicase lui Jerry, iar asta se vedea foarte bine când își ținea sendvișul cu ambele mâini.

— Te păzesc, a răspuns el simplu, cu gura plină.

— Dar de ce...?

— Ca să-ți mănânci cuminte păpica.

Îmi venea să intru în pământ dacă aș fi putut.

— Dylan, am gemut. Pleacă de aici.

Fratele meu a ridicat degetul și a bătut cu el în tava mea.

— Imediat.

Mâna mea a tresărit, gata să-l pocnesc în cap sau cel puțin să-i dau peste mână și poate chiar aș fi făcut-o, indiferent de consecințe, dacă, în acel moment, Shane, cu chipul palid, nu l-ar fi apucat pe Dylan de braț.

— Am o problemă.

Dylan s-a uitat la el și a dat din cap, așteptând să dezvolte subiectul. Shane a început să șoptească, dar atât de febril, încât auzeam aproape tot ce spunea.

— Marge nu-mi răspunde la telefon.

— Păi asta e bine, nu?

— Nu e bine deloc, ultima dată mi-a trimis un mesaj acum o jumătate de oră, e ciudat.

— De ce ciudat?

— Nu știu, omule, cred că a înghițit ceva.

În vocea lui Shane se auzea clar panica. Dylan a închis ochii pentru o clipă și a încetat să mai muște din sendviș.

— Ce te face să crezi asta?

— Pentru că scrisese mai devreme că luase ceva.

— La naiba, Shane, a mârâit Dylan. De ce nu ai potolit-o?

— Am încercat, dar a început să joace teatru mai dramatic ca oricând... Am crezut că minte cu pastilele, întotdeauna minte, dar... acum nu-mi mai răspunde la mesaje și asta nu-i stă în fire. Nu renunță niciodată când ne certăm. Întotdeauna vrea să aibă ultimul cuvânt.

— Unde este?

— Acasă, nu a venit azi la școală.

— La naiba, a repetat Dylan furios, smucindu-se de pe scaun. Tu cu târfele tale!

Shane a făcut un pas înapoi, privind plin de speranță la fratele nostru mai mare.

— Ce ai de gând să faci? a întrebat el.

— Păi să mergem la ea, nu-i așa? Să vezi dacă s-a sinucis, idioata!

Shane a dat energic din cap.

— Bine, bine, hai să mergem la ea.

— E! Dylan l-a fluierat pe Tony, care stătea împreună cu colegii săi la masa obișnuită a fraților Monet. I-a făcut semn cu mâna să vină la el, ceea ce cel mai tânăr dintre frații Monet a făcut cu reticență. S-a apropiat de ei cu o cutie de Coca-Cola în mâna lui noduroasă și le-a aruncat fraților o privire întrebătoare.

Dylan a arătat spre mine cu bărbia.

— Stai cu ochii pe ea.

— Cece?? a mârâit Tony. Dar ce s-a întâmplat? De ce eu?

— Pentru că fratele tău geamăn e un nătărău.

— Mergem să vedem dacă Marge e bine, l-a informat Shane.

— Marge? Tony s-a strâmbat.

— Dacă nu ne întoarcem până după-amiază, du-o pe Hailie... Dylan s-a întrerupt și s-a uitat în jur, apoi a terminat propoziția: ... știi tu unde.

Tony s-a încruntat și și-a întins brațele în lături, gata să pună o sută de întrebări, dar frații noștri au părăsit cantina în grabă, fără alte explicații.

M-am întors spre Mona, care îl privea cu ochii larg deschiși pe Tony. Aș fi dat orice pentru ca prânzul de astăzi să fi decurs în liniște, fără drama fraților Monet, fie și numai de dragul prietenei mele. Din păcate, nu am putut să-i ofer asta.

— Nu trebuie să stai pe capul meu, i-am aruncat lui Tony, care tocmai luase o înghițitură din Coca-Cola.

— Mănâncă, a murmurat el.

— Doar vezi că mănânc. Poți să te întorci la masa ta.

— Bine, mănâncă.

Mona și-a încruntat sprâncenele. Nu știa de problemele mele cu mâncatul.

— Nu trebuie să...

Tony și-a pierdut răbdarea și cu mâna în care nu ținea cutia a izbit în masă așa de tare, încât prânzul meu și al Monei a sărit în sus. Și noi odată cu el. Mona pălise și se uita fix la fratele meu, iar eu m-am ghemuit în mine.

— Poți să taci din gură și să începi să mănânci!?

Mi-am coborât privirea spre craniul tatuat de pe mâna lui, care parcă rânjea din dinți batjocoritor. Încercam din răsputeri să-mi stăpânesc lacrimile. Cum putea să se poarte așa cu mine și în prezența prietenei mele?

Din cauza lui mi-a venit încă și mai greu să mănânc acel sendviș nenorocit și l-am înghițit doar pentru a scăpa de prezența lui. Eram atât de concentrată pe această misiune, încât nici măcar nu am observat când a dispărut, până când nu mi-a atras atenția Mona. Îmi era rușine să mă uit în ochii ei, după felul în care se purtase Tony cu mine. Mona tăcea și ea, neavând probabil chef nici măcar să știe ce se întâmplase.

Eram curioasă să văd cât de repede va începe să regrete deschis că își părăsise prietena de dragul meu. Aveam impresia că nu trecuse nici măcar o zi, iar aceasta se și întâmpla încetul cu încetul.

Sfârșitul orelor nu mă umplea de optimism, pentru că știam că nu mă duc direct acasă, ci la un psiholog, ceea ce, ca să spun delicat, nu-mi făcea chiar cea mai mare plăcere. Am mers clătinându-mă pe picioare, deprimată și extrem de obosită, până în parcare și m-am oprit lângă locurile destinate fraților Monet. M-am uitat în jur după un Lamborghini albastru. Mașina era întotdeauna atât de vizibilă, încât am observat imediat că astăzi nu era aici. În schimb, l-am zărit pe Tony, care stătea lângă motocicleta sa. M-am îndreptat spre el încet, pentru că mi se înmuiaseră genunchii.

Când m-a observat, mi-a înmânat casca fără să spună nimic.

— Nu mă urc pe chestia asta, am anunțat imediat. Am protestat un pic ca să-i fac în ciudă și un pic pentru că avusesem ocazia să văd stilul de condus al lui Tony și îmi era foarte frică să merg cu el cu mașina, darămite pe motocicletă.

Mă așteptam ca fratele meu să mârâie din nou, sau poate chiar să țipe la mine, dar el doar și-a dat ochii peste cap.

— Nu ai de ales.

— Nu mă urc pe motoreta asta, o să-l aștept pe Shane.

— E motocicletă, nu motoretă, și nu-l aștepți pe Shane pentru că nu se mai întoarce astăzi aici.

— De ce nu ne-a lăsat mașina?

— Pentru că e un retardat și nu gândește? Nu știu, urcă. Nu am la dispoziție toată ziua.

— Mai bine merg pe jos.

— Hailie, nu te juca cu mine.

Nu știu dacă a funcționat tonul de avertizare al lui Tony sau dacă și-a spus cuvântul oboseala mea, care mă împiedica să fac o plimbare lungă, dar în cele din urmă am renunțat și am luat fără chef casca, după ce m-am asigurat că îi dădeam de înțeles cu toată ființa mea că îi făceam o mare favoare. Tony a verificat dacă mi-am pus bine casca pe cap, și-a pus-o pe a lui, apoi s-a așezat călare pe motocicletă și mi-a făcut semn din cap să fac la fel.

Am măsurat mai întâi vehiculul cu o privire neîncrezătoare, și abia după aceea am urcat pe locul din spatele lui. Știam că acolo pe banca din parcare era cineva care ne urmărea, așa că am avut mare grijă ce mișcări fac. Mi-am tras fusta de la uniformă ca să nu-mi vadă nimeni lenjeria și m-am concentrat ca să nu-mi pierd echilibrul. Dar motocicleta aceasta era foarte instabilă.

Era prima dată când stăteam pe un asemenea vehicul și eram chiar puțin emoționată. De îndată ce o văzusem pentru întâia oară, începusem să mă întreb cum ar fi fost să simt proverbialul vânt în părul meu. Cu toate acestea, nimeni nu-mi oferise niciodată o plimbare. Și, în plus, așa cum am menționat mai devreme, Tony nu părea să fie tocmai un șofer de încredere, așa că în niciun caz nu aș fi dorit să îl însoțesc.

Nu știam de ce să mă țin, dar Tony m-a ajutat să rezolv problema. Fără să se întoarcă, a întins mâinile în spate, m-a apucat de încheieturile mâinilor și apoi și-a pus brațele mele în jurul taliei. De îndată ce am auzit vuietul motorului și am simțit vibrațiile, am tremurat și m-am agățat automat ca o lipitoare de spatele lui. Simțeam cu mâinile abdomenul lui și m-am bucurat că era atât de musculos, pentru că altfel, cu forța îmbrățișării mele, probabil că l-aș fi sugrumat.

— Ține-te strâns, m-a instruit el ridicând vocea ca să acopere zgomotul motorului și să răzbată prin cască.

Mai strâns nu se putea.

Când a pornit din loc, mi-a venit să țip ca într-un montagne russe. Nu-l mai îmbrățișasem niciodată pe niciunul dintre frații mei până atunci așa cum îl strângeam pe Tony în acel moment. Nu simțeam vântul în păr prin cască, dar nu conta. La început mi-am ținut pleoapele închise strâns, apoi am încercat să le întredeschid puțin ca să văd unde suntem, dar când am văzut cât de repede se mișcau copacii de pe margini, am decis că prefer să țin ochii închiși.

Nu simțisem atâta adrenalină nici când mă furișasem în coridorul interzis din casa noastră. Poate era comparabilă cu cea din momentul când am stabilit contact vizual cu țeava pistolului pe care Jerry îl flutura în fața mea.

După un timp am început să mă obișnuiesc cu viteza și cu zgomotul. Și am încetat să mă mai întreb dacă fusta nu-mi zbura prea sus. Datorită emoției, nu mai simțeam atât de tare frigul, singurul dezavantaj semnificativ al acestei plimbări. În fond, era ianuarie. În cele din urmă, însă, am reușit să mă relaxez puțin și a început chiar să-mi placă.

Un timp.

La un moment dat, Tony a început să accelereze. Chiar foarte tare. Mie mi se părea că deja mergeam repede și nu voiam să mergem mai tare. La curbă m-am crispat și îmi venea să strig la el să încetinească, dar nu avea cum să mă audă. Nu mi-a mai rămas nimic de făcut decât să-l rog prin telepatie.

Cam pe atunci am început să mă tem serios.

Și imediat după aceea am mai avut încă un motiv de teamă, pentru că am auzit o bubuitură. O a doua a urmat imediat după prima și am simțit o smucitură violentă. Acum motocicleta a început să țopăie puțin. Am deschis ochii timp de o fracțiune de secundă pentru a observa că, probabil, o luasem pe un drum forestier. Ce face Tony? Încearcă să mă sperie? Îl omor.

Altă bubuitură. Cred că mi-a ieșit un țipăt pe gură, dar nu eram sigură. Inima îmi bătea nebunește. Am vrut să mă opresc.

Vreau să mă opresc!

Am încercat să strig, dar nu am putut. Ceva mă bloca. Se întâmpla ceva rău.

O altă smucitură, o altă explozie. Și încă una.

Am vrut să-mi lipesc obrazul de spatele fratelui meu, căutând stabilitate în acest vârtej nebun de evenimente, dar casca m-a împiedicat să fac asta. Așa că, în schimb, m-am agățat de Tony cât am putut de strâns și am încercat să nu mă desprind de haina lui nici pentru toate comorile din lume. Mi-am strâns pleoapele cât puteam de tare. Degetele mi s-au împletit pe abdomenul lui, de parcă de asta ar fi depins viața mea.

Următoarea bubuitură care a răsunat a fost cea mai puternică. Atât de puternică, încât mi-a zbârnâit în urechi. A fost însoțită și de alt sunet foarte neplăcut. Și apoi o forță imensă aproape că m-a smuls de pe motocicletă.

Nu, trebuie să mă țin de Tony, să mă țin de Tony!

Așa mi-am strigat în gând, dar cu voce tare nu am reușit să scot niciun cuvânt. Nu reușeam decât să țip necontrolat. Sau poate că strigam doar în mintea mea? Zburam. Nu mai îmbrățișam pe nimeni. Am zburat până când am simțit o izbitură. Poate că m-am târât pe pământ. Ciudat, nici măcar nu m-a durut. Dar nu puteam să trag aer în plămâni, ca și cum aceștia ar fi încetat brusc să mai funcționeze. Nu știu de ce, dar asta nu m-a deranjat. Se întâmpla ceva ciudat, doar că nu înțelegeam ce. Stai puțin, oare mă rostogoleam?

Am închis ochii.

I-am deschis.

I-am închis.

I-am deschis din nou, o secundă, un minut sau o oră mai târziu... Stăteam întinsă pe un așternut rece. Eram înțepenită, nu puteam să mă ridic. Am întors capul – casca mă apăsa. În jurul meu, parcă totul zăcea întors pe o parte. Cu ochii întredeschiși am văzut cum nu departe de mine se oprește o motocicletă. Vedeam roțile și picioarele unui bărbat care stătea alături pe pământ. Probabil că era la câțiva metri de locul în care zăceam eu. Oh, cu siguranță că era Tony. Probabil că i-am dat drumul pur și simplu și am căzut. Nu contează, o să mă ajute imediat.

Aproape că am leșinat când bărbatul și-a dat jos casca și i-am văzut capul chel. M-a cuprins un val de panică. Nu era Tony. Era alt individ pe altă motocicletă. Cine este acesta și atunci unde s-a dus fratele meu?

Acum era liniște, prea multă liniște. Păsările ciripeau nevinovate, iar soarele se întrezărea printre copacii desfrunziți. Eu tot nu mă puteam mișca, așa că priveam în fața mea. Bărbatul și-a pus fără grabă casca pe scaunul vehiculului său.

Acum vedeam că era o motocicletă foarte diferită de motocicleta lui Tony. Avea ornamente galbene și era plină de noroi. Iar Tony avea la fel de multă grijă de vehiculul lui ca și de el însuși.

Nu-i vedeam foarte bine fața, dar când s-a întors, am constatat că era un bărbat în toată firea, în jur de patruzeci de ani. Eram atât de concentrată să-i analizez fața congestionată, încât am oftat încet când am văzut că din senin în mâna lui a apărut un pistol de argint.

Nu, vă rog, nu.

Numai asta nu. Nu din nou.

Privind fix într-un singur punct de pe pământ (care se afla, de altfel, destul de aproape de mine), a făcut câțiva pași în acea direcție.

— Monet.

Parcă vorbea pe nas, dar nu în felul acela amuzant, dimpotrivă, la auzul vocii lui m-am cutremurat. Mi-am dorit să mă trezesc cât mai repede din acest vis urât.

Bărbatul a mai făcut un pas și atunci am înțeles de ce stătuse așa la pândă.

Doamne, acela era Tony? Tony era cel care zăcea acolo?

— Te-am prins, băiete.

Tony avea nevoie de ajutor?

Mi-am forțat corpul să coopereze. Nu puteam să stau așa degeaba, întinsă aici pe jos. La urma urmei, nu mi se întâmplase nimic, așa că trebuia să mă ridic, să fac ceva util. Am mișcat mai întâi un deget, apoi o mână și apoi piciorul stâng. *Bine, asta e bine* – am continuat să-mi repet în minte.

M-am întins pe o parte și, cu mare efort, m-am ridicat în mâini. Nu am reușit nici măcar să mă așez în capul oaselor, dar cel puțin mi s-a lărgit câmpul vizual. Am clipit pentru că mi se învârtea capul și abia după un timp l-am văzut pe Tony. Tocmai se ridicase și el în picioare și părea puțin amețit. Era roșu la față și părul umed de sudoare i se lipise de frunte. Probabil că își smulsese casca din cap cu câteva secunde mai înainte și o aruncase într-o parte, pentru că aceasta se rostogolise în zbor până când se lovise de creanga unui copac din apropiere. Atunci mi-am dat seama că eu încă o mai aveam pe a mea pe cap.

Am privit într-o parte, la picioarele mele, și m-a inundat un val de panică. Șosetele mele albe trei sferturi erau rupte pe gambe. Acolo se forma acum o pată mare de sânge. Priveliștea m-a îngrozit, am scos un strigăt înăbușit, smucindu-mă violent din loc. În plus am simțit și o nevoie bruscă de a-mi scoate casca aia nenorocită de pe cap. Începuse să mă stânjenească, mă îngreuna și mă încurca. Cu această agitație am făcut mult zgomot și am atras asupra mea atenția bărbatului care până acum stătuse aplecat deasupra lui Tony.

— Oh, a suspinat el când am scăpat în sfârșit de casca de pe cap și a putut să-mi vadă fața în toată splendoarea ei. Buzele subțiri ale gurii lui mari s-au lățit într-un zâmbet sinistru, în timp ce mă scruta cu ochii lui de porc. Cine s-ar fi așteptat!

Tony a încercat să-și schimbe poziția. Faptul că nu putuse să se ridice de atâta timp însemna că fratele meu nu era în cea mai bună stare, ceea ce mă îngrijora și mai mult. Am întins gâtul ca să-i văd expresia feței sau orice altceva care m-ar fi putut ajuta să îi evaluez starea, dar din poziția mea nu reușeam să văd prea mult. Mai mult, bărbatul l-a lovit brusc, fără grabă, dar puternic, cu piciorul în gleznă. Tony a gâfâit, iar bărbatul a rânjit și mai larg.

— Și eu care credeam că ești cu vreuna din fufele tale... Eram chiar dezamăgit, pentru că speram să te prind împreună cu unul dintre frățiori.

Bărbatul a tăcut pentru o clipă, privind la mine cu o satisfacție crescândă.

— Dar acum văd că este, de fapt, micuța Hailie Monet.

Mă uitam la bărbat din ce în ce mai înspăimântată. Îmi venea să vomit, dar tot nu găseam puterea să mă ridic.

El a râs și a clătinat din cap.

— Soarta ține cu mine astăzi.

— Ce naiba vrei să spui? a mârâit Tony.

Vocea îi era slabă, înăbușită, pentru că reușise să se sprijine de un copac și să se strângă lângă el în poziție semighemuită, dar se pare că efortul acesta îl costase multă energie. Eram de-a dreptul îngrozită, văzându-l pe fratele meu, care întotdeauna făcea pe durul și care, în mintea mea, era practic invincibil, într-o situație atât de deplorabilă. Mă îngrijora mai mult decât piciorul meu însângerat sau pistolul care strălucea în mâna atacatorului nostru chel.

— Am un mesaj pentru Vincent Monet, a răspuns el. Și conținutul lui va fi... cadavrele celor doi frați mai mici ai săi.

Tony a încercat să se ridice în picioare, agățându-se spasmodic de trunchiul putred.

— Idiotule, o să te omoare!

— Poate, asta dacă află că sunt eu.

Bărbatul a ridicat din umeri, urmărind indiferent sforțările lui Tony.

— Dar dacă fantoma ta nu-l bântuie în somn și nu-i spune, atunci dragul tău frățior nu va face decât să înnebunească de neputință.

Nu fusesem niciodată atât de speriată în viața mea, și totuși aveam sentimentul că gravitatea situației încă nu ajunsese până la mine.

— Nu-ți face griji, nu sunt un monstru. Mai întâi o voi ucide pe surioara ta mai mică, ca să nu fie nevoită să-și vadă fratele murind.

Am încremenit în timp ce el a îndreptat arma spre mine.

— Sper că vei aprecia gestul meu.

Tremuram din toate încheieturile. Vorbea despre mine. Oh, Doamne, acest om vrea să mă omoare. *O să mor.*

— Are doar cincisprezece ani! Nu știe nimic, nu are nimic de-a face cu Organizația! a răcnit furios Tony, regăsindu-și în sfârșit vocea răsunătoare.

— Îmi pare rău, dragă, s-a întors spre mine aproape cu compasiune, deși, cu siguranță, falsă. Știu că nu ți-ai ales singură numele de familie. Nu e vina ta, dar, ei bine, așa stau lucrurile în lumea asta.

Cu buzele întredeschise, m-am uitat în ochii lui întunecați, incapabilă să mă mișc sau să spun ceva. Cu vocea sugrumată în gât și cu fiori reci pe șira spinării, am privit cum bărbatul a ridicat pistolul și l-a îndreptat direct spre mine. În ultimele zile, era a doua oară când cineva țintea spre mine.

De data aceasta, însă, se părea că voi muri cu adevărat.

Voi muri.

Și apoi, brusc, totul s-a precipitat în așa măsură, încât încă nu sunt sigură că mintea mea a reușit să înregistreze toate evenimentele, nici dacă succesiunea lor este corectă. Știu că am auzit o bubuitură, care a fost o împușcătură de pistol, și încă una, și încă una, apoi am simțit o durere când ceva greu m-a trântit la pământ. Nu mai puteam respira. Era prea mult.

Mi-am pierdut cunoștința, dar probabil doar pentru câteva secunde, deoarece când am deschis ochii din nou, l-am văzut pe Tony cum se clătina în picioare chiar în fața mea, întors cu spatele la mine. Ținea o mână întinsă în față. În ea avea pistolul lui negru.

Mi-au ajuns la urechi înjurături puternice.

Și mi-am pierdut din nou cunoștința.

25

ȚINE-TE BINE, PUȘTIULE!

Încă o dată.

M-am uitat la țeava pistolului îndreptată în direcția mea. Nu pot să descriu ce am simțit în acel moment. A fost altfel decât cu Jerry. Până la urmă, Jerry nu făcuse decât să mă amenințe, însă bărbatul din fața mea tocmai ridicase concentrat pistolul cu intenția de a mă ucide cu sânge rece.

Am vrut să mă uit la Tony. Știam că, în ciuda tuturor ciocnirilor noastre furtunoase, era totuși fratele meu, făcea parte din familia mea, iar chipul lui, deși în general atât de indiferent, mi-ar fi adus consolare în acele ultime momente.

Dar nu-mi puteam lua ochii de la armă. De parcă privirea îmi căzuse într-o capcană. Credeam că voi muri în clipa următoare. Nu voiam asta. Până acum, nu mă gândisem decât o singură dată la propria moarte și asta fusese imediat după ce fusesem informată despre accidentul în care muriseră mama și bunica mea. Primul meu gând în acel moment fusese: „Ce mă voi face în această lume fără mama mea?“ Mă gândisem să pornesc pe urmele ei, dar numai într-o singură noapte, cu adevărat grea, când nu am putut dormi și am vărsat o mare de lacrimi. În ziua următoare aflasem că am frați.

Deși îmi era foarte tare dor de iubita mea mamă, nu eram pregătită să mor.

Însă bărbatul chel nu mi-a cerut deloc părerea. S-a auzit pocnetul unui pistol automat, pe care îl cunoșteam foarte bine din filme și mi-am strâns pleoapele de frică. Inima îmi bătea nebunește.

O împușcătură.

Țipătul meu a fost acoperit de alte câteva împușcături rapide. Apoi au răsunat mai multe înjurături.

M-am trântit la pământ. Mi-a trebuit un moment ca să-mi revin și să înțeleg ce se întâmpla. În fața mea, cu spatele la mine, stătea Tony în genunchi. El era cel care mă împingea. Cu o mână se sprijinea de pământ, iar cu cealaltă, în care avea pistolul, țintea în fața sa.

La fel de repede cum îmi pierdusem cunoștința, mi-am recăpătat-o.

A tras din nou, probabil de două ori. Auzeam în continuare înjurături.

Spatele lui Tony îmi obstrucționa puțin vederea, dar am reușit să văd cum cheliosul fugea din fața gloanțelor fratelui meu. Șchiopăta, și șchiopăta serios. S-a aruncat pe motocicleta cu care venise și a încălecat cu stângăcie. Am văzut cum fața lui urâtă se contorsionează de durere, apoi s-a auzit o altă bubuitură, bang! ultima, iar chipul i-a încremenit.

O clipă mai târziu, trupul lui s-a prăbușit peste motocicletă, apoi a alunecat greoi de pe ea și a căzut la pământ. Sub greutatea bărbatului adult, vehiculul s-a clătinat mai întâi periculos și apoi s-a prăbușit într-o parte, strivind corpul nemișcat. Zgomotul produs de căderea motocicletei a răsunat cu ecou prin pădure, până când, în cele din urmă, s-a făcut liniște.

O liniște relativă, căci o clipă mai târziu mi-am dat seama că, în fața mea, Tony gâfâia puternic din cauza durerii și a efortului. Mi-am desprins privirile de motocicletă și m-am concentrat asupra fratelui meu, care tocmai se întorcea spre mine. Fața lui era palidă, încordată și contorsionată. Arăta de parcă i-ar fi venit să vomite, dar ceea ce mă speria și mai mult era pata roșie imensă care se forma pe cămașa de sub geaca descheiată.

— Tony!

Am vrut să-i spun să se uite în jos, să facă ceva, să oprească sângerarea, orice. Dar el s-a întors ca să se uite la mine.

— Ai pățit ceva? a întrebat el, iar în vocea lui răsuna panica.

Nu puteam să mă mișc și nici nu eram în stare să răspund. Mă uitam fix la el cu ochii măriți. Mi-am încrețit și eu sprâncenele, întrebându-mă ce aș fi putut să pățesc.

Am tresărit când a pocnit din degete chiar în dreptul tâmplei mele.

— Hei, vorbește!

Am clipit, dar nu a reușit să mă scoată din șoc cu asta. Mă holbam prostită la mâna lui. El, pe de altă parte, nu a pierdut timpul. Neprimind niciun răspuns, a început să caute singur un răspuns la întrebarea sa.

Mâinile lui mi-au dat părul la o parte, apoi au coborât pe fermoarul canadienei mele și l-au desfăcut cu o mișcare rapidă. Toate mișcările lui erau violente și foarte puțin delicate. Aproape că mi-a rupt cămașa de uniformă atunci când a răsucit-o în sus cu o altă smucitură. Am simțit cum aerul rece vine în contact cu pielea mea goală. În condiții normale, l-aș fi acuzat pe Tony că îmi invadează intimitatea, dar el și-a terminat inspecția cât ai clipi din ochi, mi-a tras cu nepăsare cămașa înapoi în jos și și-a înclinat capul pe spate, lăsând aerul să iasă din plămâni.

— Nu ai nimic.

— Tony... am rostit eu ceva mai tare. Cu toate acestea, vocea mea abia dacă se auzea, așa că am horcăit și am încercat din nou. Tony!

El, însă, m-a ignorat și era acum concentrat pe următoarea activitate. A scos un telefon din buzunarul de la geacă.

— Tony, sângerezi...

— La naiba, a murmurat pentru sine, apoi a șuierat tare printre dinții încleștați, după ce încercase să se ridice. Și-a ridicat privirea de pe ecranul telefonului mobil. Poți să te ridici?

M-am uitat inconștientă la picioarele mele. Stăteam culcată. Stai, ce mă întreba?

— Hailie! a strigat brusc și m-a strâns de umăr ca să-mi atragă atenția. Ascultă-mă! Trebuie să te ridici și să te plimbi pe aici ca să prinzi semnal. Trebuie să-l suni pe Vince și să-i spui ce s-a întâmplat. Ai înțeles?

Nu înțelegeam. Nu mă puteam concentra deloc, totuși am dat din cap pentru că știam că e important.

— Uită-te la mine, a spus Tony, ceva mai calm de data asta, deși își strângea și mai tare degetele pe umărul meu.

Oh, ce bine că nu mai țipa. I-am întâlnit ochii. Niciodată nu fuseseră atât de îngrijorați.

— Dacă nu îți vii în fire, va fi rău de mine. Am nevoie de tine, Hailie. Am nevoie de ajutorul tău.

Abia aceste cuvinte au ajuns la mintea mea amorțită. Tony are nevoie de ajutor. Fusese cât pe-aici să mor, iar Tony mă salvase. Iar acum avea nevoie de ajutor. De ajutorul meu.

Dintr-odată m-a inundat un val de frisoane, când am realizat situația în care mă aflam. A fost ca explozia unei bombe care, după un prim moment de buimăcire, m-a făcut să încep să simt totul. Mai întâi mi-a ajuns la creier durerea din picior, atât de cumplită, încât am gemut. Toată partea stângă mă ardea ca un foc viu și mi-am smucit capul ca să privesc în acea direcție și să mă asigur că nu erau flăcări nicăieri. Capul îmi plesnea de durere și de un fel de pulsație oribilă, simțeam că o să explodeze. Respiram spasmodic. Aveam fața umedă de lacrimi. Abia mă puteam mișca, darămite să mă ridic în picioare.

Dar am reușit. M-am ridicat încet în picioare, reținându-mi alte lacrimi. Doamne, cât de cumplit mă durea totul, cât de îngrozitor mă simțeam! *Ești o proastă, Tony zace acolo cu o rană de glonț* – mi-am spus în gând și asta m-a ajutat puțin. Am amețit și m-am agățat de un copac ca să nu cad. Scoarța deosebit de aspră mi-a zdrelit degetele. Cu mâna liberă am început să bâjbâi stângaci în buzunare.

— Nu știu unde este telefonul meu, am șoptit.

— Ia-l pe al meu. Găsește semnalul. Dar nu te îndepărta prea mult, m-a instruit Tony. Vorbea printre dinții încleștați. A întins mâna cu telefonul său mobil. L-am luat și am început să mă învârt în jurul lui, așteptând ca în colțul ecranului să apară mult râvnitele liniuțe.

— Tony, n-ar trebui să sun mai întâi la salvare? am întrebat, trăgându-mi nasul și încercând să mă forțez să gândesc rațional.

— Mai întâi la Vince.

M-am plimbat de jur împrejur șchiopătând și încercând să nu mă lovesc de niciun copac. Țineam telefonul strâns în ambele mâini, nerăbdătoare să găsesc semnal. În timp ce bâjbâiam în jurul meu, cu ochii la ecranul telefonului mobil, era să calc pe ceva care zăcea pe jos. Era o mână de om. Am sărit în sus ca electrocutată. Apoi am văzut o geacă de piele și blugii de culoare deschisă. Nu voiam să mă uit la fața lui, dar privirea mi s-a îndreptat involuntar spre ea.

Am țipat și era să scap telefonul lui Tony din mână.

Concentrându-mă pe căutarea semnalului, nu am observat că mă apropiasem de locul unde se afla răpitorul nostru. Acum îmi era greu să-mi dezlipesc privirile de la fața lui albă ca varul. Avea o gaură de glonț în obraz și ochii larg deschiși. Nu mai aveau expresia bestială de mai înainte, ci priveau în gol în depărtare. Era cel mai înfricoșător lucru pe care îl văzusem vreodată în viața mea.

— Dă-te înapoi și nu te uita la el. Treci pe lângă el. E mort. Nu-ți va face nimic, mi-a spus Tony. Vorbea cu atâta dificultate, încât mi-am dat seama că trebuie să mă adun și să-mi păstrez sângele rece.

Târând piciorul stâng, am mers șchiopătând mai departe, cât mai departe de cadavru. Zgomotul păsărilor de iarnă și foșnetul ușor al vântului în coroane mi se păreau total nelalocul lor. Era ca și cum natura își bătea joc de mine. Mă simțeam amețită. Toți copacii erau identici, la fel de mohorâți și indiferenți. Eram amețită sau mă învârteam în cerc?

Dintr-odată, pe ecran au apărut trei liniuțe.

M-am oprit, tremurând de emoție.

— Am semnal!

— Bravo, acum sună-l pe Vince și spune-i pe scurt ce s-a întâmplat...

Tony s-a întrerupt și a înjurat încet, dar eu l-am auzit și mi-am mușcat buzele. Nu era o glumă, lucrurile stăteau foarte rău cu el. Am căutat cu frenezie prin lista contactelor lui, bătând cu vârful degetelor pe ecran mai tare decât era necesar. Am format numărul fratelui nostru și am pus telefonul la ureche, rugându-mă să răspundă cât mai repede posibil.

Apelul s-a conectat.

Inima îmi bătea nebunește.

— Da?

Niciodată, repet, niciodată nu m-am simțit atât de ușurată la auzul acelei voci reci.

— Vince? am cedat și lacrimile mi-au țâșnit din ochi.

— Hailie? a întrebat el. Am auzit surpriza din vocea lui. A pus imediat o altă întrebare: Unde este Tony?

Am respirat adânc, tremurând, și am început să-i spun ce se întâmplase. Am vorbit într-un mod dezordonat, dar Vince, imediat ce și-a dat seama de gravitatea situației, a preluat complet controlul conversației și a început să-mi pună întrebări concrete. În felul acesta mi-a fost mai ușor să-i spun ce se întâmplase, iar el a primit informațiile de care avea nevoie.

— Ești rănită?

— Nu.

Am auzit cum îi dădea instrucțiuni lui Will cu o voce ascuțită ca briciul. Vorbea despre ambulanță, apoi i-a spus să fugă după trusa de prim ajutor și să vină în garaj. După aceea s-a întors spre mine:

— Hailie, lasă telefonul acolo unde stai, unde există acoperire, și întoarce-te la Tony. Fă ce-ți spune el. Vom fi acolo imediat. Spune dacă înțelegi.

— Am înțeles, am șoptit.

— Repetă ce vei face acum.

— O să mă întorc la Tony...

— Și telefonul?

— Îl las aici. Îl las aici, unde e semnal.

A închis, iar eu mi-am strâns pleoapele cu un oftat de ușurare. Vince va avea grijă de tot. El știe ce are de făcut. Am rămas așa câteva secunde, mândră de misiunea pe care o îndeplinisem, până când am început să fiu scuturată de frisoane neplăcute. Începeam să simt încet-încet frigul de ianuarie.

Am scuturat din cap. Nu era momentul să mă îngrijorez pentru astfel de fleacuri. Nu se terminase încă. M-am hotărât să mă întorc la Tony, iar când l-am văzut, am simțit imediat o înțepătură de panică, pentru că l-am găsit întins acolo gâfâind puternic, cu ochii pe jumătate închiși. Își ținea acum jacheta pe locul rănii, probabil pentru a opri sângerarea.

— Vince va fi aici în curând, l-am anunțat.

Am sperat că aceste cuvinte îl vor liniști. Tony a dat ușor din cap, luând la cunoștință informația. M-am uitat la genele lui lungi, la sprâncenele încruntate de efort și la tatuajele de pe gât care îi ieșeau de sub haine. Am întins mâinile tremurând spre el, dorind să fac ceva pentru a-l ajuta, dar nu știam ce. Nu aveam cunoștințele necesare ca să-i fiu de vreun folos. Mă uram pentru că nu știam cum să acord primul ajutor. Învățasem la școală cum să opresc o hemoragie nazală sau să fac un masaj cardiac, dar nu știam să fac nimic pentru o rană prin împușcare.

— Tony, cu ce te pot ajuta?

— Nu poți, a murmurat el încet, ca și cum ar fi fost deja pe jumătate absent.

Și mi-am amintit de toate acele filme în care răniții își pierdeau încet cunoștința, iar însoțitorii lor strigau atunci întotdeauna panicați: „Nu adormi!", pentru că somnul însemna moarte. Trebuia să înțeleg că același lucru i se întâmpla acum fratelui meu? Oare Tony era pe moarte?

Un fior cumplit de neplăcut mi-a străbătut tot trupul în timp ce-mi imaginam că Tony ar putea să adoarmă lângă mine și să nu se mai trezească niciodată. Într-o clipă, am căzut în genunchi lângă el, ignorând crampele dureroase din piciorul și din șoldul meu. L-am apucat pe Tony de umăr și l-am scuturat cât am putut de tare.

— Ce este? a mârâit el.

— Nu e voie să adormi.

— Păi nu dorm, a mormăit el nemulțumit.

— Atunci deschide ochii.

Nu a răspuns. Și continua să aibă pleoapele lăsate în jos. L-am zgâlțâit din nou, cu și mai multă insistență.

— Cară-te!

— Deschide ochii!

I-a deschis. Și s-a uitat la mine fără chef.

— Dar știu că ești pisă...

— Da, da, sunt pisăloagă, am mai auzit asta, l-am întrerupt eu nerăbdătoare și plictisită de insultele lui neîncetate.

Tony m-a plesnit peste mână. Nu tare, dar nici atât de ușor cum m-aș fi așteptat, având în vedere starea lui. Mâna mi-a luat foc și am gemut, trăgând-o imediat de lângă el.

— Nu înjura, a mârâit el.

În ultimele câteva clipe, Tony rostise probabil în total mai multe înjurături decât cuvinte obișnuite, dar în mintea lui întortocheată, hotărâse că eu eram cea care trebuia să fie atentă la limbaj. Totuși, nu am ripostat, pentru că îmi atinsesem scopul; Tony părea din nou rezonabil de treaz.

— Cine era acest om? am întrebat după un moment de tăcere.

— Nu știu.

Tăcere din nou. Nu știam ce să spun, iar Tony se pare că nu avea chef să abordeze niciun subiect. La un moment dat a închis din nou ochii, iar când am observat că respirația lui începe să se rărească, am intrat din nou în panică.

— Tony! Tony! am strigat, mișcându-i mâna, dar el doar s-a strâmbat ușor.

Fă ceva, Hailie.

— La naiba, la naiba, la naiba! am recitat tremurând, dar cu o voce clară.

Jur că nu mai rostisem niciodată ceva care să sune atât de vulgar. Nici nu-mi venea să cred că acele cuvinte ieșiseră din gura mea. Dar Tony a deschis din nou ochii, așa că îmi atinsesem scopul. De asemenea, m-a măsurat cu o privire care îți îngheța sângele în vine. Chiar și într-o situație ca aceasta reușea să mă intimideze.

— Ce te-a apucat?

Apoi am auzit ceva, altceva decât ciripitul enervant de vesel al păsărilor. Era un motor. Mi-am întors capul, implorând cu fiecare celulă din corpul meu să fie cineva care să vină să ne ajute.

— Vine cineva, i-am șoptit lui Tony, fără să-mi desprind privirile de mașina care se zărea în depărtare.

După câteva secunde, am fost aproape sigură că era jeepul lui Will. O altă mașină venea în urma lui. Amândouă depășiseră cu mult limita de viteză, așa că, după doar câteva secunde, au oprit în apropiere. Jeepul negru încă nu frânase complet când Vince a sărit din el și s-a îndreptat spre noi cu pas iute.

Când l-am văzut, abia mi-am stăpânit un strigăt de bucurie. Mi se părea că este un supererou, nu-i lipsea decât pelerina. Trebuie să fi plecat de acasă în mare grabă, căci nu-și pusese nici măcar o jachetă peste cămașă. Avea fața palidă și ochii concentrați. Avea de îndeplinit o sarcină și nu avea de gând să dea greș. A trecut complet impasibil pe lângă cadavrul motociclistului, aruncându-i doar o privire fugară.

Chiar în spatele lui pășea Will. Din cea de-a doua mașină, de asemenea neagră și mare, au coborât doi bărbați voinici. Când a trecut și Will pe lângă cadavrul bărbatului mort, a pocnit din degete și s-a întors spre ei, arătând spre acesta și strigându-le ceva. Nu am înțeles ce, pentru că atenția mea era concentrată pe Vincent, care tocmai se ghemuise lângă mine și Tony.

Privirea lui ageră a alunecat într-o clipă de la piciorul meu însângerat la ochii umflați de plâns, apoi la fața schimonosită de durere a lui Tony, care încă își ținea jacheta apăsată pe rană. Era clar că-și pierdea puterile, pentru că o apăsa din ce în ce mai slab.

Vincent și-a stabilit imediat prioritățile și s-a repezit în ajutorul fratelui său. M-am așezat lângă el și am privit năucită cum îi scoate din mâini jacheta rulată și îmbibată de sânge, cum o pune deoparte și examinează apoi cu un calm stoic rana urâtă de pe abdomenul sculptat al lui Tony. Mai că îmi venea să vomit, văzând atâta sânge, dar nu am îndrăznit nici măcar să scâncesc.

— A ieșit prin partea cealaltă? a întrebat Will, îngenunchind brusc lângă noi, alături de fratele său rănit.

— Nu, și nici nu-l văd, a murmurat Vince, examinând cu atenție rana și, când a atins-o, sărmanul Tony a tresărit, dar și-a înăbușit țipătul.

Will i-a pus o mână pe umăr și cu cealaltă l-a mângâiat pe cap.

— Gata, ține-te bine, puștiule. Ambulanța va fi aici în curând, i-a spus el blând.

Am fost atât de ușurată auzind aceste cuvinte! M-am uitat în jur prin pădure, ascultând urletul sirenelor, furioasă că ambulanța vine atât de încet. Ar fi trebuit să fie aici prima, dar Will și Vince reușiseră să apară înaintea ei. Privirea mi-a căzut pe bărbații care dădeau târcoale în jurul motociclistului mort. Lucrau aproape în liniște. Aveau mănuși de cauciuc. Unul dintre ei se aplecase peste trupul decedatului, în timp ce celălalt închidea o pungă transparentă în care tocmai pusese ceva. Mi-am încruntat fruntea, întrebându-mă ce făceau de fapt. Nu păreau că încearcă să scape de cadavru și nici de armă.

M-am uitat din nou la Tony, apoi la stratul de frunze din jur, pe care stăteam. Bineînțeles arma... Am căutat cu privirea pistolul pe care îl folosise fratele meu. Știam că trebuie să fie aici, pe undeva, și nici măcar nu a trebuit să-l caut foarte mult ca să-l găsesc chiar lângă piciorul meu.

M-am întins să-l iau și să-l înmânez fraților mei.

— Lasă-l, mi-a ordonat Will.

M-am uitat speriată la el. Vocea lui părea atât de severă, încât pe moment mi s-a făcut rău. Mi-am pus palma pe piept.

— Nu ai voie să atingi armele, ții minte? mi-a reamintit el puțin mai blând.

Am lăsat capul în jos. Îmi venea să-i spun că da, îmi amintesc foarte bine, dar este o situație de urgență și am putea uita de reguli pentru o clipă, nu-i așa?

Tony a gemut, iar eu mi-am concentrat imediat atenția asupra lui. După fața lui palidă îmi dădeam seama că starea lui se înrăutățea. Vincent s-a uitat la rana lui, dar nu era chirurg și nu putea să-l salveze. Începusem să intru în panică. Singurul lucru care ar fi putut să mă calmeze în acest moment era sirena ambulanței și aproape că am izbucnit în plâns când în sfârșit s-a auzit, devenind treptat tot mai clară.

— Ați luat totul? i-a întrebat Will pe cei doi bărbați care zăboveau încă printre copacii din jur, ca și cum ar fi căutat ceva.

Aceștia au dat din cap și s-au conformat când Will a adăugat:

— E timpul să plecați de aici.

— O clipă, Tony, l-a încurajat Vince pe fratele său, bătându-l ferm pe obraz. Avea mâna murdară de sângele lui și îi lăsase urme și pe față. Tony avea ochii din nou închiși, dar la gestul lui Vince, și-a fluturat pleoapele.

Am stat liniștită și nu m-am mai luptat cu lacrimile. Le-am lăsat să curgă în voie pe obraji și asta pentru că i-am observat pe cei doi frați mai mari ai mei. Am văzut la ei ceva ce ascundeau foarte bine. Frica.

Iar dacă Vince se temea, înseamnă că era chiar foarte rău.

Câteva momente după ce cei doi bărbați misterioși plecaseră cu mașina, în luminiș au apărut două ambulanțe și, câteva minute mai târziu, și echipajele de poliție. Mai întâi i-au acordat asistență lui Tony. Vincent a vorbit cu unul dintre paramedici. Polițiștii se învârteau în jurul cadavrului, unul dintre ei s-a apropiat și de Will și a început să-i pună câteva întrebări.

Priveam toate acestea ca de după o cortină, când deodată cineva a fluturat o mână în fața ochilor mei. Mi-am concentrat privirea împrăștiată și îngrozită asupra chipului care apăruse în fața mea. O femeie tânără cu părul prins într-o coadă de cal și cu un costum reflectorizant de paramedic mă privea cu blândețe.

— Hei, mă auzi? a întrebat ea.

Cred că repeta întrebarea pentru a mia oară, dar de abia acum ajunsese la mine și am reușit să dau slab din cap.

Apoi a început să-mi pună întrebări despre cum mă simțeam și ce mă durea. De asemenea, m-a întrebat dacă se poate uita la piciorul meu.

— Se pare că are o tăietură, dar nu este rupt, a mormăit ea către celălalt paramedic, care tocmai se apropiase de noi. Poți să mergi?

Am încuviințat din nou din cap, cu gândurile în altă parte. Se întâmplau prea multe lucruri în jurul meu. I-am văzut pe ceilalți paramedici cum îl urcau în grabă pe Tony pe o targă și apoi în ambulanță. Vince mergea alături, ținând mâna cu inelul cu sigiliu pe pieptul lui și îi spunea ceva repede. Ochii lui Tony erau închiși, așa că nici măcar nu era clar dacă auzise ceva. Will s-a apropiat și el, dar după o clipă a luat-o la fugă spre jeepul său și, când ambulanța a plecat cu sirena pornită, a pornit în urma ei.

— Cum te cheamă?

Era tânăra paramedic. Încerca să vorbească cu mine în timp ce colegul ei stătea aplecat peste piciorul meu. Am clipit, privindu-i chipul drăguț, și deodată am izbucnit în plâns. Nu mai era un plâns obișnuit, acum urlam ca un copil mic.

Paramedicii au început imediat să mă calmeze, iar eu mă simțeam încolțită de ei. Vocea blândă a femeii a început să mă irite. Cineva se aplecase peste piciorul meu, altcineva îmi ridicase bluza și mi-a atins abdomenul încordat cu degetele reci.

— Calmează-te, dragă, trebuie să ne lași să te ajutăm, îmi spunea femeia cu blândețe, dar eu nu voiam să o ascult. Am lovit ceva sau pe cineva cu piciorul rănit și am țipat când corpul mi-a fost zguduit de un val de durere.

Am simțit un braț puternic care îmi cuprinsese umerii.

— Hailie, liniștește-te, mi-a murmurat Vince în ureche.

Vocea lui rece, de care de obicei îmi era teamă, avea acum un efect ciudat de liniștitor. Încă plângeam și respiram mult prea repede, dar am încetat să mă mai zbat.

— Are un atac de panică, a spus bărbatul care se ocupa de piciorul meu.

Nu știu ce s-a întâmplat exact o clipă mai târziu, dar am auzit că paramedicul și Vincent au schimbat cu voce scăzută câteva propoziții. Nu a trecut mult timp și am simțit o înțepătură, am tresărit, iar pleoapele au început să mi se îngreuneze.

— Vince... am gemut.

M-am agățat strâns de cămașa lui. Nu știam ce se întâmpla și eram cumplit de speriată. Nu eram sigură dacă pot să mă las în voia acestei senzații, dar presupuneam că nu voi fi în stare să mă lupt prea mult timp cu somnolența bruscă.

— Odihnește-te, Hailie. Închide ochii, mi-a murmurat Vince la ureche.

Aveam totală încredere în el, așa că m-am liniștit, m-am lăsat în voia valului de somn și în cele din urmă am adormit.

26

UN VIS URÂT

Când m-am trezit mă durea peste tot. Rana de la picior mă ardea neplăcut și tot șoldul stâng îmi zvâcnea. Capul îmi plesnea de durere și asta m-a făcut să mă simt pe moment dezorientată. Am deschis pleoapele și am privit de jur împrejurul încăperii luminoase. L-am observat aproape imediat pe Will care stătea în ușă. Avea un hanorac gri, stătea sprijinit de cadrul ușii și vorbea la telefon, netezindu-și părul zburlit. Se uita la podea, încruntându-și ușor sprâncenele. În afară de el, nu mai era nimeni aici.

Am vrut să îl întreb ce se întâmplă, dar nu a ridicat privirea un timp, iar vocea mi s-a oprit în gât. M-am concentrat și mi-am reactivat memoria, am revăzut evenimentele din pădure, și mai că mi-a venit să gem sub apăsarea bruscă a amintirii lor. Motocicleta, împușcăturile, Tony rănit, mortul... M-au trecut fiori când am revăzut în minte toate aceste imagini.

Tony rănit.

M-a copleșit un val de fiori reci. Tony.

— Hailie s-a trezit.

Am auzit cuvintele lui Will. Se uita acum la mine și s-a apropiat de patul meu. Mi-a aruncat un zâmbet blând, care, totuși, nu a ajuns la ochii lui încercănați.

— Da, ținem legătura. A închis și a pus telefonul în buzunarul pantalonilor săi negri.

— Bună, m-a salutat el și m-a mângâiat pe obraz. Atingerea lui era atât de liniștitoare, încât îmi venea să-i iau mâna și să o țin lipită de fața mea. Cum te simți?

Am vrut să ridic din umeri drept răspuns, dar mi-a fost teamă de durere, așa că mi-am curbat doar buzele în formă de potcoavă.

— Te-ai lovit și trebuie să-ți menajezi piciorul, dar vei fi bine, a spus el și s-a așezat pe scaunul de lângă mine.

Am deschis gura și abia după câtva timp am reușit să articulez un sunet.

— Ce face Tony?

Will s-a uitat în altă parte. Abia acum am observat cât de încordați îi erau umerii.

— A fost operat. Nu s-a trezit încă.

— Dar se va trezi în curând, nu-i așa?

Will s-a uitat din nou în ochii mei.

— Cu siguranță, a șoptit el și și-a pus mâna mare peste pumnul meu mic.

— Adică s-ar putea să nu se trezească? am strigat cuprinsă de panică.

Într-o clipă, inima a început să-mi bată mai repede și ochii mi-au ieșit din orbite. Capul îmi zvâcnea și el periculos, anunțând un alt val de durere.

Will a început imediat să mă liniștească din nou și să mă mângâie pe față.

— Se va trezi. Organismul lui Tony este tânăr, puternic și sănătos. Trebuie doar să i se dea un răgaz ca să-și revină. Asta e tot, mi-a explicat el cu răbdare, dar, cum buza mea inferioară continua să tremure, a adăugat: Liniștește-te, micuțo, se va face bine.

Am încercat să cred aceste asigurări. Ce altceva îmi mai rămânea? În fond, nici nu-mi puteam permite să cred altceva, decât că Tony se va face bine.

— Hailie... a început Will cu o voce schimbată. Chiar mai gravă. Tonul lui m-a făcut să-mi concentrez din nou toată atenția asupra lui. Îmi pare rău. Nu ar fi trebuit să se întâmple așa ceva.

Mi-am încruntat sprâncenele.

— Dar nu e vina ta.

Will a suspinat și și-a întors din nou privirile.

Imediat după aceea a intrat o asistentă, pe care – după cum am constatat – la un moment dat, în timpul conversației noastre, Will o chemase apăsând un buton aflat pe perete deasupra capului meu, pe care nu-l observasem. Era o femeie mai în vârstă, cam plinuță, cu un chip foarte prietenos. Câteva clipe mai târziu, a apărut și un doctor, un bărbat, de asemenea în vârstă și prietenos, dar cu o atitudine mult mai formală. M-a examinat, mi-a pus câteva întrebări și, în cele din urmă, a rostit verdictul: puteam să merg acasă.

Mi s-a luat o piatră de pe inimă. Mă voi simți mult mai în siguranță acasă decât în acest spital mare. Aici mi-era teamă că, dacă adorm sau dacă Will pleacă undeva, cineva precum acel chelios ar putea veni să termine treaba începută.

Când am fost externată, era ora nouă dimineața. Asistenta m-a ajutat să mă schimb și să-mi pun un trening, adus noaptea trecută de acasă de unul dintre frații mei. M-a avertizat să am grijă de piciorul meu și să nu-l suprasolicit. În timp ce mă îmbrăcam, am scos un strigăt înăbușit când am văzut pata vineție uriașă care se întindea pe toată partea stângă a corpului meu – de la piept până la coapsă. Aveam și o mulțime de zgârieturi. Am observat că Will, care la rugămintea mea rămăsese cu mine și, în ciuda indicațiilor asistentei, nu părăsise încăperea, strânsese din pumni când îmi văzuse trupul lovit.

— Aș vrea să-l vizitez pe Tony, i-am spus eu după ce m-am îmbrăcat și m-am dat jos din pat.

Fratele meu m-a înconjurat cu brațul lui puternic, iar eu m-am sprijinit de el, astfel încât să ușurez cât mai mult posibil solicitarea piciorului. Will s-a oferit să mă ducă în brațe până la mașină, dar nu am fost de acord. Nu voiam să mă dau în spectacol.

— Nu acum.

— Acum.

— Nu acum, Hailie, a repetat el ferm.

— Dar, Will… Tony mi-a salvat viața, am șoptit.

M-am oprit în loc, încercând să-l forțez să facă același lucru. M-am uitat rugătoare în ochii lui, iar el s-a înmuiat imediat.

Nu avusesem încă timp să mă gândesc în profunzime la acest lucru, dar știam în mod clar: Tony chiar îmi salvase viața. Fratele meu, cel cu care aveam relația cea mai ambivalentă, îmi salvase viața. Primise glonțul care urma să mă ucidă. Probabil că exact așa s-ar fi întâmplat - m-ar fi ucis. Nu eram nici pe jumătate la fel de rezistentă ca el. N-aș fi supraviețuit acelui glonț. Nu se știa dacă el însuși va supraviețui.

— Tony a acționat cu mult curaj. Și tu ai fost curajoasă, micuțo. Îți promit că îl vei putea vizita în curând.

— De ce nu acum?

— Abia te-ai trezit, trebuie să-ți revii și tu mai întâi. Nu-ți face griji, Tony nu este singur. Shane stă în permanență lângă el, nu-l va părăsi. Hai să lăsăm lucrurile așa pentru moment, bine?

Am coborât privirile fără prea mare tragere de inimă și am dat din cap.

— Hai la mașină, micuțo.

Mi-am amintit că ieri fusese o zi destul de caldă - motiv pentru care Tony decisese să meargă cu motocicleta. Dar astăzi era invers. Am început să dârdâi imediat cum am ieșit afară. Cel care îmi adusese hainele de schimb uitase să ia și o haină mai călduroasă. Dar nu a fost o problemă, pentru că Will s-a oprit și o clipă mai târziu umerii mei erau înfășurați în paltonul lui. Mașina era parcată foarte aproape, așa că nu am dârdâit prea mult timp; am apreciat totuși gestul. De asemenea, m-a ridicat ca să mă pot urca în jeepul înalt fără să-mi solicit piciorul. M-am strâmbat un pic, când mi-a atins vânătaia, deși se străduise să fie foarte atent. În schimb, am primit de la el un sărut tandru pe frunte.

La începutul drumului spre casă am rămas tăcută și am privit doar pe fereastră, deși amintirile evenimentelor recente formaseră un amestec de-a dreptul exploziv în capul meu. Aveam nevoie urgentă de o explicație. Ezitam puțin să-i pun întrebări lui Will, deoarece simțeam că la cele mai multe dintre ele îmi răspundea de obicei cu reticență, dar în cele din urmă am decis că, având în vedere evenimentele recente, mi se cuvin anumite explicații.

— Cine... am mormăit, căci aveam vocea foarte răgușită, cine era omul acela?

Will s-a uitat la drum și nu a răspuns un timp, iar expresia de pe chipul lui nu s-a schimbat, ca și cum nu m-ar fi auzit, dar în cele din urmă a spus:

— Nu știm.

Am suspinat adânc și am înclinat capul, privind în sus la tavanul mașinii. Fratele meu mi-a aruncat o privire fugară. Am închis ochii pentru o clipă, iar când i-am deschis, m-am uitat la el. Era din nou concentrat pe condus.

— Will... ce s-a întâmplat ieri? am întrebat pe un ton obosit, învins și rugător.

Și-a luat o mână de pe volan și s-a frecat cu ea la tâmplă. Și el era obosit.

— Omul care te-a atacat probabil că lucrează pentru aceeași persoană cu care Jerry încheiase înțelegerea. Dar în acest moment este doar o speculație.

— De ce...

— Hailie, vorbim acasă, bine? Va trebui să te întrebăm câteva lucruri, dar Vince vrea să fie și el de față.

— Omul acela a spus ceva despre o organizație, știe...

— Nu acum. Will și-a strâns buzele.

— Bine... Dar acum poți să-mi răspunzi la întrebări.

— Mai târziu.

— De ce...

— Mai târziu, Hailie.

— După toate acestea, cred că am dreptul să aflu și eu câteva detalii, nu-i așa?

— Nu mă interesează ce drept crezi tu că ai. Am să-ți spun atât cât cred eu că este cazul și când cred că este cazul.

Tonul tăios al vocii lui nu a făcut decât să mă înfurie și mai tare.

— Un individ era să mă împuște, și eu vreau să știu ce se întâmplă!

— Nu pe tonul ăsta! mi-a replicat Will ridicând și el puțin vocea, cu mai mult efect decât mine.

Tot atunci mi-am dat seama că tocmai parcasem în garaj. Aproape că tremuram de furie și am început imediat să-mi desfac centura de siguranță, strigând în același timp:

— Mă doare-n cot de tonul meu.

— Și uite așa, nu vei mai afla nimic altceva, s-a răstit fratele meu preferat.

— Asta e, oricum nu mi-ai fi spus nimic.

După aceste cuvinte am deschis portiera și am sărit din mașină, strâmbându-mă de durere și înăbușindu-mi strigătul, când am simțit durerea din picior.

— Hailie!

L-am auzit pe Will trântind furios ușa din partea lui și apropiindu-se de mine, în timp ce eu încercam să ajung cât mai repede posibil în casă, la intrare. Încercam să nu șchiopătez, dar nu era ușor. Will m-a ajuns din urmă într-o clipă și m-a apucat de braț ca să mă opresc. M-am uitat la el iritată, dar fața lui furioasă m-a făcut să mă mai potolesc puțin.

— Cui îi faci în ciudă acum? Te întreb cui?

— Nimănui, dă-mi drumul, vreau să mă odihnesc odată!

Am încercat să mă eliberez din strânsoarea lui. În zadar.

— Continuă tot așa și vei ajunge din nou în spital înainte să îți dai seama.

Am tăcut furioasă. Will a dat din cap și ochii lui albaștri sclipeau de furie.

— Da, te duc chiar eu acolo.

— Bine, dă-mi drumul odată, am oftat și mi-am dat ochii peste cap, mai arogantă decât fusesem vreodată până atunci. Voiam ca atitudinea mea să-i arate cât eram de furioasă și de iritată. Will nu a apreciat deloc această manifestare, căci și-a strâns buzele nemulțumit. Nu cred că îl mai enervasem vreodată atât de tare.

— Cum dorești.

M-a cuprins brusc cu brațul și, ferindu-mi piciorul rănit, m-a tras înapoi spre mașină. Am încercat să mă împotrivesc, dar fără prea mare succes. Furia de pe fața mea a fost înlocuită de spaimă în momentul în care Will a deschis portiera mașinii și s-a întors să mă ia în brațe.

Am deschis gura uluită.

— Nu! am țipat când m-a ridicat. Voia să mă așeze la loc pe scaunul pasagerului, dar m-am agățat de el ca un urs koala, aruncându-mi brațele în jurul gâtului lui și împletindu-le strâns.

— Nu, nu, nu, nu, Will!

S-a oprit o clipă, surprins probabil de reacția mea.

— Ai de gând să te comporți cum trebuie? m-a întrebat încet.

Mi-am lipit fruntea pe umărul lui, ca să nu trebuiască să mă uit în ochii lui. Am încuviințat din cap. Furia mea a fost înghițită de frică și de oboseală, sau poate că fusese declanșată tocmai de acele emoții mai devreme? Știam un singur lucru - frații mei rareori aruncau vorbele în vânt, iar eu nu voiam să-mi asum riscul ca Will să mă ducă înapoi la spital. Chiar dacă era doar o amenințare goală.

M-am simțit ușurată când l-am auzit pe Will închizând la loc portiera mașinii și nu m-am opus când a pornit spre casă, ținându-mă încă în brațe. Mă simțeam ca un copil mic, dar de astă dată nu m-a deranjat. Eram atât de copleșită de evenimentele recente, încât aveam nevoie de cineva care să mă alinte.

Și apoi a venit imediat Eugenie și mi-a aranjat cât ai clipi din ochi un pat confortabil pe canapeaua din sufragerie, unde am zăcut tot restul zilei. Will nu era deloc supărat pe mine și se învârtea în jurul meu nu mai puțin decât menajera noastră. La un moment dat, s-a aplecat chiar deasupra mea și, cu o expresie rușinată pe față, mi-a spus:

— Iartă-mă, micuțo, că am ridicat vocea la tine.

Mi-am ridicat privirea spre el și am zâmbit delicat, mișcată de faptul că îi păsa cuiva de aici de sentimentele mele.

— Nu contează.

— Ba contează, Hailie, a suspinat el. Sunt pur și simplu stresat și m-am descărcat pe tine, dar nu am dreptul să fac asta. M-a mângâiat pe cap. Înțeleg că vrei să afli mai multe, și să fii sigură că nu stăm degeaba. Încercăm să clarificăm ambele incidente neplăcute care ți s-au întâmplat recent. Dar avem nevoie de mai mult timp, sunt chestiuni complicate.

Am căzut pe gânduri. Explicațiile lui m-au satisfăcut doar în mică măsură, așa că, încurajată de bunăvoința lui și cu sentimentul că într-adevăr meritam o explicație decentă, după o clipă, am început să-l trag din nou de limbă.

— Este normal ca Tony să meargă cu un pistol la școală? am întrebat în șoaptă, când Eugenie a dispărut ca să pregătească masa, iar Will tocmai se apropiase de ferestre să tragă perdelele, pentru ca lumina soarelui să nu bată în televizor.

A întors capul și mi-a trimis o privire pe sub sprâncene. Nu era încântat că îmi continuam interogatoriul, dar mi-a răspuns.

— De obicei nu merge, Vince i-a interzis. Dar după evenimentele din ajunul Anului Nou, s-a răzgândit. După cum se pare, a făcut bine.

— Și Tony a fost cel care l-a împușcat pe omul acela, nu-i așa?

M-am cutremurat la amintirea feței palide, a ochilor pustii și a găurii însângerate din obrazul individului. Fusesem acolo și știam că Tony o făcuse, totuși trebuia să pun întrebarea.

Will s-a apropiat și s-a așezat lângă mine, privindu-mă cu o expresie gravă pe față.

— Înțelegi de ce a făcut asta?

Am clătinat din cap. Nu-l învinovățeam pe Tony, dar voiam o explicație, orice explicație.

— Erai în pericol.

— Și Tony nu va avea probleme cu legea acum?

— Vom avea grijă să nu aibă.

M-am ridicat într-o poziție semi-șezând, emoționată că în sfârșit începea să-mi spună câte ceva.

— Cine erau bărbații aceia care au venit cu voi în pădure?

Will nu împărtășea această emoție. A încercat să-și aleagă cu grijă cuvintele ca să nu spună prea mult.

— Aceștia sunt oamenii noștri care ne vor ușura propria investigație. Dar nu mai ai de ce să-ți faci griji, Hailie, totul va fi bine. Tony se va trezi din clipă în clipă și totul va reveni la normal.

— Ești sigur că va reveni? Dacă am înțeles corect, persoana care a complotat cu Jerry și cu celălalt om nu vrea doar moartea mea? am întrebat, privind în depărtare cu un aer absent. Prin intermediul lui Jerry a vrut să pună mâna pe mine, dar ieri acel om nu se aștepta să-l prindă decât pe Tony și, eventual, pe Dylan sau pe Shane... Asta înseamnă că și băieții sunt de asemenea în pericol, nu-i așa?

— Încă nu știm exact ce înseamnă asta.

— Și ce e cu această organizație? Ce este aceasta?

Will s-a încruntat și a deschis gura, dar mi-a răspuns Vincent, care tocmai intrase în sufragerie:

— Organizația nu este treaba ta.

Vince avea părul umed și își prindea ceasul în jurul încheieturii. Doar ochii ușor încercănați îi trădau oboseala. Mirosea a proaspăt și a apă de toaletă tare și își pusese o cămașă albă ca zăpada, semn că era pregătit pentru o nouă zi și pentru a face față dificultăților acesteia.

Mai întâi, m-a interogat ca un agent profesionist. Mi-a promis, de asemenea, că va încerca să-și folosească influența impresionantă ca să mă scutească de obligația de a mă prezenta la un interogatoriu adevărat, la care poliția mă va convoca cu siguranță. În fond, murise un om.

El, pe de altă parte, punea întrebările cu atâta profesionalism, încât, fără să-mi dau seama când, i-am spus totul. După chipul lui dăltuit în piatră, îmi era imposibil să înțeleg dacă vreuna dintre informațiile pe care i le dădusem îi făcuse vreo impresie specială. Și nu mi-a explicat nimic în plus față de ceea ce îmi spusese Will, dar nici acest lucru nu m-a surprins. După ce a obținut ce dorea, m-a părăsit, amintindu-mi doar să am grijă de picior.

Evident, se petrecuseră prea multe lucruri pentru ca psihicul meu să nu sufere din cauza asta. Mi-am petrecut tot restul zilei pe canapea și m-am simțit relativ bine, pentru că Eugenie venea mereu să vadă ce fac; am primit și câteva vizite de la Will, care și-a petrecut cea mai mare parte a timpului în biroul lui Vince, făcând Dumnezeu știe ce. Nu m-a deranjat nici măcar vântul care bătea cu furie dincolo de ferestre, atâta timp cât mă puteam cuibări confortabil în așternutul cald.

Dar când, seara, cu ajutorul lui Will, m-am mutat în camera mea, am constatat brusc că nu puteam să adorm. Nu neapărat pentru că dormisem mult în timpul zilei, nici din cauza șuierăturilor vântului de afară. Dar în timp ce zăceam așa, în întuneric, am început să văd lucruri pe care nu voiam să le văd.

Se pare că imaginația mea ignora faptul că bărbatul chel era mort, pentru că individul se plimba acum prin întunericul camerei mele cu un pistol strălucitor în mână, repetând că astăzi soarta fusese de partea lui. Iar când a dispărut, a fost numai ca să reapară o clipă mai târziu. De data aceasta, cu ochii bulbucați, stătea întins într-un colț al camerei mele și, de îndată ce l-am zărit, a început să se ridice încet și atunci i-am văzut și obrazul găurit. A pornit spre mine, trosnindu-și oasele și gemând încetișor...

Atunci nu am mai suportat și m-am ridicat din pat. Am vrut să țip cât mă țineau plămânii, dar vocea mi s-a frânt, astfel încât doar lacrimile mi-au țâșnit de sub pleoape. M-am repezit pe ușă afară, fără să mă uit înapoi. Din nefericire pentru mine, coridorul era și el cufundat în întuneric.

M-am îndreptat spre camera lui Will, fără să mă uit înapoi la ușa de la camera pe care o lăsasem întredeschisă. Am pipăit orbește peretele în căutarea întrerupătorului. Mi-am amintit că era pe aici pe undeva, dar când l-am simțit sub degete, nu a funcționat. L-am apăsat cu disperare, simțind cum o sudoare rece începea să curgă pe mine. La un moment dat am renunțat la lupta pentru lumină și am luat-o la fugă spre ușa lui Will. Nu mi-a păsat ce va crede despre mine, pentru că chiar aveam nevoie de ajutor. Am bătut la ușa lui de câteva ori, cu mâna tremurând, de fiecare dată tot mai nerăbdătoare. Îmi era frică și nu îndrăzneam nici măcar să mă întorc. Aproape că simțeam cum cineva îmi râde în ceafă. În cele din urmă, când ceva m-a gâdilat pe umăr, am apucat clanța ușii și m-am năpustit în camera fratelui meu…

… doar ca să constat că nu era acolo. Patul lui mare era făcut cu grijă, iar ceea ce mă gâdila erau chiar firișoarele de păr de pe mâna mea. Inima îmi bătea din ce în ce mai tare. Peste tot în jur era întuneric și acum îmi era teamă să mă întorc pe hol, iar vuietul vântului de afară se suprapunea peste întreaga scenă, parcă desprinsă dintr-un film de groază.

Unde era Will? Oare tot pe coridorul interzis? Era ultimul loc în care aș fi vrut să-l caut, mai ales în acel moment. Și dacă nici măcar nu se afla acolo? Dacă eram singură? Băieții m-ar lăsa singură peste noapte în această casă mare?

În cele din urmă, îngrozită, leoarcă de sudoare și cu lacrimile șiroind, mi-am adunat curajul de a-mi scoate nasul din dormitorul lui Will și de a mă uita pe coridor. Era încă prea întuneric ca să văd ceva, dar ochii mi se obișnuiseră acum suficient de mult cu întunericul din jurul meu încât să pot distinge formele. Coridorul părea pustiu. Poate că ar trebui să mă duc la parter? Acolo aș putea să aprind luminile și să aștept cumva să treacă această noapte teribilă. Asta dacă acolo funcționa lumina. Dar aici de ce nu funcționa?

Cu pași mărunți m-am apropiat de scară, observând și ascultând atentă tot ce mă înconjura. La jumătatea drumului mi s-a oprit inima în loc, deoarece mi s-a părut că am zărit din nou ceva. În fața mea, departe, dincolo de ușa mea, aproape la capătul coridorului. Am grăbit pasul imediat, privind cu atenție ceea ce mi se părea că văzusem. Nu era decât o lampă, dar eu, hipersensibilă, am văzut în umbra albă fața palidă a unui bărbat chel.

În acel moment, ceva m-a apucat de braț și de data aceasta cu siguranță nu era părul meu care se ridica în sus. Am țipat cât am putut de tare și era cât pe-aci să fac un atac de cord.

— Doamne, ce e cu tine? a întrebat Dylan.

A început să-mi frece umerii și s-a uitat la mine șocat, în timp ce eu urlam și plângeam. Am simțit o mare ușurare când l-am văzut, atât de intensă, încât mă copleșise.

Dylan s-a aplecat și m-a apucat cu o mână de sub bărbie, forțându-mă astfel să mă uit la el, iar cu cealaltă m-a strâns de încheietura mâinii.

— Uită-te la mine și respiră adânc. Odată cu mine. Nu mai mult. Îmi vorbea cu o voce calmă și fermă, care m-a convins să îi urmez instrucțiunile.

La început controlul respirației nu mi-a funcționat prea bine, dar curând am încetat treptat să mai gâfâi și mă înecam numai din când în când.

— Foarte bine, bravo, acum spune-mi, fetițo, ce s-a întâmplat. De ce te plimbi pe întuneric în loc să dormi cuminte?

Nu aveam chef să explic nimic, dar Dylan aștepta un răspuns și mă îndemna din priviri, așa că m-am motivat să i-l dau.

— Am avut un vis urât... am urlat.

Dylan m-a privit încă o clipă.

— Haide, te conduc înapoi în pat, s-a oferit el și și-a pus brațul în jurul umerilor mei, forțându-mă să mă mișc, dar m-am împotrivit din toate puterile.

— Nu!

S-a uitat la mine cu sprâncenele ridicate.

— E miezul nopții. Trebuie să mergi la culcare.

— Te rog, nu vreau… am izbucnit din nou în plâns. M-am agățat strâns de tricoul lui, în timp ce el încerca din nou să mă tragă spre camera mea.

Și-a dat seama că sunt într-o stare jalnică, a respirat adânc și și-a ridicat ochii spre tavan.

— Haide, a mormăit el, iar când m-a văzut că deschid gura să protestez, a adăugat: Ei bine, nu te las singură, haide.

Am avut încredere în el și m-a condus înapoi pe coridor. Nu-l deranja să se deplaseze pe întuneric. Am fost surprinsă când m-a condus în camera lui. Nu mai fusesem niciodată aici. Locuiam deja de atâta timp cu frații mei și nu mai fusesem niciodată în camera niciunuia dintre ei, în afară de Tony.

Dylan a aprins lanterna de la telefon și în încăpere s-a răspândit o lumină slabă.

— S-au ars siguranțele, m-a informat el, iar vântul care bătea cu furie dincolo de ferestre a urlat ca și cum ar fi fost mândru că el se afla în spatele avariei. Nu avem curent.

Mi-a dat drumul și a dispărut imediat în dressingul lui, și-a scos hainele de pe el rămânând numai în boxeri și și-a tras pe el o cămașă largă. Nu am fost șocată să-l văd pe fratele meu doar în chiloți, deși numai cu șase luni în urmă aș fi roșit ca o pătlăgică. Dylan și gemenii se plimbau adesea dezbrăcați prin casă. Uneori mă gândeam că, dacă nu aș fi locuit și eu cu ei, s-ar fi plimbat complet în pielea goală.

— Culcă-te, a spus el și a arătat cu capul spre pat.

M-am uitat la el surprinsă.

— Ori te culci aici, ori te duci la tine în cameră. Repede, până nu mă răzgândesc.

A funcționat și m-am urcat imediat în pat, dând la o parte cuvertura de culoare închisă de pe partea mea.

— Ce-ți face piciorul? m-a întrebat el, văzând cu câtă grijă îl bag sub plapumă.

Am ridicat din umeri. Mă durea. L-am cam suprasolicitat, alergând prin casă și fugind de fantome.

Dylan a dispărut în baie, iar eu m-am relaxat în patul lui. Știam că era pe aproape, îl auzeam, așa că nu mai eram chiar așa de speriată. În cele din urmă m-am liniștit și nu a mai trecut mult până când am simțit că moțăi. Eram deja aproape adormită când fratele meu s-a întors și s-a întins lângă mine. Îi simțeam privirea ațintită asupra mea, atât de intens încât am desfăcut pleoapele și, pe jumătate conștientă, i-am răspuns la fel.

— Will a spus că te-ai lovit și ai o vânătaie.

— Mhm, am șoptit și am închis din nou ochii, dar am dat plapuma la o parte pe pipăite și mi-am tras pijamaua în sus.

Nici măcar nu era nevoie să mă uit la vânătaie. Știam bine că era tot acolo, înfricoșătoare, mare și urâtă.

Când a văzut-o, Dylan a tras adânc aer în piept, apoi l-a lăsat să iasă încet. Mi-am tras pijamaua la loc și mi-am băgat mâna sub obraz, pregătindu-mă în sfârșit pentru un somn binefăcător.

Am mai simțit cum fratele meu mă acoperă la loc cu plapuma, apoi întunericul de sub pleoapele mele s-a adâncit când a stins lanterna.

Îmi era cald și bine și, lucrul cel mai important, nu mai eram speriată, nu cu Dylan lângă mine. Probabil că avea undeva la îndemână un pistol. Și, pentru prima dată, acest gând a avut darul să mă liniștească.

Am adormit alături de el și m-am simțit în siguranță. Și în acea noapte nu am mai visat nimic urât.

27

NU AI PENTRU CE!

Când m-am trezit, am avut o mini-criză. Nu am recunoscut imediat încăperea în care mă aflam. Abia când, după un timp, am auzit un sforăit strașnic lângă urechea mea, mi-am amintit că noaptea trecută Dylan mă găzduise în camera lui.

L-am privit câtva timp. Acum, calmă și odihnită, am apreciat și mai mult gestul lui de aseară. Deși mă călca pe nervi în fiecare zi, trebuia să recunosc că avea și el momentele lui și mi-o dovedise încă o dată.

Așa, cufundat în somn, părea destul de inocent. Fără zâmbetul acela răutăcios sau privirea iritată. Aș fi putut să mă strecor pe nesimțite afară din camera lui, dar am decis să încerc să mai dorm puțin. Aveam nevoie de apropierea unei ființe umane și, cum nu prea aveam parte din belșug de așa ceva, am vrut să profit la maximum de această ocazie.

Trei ore mai târziu, m-am trezit pentru a doua oară în acea dimineață. Acum eram deja singură în pat. Stăteam ghemuită pe partea sănătoasă, acoperită cu plapuma până sub bărbie. Mai întâi s-a făcut simțit piciorul meu. Mă durea mai mult decât ieri. Nu cred că avusesem grijă de el așa cum trebuie. Apoi s-a trezit vânătaia. I-am aruncat o privire rapidă și m-am încruntat, pentru că devenea din ce în ce mai groaznică.

Am coborât scările înțepenită. Voiam să mă duc în sufragerie să mă uit la televizor ca ieri, dar am auzit conversații venind dinspre bucătărie și am suspinat încet. Nu-mi era foame, dar știam că, dacă nu mă prezint să iau micul-dejun, am încurcat-o.

Vince, Dylan și Shane stăteau la masă cu cănile de cafea și discutau ceva cu voce scăzută. La vederea lor, și mai ales a lui Vince, m-am cutremurat. Chiar și într-un cadru atât de inofensiv ca bucătăria, să bei o băutură atât de banală precum cafeaua, și dintr-o cană cu un motiv Star Wars, mi se părea nu știu de ce foarte înfricoșător. Și mi-am ferit privirea de Dylan, ca să evit eventualele tachinări despre noaptea precedentă. Cel mai mult mă interesa prezența lui Shane, care, cu ochii foarte încercănați, își savura cafeaua cu înghițituri lacome.

— Tony s-a trezit, m-a anunțat Vincent în semn de salut, întrerupându-și conversația cu băieții.

Tocmai deschisesem gura să întreb de el, iar acum am fost cât pe-aici să vărs cerealele.

Am simțit din nou lacrimi în ochi. Doamne, ce ușurare!

— O să fie bine? am întrebat îngrijorată.

— O să fie bine, a confirmat Vince. Am petrecut noaptea la spital împreună cu Will și Shane. S-a trezit cam acum două ore. Am vorbit deja cu el. Este slăbit, dar își va reveni.

Shane și-a ridicat ochii obosiți spre mine. Ultima dată îl văzusem în cantina școlii, pe care o părăsise în grabă chiar înainte ca Tony și cu mine să fim atacați. De atunci nu se mai mișcase din spital, unde îl veghease pe fratele său geamăn. La gândul acesta, am simțit afecțiune amestecată cu respect pentru el. Știam că frații mei sunt uniți printr-o legătură puternică, dar tocmai în situații ca aceasta se vedea cât de trainică este cu adevărat.

Trebuie să recunosc, totuși, că în adâncul sufletului îmi era teamă să mă întâlnesc cu Shane. Mi-era teamă că mă va învinovăți pentru ceea ce i se întâmplase lui Tony. Ca să se știe: acel glonț îmi fusese destinat, de fapt, mie. El, însă, parase pe neașteptate.

— Da, s-a trezit și a început imediat să se comporte ca prințesa mofturoasă, așa că aș spune că este destul de bine, a chicotit el.

În încheierea raportului a zâmbit amuzat și era zâmbetul pe care îl vedeam la Shane de fiecare dată când glumea. Încă o dată, am simțit o ușurare. Oh, și cât de mare!

Am și chicotit.

— Dar tu cum te simți? m-a întrebat el, devenind serios.

— Bine, am răspuns și i-am aruncat o privire lui Vince. Când pot să-l vizitez pe Tony?

— Mergem la el după micul-dejun. Ce-ți mai face piciorul?

Piciorul meu nu putea părea mai puțin important pentru mine în acel moment, așa că am fluturat din mână.

— Merge.

— Poate că ar fi mai bine să rămâi acasă, a sugerat Dylan, încrețindu-și sprâncenele.

Știu că am ascuns cu stângăcie grimasa de durere.

— N am nimic.

— Abia poți merge.

— Vreau să-l văd pe Tony.

Dylan, un maestru al dezbaterilor, era gata să se ia la harță cu mine, dar Vincent l-a oprit, pentru că a fost de acord să merg cu ei. Din cuvântul lui nu ieșea nimeni. Când am parcat în fața spitalului, mașina lui Shane, care condusese separat, era deja acolo. Am coborât cu grijă din mașină și am intrat în clădirea spitalului, braț la braț cu Vincent și Dylan. Ei știau unde să meargă. Pe drum au schimbat câteva cuvinte între ei, dar eu nu am spus nimic.

În lift, inima a început să-mi bată mai tare, iar în timp ce străbăteam coridorul lung, am crezut că-mi va sări afară din piept. Dorisem chiar de la început atât de mult să-l vizitez pe

Tony, iar acum, când mi-am dat seama că urma să-l văd și că era conștient, am început să mă stresez. Nu m-aș fi mirat dacă frații mei ar fi auzit cum mi se accelerase respirația.

Dar dacă Tony n-o să vrea să mă vadă?

De fiecare dată când îmi imaginasem că îi fac o vizită, nu mă gândisem decât cum să-i arăt recunoștința pentru că mă salvase. Acum, însă, mă gândeam că poate lui Tony nu-i pasă deloc. Trecuse prin atât de multe și – oricum ai lua-o – numai din cauza mea. Brusc, mi-am încetinit puțin pasul. Poate că nu este o idee bună să mă duc la el?

Dar nu mai aveam de ales. Am înghițit în sec, încercând să nu atrag atenția niciunuia dintre frații mei și mi-am ridicat capul. Cel mult, Tony o să mă certe. Ce să-i faci, o să suport cumva.

Fără să bată la ușă, Vince a apăsat pe mânerul ușii albe discrete, identică cu toate celelalte pe lângă care trecuserăm la rând pe acest coridor. A intrat primul, iar eu l-am urmat. În fața ochilor mei a apărut o încăpere puțin mai mare decât cea în care stătusem eu mai înainte. Avea o fereastră care dădea spre curtea spitalului și prin care venea acum destul de multă lumină. Patul pe care stătea culcat fratele meu era ceva mai mare și înconjurat de un echipament mai complicat decât cel cu care mă trezisem eu în spital, dar jumătate din aparatură părea să fie oprită. În schimb, se auzea zgomotul unui televizor mic, atârnat pe peretele alb de vizavi.

Shane stătea deja tolănit pe un scaun, cu picioarele pe patul de spital al lui Tony, iar Will stătea în picioare în fața ecranului TV și încerca să schimbe canalul cu telecomanda, care se pare că nu mai avea baterii. Avea și el cearcăne vinete sub ochi.

Apoi privirea mea s-a îndreptat spre fața lui Tony.

Iar el tocmai își mutase privirea de la Vince la mine.

Și privirile noastre s-au întâlnit.

M-am luptat cu mine însămi să nu roșesc. Ultimul lucru pe care aveam chef să-l fac era să mă bâlbâi din nou în fața tuturor fraților mei.

Tony era palid. Avea părul dat pe spate dezordonat și părea cumva mai matur, ca și cum ar fi petrecut în spital mult mai mult decât două zile. Deși stătea întins pe patul de spital numai pe jumătate acoperit cu o plapumă mototolită, nu părea slăbit, așa cum îmi imaginasem. Era, fără îndoială, tras la față, dar în același timp dădea impresia că mai avea încă destulă putere în el ca să se ridice și să lovească pe cineva pentru a se distra. Poate că era doar o iluzie, dar speram că într-adevăr își revenea foarte repede în formă, așa cum spunea toată lumea.

Nu știam ce să zic, nici ce să fac. Am vrut să-i zâmbesc, dar în acel moment a întors capul în altă parte și m-am simțit puțin dezamăgită.

M-am apropiat crispată de el împreună cu Dylan și Vincent.

— Ești bine? a întrebat Dylan, lovindu-și pumnul de pumnul lui.

— Al naibii de bine. Toate asistentele de aici stau pe capul meu, a răspuns Tony cu o voce răgușită și și-a înclinat capul, dezvelindu-și dinții într-un zâmbet larg.

— Tot cele care ți-au pus cateterul?

— Alea mai ales, pentru că știu deja cât sunt de mare.

Dylan și Shane au izbucnit în râs, apreciind gluma fratelui lor. Chiar și Will și Vince au pufnit dezaprobator, dar și amuzați. Cred că, într-adevăr, Tony nu se simțea prea rău.

Mi-am mușcat buza. Toate chestiile astea perverse despre care puteau vorbi atât de deschis mă stânjeneau întotdeauna. Niciodată nu eram sigură că le înțelegeam cum trebuie.

Apoi au început poveștile. Tony a întrebat despre tipul chel și a primit doar un răspuns evaziv, din care, totuși, a reușit să deducă mult mai mult decât mine. Nimeni nu vorbea despre detalii, probabil din cauza mea, dar frații mei păreau să folosească un fel de cod pe care numai ei îl înțelegeau. Pentru mine, conversația lor suna ca o versiune trunchiată a ceea ce se întâmplase. Undeva pe la mijloc, Will m-a obligat să mă așez pe un scaun, explicându-mi că trebuie să-mi menajez piciorul. În timp ce băieții vorbeau despre rana mea, l-am surprins pe Tony aruncându-mi câteva priviri fugare.

A întrebat chiar și de Marge, de care eu uitasem complet. Din fericire, totul era în regulă și cu ea. Se pare că într-adevăr înghițise câteva pastile, dar nu suficiente cât să-și facă rău la modul serios – se alesese numai cu o durere de stomac îngrozitoare.

Am petrecut destul de mult timp împreună în spital. Eu am vorbit foarte puțin, dar la un moment dat Shane s-a dus la toaletă, Dylan și Will s-au dus să ia câte o cafea pentru toată lumea și o ciocolată caldă pentru mine, iar Vince a trebuit să răspundă la un telefon important, așa că dintr-odată și într-un moment surprinzător, am rămas singură cu Tony.

Fratele meu a clipit, aparent la fel de uimit ca și mine de faptul că toată lumea dispăruse pe neașteptate. Nu a făcut niciun comentariu, dar a întins cu un efort mâna spre noptieră și a luat telecomanda televizorului lăsată acolo de Will. Apoi s-a concentrat pe lupta cu ea și probabil că, la fel ca de obicei, nu am fi schimbat niciun cuvânt până la întoarcerea fraților mei, dacă nu aș fi făcut eu prima mișcare.

Căci am decis că eu fusesem cea care dorisem să-l văd pe Tony. Îmi salvase viața și voiam să-i mulțumesc. Mingea era, așadar, în terenul meu. Nu contează dacă îmi va accepta sau nu recunoștința, eu trebuia să i-o arăt cumva.

De aceea, în timp ce Tony era ocupat să apese blestemata aia de telecomandă, m-am ridicat și m-am apropiat de el. Doar când am ajuns la distanță de un braț de el, și-a ridicat privirea. În ochii lui nu se citea nicio emoție negativă, dar nici nu mă privea cu o simpatie deosebită. Era ca și cum s-ar fi întrebat pur și simplu ce naiba căutam acolo.

Nu a trebuit să mediteze mult timp la asta, pentru că am întins mâinile spre el cu grijă, ca să nu-i ating rana de pe abdomen, și m-am lipit de el îmbrățișându-l. Am simțit cum corpul lui Tony se crispează, dar nu m-am lăsat descurajată. Inima îmi bătea nebunește, iar de data aceasta nu m-am mai putut stăpâni când mi-au dat lacrimile. Simțeam sub mine mușchii încordați ai lui Tony, precum și mirosul lui.

— Îți mulțumesc, i-am șoptit la ureche.

Am vrut să spun mult mai multe, dar eram atât de emoționată, încât nu am putut scoate din mine mai multe cuvinte de recunoștință, în afară de acesta, cel mai simplu, în spatele căruia se aflau toate cele multe. Probabil că a înțeles, pentru că, deodată, spre infinita mea bucurie, brațele lui s-au înfășurat în jurul spatelui meu. Apoi am respirat adânc, tremurând. Tony mă îmbrățișase!

Să fiu prinsă în îmbrățișarea lui Tony era unul dintre cele mai formidabile sentimente din lume. Nu mă înșelasem, brațele lui erau încă puternice. Iar atitudinea lui față de mine continua să fie o enigmă. Dar m-a îmbrățișat. Nu mai avuseserăm niciodată astfel de efuziuni sentimentale unul față de celălalt. Niciodată nu reușise să facă un gest atât de sincer, dar acum simțeam literalmente că mi se topește inima.

— Nu ai pentru ce.

Vocea lui părea încă indiferentă, dar nu-mi păsa, la urma urmei, mă îmbrățișase. Am vrut să mă cert cu el și să-i spun că tocmai, am pentru ce, dar am renunțat. Nu merita să stric acest moment frumos cu împunsături inutile.

Și, deodată, povara apăsătoare a tuturor lucrurilor care mi se întâmplaseră, și care nu ar trebui să se întâmple nimănui niciodată, s-a ușurat. Nu numai atacul și moartea chelului, ci și necazul cu Jerry, furia lui Audrey, trădarea lui Jason... Pentru o clipă, am uitat de toate acestea. Totul a trecut pe plan secundar. Cel mai important lucru era că Tony era viu și conștient și că nu era supărat pe mine.

— Pot să primesc și eu o îmbrățișare? a întrebat Dylan zeflemitor. Tocmai intrase în cameră împreună cu Will, aducând paharele de hârtie cu băuturi. M-am îndepărtat de Tony, roșind ușor.

— Du-te dracului, i-a răspuns Tony, așezându-se mai bine pe pat.

M-am așezat din nou pe scaun și am luat de la Will un pahar de ciocolată caldă, de care oricum îmi trecuse complet pofta. Eram atât de extaziată, încât nu mai aveam nevoie de dulciuri.

— Ce naiba mai e și asta? a mârâit Tony văzând conținutul paharului pe care i l-a întins Dylan.

— Tu ce crezi că este? Apă, nătărăule!

— Am o grămadă de apă aici, la naiba, tu trebuia să-mi aduci cafea.

— Cafeaua este pentru adulți, iar tu ești la regim.

Vocea batjocoritoare a lui Dylan l-a făcut pe Tony să golească paharul de hârtie, apoi l-a mototolit cu o mână și l-a aruncat spre fratele său. Mingea de hârtie l-a lovit pe acesta în obraz, dar nu a reușit să cadă pe jos, căci Dylan a prins-o și a aruncat-o spre Tony, care a lovit-o cu telecomanda înapoi ca pe o minge de baseball. Paharul mototolit a zburat chiar prin fața nasului meu și l-ar fi lovit pe Vince drept în umăr, dar acesta a reușit să o prindă cu o mișcare eficientă și cât ai clipi din ochi a aruncat-o în coșul de gunoi.

Atmosfera a devenit din nou amuzantă și de data asta nu m-am jenat să râd împreună cu ei. Ba chiar aveam chef să o fac.

M-am uitat la fețele amuzate ale fraților mei. Toți spuneau câte ceva. Râdeau unii de alții, uneori chiar se insultau reciproc, dar erau insulte mărunte, de genul celor pe care numai frații le pot înțelege. M-am gândit atunci că orice s-ar întâmpla, ei vor fi mereu aici. S-ar putea să existe oameni în această lume care să-mi dorească răul, dar acești cinci băieți de aici – indiferent cât de enervanți, nedrepți sau posesivi erau uneori – vor sta întotdeauna unul în spatele celuilalt. Ca un zid.

Și la fel și în spatele meu.

28

O PARODIE DE BĂRBAT

Am stat acasă două săptămâni și, dacă nu m-aș fi plâns și nu aș fi implorat să mă lase să merg din nou la școală, Vincent m-ar fi pus să stau încă două. Dar simțeam nevoia să ies printre oameni. Reședința Monet era, ce-i drept, locul perfect pentru a mă reface: erau canapele confortabile, un televizor mare și o menajeră serviabilă la dispoziția mea, dar, pe termen lung, începusem să mă plictisesc. Mai ales că Tony fusese externat din spital, iar eu stăteam acum acasă cu el. Iar el era absolut insuportabil.

În ziua în care m-am întors la școală, am făcut ceva care a însemnat un eveniment important, demn de trecut în calendar. După ce mi-am făcut o coadă strâns împletită și mi-am pus uniforma (cu cea mai mare grijă, ca să nu irit vânătaia încă nevindecată de tot), mi-am privit puțin timp chipul în oglindă. Mi-am strâmbat capul pentru că lipsea ceva la el. Puțină culoare, un accent. Apoi, mânată de un impuls ciudat, inexplicabil, am întins automat mâna spre cutiuța ascunsă în dulap, în care erau cerceii de aur dăruiți de mama. Până acum mă ferisem să-i port, dar astăzi am simțit că era timpul să-i scot din dulap.

I-am pus cu grijă în urechi, mi i-am fixat și am simțit în mine o forță așa cum nu mai avusesem niciodată. O putere de care aveam nevoie, pentru că mă temeam oarecum de întoarcerea la școală.

Știam că oamenii mă bârfeau, că accidentul nostru era un subiect fierbinte. Eram îngrijorată și la gândul că Mona se săturase să mă mai aștepte și în cele din urmă îi ceruse scuze lui Audrey. Chiar dacă schimbasem câteva mesaje cu ea, simțeam totuși o oarecare distanță între noi. Nu eram așa de apropiate cum ne-ar fi plăcut să fim și eram amândouă conștiente de asta.

De asemenea, aveam tot mai multe remușcări în legătură cu situația din familia lui Audrey. Mă întristam de fiecare dată când treceam pe lângă ea pe coridor. Îmi imaginam ce tragedie trebuie să fi fost pentru ea și pentru părinții ei să fie despărțiți atât de brusc de Jerry. Cu cât trecea mai mult timp de la fapta lui josnică, cu atât mai mult eram înclinată să dau totul uitării. Uneori mă gândeam în sinea mea că poate am mai putea să ne reparăm relația, poate că într-o zi aș putea să-mi conving frații să se îndure de Jerry? Și atunci Audrey ar începe să vorbească din nou cu mine și cu Mona.

Mona îmi plăcea din ce în ce mai mult. Chiar din prima dimineață m-a întâmpinat cu un zâmbet larg, m-a îmbrățișat și m-a felicitat pentru felul cum arătam. Mai ales acest compliment m-a înveselit, pentru că în ultimele zile mă simțeam neatractivă, obosită de atâta zăcut pe canapea și îmbrăcată mereu în trening. Am stat împreună, am vorbit în câteva pauze despre ceea ce se întâmplase și apoi, chiar înainte de prânz, Mona a avut nevoie să meargă la toaletă și m-a tras după ea. Chiar de la intrare am fost întâmpinate de hohote de plâns.

Am făcut un schimb de priviri confuze.

— Alo? Hei, ești bine? a întrebat șovăitoare prietena mea.

S-a apropiat mai mult de cabina din care veneau hohotele de plâns. După cuvintele ei, acestea s-au liniștit puțin, dar au reînceput imediat, cu și mai multă forță, după cum se părea.

— Ai nevoie de ajutor? a încercat Mona din nou.

Eu nu am spus nimic. Nu pentru că nu aș fi vrut să ajut, ci pentru că aveam o presimțire stranie.

— Mona? s-a auzit o voce înfundată din cabină.

Am schimbat o privire cu Mona.

— Da, eu sunt.

Plânsul s-a intensificat din nou și a acoperit zgomotul încuietorii. Ușa de la cabină s-a deschis și am văzut-o pe Lavinia cum stătea cocoșată pe capacul de toaletă. Am tras aer în piept când am văzut cum arăta. Părul ei blond și drept era ciufulit, se înroșise la față și lacrimile îi curgeau pe obraji împreună cu rimelul negru.

Când m-a văzut, a scuturat din cap într-un gest înțeles doar de ea, iar din ochi i-a țâșnit alt șuvoi de lacrimi. M-am uitat o clipă la ea fără emoție. Ar fi trebuit să simt satisfacție văzând că suferă; la urma urmei, era parțial responsabilă pentru suferința mea. Dar nu puteam să nu o compătimesc. Nu puteam să fiu atât de indiferentă.

M-am lăsat pe vine în fața ei, strâmbând din nas din cauza ușoarei dureri la picior - acesta era mai bine, dar nu se vindecase de tot. Mona s-a așezat lângă ea și a cuprins-o cu brațul.

— Ce s-a întâmplat? am întrebat-o eu.

Lavinia a avut nevoie de un moment ca să poată răspunde. Am scos din geantă un pachet de șervețele și i-am întins unul. În primul moment s-a uitat la mine neîncrezătoare, dar în cele din urmă a acceptat oferta mea și a început să-și sufle nasul în timp ce încerca să vorbească.

— Jason...

Asta era.

Am încercat să fiu drăguță, să mă port decent și să o ajut, așa cum fusesem educată, dar nu m-am putut abține să nu simt la început o mică satisfacție. Probleme în paradis?

— Ce e cu Jason? a întrebat Mona.

Mă așteptam care va fi răspunsul.

— M-a părăsit! a suspinat Lavinia.

Următoarea privire pe care am schimbat-o cu Mona a fost semnificativă.

După felul în care se purtase cu mine, ne făcuserăm despre el o părere care acum pur și simplu se confirma.

Lavinia a început să povestească ce se întâmplase. Nimic nu prevestise despărțirea lor bruscă. Venise astăzi la școală, ca de obicei, și în loc de un sărut de bună dimineața a primit o privire rece, o ridicare indiferentă din umeri, ba chiar un zâmbet zeflemitor.

— S-a întâmplat ceva ieri? a întrebat Mona.

Lavinia a clătinat negativ din cap.

— Ieri nu ne-am văzut, Jason a fost ocupat. Dar acum două zile... a făcut o pauză, pentru că îi venea din nou să plângă.

— Ce s-a întâmplat acum două zile? am întrebat eu cu blândețe, simțind din ce în ce mai multă compasiune pentru ea.

— M-am culcat cu el, a spus ea, s-a înecat și apoi și-a ascuns fața în mâini.

Mi-am mușcat buza și am privit într-o parte, iar Mona a suspinat încetișor.

— Prima dată...

Nu am reușit să scoatem mai mult de la ea. Chestiunea era totuși dureros de simplă. Jason o convinsese pe Lavinia să facă sex cu el, apoi își pierduse complet interesul pentru ea. Ce stereotip de nemernic! Nu-mi venea să cred că astfel de lucruri se întâmplă în viața reală. Până atunci eram convinsă că asta se întâmpla doar în filmele siropoase pentru adolescenți. Băiatul acesta de care fusesem atât de îndrăgostită, cu care petrecusem atât de mult timp, pe care îl apărasem de frații mei se purtase în felul acesta cu prietena lui.

Și aș fi putut fi eu în locul ei.

— A spus că, în general, nu se simțise deloc bine cu mine, a mărturisit în cele din urmă Lavinia. Tremura toată. Îi era greu să vorbească despre asta, mai ales în prezența mea.

Mona i-a șoptit la ureche cuvinte de încurajare, blestemându-l mereu pe Jason, dar eu nu aveam chef să joc rolul de consolatoare.

Totul clocotea în mine. Jason se prefăcuse atâtea săptămâni lungi că este îndrăgostit de Lavinia, numai ca să intre în chiloții ei. Ce ticălos! Chiar și eu crezusem că simte ceva real pentru ea, totuși se prefăcuse tot timpul. Deci este unul dintre acei idioți care gândesc doar cu partea inferioară a corpului.

Cu siguranță că și cu mine se prefăcuse. De aceea se vindecase atât de repede de dragostea pentru mine.

M-am ridicat în picioare și am privit în jos la chipul plâns al Laviniei.

Chiar că aș fi putut fi eu, chiar acum, în locul ei. Hohotind în toaleta școlii, abuzată și abandonată.

Sărmana Lavinia!

— Ce porc! am exclamat revoltată și ambele fete s-au uitat la mine surprinse.

M-a cuprins imediat un val de furie, o furie copleșitoare. Pe Jason. Toată durerea pe care o simțisem când încetase să mai aibă de-a face cu mine, toată tristețea pe care mă făcuse să o trăiesc defilând fără jenă în fața mea cu altă fată. Toată furia pe care o simțeam acum, când mi-am dat seama ce fel de om era și cât de mult mă înșelasem în privința lui. Toate aceste emoții s-au combinat în mine formând un amestec exploziv.

Ignorând-o pe Mona care striga după mine, am ieșit în fugă din baie și, mânată de furie, m-am repezit în cantină. Am găsit repede masa la care stătea Jason. Știam foarte bine care era aceea. Mă uitam adesea în acea direcție.

Jason și-a dat seama că vin spre el numai când am ajuns la doar câțiva metri distanță. Nici măcar nu a mai apucat să se ridice. Colegii lui prostănaci au amuțit când m-au văzut.

— Hai... a început el, dar nu a mai apucat să termine, pentru că degetele mele întinse s-au înfipt în cămașa lui. De curând începusem să-mi las unghiile să crească, așadar speram că îi provocasem o oarecare durere cu această ocazie.

— Ești un nemernic, Jason, am mârâit, trăgându-l de mânecă. M-am uitat direct în ochii lui albaștri de care îmi fusese cândva atât de tare dor. Acum eram mulțumită să constat că nu-mi făceau nicio impresie.

— Ce faci? a șuierat, apoi a încercat să scape de mine, ridicându-se de pe scaun.

— Mi-e scârbă de tine!

A reușit să se elibereze și să se îndepărteze de mine, dar imediat m-am năpustit din nou la el, așa că s-a clătinat.

— E anormală, a strigat Jason, aruncând o privire într-o parte, ceea ce nu a făcut decât să-mi întărească convingerea că aveam probabil un public destul de numeros. Eu, însă, mă concentram doar pe el.

— Ești absolut jalnic!

Am vorbit tare și răspicat, sperând ca toate fetele care ne priveau să mă audă clar.

Dintr-odată, pe fața lui a început să apară un zâmbet prostesc. Gropițele lui nu mai erau deloc drăgălașe.

— Ești așa de supărată că te-am părăsit? a râs cu voce tare.

Despre ce vorbește?

Încăierarea noastră devenise un spectacol pentru întreaga cantină și se pare că începuse să se simtă ca o vedetă. Ei, dacă vrea să fie o celebritate, foarte bine.

Cu toată forța de care nu eram conștientă că o posed, mi-am luat avânt și mâna mea deschisă a intrat în contact cu fața lui. Am lovit un pic mai sus decât obrazul pe care îl țintisem, dar nu contează, pentru că cel mai important lucru era că îl duruse. Așa de tare, încât s-a clătinat și a icnit, apoi și-a lipit imediat degetele de semnul roșu pe care i-l lăsasem.

Și pe mine mă ustura palma, dar am strâns-o în pumn, ignorând durerea. În acel moment, îmi permiteam un singur sentiment și acela era triumful, pentru că, iată, făcusem ceva ce visasem în secret să fac din primul moment când îl văzusem împreună cu Lavinia.

Mâna dreaptă a lui Jason a tresărit, ca și cum pentru o fracțiune de secundă s-ar fi gândit dacă să riposteze, dar s-a abținut. Încă uimită de propriul gest, am observat că se holba cam prea intens la ceva în spatele meu, așa că m-am întors curioasă să văd ce este.

Atunci mi-am amintit că am frați. Pe ei se fixase privirea lui Jason pentru o clipă. Inima mi-a înghețat când mi-am dat seama că doi dintre ei fuseseră martori la izbucnirea mea.

Dylan stătea tolănit pe un scaun pe jumătate înclinat și, aparent, postura lui părea nepăsătoare, dar ceva îmi spunea că era gata să sară în picioare în orice moment. Avea o mină serioasă și amenințătoare. Urmărea întregul eveniment cu bărbia ridicată sus, cu urechea dreaptă ușor orientată spre noi, ca și când n-ar fi vrut să-i scape niciunul din cuvintele noastre.

Shane, pe de altă parte, părea mai relaxat. Urmărea cu cel mai mare interes conflictul dintre mine și Jason. Nu-i lipsea decât popcornul. Și abia se abținea să nu râdă văzând acțiunea mea agresivă.

I-am întors spatele adversarului meu. În mod surprinzător, am simțit un alt val brusc de putere și curaj. Am făcut un pas mic spre el și l-am apucat de pieptul cămășii, din nou fără să-l feresc de unghiile mele.

— Ești o parodie de bărbat, mai bine dispari din fața mea, i-am șoptit plină de venin și cred că privirea mea nu mai fusese niciodată până atunci atât de ostilă și de plină de ură.

Jason s-a mai uitat o dată în spatele meu, a înghițit în sec, s-a smucit din strânsoarea mea și și-a umezit buzele cu limba. Apoi s-a uitat la prietenii lui buimăciți și a arătat spre ieșire cu o mișcare a capului.

— Mă duc la o țigară, le-a spus el în treacăt, smulgându-și geaca de piele de pe spătarul scaunului, apoi s-a îndepărtat cu pas rapid, murmurând ceva de genul: „Ce mai comedie!“

De îndată ce a dispărut pe coridor, m-am scuturat din transa ciudată în care căzusem, și am redevenit vechea Hailie, domnișoara tocilară perfectă. M-am uitat de jur împrejurul sălii de mese, din ce în ce mai panicată de toate privirile care mă sfredeleau. Am evitat în mod deliberat să mă uit spre masa fraților Monet.

În cele din urmă, nu mi-a mai rămas nimic de făcut decât să părăsesc încăperea. Nu mai puteam rămâne acolo după cele întâmplate. Detestam să fiu în centrul atenției, mai ales în felul acesta. Am ieșit pe coridor și m-am sprijinit de dulapuri. Ce naiba a fost asta? Asta fusesem eu? Tocmai îl pălmuisem pe Jason?

Am închis ochii, amintindu-mi de fața lui roșie de furie și de jenă. I-am deschis abia când am auzit pe cineva aplaudând încet. Aplauze, aplauze, aplauze.

— N-a fost rău show-ul, surioară, a spus Dylan, apropiindu-se fără grabă de mine.

Am respirat adânc, pregătindu-mă pentru o nouă predică.

— O singură întrebare. De ce ești atât de supărată pe el astăzi?

Am presupus că ceea ce voia să știe, de fapt, Dylan era dacă nu cumva păstrasem legătura cu Jason după ce îl aruncase pe scări și îmi interzisese în mod expres să mai am de-a face cu el. I-am mărturisit adevărul despre faptul că am dat peste Lavinia plângând.

Dylan a dat din cap.

— Bine, să zicem. Dar pe viitor... când ai astfel de probleme, trebuie să vii la noi. Doar nu vrei să-ți strici reputația, nu-i așa?

— Nu, am recunoscut.

Dylan părea că încearcă să păstreze o mină serioasă, deși când a trecut pe lângă mine, am văzut un zâmbet batjocoritor trecându-i pe buze. S-a îndepărtat și el și nu s-a mai legat deloc de mine, iar eu începeam să realizez încet ceea ce făcusem. Îl pălmuisem și îl batjocorisem pe Jason în fața întregii școli. Fratele meu avea dreptate, aș fi putut avea probleme serioase, dacă un profesor ar fi văzut asta. Chiar e de mirare că niciunul nu a văzut nimic...

Nu m-am mai întâlnit cu Jason tot restul zilei, ceea ce înseamnă că luase în serios instrucțiunile mele și nu se mai arătase în fața mea. În timpul pauzelor am fost abordată de diverse fete care m-au felicitat pentru atitudinea mea, lăudându-mi curajul și îndrăzneala. Mona s-a văitat deznădăjduită cu voce tare că ratase un spectacol atât de interesant. Din nefericire, am constatat că nu fusesem deloc așa de norocoasă și doamna Roberts fusese martoră la actul meu de violență din sala de mese îndreptat împotriva unui alt elev. Am fugit înainte să-și revină din șoc și să aibă timp să mă certe, dar profesoara m-a oprit după oră și m-a avertizat că în această școală un astfel de comportament este pedepsit foarte sever. Știu că, având în vedere și conversația noastră din trecut, doamna era pur și simplu îngrijorată, dar aș fi apreciat dacă ar fi fost dispusă să lase să treacă puțin de la ea și să nu-l informeze pe Vincent despre incident.

Cu toate acestea, s-a întâmplat contrariul și doamna Roberts și-a pierdut pe moment statutul de profesoara mea preferată.

— Îți amintești când ți-am spus că nu vreau să te amesteci în bătăi? m-a întrebat Vincent când am ajuns acasă.

M-a ajuns din urmă chiar în dreptul scărilor, înainte să intru în bucătărie. Tonul lui părea ușor, dar, ca de obicei, răsuna în el și o notă de severitate.

I-am aruncat o privire timidă. Ochii lui strălucitori mă priveau intens, dar ceva îmi spunea că nu era chiar foarte supărat pe mine.

— Tehnic vorbind, nu a fost o bătaie... am început eu, dar m-a întrerupt.

— Îți amintești?

Am oftat. Chiar dacă aș fi vrut, probabil că nu aș fi putut să uit nicio conversație avută cu el.

— Îmi amintesc.

Fratele meu a dat din cap.

— De ce nu ai voie să folosești violența?

Will cobora scările și, trecând pe lângă noi, mi-a aruncat rapid un „Bună“. Sunt sigură că auzise ce-mi spunea Vince și probabil că știa mai mult sau mai puțin despre ce era vorba. Totuși, a decis să nu intervină, pentru că a dispărut imediat în bucătărie, iar eu am rămas din nou singură cu fratele nostru cel mai mare. Nu auzeam decât vocile băieților care veneau din încăperea de alături.

— Pentru că e periculos?

— Nu ai avut parte de destule evenimente în viața ta în ultima vreme? Ai nevoie de încă și mai multe emoții?

— Vince, nici măcar nu a fost o bătaie, am ripostat eu, susținându-i cu curaj privirea.

— Te întreb, Hailie, ai nevoie de și mai multe impresii?

Mi-am strâns mâinile în pumni neputincioasă și m-am uitat fix la pantofi. De ce conversațiile cu el sunt întotdeauna atât de dificile?

— Nu.

O clipă nu a spus nimic, dar nici nu s-a mișcat, așa că în cele din urmă mi-am ridicat din nou privirea spre el, dorind să știu ce urmează. Am fost surprinsă, pentru că se uita în jos la mine, vizibil amuzat. Se juca cu mine. Asta m-a cam iritat, dar m-am simțit mai ales ușurată.

— I-am dat o palmă lui Jason. Băiatul cu care mi-ai interzis să mă mai văd. Chiar s-a dovedit că este un netrebnic, am mărturisit eu, încurajată de atitudinea lui.

Acum chiar și colțurile gurii îi tremurau.

— Știu că pe el l-ai pălmuit, Hailie, altfel nu am fi glumit, ai fi avut probleme serioase.

Am înghițit în sec. Chiar dacă se presupunea că glumeam, avertismentul se auzea clar în vocea lui. Am înțeles totuși că de data aceasta nu avea de gând să se supere pe mine. Îmi arăta doar că știa ce făcusem și că ar trebui să fiu mai atentă în viitor. Ce om... Nu puteam să nu fiu uimită de el. Nu știam dacă mă impresionează, dacă mă uimește sau dacă mă înspăimântă cel mai mult.

Și atunci am prins suficient de mult curaj ca să mă hotărăsc să vorbesc eu însămi cu el despre o anumită problemă. Mă întrebam doar cum să o abordez.

— Audrey nu mai vrea să știe de mine, am rostit brusc.

Vorbeam rareori cu Vincent despre prietenii mei sau despre întâmplările de la școală în general, așa că el și-a ridicat sprâncenele ca și cum nu prea ar fi știut ce să-mi spună.

— Jerry i-a spus o mulțime de minciuni și ea l-a crezut. Acum nu mai vrea să vorbească cu mine și nici măcar nu mai vrea să știe de mine.

Fratele meu s-a uitat la mine și nu părea prea impresionat. Nu era genul de om care să mă consoleze, așa că am decis să trec direct la subiect.

— Chiar a fost necesar ca Jerry să fie alungat din acest stat? am întrebat încetișor.

Fața lui Vincent s-a împietrit. Nu mai părea deloc amuzat. A ridicat bărbia. Era masca aceea înfricoșătoare pe care o arbora atunci când abordam subiecte incomode pentru el.

— Știi foarte bine de ce a trebuit să plece, a răspuns el impasibil, încrucișându-și brațele peste piept.

— A făcut o greșeală, de acord, dar până la urmă nu el a pus la cale toate acestea, nu-i așa?

— Irelevant, mi-a retezat vorba Vince. Băiatul te-a amenințat, de aceea a plătit prețul. Un preț destul de blând, oricum.

M-a privit sinistru și un pic sfidător.

— Audrey este prietena mea, iar din cauza mea tocmai și-a pierdut fratele... Nu poți... Adică n-ai putut să-l cruți? Mă gândesc că știe că a făcut o greșeală. Cred că de data asta ar trebui să-l ierți...

Nu știu de unde am avut curajul acesta, pentru că stăteam în fața lui, cât o furnică. Am făcut un efort deosebit să nu dau înapoi, când s-a aplecat spre mine. Am lăsat ochii în jos, simțind brusc un imens disconfort provocat de apropierea lui.

— Dragă Hailie, vrei să-mi spui ce trebuie să fac, când tu nici măcar nu poți să mă privești în ochi? a întrebat el cu o voce joasă, care s-a pierdut într-o șoaptă.

Am încercat să-i întorc privirea ca să-i dovedesc că sunt în stare, dar nu am rezistat decât câteva secunde și m-am trezit din nou cu privirea pironită pe vârful pantofilor mei. Apoi degetele lui m-au apucat de bărbie și mi-au ridicat-o, silindu-mă să stabilesc contact vizual cu el.

— Crezi că ești persoana potrivită să-mi spui mie ce să fac?

Voiam să întrerup conversația. Și tocmai când credeam că după atâtea luni începusem să mă obișnuiesc cu el, Vince mi-a dovedit cât de mult continuam să mă tem de el.

— Nu, am murmurat.

La drept vorbind, eram gata să-i spun chiar acum orice dorea, numai să punem capăt acestei discuții.

— Așa mă gândeam și eu.

Mă simțeam atât de vulnerabilă în fața privirii lui reci, scrutătoare și grave, încât nu m-aș fi mirat dacă aș fi început să roșesc.

— Te-aș ruga, Hailie, să nu-mi pui la îndoială deciziile. Mai ales că Jerry a fost tratat oricum cu indulgență.

A tăcut o clipă, dar imediat s-a hotărât să mai adauge sec încă ceva:

— Și nu uita, prieteniile nereușite din școală nu se pot compara cu legăturile de familie. Prietena ta Audrey știe asta și va fi întotdeauna de partea fratelui ei. Și la fel, eu voi fi întotdeauna de partea ta. Nu joc întotdeauna corect, dar așa câștig. E timpul să înțelegi asta. E clar?

Am făcut ochii mari și am rămas fără cuvinte. Am dat din cap abia perceptibil și am rostit în șoaptă „da". Apoi Vince s-a îndepărtat de mine. M-a privit cu atenție încă o dată și, cu mâna deschisă, a arătat spre bucătărie, ca și cum m-ar fi invitat să merg acolo. Un mesaj clar că discuția se încheiase și că era timpul pentru cină.

Nu a fost nevoie să mi se spună asta de două ori și m-am simțit ușurată să scap de atenția lui Vincent.

29

TOTUL

Când am intrat în bucătărie, Vincent era chiar în urma mea. Și, ceea ce se întâmpla foarte rar, toți frații mei erau prezenți la masă. M-am îndreptat imediat spre locul liber de lângă Will, căutând alinare alături de fratele meu preferat, deoarece încă mai simțeam în gură gustul amar al discuției cu Vince. Stăteam cu capul lăsat în jos și mă simțeam stânjenită la simplul gând că ar fi putut auzi câteva fragmente din ea.

A durat o clipă până mi-am dat seama că eram de fapt stânjenită numai față de mine însămi. Am simțit un val de furie. Eram furioasă pe Vincent, desigur, dar mai ales pe mine însămi.

Nu m-am aruncat pe burgeri ca ceilalți, dar am ciugulit din porția mea, ca să nu se mai lege nimeni de mine că iarăși nu mănânc. De asemenea, a fost amuzant să-l văd pe fratele meu cel mai mare, mereu la patru ace, cu o chiflă mare în mâini. Mâncarea de tip fast-food nu i se potrivea deloc. Frații mei discutau între ei, dar nu știam despre ce vorbeau, pentru că nu-i ascultam. Mă străduiam să-mi controlez furia crescândă care se trezise atât de brusc în mine.

Îl rugasem pe Vincent să reconsidere sentința lui Jerry. Chiar trebuia să fie aceasta o problemă pentru el? Iar Will nu ar fi putut să se oprească atunci când a trecut pe lângă noi, să pună o mână pe umărul fratelui său mai mare și să-i murmure la ureche să o lase mai moale?

Și Tony? Fusese în stare să încaseze un glonț pentru mine, dar nu poate schimba cu mine un singur cuvânt care să nu fie plin de iritare, de plictiseală sau de răutate? A fost așa de greu să-mi răspundă la îmbrățișare acolo în spital?

Dylan. Mi-am amintit cuvintele lui bune atunci când venise la mine în cameră ca să-mi ceară scuze. Și cum m-a lăsat să plâng. Mi-a spus chiar „comoară"! De ce nu poate face asta mai des? De ce nu poate să-mi zâmbească din când în când și altfel, nu numai cu rânjetul acela ironic pe care îl știam atât de bine și care îmi displăcea atât de mult?

Fratele care mă supăra cel mai puțin era Shane, dar asta nu înseamnă că se comporta bine. Nu-mi lua niciodată partea. Era amuzant și, de obicei, drăguț, dar nu a luat niciodată atitudine în apărarea mea. Odată mi-a spus că toți erau preocupați de siguranța mea și că ar trebui să încerc să-i înțeleg. Nu putea să facă un efort să mă înțeleagă și pe mine măcar o dată?

Buza de jos îmi tremura în așa hal, că nu mi-o puteam controla.

În acel moment, mă simțeam ca și când aș fi plutit în derivă pe o mare de durere și de ură. Eram complet pierdută în aceste sentimente. Dintr-odată, hamburgerul meu s-a transformat într-o pată mare galbenă, pentru că lacrimile care îmi șiroiau din ochi îmi încețoșau totul. Au început probabil să-mi picure și în farfurie.

Dylan spunea ceva, dar s-a întrerupt la jumătatea propoziției când privirea i s-a oprit pe fața mea. S-a uitat la mine ridicând dintr-o sprânceană, ca și cum ar fi încercat să înțeleagă ce naiba se întâmpla cu mine. Privirea lui a fost urmată în curând de privirile celorlalți băieți.

— Hailie? Hei, ce se întâmplă?

Lângă urechea mea s-a auzit vocea blândă a lui Will. Brațul lui mi-a cuprins umerii, iar eu respiram cu greutate. Poate pentru prima dată atingerea lui blândă nu-mi aducea alinare, ci m-a iritat și mai mult.

Am ridicat ochii și am clipit, încercând să scap de lacrimi, dar erau atât de multe, încât în cele din urmă le-am șters cu mâneca sacoului. Mi s-a făcut rușine când am văzut că toată lumea de la masă se uita la mine. Dar acest sentiment nu a durat mult, pentru că eram încă supărată și am auzit o voce înțeleaptă în capul meu, care îmi spunea că, la urma urmei, am dreptul să plâng. Am dreptul să mă simt rău și nu trebuie să-mi fie rușine de asta. Eram sensibilă și plângeam poate puțin prea des, dar de astă dată aveam dreptul să o fac.

Timp de o clipă, privirea mea și a lui Vincent s-au intersectat. S-a așezat vizavi de mine și m-a fixat cu privirea neclintit.

— Acum ce a mai apucat-o? a bolborosit Dylan.

Am mulțumit cerului că aveam burgeri pe care să-i mâncăm cu mâna, pentru că jur că, dacă aș fi ținut o furculiță acum, i-aș fi înfipt-o în mână fără să stau pe gânduri. Dar mi-am dat o șuviță de păr la o parte de pe față și atunci, printr-o mișcare neglijentă, degetele mi s-au agățat de lobul urechii. Am simțit întâmplător o inimioară de metal și am încremenit o fracțiune de secundă.

Apoi, ca atinsă de o baghetă magică, am simțit un val de curaj. I-am aruncat lui Dylan o privire tăioasă și m-am lăsat cuprinsă de furia care izbucnise brusc în mine ca un vulcan și care clocotea acum pe dinăuntru, îndemnându-mă la ceartă.

— „Ce a apucat-o?“ Stai să mă gândesc, poate că-i pare rău? am țipat strident, ridicându-mă în picioare.

Mâna lui Will a alunecat de pe umerii mei.

Au urmat câteva secunde de tăcere.

— Dar ce... de ce...? Shane și-a încruntat fruntea.

— Pentru că frații mei sunt niște cretini!

— Nu pot să cred că ai spus asta, a oftat Dylan.

Am văzut cum i se întunecă privirile.

— Oh, Dylan... am râs cu amărăciune, nemaiputând deloc să mă controlez. Dacă ai ști câte lucruri mai sunt încă pe care aș vrea să le spun.

Am văzut cum pe fețele celor mai mulți dintre băieți apare o expresie de furie. Doar Vince se uita la mine cu aceeași privire lipsită de orice emoție.

— Hailie, ce se întâmplă cu tine? a întrebat Will sever.

— Fetiță răzgâiată, a murmurat Dylan.

— Da, Dylan, am șuierat eu. Mi-era mai ușor să mă răstesc la el decât la Will. Eu sunt cea răzgâiată. Uită-te, te rog, la tine!

Sărise de pe scaun și acum stătea în picioare. În mod normal, m-aș fi bucurat că eram despărțiți de o masă, iar faptul că mă domina nu era chiar atât de evident, dar puteam să spun cu toată sinceritatea că, în acel moment, nu-mi păsa absolut deloc.

— Ai totul la dispoziție aici și totuși îndrăznești să ne vorbești în felul acesta?

Am ridicat din sprâncene, de data asta eu eram cea căreia nu-i venea să creadă cuvintele lui.

— Totul? Îmi cer scuze, dar ce înseamnă totul? Te referi la haine scumpe? am pufnit disprețuitoare, trăgând de gulerul cămășii mele de uniformă. Cel mai nou telefon? am scos mobilul din buzunar și l-am trântit pe masă cu mai multă forță decât intenționam. O școală privată? Am scuturat din cap, uitându-mă la el ca și cum ar fi fost nebun. Nu înțelegi că astea sunt niște lucruri frumoase care nu înseamnă nimic atunci când nu te simți iubită, atunci când mama ți-a murit și te-a lăsat singură, când nu ai pe nimeni altcineva pe lume în afară de frații care de cele mai multe ori te tratează ca pe un intrus sau ca pe o problemă? La naiba, pentru fiecare cuvânt bun pe care l-am auzit de la voi, a trebuit să mă lupt și să mă milogesc. Mă bucur ca o idioată de fiecare dată când unul dintre voi îmi oferă binevoitor o îmbrățișare sau un zâmbet. Nu aud decât despre reguli și despre ce am voie și ce nu am voie să fac.

Mi-am înfipt privirea în Vincent, care cu siguranță că mă asculta, dar pe fața căruia nu se vedea nicio reacție.

— Tu te interesezi de mine numai atunci când fac ceva ce nu-ți place. Și sunt chiar atât de îngrozitoare? Sunt a doua pe școală ca medie la învățătură! Despre asta nu ai spus niciodată nimic. Și cu siguranță că știi. Tu știi totul. Am refuzat să beau un pahar de șampanie cu prietenii mei, pentru că îmi era teamă că vei afla și te vei supăra.

Acum m-am uitat la Will, apoi am respirat adânc și mi-am mutat privirea înapoi la Dylan. Am continuat mai calm, dar pe un ton și mai amar:

— Nu m-am întâlnit cu Jason ca să vă fac vouă în ciudă. Dar era cineva care era dispus să vorbească cu mine, care mi-a lăsat impresia că îi pasă de mine, și care speram că îmi va oferi puțină dragoste. Și voi l-ați bătut. Iar el m-a urât.

Acum i-am aruncat o privire lui Tony, care încremenise și făcuse ochii mari de uimire, cu sprâncenele ridicate, de parcă ar fi văzut un pitic.

— Nu i-am vorbit lui Vincent despre pistolul tău ca să-ți provoc necazuri. Doar că pur și simplu nu mai văzusem niciodată o armă cu ochii mei până atunci și deodată am văzut-o la tine în cameră. Și tu te-ai purtat atât de urât cu mine! M-am speriat îngrozitor, nici nu-ți dai seama cât de cumplit...

Mi-am lăsat ochii în jos, privindu-mi mâinile o clipă. Gâfâiam repede și încercam din nou să-mi controlez vocea, ca să nu țip.

— Nu știam ce se întâmplă, nu puteam să mă bazez decât pe zvonurile idioate care circulau prin școală despre tine. Am vrut să descopăr mai multe, am vrut să știu cine sunt oamenii cu care trăiam sub același acoperiș. Nu mă simțeam în siguranță. Apoi am aflat că am un bodyguard, că sunt oameni care vor să mă răpească și chiar să mă omoare. Ce înseamnă toate astea?

M-am uitat din nou la Vincent.

— Ai spus că dacă cineva mă răpește îl vei ucide. L-ai dat afară din statul Pennsylvania pe Jerry. Ai pus să fie bătut Jason. Și ești surprins că nu pot să te privesc în ochi! Mama mea nu putea să omoare nici măcar o muscă și dintr-odată... Sunt în grija unei persoane care vorbește cu atâta ușurință despre răul pe care-l face altora?! Eu... eu nu pot... Asta este... Eu... nu știu... Nu știu...

Am respirat adânc și isteric, încheind astfel printr-un final neașteptat lunga mea plângere. Aveam multe, mult mai multe de spus, dar energia care mă propulsase se epuizase deja. Era ca și cum aș fi luat în prealabil un drog care încetase să-și mai facă efectul.

Simțeam cum trupul îmi este inundat încet de un val de căldură. Cel mai tare îmi ardeau obrajii și eram sigură că începusem să mă înroșesc. Din creștetul capului până în vârful picioarelor mă străbăteau frisoane sinistre.

Oare... oare visez?

Spusesem toate acestea cu voce tare? M-am uitat în jur buimăcită. Uitasem deja că eram în picioare. Și Dylan era în picioare. Se uita la mine ca și cum m-ar fi văzut pentru prima dată în viața lui. Nu, pentru că atunci când mă văzuse pentru prima dată fusese mai indiferent. Acum era uluit. Cu toții erau. Buzele lui Will se despărțeau, avea ochii larg deschiși. Shane clipea, ca și când s-ar fi întrebat și el dacă nu cumva visează. Vince era singurul care avea o față ca de piatră. Nici măcar un mușchi nu tresărea pe ea.

Tăcerea era atât de densă, încât simțeam că începe să mă sufoce. Am înghițit în sec cu nervozitate. Am făcut un pas înapoi. Am dat peste scaunul meu. Am făcut mult zgomot. M-am prins de spătar ca să nu mă răstorn. I-am dat drumul imediat ce mi-am recăpătat echilibrul. Și am mai făcut încă un pas înapoi. Apoi m-am răsucit pe călcâie și am ieșit în fugă din bucătărie, lăsându-i pe frații mei la masă, încremeniți ca niște sculpturi.

Pe coridor am trecut fulgerător pe lângă Eugenie, care stătea pe loc șocată; cu siguranță că îmi auzise izbucnirea și nu îndrăznise să intre în încăperea unde se petrecea o asemenea dramă.

Cu o disperare ciudată m-am repezit în camera mea, apoi am închis cu grijă ușa în urma mea și m-am lipit de ea. Respiram rapid, tremuram din tot corpul, în cele din urmă am izbucnit într-un plâns zgomotos, prăbușindu-mă pe podea. Stăteam ghemuită, liniștindu-mă încet.

Ce făcusem adineauri? Chiar eu fusesem aceea?

În primele câteva minute am ascultat neliniștită să văd dacă nu cumva mă urmărise cineva. Mi-am imaginat cum cineva, poate Dylan, deschide larg ușa fără să bată și dă buzna înăuntru ca să răcnească la mine. Dar nu s-a întâmplat nimic de genul acesta.

După un timp, m-am târât în patru labe până la pat și m-am urcat în el, ca să stau întinsă acolo tot restul după-amiezii. Mă durea capul. Adormeam și mă trezeam. Odată am văzut ca prin ceață că ușa se deschide și Vincent aruncă o privire în camera mea, dar nu am fost sigură dacă s-a întâmplat așa cu adevărat, pentru că am avut o mulțime de vise ciudate.

M-am trezit leoarcă de transpirație, când Tony tocmai mă împinsese într-o clădire înfricoșătoare și sumbră, așa cum îmi reprezentam eu orfelinatul dintr-un film de groază. A rostit un blestem asupra mea și mâna cuiva m-a înhățat de braț și a început să mă tragă înăuntru. Iar Tony și-a aprins o țigară și mi-a făcut cu mâna, zâmbind răutăcios. În spatele lui se zărea silueta impunătoare a lui Vincent. Privea indiferent la fața mea panicată.

Înspăimântată, mi-am simțit inima bătând înnebunită. Am clipit, încercând să-mi adaptez ochii la întunericul în care era cufundată acum camera mea. După ultima perioadă de coșmaruri, avusesem grijă să învăț să folosesc lampa de pe noptieră și acum am profitat încântată de ea. Am gemut când mi-am ridicat capul de pe pernă. Mă durea atât de cumplit! Îmi era și frig. Sau cald. Nu mă puteam hotărî. Am gemut prelung.

Eram convinsă că am febră. Îmi simțeam capul pe punctul să explodeze. M-am acoperit cu plapuma până în creștet, dar apoi am dat-o la o parte când mi s-a făcut prea cald. Cămașa în care dormisem era udă leoarcă. Poate că mă îmbolnăvisem. Aveam nevoie de medicamente, de niște pastile care să-mi scadă febra și să-mi alunge durerea de cap îngrozitoare. Problema era că nici măcar nu mă puteam ridica din pat. Nu știam cât e ceasul. Eugenie mai lucrează? Nici măcar nu aveam telefonul la mine. Îl lăsasem în bucătărie, pe masă.

Nu voiam să-mi văd frații, cu atât mai puțin să le cer ajutorul, dar mă simțeam atât de groaznic, încât, dacă aș fi avut putere să mă dau jos din pat, aș fi făcut-o. Știam în mod sigur că mă urăsc. Sunt supărați pe mine.

Am zăcut acolo și m-am chinuit mult timp. Nici nu putea fi vorba să adorm. La un moment dat, am început să mă întreb dacă e posibil să mori din cauza unei febre atât de cumplite. Pe vremuri, astfel de afecțiuni aparent banale omorau oamenii, nu-i așa?

Dintr-odată, ușa camerei mele s-a deschis și a intrat Will. Privirile noastre s-au întâlnit. Dar nu s-a apropiat mine, ci doar a început să se retragă și mi-am dat seama că nu avea de gând să stea. Am intrat în panică la gândul că voi rămâne din nou singură.

— Will! am gemut cât am putut de tare, ceea ce nu era mai mult decât un scâncet jalnic, dar m-a auzit și s-a oprit.

— Da? a întrebat încet, și poate că doar mi-am imaginat eu, dar nu suna la fel de înțelegător ca de obicei când mi se adresa.

— Mi-e rău... am început să plâng înfundat, strângând pumnii peste plapumă.

Trebuie să recunosc că Will a reacționat imediat. Cu fruntea încruntată, s-a apropiat de patul meu. S-a aplecat să-mi atingă fruntea. Imediat ce a ajuns lângă mine, pe chipul lui s-a văzut îngrijorarea. Era ca și cum nu ar fi fost deloc supărat pe mine.

— La naiba, Hailie, arzi ca focul, a spus tare, dar parcă mai mult pentru el însuși, apoi a mai mormăit ceva: Ce ți-ai făcut?

Nu am răspuns, pentru că nu aveam puterea să o fac, dar m-am simțit imediat un pic mai bine, având încredere că Will mă va ajuta. Părea îngrijorat. Chiar dacă mă detesta în acest moment, în fond, nu era un monstru.

— Așteaptă.

Oricum nu aveam de gând să plec nicăieri. Am rămas nemișcată și am văzut cum iese în grabă din camera mea. Nu voiam să mă părăsească, dar nu aveam puterea să mă împotrivesc.

S-a întors destul de repede cu o sticlă, un pahar de apă și câteva medicamente. În timp ce-mi punea toate acestea pe noptieră, am reușit să văd ora la ceasul lui, pe care îl purta mereu la braț. Era ora două noaptea.

M-a ajutat să mă ridic și a înjurat în barbă când a simțit cât de udă era cămașa mea. M-am agățat de brațul lui, pentru că altfel nu aș fi avut puterea să stau nici măcar în capul oaselor. Will mi-a întins două tablete. Le-am înghițit fără să opun nicio rezistență.

Atunci în camera mea a intrat Vince, iar eu m-am încordat toată când l-am văzut. În timp ce despre Will credeam că mă va ajuta întotdeauna, chiar și atunci când era furios, de la fratele meu cel mai mare nu știam la ce să mă aștept.

— O să te simți mai bine cât ai zice pește, micuțo. Trebuie să te schimbi și să-ți pui niște haine confortabile și, mai ales, uscate, mi-a spus Will, și mi-a desprins ușor mâinile din mâinile lui, așezându-mă pe pat cu atâta grijă, de parcă aș fi fost făcută din porțelan extrem de fragil.

Am gemut în semn de protest, de regret, de consimțământ, nici eu nu mai știu de ce. Începeam să delirez din cauza febrei. Vince s-a oprit lângă patul meu și s-a uitat la mine cu brațele încrucișate, iar Will a dispărut în dressingul meu. Mă bucuram că eram bolnavă, pentru că cel puțin aveam o scuză bună ca să-i evit privirea lui Vincent fără să fiu pedepsită.

Will a aruncat lângă mine pe pat ceva ce semăna cu niște pantaloni de trening și a mormăit ceva despre o pătură, iar Vince a dat din cap și a părăsit încăperea ca la un ordin, pe care de obicei el îl dădea, nu îl primea. Will a dat plapuma la o parte, iar eu am început să dârdâi. M-a ajutat să mă schimb, descheindu-mi nasturii cămășii și a întors capul plin de tact când mi-am scos sutienul.

Abia aveam puterea să mă mișc, dar de fapt când mi-am pus treningul moale și confortabil, m-am simțit mult mai bine. La scurt timp după aceea s-a întors și Vince, ținând în mâini o pătură mare și pufoasă, în care m-au înfășurat el și Will.

Tot mai aveam frisoane și mă durea capul. Tableta încă nu începuse să-și facă efectul, dar deja mă simțeam ceva mai bine. Era de ajuns că aveam alături pe cineva pe care mă puteam bizui. Chiar dacă în acest moment relațiile dintre noi erau încordate.

Mă făceau să mă simt prost. Stânjenită pentru că țipasem la ei, iar ei oricum aveau grijă de mine acum. Ar fi putut decide că am primit ce am meritat, eventual doar să-mi arunce niște medicamente pe noptieră, dar lor chiar le păsa de mine. O voce calmă din capul meu mă convingea că nu am de ce să mă simt stânjenită, dar eu eram genul de persoană care de obicei ignora această voce înțeleaptă și, drept urmare, îmi făceam mereu prea multe griji pentru orice.

Când m-a zguduit un frison și mai cumplit și m-a făcut să tremur, m-am înfășurat și mai strâns în pătură. Țineam ochii închiși. Am simțit o mână care mă mângâia pe obraz. Will.

— Odihnește-te, Hailie, totul este în regulă.

Oare? Chiar este? Nu sunt supărați pe mine? Nu au de gând să mă dea unei familii adoptive sau la un orfelinat ca în coșmarul meu?

— Îmi cer scuze... am murmurat, iar vocea aceea din mintea mea mi-a strigat că nu are de ce să-mi pară rău.

— Șșșt... a murmurat Will. Vince, liniștește-o!

Vincent i-a murmurat ceva în replică, dar nu am înțeles ce.

— De tine îi este frică, nu de mine. Calmeaz-o! a repetat Will.

L-am auzit pe fratele meu cel mai mare oftând. Will și-a luat mâna de pe fața mea. Am simțit, de asemenea, că se îndepărtează și îi face loc lui Vincent. Mi-am întredeschis pleoapele, deși nu voiam deloc să-i văd privirea rece.

— Dacă mai ajungi vreodată din nou în starea asta...

— Oh, încetează! l-a întrerupt Will dezaprobator.

Vincent a tăcut și s-a uitat la mine un moment lung, iar eu i-am susținut privirea. Chinuită de febră, când totul îmi era deja indiferent, am îndrăznit să fac asta. Avea ochi frumoși și ar fi avut mult de câștigat dacă ar fi fost numai un pic mai calzi. Mi se părea că, dacă îi priveai cu atenție, vedeai în ei adevărate aisberguri.

— Nu ești singură, Hailie. Nu ești o problemă. Și ești iubită. Acum liniștește-te și odihnește-te, a spus el.

Mi-a dat o șuviță umedă de păr după ureche, iar în cele din urmă și-a trecut degetul peste bărbia mea, apoi s-a ridicat și a plecat.

Will mi-a mai spus ceva, dar nu-mi amintesc ce. Tableta a început să funcționeze și nu mă mai durea capul. Și de îndată ce corpul meu și-a dat seama că era în sfârșit timpul să se relaxeze, am adormit aproape instantaneu.

30

TU CE PĂRERE AI, HAILIE?

Am străbătut treaptă cu treaptă în ritm de melc drumul în jos a doua zi când a trebuit să mă confrunt cu fratele cel mai mare. Dormisem liniștită restul nopții și mă simțeam mult mai bine. Medicamentele mă ajutaseră. Ce e drept, capul încă mă durea, dar era doar o umbră a calvarului prin care trecusem.

Eugenie, care m-a vizitat de dimineață la prima oră, mi-a mai dat o pastilă și mi-a spus că Vince îmi transmitea să rămân acasă astăzi, lucru pe care l-am acceptat cam fără chef. Voiam să merg la școală. Pierdusem prea multe ore și nici măcar nu aveam telefon, ca să iau legătura cu Mona. Mi-am reproșat că nu avusesem suficientă grijă de prietenia noastră și așa destul de fragilă. Nu voiam să mai creez în jurul meu situații ciudate care să dea naștere la speculații.

În plus, statul acasă însemna o confruntare inevitabilă cu Will, Tony sau Vince, sau chiar cu toți deodată, ceea ce nu-mi crea o dispoziție sufletească pozitivă.

Eugenie îmi transmisese deja de când intrase că Vincent voia să mă vadă și că de îndată ce mă voi simți în stare să mă aranjez puțin, să-i spun, ca să-l anunțe pe el. Când am auzit aceasta, am simțit că mi se ridică un nod în gât, dar i-am zâmbit cu un zâmbet palid și am dat din cap.

De aceea, urmând instrucțiunile primite, m-am dus în bibliotecă. Pe drum am auzit zgomotul unui storcător de fructe dinspre bucătărie și am fost convinsă că era Will care își pregătea unul dintre celebrele lui smoothie-uri după ce își făcuse alergarea de dimineață. În sufragerie, în schimb, se auzeau sunetele unui joc video, iar acesta trebuia să fie un semn că Tony ocupa canapeaua. M-am furișat neobservată pe coridor, nevrând să dau peste niciunul dintre ei.

Am intrat în camera care îmi plăcea cel mai mult din toată casa, dar în același timp o uram pentru toate conversațiile stresante cu Vincent. Iar cea care mă aștepta acum mă îngrozea în mod special. La urma urmei, nu mai făcusem niciodată până atunci ceva care, în ochii lui, să poată fi perceput ca o asemenea lipsă de respect. Tremuram puțin gândindu-mă la consecințele izbucnirii mele, dar în adâncul sufletului știam că, dacă aș fi putut da timpul înapoi, nu aș fi schimbat nici măcar un singur cuvânt ieșit din gura mea în acel moment.

— Cum te simți? a întrebat dintr-odată bine-cunoscuta voce rece și oficială, la auzul căreia am înțepenit conform tradiției.

Mă afundasem în colțul canapelei cu genunchii sub bărbie și îl așteptasem pe Vincent timp de un sfert de oră bun, așa că avusesem timp să mă las dusă de val în mintea mea spre o altă lume și nici nu observasem când sosise în cele din urmă.

— Mai bine, mulțumesc.

Vince purta o cămașă și pantaloni de culoare închisă, avea părul ca de obicei dat pe spate, un ceas la încheietura mâinii și inelul cu sigiliu pe deget.

Și-a pironit privirea sfredelitoare în mine. De data aceasta l-am evitat, nu numai de frică, ci și de rușine. Nu-mi venea să cred că țipasem la cineva ca el.

Fratele meu s-a așezat în fotoliu, cel pe care, nu știu din ce motiv, mă decisesem să nu-l ocup astăzi. Era tăcut, ceea ce era o cruzime din partea lui, având în vedere cât de tulburată eram deja. În cele din urmă, nu am mai putut suporta, am respirat adânc și am vorbit chiar eu prima.

— Îmi cer scuze, Vince. N-ar fi trebuit să strig așa.

Am încercat să mă uit în ochii lui pentru a accentua sinceritatea afirmației mele.

Mi-am amintit de învățăturile mamei mele, care spunea mereu că nu este voie să ridicăm vocea la alți oameni. Mai ales la tutorele legal care era Vince. Bine, ultimele două propoziții le-am adăugat de la mine, dar ideea este evidentă. Mama mea nu a țipat aproape niciodată la mine. Dacă te gândești bine, nici Vince nu a făcut-o.

— N-ar fi trebuit, a fost de acord fratele meu, ceea ce nu a făcut decât să-mi sporească neliniștea.

— Dar nu regret ceea ce am spus.

Vince și-a ridicat bărbia și a clipit din ochi, fără să-și dezlipească privirile de mine. Nu mi-a răspuns, așa că am decis să continui.

— Știu că poate ar fi trebuit să-ți vorbesc mai devreme despre sentimentele mele, dar este atât de greu... La început nu am avut curaj, iar apoi s-au adunat mai multe și în cele din urmă... în cele din urmă am simțit că... că nu mai pot face asta.

M-a mai privit încă o clipă înainte să vorbească. Era serios și complet concentrat asupra conversației cu mine. A vorbit cu o voce calmă și echilibrată. Ca un doctor care explică cu răbdare rezultatele analizelor pacientului.

— Hailie, știu că este dureros să-ți pierzi mama. Și eu am pierdut-o pe a mea la o vârstă fragedă. Îmi pare rău că a trebuit să trăiești această experiență. Este clar că, chiar dacă eu sunt tutorele tău legal, nu o pot înlocui. Am fost de acord să am grijă de tine pentru că suntem frați, suntem o familie, și nu te-aș lăsa niciodată să ajungi în plasament familial. Indiferent de voința ta. Dar îți repet: nu o voi înlocui pe mama ta. Eu nu sunt ea. Nu sunt tandru, nu te voi mângâia mereu pe cap, nu te voi strânge în brațe când îți spun bună dimineața și nu te voi săruta pe frunte când îți spun la revedere. Asta nu înseamnă că nu țin la tine, nu înseamnă că îmi ești indiferentă. Și eu am crescut într-un cămin plin de iubire, dar arătată într-un mod diferit față de cel cu care ești obișnuită. Tata ne-a învățat mereu, pe mine și pe restul fraților tăi, că familia este cel mai important lucru, că ne avem unul pe celălalt și că trebuie să avem grijă unul de celălalt. Nu ne-a îmbrățișat, nu ne-a lăudat pentru vreo notă bună la un test. Dar ne-a iubit. Acasă existau reguli clare care trebuiau respectate. Existau și pedepse, resimțite mult mai mult decât statul acasă în weekend sau lipsa unui telefon.

Vince a ridicat mult o sprânceană, iar eu mi-am mușcat buza. Îl ascultam ca hipnotizată.

— Nu eram pregătit să mă ocup de o adolescentă. Nu ai idee cât de recunoscător îi sunt mamei tale pentru că te-a crescut atât de frumos. În același timp, știu că tata ar fi făcut-o cu totul altfel. De fapt, îmi este foarte greu să-mi imaginez cum s-ar fi comportat față de fiica lui. Cel mai probabil te-ar fi încuiat în casă și ar fi încercat să te protejeze de orice pericol posibil. Și ai fi avut voie să mergi la întâlniri cu băieții după ce împlineai treizeci de ani.

Colțurile gurii i s-au ridicat într-un zâmbet ușor.

— Iar dacă ar fi aflat că ai o tulburare digestivă... s-a întrerupt, clătinând din cap în mod semnificativ.

Tăceam și procesam ceea ce spusese, dar mi s-a părut că nu terminase încă, așa că l-am ascultat mai departe.

— Același lucru este valabil și pentru restul fraților tăi. Mai ales pentru Dylan. Și pentru gemeni. Ei sunt tineri. Mai tineri decât mine. Au petrecut mult mai puțin timp cu mama noastră decât tu cu a ta. Sunt obișnuiți cu o viață de bărbat, iar singurele femei cu care au de-a face ajung în patul lor după petreceri.

Pe fața lui a trecut o umbră de nemulțumire.

— Dintr-odată au aflat că au o soră mai mică. Ei abia învață cum să se poarte cu tine. Înțeleg că acest lucru poate fi copleșitor pentru tine, pentru că ți-e greu să le faci față. Știu că pot fi nesuferiți. Dar nu am de gând să mă amestec în relația voastră. În cele din urmă, vei învăța și tu cum să te descurci cu ei. Un lucru este cert: cu toții suntem crescuți la fel și avem aceleași valori, de aceea știu că și ei te iubesc și își doresc tot ce e mai bun pentru tine. Doar că o arată în felul lor.

Eram emoționată, pentru că nu cred că Vince mi-a mai vorbit vreodată așa de sincer cum îmi vorbise astăzi. Am privit pentru prima dată întreaga situație din punctul de vedere al fraților mei. Am simțit că mi-a deschis ochii. Făcuseră o mulțime de greșeli, le puteam reproșa o mulțime de lucruri în relația noastră, dar pentru prima dată am început să îi privesc altfel decât ca pe niște nemernici răutăcioși. Și cât de egoistă fusesem să le amintesc mereu că și ei își pierduseră cândva mama. Nu știam detaliile, ca de obicei, dar pierderea mamei este pierderea mamei. Doare la fel de tare. Dacă a murit când Vince avea, să zicem, vârsta adolescenței, atunci Dylan și gemenii probabil că abia își mai amintesc de ea.

Mă simțeam tentată să pun și câteva întrebări despre tatăl meu, căci mă intrigau amintirile evocate de Vincent despre el, dar am simțit cumva că nu era momentul potrivit. Poate că m-am speriat.

— Îți mulțumesc că mi-ai spus toate astea, am șoptit.

— Desigur. Dacă simți vreodată că ceva nu este în regulă și vrei să spui ceva, atunci, înainte de a exploda, vino la mine și îți voi explica de ce lucrurile sunt așa cum sunt.

Am dat din cap, roșind la amintirea comportamentului meu de ieri.

Vince s-a mișcat și a scos din buzunar telefonul meu. Mi l-a dat și, surprinsă, am întins imediat mâna după el. Nu mă așteptam să îl primesc înapoi atât de repede. Dar când m-am uitat la el, am încremenit. Ecranul era crăpat în mai multe locuri. Am înghițit în sec și mi-am ridicat privirea îngrijorată spre fratele meu. El mă urmărea pe mine și reacția mea.

— Îmi pare rău, am gemut încet, simțindu-mă îngrozitor de rușinată. Vince îmi cumpărase acest telefon foarte scump pentru că, din greșeală, îl stricasem pe cel vechi, iar eu avusesem neobrăzarea să-l sparg în felul acela într-un acces de furie. Sunt îngrozitoare.

A ridicat din umeri.

— Este problema ta. Arată urât, dar funcționează, motiv pentru care nu am de gând să plătesc reparația de data aceasta.

Am dat din cap, arătând că sunt sută la sută de acord cu el. Nu meritam să acopere el daunele cauzate de purtarea mea infantilă. O, Doamne, dacă aș putea, m-aș scufunda în pământ.

— Mai ai ceva să-mi spui?

Mi-am ridicat privirea spre el și mi-am mușcat din nou buza. Cuvintele pe care doream să i le spun nu aveau să-mi iasă ușor din gât.

— Îți mulțumesc că m-ai primit sub acoperișul tău.

Vince a dat din cap, dar eu mai aveam ceva de adăugat. Trebuia să scap de îndoiala care mă apăsa pe inimă.

— Am visat că erai atât de supărat, încât te-ai descotorosit de mine.

Fratele meu a râs pe sub mustață - încet și scurt, dar foarte amuzat. Apoi, însă, a suspinat și s-a uitat la mine cu o privire mai blândă, mai îngăduitoare.

— Nu mă voi descotorosi de tine niciodată, Hailie, oricât de supărat aș fi pe tine.

Acum eu eram cea care dădea din cap. Știu că în trecut avusesem fel de fel de gânduri despre traiul și viața împreună cu frații mei, dar astăzi știam deja că, indiferent ce s-ar întâmpla, ultimul lucru pe care mi l-aș fi dorit ar fi fost să mă despart de ei. Și să ajung într-o familie adoptivă.

În cele din urmă, Vince s-a ridicat în picioare, iar eu i-am urmat exemplul. Am vrut să îl îmbrățișez, dar m-am abținut, pentru că mi-am amintit ce crede despre îmbrățișări. Dar el m-a examinat din priviri și a suspinat din nou încetișor.

— Bine, hai, vino aici, a murmurat el.

M-am apropiat de el îndrăzneață și m-am strecurat cu plăcere în brațele lui deschise. M-a strâns puternic și apoi m-a mângâiat pe spate, ceea ce mi-a provocat un fior plăcut. Mi-a dat drumul într-o clipă și m-a privit în ochi.

— Apropo... a ridicat o sprânceană. Profitând de faptul că Will nu este aici ca să-ți ia apărarea... Dacă îți mai provoci din nou o stare ca ieri, te trimit la spital și îi pun să te țină acolo cel puțin o săptămână. Ai înțeles?

— Am înțeles, am râs încetișor.

Știam că vorbea serios și mi s-a făcut pielea de găină la simpla menționare a spitalului, dar cumva nu m-am putut abține să nu chicotesc. Era ceva tipic pentru Vincent. Nu putea fi drăguț prea mult timp. Trebuia să arunce la sfârșit o amenințare, altfel nu ar mai fi fost el.

Se prefăcea că este serios, dar ultima privire pe care mi-a aruncat-o a fost din nou amuzată.

După această conversație, am început să mă felicit pentru performanța de ieri. Am avut dreptate să nu o regret. Ce e drept, mă mai aștepta și întâlnirea cu ceilalți frați, dar - după cum se știe - reacția lui Vince era cea mai importantă.

Pe ceilalți băieți nu i-am văzut până la prânz. Bănuiam că nu era o coincidență faptul că reușiseră să se așeze cu toții la masă în același timp, ceea ce se întâmplase extrem de rar înainte. Poate știau că îi evitam. Până la urmă, m-am odihnit în camera mea toată dimineața și am ieșit de-acolo doar atunci când nu am avut de ales. Am apărut ultima în bucătărie și m-am simțit imediat inconfortabil. Am luat în liniște loc lângă Will. La fel ca ieri. Simțeam cel puțin patru perechi de ochi ațintiți asupra mea în timp ce îmi adunam gândurile, privind în podea. Mă apăsa ceva pe piept și voiam neapărat să scap de acea greutate, așa că, în cele din urmă, am respirat adânc și mi-am ridicat privirea spre persoanele din jurul meu.

— Hei, scuze pentru ieri. Cred că... cred că am avut o zi proastă... am mormăit, iar privirea mea a trecut peste fețele băieților, fără să mă opresc la niciunul dintre ei. Nu voiam să stabilesc contact vizual cu ei pentru mai mult de o fracțiune de secundă.

— E în regulă, Hailie. Nu s-a întâmplat nimic. Ai vrea să vorbim despre asta? a întrebat Will îngrijorat.

Am dat din cap că nu.

Cineva a pufnit, iar acel cineva era evident Dylan. Mi-am strâns buzele în linie dreaptă și l-am privit încruntată. Bădăranul ăsta o să mă termine.

— Ce vrei să spui? s-a întors spre el Will, pe un ton ridicat.

— O mai și mângâi pe cap pentru demonstrația de isterie de ieri!

— A trecut printr-o mulțime de situații neplăcute în ultima vreme. Spune-mi de ce nu ar trebui să încerc măcar să o consolez?

— Pentru că, dacă nu încetăm să o mai cocoloșim, nu se va maturiza niciodată, a răspuns Tony.

Mi-am coborât privirea spre genunchi.

— Și de ce vă interesează așa de mult să se maturizeze?

— Pentru că în lume mai sunt și alți nenorociți ca Jerry sau ca individul cu chelie, care vor dori să-i facă rău. Trebuie să fie dură.

Am tresărit și am simțit mâna lui Will pe umărul meu. Asta m-a ajutat. Când mi-am ridicat privirea spre el, se uita iritat la Tony.

— Nu o mai speria fără rost. Situația cu Jerry nu se va mai repeta.

— Știi foarte bine că nu poți fi sigur de asta. Mai ales în lumea noastră.

Din nou m-au străbătut fiori.

— Și atunci ce propui, hm? Vrei s-o faci să-i fie frică să iasă din casă? a întrebat Will supărat.

— Exact așa, a șuierat Dylan.

— Nu, e mai bine să știe cum să se comporte dacă se află din nou într-o situație periculoasă, a intervenit Shane.

„Bună ziua, sunt aici și aud tot!!!!", îmi venea să strig cu voce tare, dar am decis că deocamdată ar fi mai bine să nu le atrag atenția asupra mea. Cu toții păreau din ce în ce mai înfierbântați și probabil că era mai înțelept să rămân în umbră.

— Ce, poate vrei să-i dai o armă? a pufnit Dylan.

— Ei bine, și de ce nu? a murmurat Tony, ridicând din umeri.

— Vorbești serios? Vrei să îi pui în ghiozdan un pistol? Împreună cu cărțile, cu penarul și cutia cu sendvișul de prânz? a exclamat Will fără să-i vină să creadă, iar mâna pe care o ținea pe umărul meu s-a strâns în pumn.

— Nu să-i dăm o armă, dar s-o învățăm să o folosească, a sugerat Shane, înfășurându-și calm pastele pe furculiță.

— Și de ce naiba ar avea nevoie să știe să facă asta? a strigat Dylan și s-a izbit cu pumnul în frunte.

— La naiba, nu știu, Dylan, poate pentru ca, în caz de pericol, să se poată apăra fără teama de a ucide pe cineva din greșeală? a mârâit Tony, dându-și ochii peste cap.

— Vrei s-o antrenezi pe sora noastră de cincisprezece ani ca să devină o asasină?

— Ce asasină, despre ce naiba vorbești?

— Să înveți să folosești o armă e același lucru. Poți să spui că o înveți să se apere, dar în realitate o înveți să ucidă, a subliniat Will.

Nu mă mai atingea. Acum ridicase mâna și arăta cu degetul spre gemeni, accentuând astfel puterea cuvintelor sale.

Nu știam ce se întâmplă. Cum se putea ca dintr-odată toată lumea să fie atât de agitată? Mă simțeam din ce în ce mai ciudat. Mi-am dat seama, de asemenea, că Vince era singurul dintre frații mei care nu intervenise încă în discuție. Am aruncat o privire spre el. Se uita la ceilalți și părea că le asculta atent argumentele, ținându-și gândurile pentru el.

— După părerea mea, ar trebui să învețe autoapărarea. Nu numai folosirea armelor de foc, ci și câteva trucuri simple. Pregătirea de bază. Pentru binele ei, a spus Shane ridicând din umeri.

— Susțin propunerea, a murmurat Tony, ridicând mâna în sus, ca la vot în clasă.

— Categoric nu, a spus scurt Will.

— Ați încurcat-o, a fost de acord Dylan cu el, dându-le cu tifla gemenilor.

S-a făcut liniște pentru o clipă, în timp ce toți cei prezenți și-au dat seama, inclusiv eu, că decizia finală, până la urmă, îi aparținea lui Vince. El avea întotdeauna ultimul cuvânt, dar se pare că argumentele fraților mei îl ajutau să o ia. În orice caz, într-o clipă, toate fețele s-au întors spre fratele nostru cel mai mare. Mi-am îndreptat și eu privirea spre el. Ceea ce urma să spună avea să aibă un efect direct asupra mea, așa că așteptam răspunsul cu sufletul la gură.

El, la rândul lui, s-a uitat în ochii mei. Era o privire foarte intensă, dar am susținut-o. În cele din urmă, și-a mișcat buzele.

— Tu ce părere ai, Hailie?

Aveam ochii cât niște farfurii când mi-am dat seama că îmi cerea părerea.

Bineînțeles că îmi cere părerea, așa trebuie să fie. Trebuie să fie decizia mea. Frații mei se certau pentru ceva care nici măcar nu îi privea pe ei. Dar eu nu eram obișnuită ca Vince să mă lase să decid singură.

— Serios? a lătrat Dylan, privind cu uimire și furie la Vincent, care i-a aruncat o privire iritată.

— Nu te-am întrebat pe tine, nu-i așa? s-a răstit brusc la el, la care Dylan a pufnit furios, apoi și-a întors cu reticență privirea și a tăcut. Vincent, după ce s-a asigurat că fratele său mai mic nu mai avea nimic de adăugat, s-a întors spre mine: Vrei să înveți exerciții de autoapărare?

Mi-am lins buzele crăpate și m-am gândit. Era asta ceea ce îmi doream? Mi-am amintit ce frică mă cuprinsese atunci când am văzut arma de la Tony. Și apoi pe cea din sertar, din bibliotecă. Cum îndreptasem arma spre Jerry. Cum m-au asurzit împușcăturile din pădure. Nu dorisem niciodată, absolut niciodată, să mă aflu într-o astfel de situație, dar dacă ar fi existat chiar și cea mai infimă șansă ca acest lucru să se întâmple, atunci cu siguranță ar trebui să știu cum să mă comport.

Încet, cu o convingere din ce în ce mai mare, am început să dau din cap.

— Da.

Vince a lăsat capul în jos, acceptând răspunsul meu.

— Ei bine, atunci, așa să fie. Vei începe să înveți după vacanța de iarnă.

Dylan a înjurat nevenindu-i să creadă. Tony s-a aplecat pe spate și a izbucnit în râs, frecându-și mâinile ca și cum s-ar fi pregătit pentru o distracție pe cinste. Shane a ridicat din nou din umeri, iar Will și-a strâns buzele într-o linie dreaptă și s-a uitat fix la Vincent, demonstrându-și dezaprobarea față de ideea lui.

Eu mi-am pus brațele în jurul meu și m-am lăsat pe spate în scaun, simțind entuziasmul care îmi cuprinsese încet tot corpul...

Mi-am petrecut ultimele săptămâni de școală înainte de vacanța din februarie concentrându-mă în principal pe studiu și terapie. M-am străduit din răsputeri să-mi mențin media până la sfârșitul semestrului, în timp ce mă luptam să-mi redobândesc pofta de mâncare, cu mult sprijin din partea băieților (unii dintre ei erau mai înțelegători, alții - a se citi: Dylan - mai puțin, dar cu siguranță toți voiau să mă ajute în felul lor).

Gestul pe care mi-l amintesc cel mai bine a fost cel al lui Shane. Într-o zi, mă uitam la un film și îmi sprijineam plictisită bărbia pe o pernă. Încet-încet, începusem să mă simt mult mai confortabil în camerele comune ale reședinței Monet. Eram mai puțin predispusă să sar în sus de frică atunci când unul dintre frați dădea peste mine în sufragerie sau în bucătărie.

Shane m-a găsit lenevind așa și s-a grăbit să se așeze lângă mine, după ce a adus din frigider două cupe de înghețată de ciocolată. S-a așezat chiar lângă mine și a întins mâna, oferindu-mi una dintre ele.

Nu am avut inima să-l refuz, așa că am acceptat desertul. Mă bucuram de compania fratelui pe care îl simpatizam cel mai mult, dar recunoșteam în același timp insistența cunoscută legată de mâncat. Învățasem cum să mă descurc în aceste situații, dar nu era ușor, mai ales când Shane mă privea din când în când. Probabil era sigur că o făcea pe furiș, neobservat, dar eu știam că mă verifica și la un moment dat am oftat adânc, am pus lingurița deoparte și am împins paharul spre el.

— Nu pot.

Shane și-a încruntat fruntea îngrijorat. El aproape că își terminase porția.

— Nu contează, mănâncă cât poți.

— Nu pot să mănânc nimic, am gemut eu și mi-au dat lacrimile.

— Hei, hei, dar nu te necăji. Nu ne grăbim, nu trebuie să termini totul dintr-odată, vezi, filmul este de abia la jumătate. Mănâncă încet. O să aștept cu tine, bine? Sunt aici cu tine, OK?

A împins ușor înghețata înapoi spre mine.

— Dar... o să se topească, am suspinat.

Dintr-un motiv oarecare, gândul ăsta m-a întristat foarte tare.

Shane și-a ridicat sprâncenele, s-a apropiat de mine și și-a pus mâna pe umărul meu.

— Hailie? mi-a șoptit el. Și ce dacă?

Nimeni nu a oprit filmul, dar niciunul dintre noi nu era atent la el. Ne-am privit în ochi, iar buza mea inferioară a tremurat.

Nu am spus nimic, așa că el și-a răspuns singur și un zâmbet vesel a început să-i lumineze fața.

— Să-ți spun ceva. O să ai un shake minunat, fetițo.

Am clipit, făcând ochii mari la el. El mi-a ciufulit părul și mi-a șoptit:

— O să-ți aduc un pai.

S-a ridicat, iar eu am rămas pe canapea, strângând în mână cupa de înghețată rece și umedă, pe care am sorbit-o apoi, de fapt, mult timp printr-un pai, cu ochii ațintiți la ecranul televizorului și cu capul sprijinit pe umărul lui Shane.

Un gest atât de mic în aparență și care a însemnat pentru mine mai mult decât aurul și diamantele.

Audrey, pe de altă parte, fugea de mine ca dracul de tămâie, iar când, uneori, din greșeală, drumurile noastre se intersectau, comportamentul ei îmi întărea convingerea că nu numai că pierdusem o prietenă, dar căpătasem și o dușmancă. Nu mă gândisem niciodată până atunci că această fată atât de calmă și rezonabilă ar putea fi atât de nesuferită. Jason, în schimb, nu numai că mă ignora, ba chiar fugea de mine, ca și cum i-ar fi fost frică, ceea ce, trebuie să recunosc, mi-a oferit puțină satisfacție.

Mi se părea că cel puțin legătura mea cu Mona devenise mai puternică, ceea ce mă făcea foarte fericită. Ba chiar m-am întristat când s-a apropiat vacanța și am aflat că va pleca pentru toată perioada la rudele ei din Canada. Aceasta însemna că nu o voi vedea în următoarele două săptămâni. Spre marea mea surpriză, am aflat că nici propria mea vacanță de iarnă nu va fi atât de plictisitoare și obișnuită cum mă așteptam.

Nu cu mult timp înainte de sfârșitul semestrului, Vince m-a anunțat că planificase o excursie pentru mine cu Dylan și gemenii în Thailanda. La câteva zile după ce m-a informat despre asta, încă nu reușisem să-mi revin. Voi zbura pe un alt continent împreună cu cei trei frați ai mei!

Caracterul abstract al acestei idei nu-mi intra în cap. Toate întrebările pe această temă erau amânate cu un scurt „vei vedea". Nu știam nimic. De ce Thailanda, de ce Dylan și gemenii, de ce această idee? Dar la un moment dat, obosită să tot ghicesc, am decis să accept planul și să mă bucur de el. Mai ales când am căutat pe Google poze cu această țară și am văzut că arată ca un paradis pe pământ.